林芙美子
放浪記

·

방랑기

창비세계문학

41

방랑기

하야시 후미꼬

이애숙 옮김

창비

차례

•

일러두기

1. 이 책은 林芙美子『放浪記』(新潮社 1979)를 번역 저본으로 삼았다.
2. 본문 중의 각주는 옮긴이의 것이다.
3. 원문에서 카따까나로 표기된 부분은 고딕체로 서체를 달리하여 표시하였다.
4. 외국어는 가급적 현지 발음에 준하여 표기하되, 일부 우리말로 굳어진 것은 관용을
   따랐다.

제1부

방랑기 이전

나는 키따뀨우슈우의 어느 초등학교에서 이런 노래를 배운 적이 있다.

깊어가는 가을밤 낯선 타향에서
외로운 마음에 나 홀로 서러워
그립다 고향 산천 보고픈 내 부모님

나는 숙명적인 방랑자다. 내게는 고향이 없다. 아버지는 시꼬꾸의 이요 출신으로 광목 행상을 했다. 어머니는 큐우슈우의 사꾸라지마에 있는 온천의 여관집 딸이다. 타향 사람과 결혼했다고 카고시마에서 쫓겨나 아버지와 함께 정착한 곳이 야마구찌 현의 시모노세끼였다. 그 시모노세끼가 바로 내가 태어난 곳이다. ─고향에 돌아갈 수 없는 부모를 둔 탓에 내게는 여행이 고향이었다. 그래서 숙명적으로 나그네인 나는 이 「그리운 내 고향」이라는 노래를 아주 서러운 심정으로 배웠다. ─여덟살 때 어린 내 인생에 폭풍우가 불어닥쳤다. 와까마쯔에서 포목 도매로 상당한 재산을 모은 아버지가 나가사끼 앞바다의 아마구사에서 도망쳐온 하마라는 기생을 집으로 데려온 것이다. 눈 내리는 음력 1월, 드디어 어머니는 여덟살 된 나를 데리고 집을 나와버렸다. 와까마쯔는 나룻배를 타야만 갈 수 있는 곳이라 기억하고 있다.

지금 아버지는 새아버지다. 새아버지는 오까야마 출신으로 미련할 정도로 소심하고 지나치리만큼 사행심이 큰 탓에 반평생을 고생한 사람이다. 나는 어머니가 데려온 자식으로, 이 새아버지와 함께하면서 집이라는 것을 가지지 못한 채 거의 살아왔다. 어딜 가더라도 싸구려 여인숙에서만 생활했다. "니 아부지는 집도 살림도 다 싫다 한다……" 어머니는 나에게 늘 그렇게 말했다. 그래서 나는 평생 싸구려 여인숙 추억만 가지고 있다. 나는 아름다운 산천을 모른 채 행상하는 새아버지와 어머니를 따라 큐우슈우 전역을 돌아다녔다. 내가 처음 초등학교에 들어간 것은 나가사끼에서였다. 잣꼬꾸야라는 이름의 싸구려 여인숙에서 당시 유행하던 모슬린 개량복이라는 것을 입고 난낀 마찌 근방의 초등학교를 다녔다. 그것을 시작으로 사세보, 쿠루메, 시모노세끼, 모지, 토바따, 오리오 등지로 사년간 일곱번이나 학교를 옮겨다닌 탓에 친한 친구가 한명도 없었다.

"아부지, 지는 학교 안 가고 싶어예……"

나는 궁지에 몰렸다는 생각에 초등학교를 그만두었다. 학교에

가는 게 싫어졌던 것이다. 그것이 노오가따 탄광촌에서 살던 열두 살 무렵이었던 것 같다.

"우리 후미꼬도 장사를 하면 좋겠는데 마……" 놀게 내버려두기엔 아까운 나이였다. 나는 학교를 그만두고 행상을 하게 되었다.

노오가따 마을은 먼지로 온종일 흐리고 하늘이 컴컴했다. 모래로 여과해 마시는 철분 많은 물 때문에 혀가 꼬이는 그런 곳이었다. 타이쇼오 초오의 바야라는 여인숙에 짐을 푼 때는 7월이었다. 부모님은 늘 여인숙에 나를 놓아두고, 수레를 빌려 메리야스류, 양말, 모슬린 대용품, 복대, 이런 것을 고리짝에 넣고 어머니는 뒤에서 밀며 탄광이나 질그릇 공장으로 행상을 다녔다.

내게는 최초의 낯선 곳이었다. 나는 3전의 용돈을 받아 그것을 아동용 오비¹에 넣고 매일 시내로 놀러 가곤 했다. 이곳은 모지처럼 활기가 넘치는 곳도, 나가사끼처럼 아름다운 곳도, 사세보처럼 여자들이 예쁜 곳도 아니었다. 여기저기 코크스 덩어리가 굴러다니는 길 양편으로 시끄먼 처마가 개운치 않게 하품을 하는 듯한 그런 마을이었다. 구멍가게, 우동집, 넝마장수, 이불대여점. 마치 화물열차 같은 마을이었다. 가게 앞에는 시내를 활보하는 여자들과는 정반대로 건전하지 않은 여자들이 매서운 눈빛을 하고 지나다녔다. 7월의 뜨거운 태양 아래를 걸어가는 여자들은 더러운 속치마에 민소매 속옷만 입고 있었다. 저녁이 되면 삽이나 삼태기를 든 여자들이 삼삼오오 수다를 떨며 판잣집으로 돌아갔다.

....
1 폭이 넓은 일본 전통 복장의 허리띠.

당시 「오이또꼬」[2]라는 노래가 유행하고 있었다.

3전의 용돈은 문고판 『쌍둥이 미인』을 사거나 빙숫값으로 다 사라졌다. ──얼마 지나지 않아 학교를 가는 대신에 나는 일당 23전을 받고 스사끼 초오에 있는 강정 공장으로 일하러 갔다. 당시 소쿠리를 들고 사러 간 쌀이 18전 했다는 걸 똑똑히 기억한다. 밤에는 근처 도서대여점에서 『외팔이 키사부로오』 『독불장군 후꾸시마 마사노리』 『두견새』 『이룰 수 없는 사랑』 『소용돌이』 등을 빌려와 읽었다. 그런 이야기에서 무엇을 배웠을까? 해피엔드를 좋아했던 나의 공상과 영웅심과 감상주의가 스펀지 같은 내 머리를 흠뻑 적시곤 했다. 주변에서는 하루 종일 돈 이야기뿐이었다. 내 유일한 꿈은 벼락부자가 되는 것이었다. 며칠씩 비가 내려 아버지가 빌린 수레가 비에 젖으면, 아침과 저녁 모두 호박밥이어서 밥그릇을 드는 것이 아주 서러웠다.

그 여인숙에는 예전에 광부였던, 신께이라 불리는 미친 사람도 있었다. 여인숙 사람들이 말하길 그는 다이너마이트 폭발로 바보가 됐다고 한다. 그는 매일 아침 일찍 마을 여자들과 광차를 밀러 가는 마음씨 좋은 광인이었다. 신께이는 자주 내 머리의 이를 잡아주었다. 나중에 그는 지주부의 지위까지 올랐다. 그밖에도 시마네에서 온 의안의 떠돌이 노래꾼과 부부 광부가 두쌍, 뱀술 파는 장사꾼, 엄지손가락이 없는 매춘부 등등 써커스단보다도 재미있는

---

2 미야기 현의 민요.

사람들이 있었다.

"광차에 치이가 손가락이 잘렸다는데 거짓말 같데이. 누가 자른 기다 마……"

여인숙 바야의 주인아주머니는 한쪽 눈을 껌뻑거리고 웃으면서 어머니에게 그렇게 말했다. 어느날 엄지손가락이 없는 매춘부와 같이 목욕탕에 갔다. 이끼가 꼬질꼬질하게 끼어 있는 컴컴한 목욕탕이었다. 그녀는 뱀이 허리를 빙 돌아 배꼽 근처에서 붉은 혀를 날름거리는 문신을 하고 있었다. 나는 이런 엄청난 여자를 큐우슈우에서 처음 보았다. 어린아이여서 오히려 담청색의 무시무시한 뱀 문신을 똑바로 뚫어지게 쳐다볼 수 있었다.

여인숙에 묵고 있는 부부들은 보통 직접 밥을 지어 먹었고 그렇지 않은 사람들은 쌀을 사와 밥을 지어달라고 했다.

달궈진 뚝배기처럼 뜨거운 노오가따 시내에는 그때 「까쮸샤」[Katyusha] 그림간판이 내걸리기 시작했다. 모포를 머리까지 뒤집어쓴 서양 여자가 눈이 내리는 역에서 기차 유리창을 두드리고 있는 그림이었다. 그러자 얼마 안되어 머리를 두 갈래로 똑같이 나눈 까쮸샤 머리가 유행하기 시작했다.

> 불쌍한 까쮸샤여, 이별의 아픔이여
> 저 눈이 녹아 사라지기 전에 어서
> 룰루루 하느님께 소원을 빌어봐요.

그리운 노래다. 「까쮸샤의 노래」는 탄광촌에서 순식간에 유행하기 시작했다. 러시아 여자의 순정 어린 사랑을 제대로 이해하지는 못했지만 나는 영화를 보고 오면 아주 로맨틱한 소녀가 되곤 했다.

나니와부시浪花節[3]를 보러 갈 때만 극장에 갔던 나는 매일 남몰래 혼자 「까쮸샤」 영화를 보러 다녔다. 「까쮸샤」 덕분에 한동안 꿈을 꾸는 기분이었다. 석유를 사러 가는 길에 있는, 하얀 협죽도가 핀 광장에서 나는 아이들과 까쮸샤놀이랑 탄광놀이를 하기도 했다. 탄광놀이는 여자애가 광차 미는 시늉을 하고 남자애는 탄꼬오부시炭坑節[4]을 부르며 땅 파는 시늉을 하는 것이었다.

그 당시 나는 아주 씩씩한 아이였다.

나는 강정 공장에 한달만 다니다가 일당 23전과 작별을 하였다. 나는 아버지가 떼온 부채랑 화장품을 회색 보자기에 싸 짊어지고서 행상을 다녔는데, 온가 강을 건너고 터널을 지나 탄광 사택이나 광부 판잣집으로 갔다. 탄광에는 잡다한 행상들이 들락거리고 있었다.

그 무렵 "더워 죽겠다"면서 다정하게 말을 거는 친구가 두명 있었다. 마쯔는 과자를 팔려고 카쯔끼에서부터 걸어서 오는 귀여운 열다섯살 소녀였는데 얼마 지나지 않아 칭다오에 기생으로 팔려갔다. 히로는 건어물 행상을 하는 열세살 소년이었지만 훌륭한 광부가 되는 게 꿈이었다. 술을 마실 수 있고, 곡괭이를 높이 쳐들면 사람들이 놀라고, 시내의 연쇄극連鎖劇[5]을 공짜로 보고…… 나는 히로와 마쯔의 이야기를 들으며 달빛 비치는 온가 강을 건너 집으로 돌아오곤 했다. ─당시 균일이라는 말이 유행했는데 내가 파는 부

─────────
3 샤미센 반주에 맞춰 노래하는 일본 전통 창극.
4 후꾸오까 현의 민요로 탄광 노동자들의 노래.
5 무대와 영화가 혼합된 연극.

채도 10전 균일로 잉어와 칠복신七福神, 그리고 후지 산이 그려져 있었다. 단단한 대나무 부챗살 일곱개가 뼈대를 이룬 것이었다. 매일 평균 스무개 정도 팔렸다. 녹색 페인트칠이 벗겨진 사택의 부인들보다는 오히려 광부 판잣집을 돌아다니는 편이 부채를 더 잘 팔 수 있었다. 그리고 나팔집이라 불리는, 열 가족이 한집에 사는 조선인 판잣집도 있었다. 거적으로 된 타따미 위에 마치 양파를 벗겨놓은 것처럼 벌거벗은 아이들이 뒤엉켜 놀고 있었다.

작열하는 땡볕 아래로 파헤쳐놓은 흙더미가 입을 벌리고 있고, 멀리서는 광차 굴러가는 소리가 천둥소리처럼 들려왔다. 점심시간에는 개미탑처럼 목재를 쌓아놓은 어두운 갱도 입구에서 광부들이 거품처럼 쏟아져나왔다. 어린 나는 그들을 기다렸다가 부채를 팔러 이리저리 돌아다녔다. 광부들의 땀은 물이 아니라 시꺼먼 엿처럼 보였다. 그들은 자신들이 조금 전에 파헤쳐놓은 석탄흙 위에 벌러덩 드러누워 금붕어처럼 빠끔빠끔 공기를 들이마시고는 금방 잠들어버렸다. 마치 고릴라 무리들 같았다.

그 조용한 풍경 속에서 유일하게 움직이는 것은 용마루 아래를 지나가는 구식 삼태기뿐이었다. 점심식사가 끝나면 여기저기서 「까쮸샤의 노래」가 들려왔다. 이제 가련한 박꽃 같은 석유등 불빛이 희미하게 거리를 비추기 시작하면 요란한 경적소리 들려오네. 고향을 떠나올 적엔 백옥 같던 얼굴이…… 딱히 특별할 것도 없는 노랫소리지만 검은 연기가 자욱한 석탄흙을 바라보고 있노라면 어린 내 마음에도 뭔가 애잔한 느낌이 들었다.

부채가 팔리지 않자 하나에 1전 하는 단팥빵을 팔러 다녔다. 탄광까지 근 십리 길을 자주 쉬엄쉬엄하면서 단팥빵을 조금씩 뜯어

먹으며 갔다. 그때 아버지는 장사 문제로 광부와 싸워 머리에 수건을 동여맨 채 여인숙에 틀어박혀 있었다. 어머니는 타가 신사 근처에서 바나나 노점을 했다. 역에서 우르르 쏟아져나오는 사람들은 광부들이었다. 한무더기에 얼마 하는 식의 바나나는 의외로 잘 팔렸다. 나는 단팥빵을 다 팔고 나면 어머니 옆에 소쿠리를 놓아두고 자주 타가 신사에 놀러 가곤 했다. 그리고 수많은 남녀들과 함께 말 동상 앞에서 소원을 빌었다. 좋은 일이 있게 해주세요. ──타가 신사의 축제 때는 항상 비가 내렸다. 많은 노점상들이 역 앞과 타가 신사 안을 오가며 하늘만 올려다보았다.

10월이 되자 탄광에서 파업이 일어났다. 마을은 쥐 죽은 듯 조용했지만 탄광의 광부들만은 살기등등했고 활기가 넘쳤다. 파업, 참 힘들구나. 나는 이런 노래도 배웠다. 탄광 파업은 자주 일어나는 일로서 광부들은 곧바로 다른 탄광으로 떠나버린다고 했다. 그때마다 장사꾼들과의 거래가 끊어져버리기 때문에 광부에게 물건을 빌려주면 좀처럼 돌려받을 수 없었다. 하지만 상인들은 광부를 상대로 하는 장사가 손쉽고 재미있다고들 했다.

"당신도 인자 마흔이 넘었는데, 정신 좀 차려야지 안 그라면 큰일이라예……"

나는 꼬마전구 아래서 열심히 탐정소설 『지고마』[6]를 읽고 있었다. 이불 끝자락에서 누워 자는 어머니는 늘 아버지에게 그렇게 투

6 프랑스 작가 레옹 싸지(Léon Sazie, 1862~1939)의 탐정소설.

덜댔다. 밖에서는 장맛비가 내리고 있었다.

"집이라도 한칸 장만해야지 안 그라면 여차할 경우 진짜 큰일이라예."

"조용히 안하나 마!"

아버지가 작은 목소리로 호통을 쳤고 그후 들려오는 건 빗소리뿐이었다. ──그 당시 손가락이 없는 매춘부만은 늘 씩씩하게 술을 마셔댔다.

"전쟁이라도 일어나면 좋을 텐데."

매춘부의 지론은 언제나 전쟁이었다. 세상이 발칵 뒤집혀버리면 좋겠다고 했다. 탄광으로 돈이 넘실넘실 흘러들어오면 좋겠다고 했다. 어머니가 "니는 진짜 태평이네"라고 하자 손가락이 없는 매춘부는,

"아지매까지 그리 생각하시면……" 하고 창밖으로 뭔가를 집어던지면서 쓸쓸한 웃음을 지었다. 스물다섯이라고 했지만 노동자 태생답게 탱글탱글한 젊음을 지니고 있었다.

11월의 소리가 들려올 때였나.

쿠로사끼에서 돌아오는 길, 아버지 어머니와 나는 큰 소리로 얘기하며 가벼운 짐수레를 끌면서 컴컴한 온가 강 제방 위를 걷고 있었다.

"엄마랑 너랑 수레에 타라. 아직 한참 멀었는데 걸어가면 힘들다……"

어머니와 내가 수레에 오르자 아버지는 우렁찬 목소리로 노래하며 수레를 끌고 갔다.

가을이라 하늘에 별들이 여럿 흘러가고 있었다. 조금만 더 가면

동네 어귀였다. 그때 뒤에서 "아재!" 하고 부르는 소리가 들려왔다. 떠돌이 광부 같았다. 아버지는 수레를 멈추고 "와요?" 하고 대답했다. 광부 두명이 기듯이 다가왔다. 이틀이나 굶었다고 했다. 도망친 거냐고 아버지가 물었다. 둘 다 조선인이었다. 오리오까지 가야 한다며 돈을 빌려달라고 몇번이나 머리를 조아렸다. 아버지는 말없이 50전 은화 두닢을 꺼내서 하나씩 쥐여주었다. 제방 위로 찬바람이 불고 있었다. 텁수룩한 두 조선인의 머리 위로 별이 빛나고 있었고, 이상하게 우리는 오들오들 떨고 있었다. 1엔을 받은 두사람은 우리 수레를 밀어주면서 마을까지 조용히 한참을 따라왔다.

얼마 뒤 할아버지가 돌아가셔서 아버지는 밭을 처분하러 오까야마로 갔다. 돈을 조금 마련해 사기그릇 행상을 하는 것이 유일한 목적이었다. 탄광촌에서 가장 손쉽게 팔 수 있는 것은 먹거리였다. 어머니의 바나나와 내 단팥빵은 비만 오지 않으면 둘이 먹고살 수 있을 만큼은 팔렸다. 여인숙 바야의 월세는 2엔 20전으로, 어머니도 지금은 집 한채를 빌리는 것보다 낫다고 한다. 하지만 어디를 가더라도 아주 비참했다. 가을이 되면서 어머니는 신경통 때문에 장사를 며칠씩 쉬었다. 아버지는 밭을 팔아 달랑 40엔을 가지고 돌아왔다. 아버지는 그 돈으로 카라쯔 사기그릇을 사서 혼자 사세보로 팔러 갔다.

"금방 너그들 데리러 올게……"

이렇게 말한 아버지는 빛바랜 무명 작업복 차림으로 기차를 타고 갔다. 나는 단 하루도 안 쉬고 단팥빵 행상을 다녔다. 비가 오면 노오가따 시내의 집들을 돌아다니면서 단팥빵을 팔았다.

그 무렵의 추억은 평생 잊을 수가 없다. 장사는 조금도 힘들지 않았다. 한집 한집 방문할 때마다 내가 만든 지갑은 5전, 2전, 3전의 돈으로 두툼해졌다. 그리고 어머니가 장사를 참 잘한다고 칭찬해주는 것도 좋았다. 두달이나 단팥빵을 팔면서 어머니와 지냈다. 어느날 시내에서 돌아오니까 어머니가 예쁜 황록색의 아동용 오비를 만들고 있었다.

"이게 뭐라예?"

나는 놀라서 눈이 휘둥그레졌다. 시꼬꾸에서 아버지가 보내온 거라고 했다. 나는 왠지 가슴이 두근거렸다. 얼마 뒤 우리를 데리러 온 아버지를 따라 노오가따 생활을 정리하고 오리오로 가는 기차를 탔다. 매일같이 저 길을 걸어다녔다. 기차가 온가 강 철교를 지날 때쯤 저물어가는 하얀 둑길이 내 눈에 쓸쓸하게 비쳤다. 흰 돛단배 하나가 상류로 올라가고 있는 정겨운 풍경이 나타났다. 기차 안에서는 쇠사슬, 반지, 풍선, 그림책을 파는 상인들이 한참 동안 떠들어댔다. 아버지는 빨간 구슬이 박힌 반지를 내게 사주기도 했다.

(12월 ×일)

> 땅끝 마을 종착역에 내려서
> 눈빛 어스름한
> 외딴 마을을 향해 발길을 재촉하네

눈이 내린다. 갑자기 타꾸보꾸[7]의 시를 떠올리며 향수 비슷한 걸 느낀다. 변소 창문을 여니 저녁 불빛이 어렴풋이 비치는 게 꼭 예

---

7 이시까와 타꾸보꾸(石川啄木, 1886~1912). 시인.

전에 신슈우의 산에서 봤던 붉은 철쭉꽃처럼 아주 예뻤다.

"얘야, 아기씨 업어드려라!"

사모님 목소리가 들린다.

아아, 저 유리꼬라는 아이는 내게 아주 벅차다. 걸핏하면 울고 선생님을 닮아 신경이 예민해서 마치 불덩이를 업고 있는 것 같다. —그나마 이렇게 변소에 있을 때만큼은 내 몸인 것 같다.

'바나나, 장어, 돈가스, 귤, 이런 걸 실컷 먹고 싶어.'

마음이 허전해지면 나는 이상하게 낙서를 하고 싶어진다. 손가락으로 벽에 '돈가스, 바나나'라고 써본다.

저녁상을 차릴 때까지 아기를 업고 복도를 몇번이나 왔다 갔다 한다. 슈우꼬오[8] 선생님 댁으로 온 지 오늘로 일주일 남짓 되었지만 앞으로 그다지 희망이 없을 것 같다. 선생님은 생쥐처럼 하루에 몇번이고 계단을 오르락내리락한다. 그 예민함을 도저히 견딜 수가 없다.

"우리 꼬맹이! 잘 잤어!"

내 어깨 너머로 들여다보고는 안심했다는 듯 옷자락을 허리춤에 넣고는 이층으로 올라간다.

복도에 있는 책장에서 오늘 나는 체호프를 꺼내 읽었다. 체호프는 내 마음의 고향이다. 체호프의 모습과 숨소리가 모두 살아 움직이며 저물녘 내 마음에 중얼중얼 무슨 말을 걸어온다. 부드러운 책의 촉감, 이 집 선생님의 소설을 읽다보면 체호프를 한번 더 읽는게 나을 것 같다는 생각이 든다. 쿄오또 기생 이야기 따위는 나하

---

8 치까마쯔 슈우꼬오(近松秋江, 1876~1944). 소설가.

고 전혀 무관한 세상이다.

밤.

부엌에서 가정부인 키꾸가 맛있는 비빔초밥을 만드는 걸 보고 아주 기뻤다.

아기를 목욕시키고 하루 일과를 마치니 벌써 11시다. 나는 애를 아주 싫어하는데 이상하게도 애는 내가 업으면 금방 새근새근 잠이 들어서 이 집 사람들도 의아해한다.

그 덕분에 책을 읽을 수 있다는 것— 나중에 나이 들어 아이가 생기면 일을 못할까봐 걱정스러운지는 잘 모르겠다. 반감이 생길 정도로 아이에게 전전긍긍하는 선생님을 보면 하녀 따위 평생 할 건 아니라는 생각이 들었다.

토끼풀도 귀여운 하얀 꽃을 피운다는 사실을 선생님은 모르는 걸까…… 사모님은 제멋대로이긴 하지만 자는 듯 조용해서 이 집에서 내가 제일 좋아하는 사람이다

(12월 ×일)

해고당함.

딱히 갈 데도 없다. 커다란 보따리를 들고 기차 선로 위 육교에서 봉투를 열어보니 달랑 2엔만 들어 있다. 이주일 남짓 일했는데 2엔이다. 발가락 끝에서부터 차가운 피가 밀려오는 듯한 느낌이 들었다. —커다란 보따리를 들고 터벅터벅 걸어가는데 왠지 짜증이 나 모든 걸 포기하고 싶어진다. 가는 길에 파란 기와지붕의 문화주택[9]이 임대로 나와 있기에 들어가서 살펴보았다. 마당은 넓고 유리

9 1920년대 대중문화의 상징인 서양식 시민 주택.

창은 12월의 찬바람이 닦은 듯 차갑게 빛나고 있었다.

노곤하고 졸려서 쉬어가고 싶었다. 부엌문을 열어보니 녹슨 빈 깡통이 여기저기 굴러다니고 있고 방바닥은 흙이 묻어 더러웠다. 한낮의 빈집은 원래 적적한 법이다. 희미한 사람의 그림자가 여기저기 서성거리고 있는 것 같고 살을 에는 한기가 밀려왔다. 딱히 의지할 만한 그런 갈 곳도 없다. 2엔으로는 아무것도 할 수 없다. 왠지 미안해서 밖으로 나오니까 개가 여우 눈을 하고 낡아빠진 툇마루 옆에서 나를 빤히 노려보고 있었다.

"아무것도 아냐. 아무 짓도 안했어."

납득시키려고 나는 마루 위에 떡 버티고 섰다.

'어떡하지…… 어떻게 할 방법이 없잖아!'

밤.

신주꾸의 아사히 마찌에 있는 여인숙에서 묵었다. 축대 밑의 눈이 녹아 땅이 엿가락처럼 질퍽거리는 동네 여인숙에서 1박에 30전을 내고 나서야 나는 물에 젖은 솜처럼 무거운 몸을 누일 수 있었다. 꼬마전구가 달린 1.5평 방은 옛날 메이지 시대에도 없었을 것 같은데, 내일을 기약할 수 없는 나는 이 방에서 나를 버린 섬 남자에게 아무 소용도 없는 긴 편지를 써본다.

모두 다 거짓투성이 세상이다
코오슈우행 막차가 머리 위로 지나간다
백화점 옥상처럼 쓸쓸한 삶을 버리고
나는 여인숙 이불 위에 정맥을 늘어뜨리고 있다.
열차가 갈기갈기 찢어놓은 시체를

나는 남의 것인 양 끌어안는다
한밤중에 더러운 방문을 열어보니
이런 곳에도 하늘이 있고 달빛이 노닐고 있다.

여러분 안녕히!
나는 비뚤어진 주사위처럼 다시 제자리
여기는 여인숙 지붕 아래입니다
나는 퇴적된 여수旅愁를 움켜쥐고
살랑살랑 바람을 맞고 있다.

밤이 깊었는데도 계속 사람들이 부산스럽게 들락거린다.

"저 미안한데요……"

그러고는 덜컹거리는 방문을 열고 불쑥 올림머리를 한 여자가 무례하게 내 얇은 이불 속으로 숨어든다. 곧바로 그뒤에 발소리가 크게 나더니 모자도 안 쓴 꾀죄죄한 남자가 방문을 약간 열고 말한다.

"어이! 거기 너, 일어나!"

어쩔 수 없이 여자가 한두마디 풍일거리며 복도로 나갔는데 찰싹 뺨을 때리는 소리가 계속 들려온다. 그러고는 다시 방 밖에는 구정물처럼 난감하고 뭔가 불안한 정적이 흐른다. 그녀가 어지럽힌 방 안 공기가 좀처럼 가라앉지 않는다.

"지금까지 하던 일은? 본적은, 행선지는, 나이는, 부모는……"

꾀죄죄한 남자가 다시 방 안으로 들어와 연필에 침을 바르면서 내 머리맡에 선다.

"너, 저 여자랑 아는 사이야?"

"아뇨, 갑자기 들어왔어요."

크누트 함순[10]도 이런 일을 경험하진 않았을 거다— 형사가 나간 뒤에 나는 다리를 쭉 뻗고서 베개 밑에 넣어둔 지갑을 만져보았다. 남은 돈은 1엔 65전이다. 달은 바람에 나부끼고 휘어진 높은 창문으로 형형색색의 네온 불빛이 보인다. —삐에로는 높은 곳에서 뛰어내리는 건 잘하지만 뛰어올라가는 재주를 보이는 것은 어려운데, 하지만 뭐 어떻게 되겠지, 굶어죽진 않겠지……

(12월 ×일)

아침에 오우메 거리 어귀에 있는 밥집으로 갔다. 따뜻한 차를 마시고 있는데 진흙투성이 차림의 지저분한 노동자가 뛰어들듯 들어와서,

"언니! 10전으로 뭐 먹을 거 없을까. 10전짜리 동전 한닢밖에 없는데."

큰 소리로 정직하게 말하고 서 있다. 그러자 열대여섯살 정도로 보이는 여자아이가,

"밥하고 두부조림이면 되나요?" 한다.

노동자는 금방 싱글벙글거리며 장의자에 걸터앉는다.

수북한 밥그릇, 저민 고기와 파를 넣은 두부조림, 텁텁한 된장국. 그게 10전 동전 하나의 영양식이다. 노동자는 천진난만하게 입을 크게 벌리고 볼이 미어지도록 밥을 먹는다. 눈물겨운 모습이다. 천장 벽에 '한끼 10전부터'라고 적혀 있는데도 10전 동전 한닢뿐인 노동자는 순진하게 큰 소리로 확인한 것이다. 나는 눈물이 날 것만 같았다. 밥이 나보다 많아 보였지만 그걸로 충분할까라는 생

---

10 1920년 노벨문학상을 수상한 노르웨이 소설가(1859~1952). 대표작으로 『굶주림』이 있다.

각을 했다. 그 노동자는 아주 생기가 있었다. 내 앞에는 밥, 잡탕, 장아찌가 나와 있었다. 너무나 빈약한 산해진미다. 합계 12전을 주고 가게 문을 나설 때 여종업원이 감사합니다라고 말해준다. 차를 실컷 마시고 아침 인사를 나누고서 12전이다. 막장의 세상은 광명과 종이 한장 차이에 불과한 매우 밝은 것이라는 생각이 든다. 하지만 마흔이 가까운 저 노동자를 생각하면 이것은 또 10전 동전 한 닢으로서, 실망, 밑바닥, 타락과 종이 한장 차이에 불과하지 않은가 싶다——

어머니만이라도 토오꾜오에 오신다면 어떻게든 일할 수 있을 텐데…… 나는 가라앉을 대로 가라앉아 결국 침몰해버린 난파선 같은 처지다. 파도가 치는 정도가 아니라 바닷물을 꿀꺽꿀꺽 삼키고 있는 내 처지는 결국 어젯밤 그 매춘부와 그렇게 많이 다른 것 같지 않다. 그녀가 서른이 넘었는지는 모르겠다. 만약 내가 남자였다면 그대로 그녀와 함께 밤을 보내고 아침에 죽음에 대해 이야기했을지도 모르겠다.

낮에 여인숙에 짐을 맡겨놓고 칸다에 있는 직업소개소를 찾아가본다.

어디를 가도 모래밭처럼 쓸쓸하고 가슴이 답답했다.
'네가 고용하는 것도 아니면서!'
멍청이!
못난이!
바보!
얼마나 냉정하고 거만한 여자들인지——

압지처럼 생긴 분홍색 카드를 소개소의 접수부 여자에게 건네 주니,

"월급 30엔 정도라고……"

접수원은 그렇게 중얼거리더니 내 얼굴을 쳐다보고 비웃는다.

"식모는 안돼? 사무원 자리는 여고 졸업한 사람으로 넘쳐나서 힘들어. 식모 자리는 많지만……"

눈사태가 난 것처럼 예쁜 여자들이 계속 들어온다. 정말이지 지당한 말씀이올시다.

전혀 소득 없음.

소개장은 먹물 회사와 주유소 그리고 이딸리아 대사관의 식모 이렇게 셋이다. 내 품속에는 이제 90전 정도밖에 남지 않았다. 저녁에 여인숙으로 돌아가니 예인들이 화분처럼 거울 앞에 모여 앉아 분을 얼굴에 잔뜩 바르고 있다.

"어젯밤엔 겨우 두푼 벌었어."

"사팔뜨기여서 사는 사람이 없지!"

"흥, 이래 봬도 좋다는 사람이 있단 말이야……"

"아이고, 그러셔요."

열네다섯으로 보이는 여자아이들의 대화이다.

(12월 ×일)

물밀듯 밀려오는 서러움. 미쳐버릴 것 같은 착각이 든다. 성냥을 켜고 난 다음 그것으로 눈썹을 그려본다. ─오전 10시. 코오지마찌 산넨 초오의 이딸리아 대사관으로 간다.

웃으며 살자. 그런데 왠지 얼굴이 찌푸려져요. ─서양 아이가 말을 타고 문밖으로 나온다. 문 옆에는 부서진 경비초소 같은 것

이 있고 예쁜 모래가 저 멀리 현관까지 이어져 있다. 나 같은 여자가 올 곳이 아닌 것 같다. 지도가 걸려 있는, 붉은 융단이 깔린 넓은 방으로 따라 들어갔다. 흑백의 의상, 서양 부인은 역시 아름답다는 생각이 들었다. 멀리서 보니까 훨씬 더 아름다웠다. 방금 전 말을 타고 나갔던 남자애가 응석을 부리며 들어온다. 서양 남자도 나왔지만 대사는 아니고 서기관인지 누군지라고 했다. 부부는 모두 키가 커서 위압감을 느끼게 했다. 흑백의 옷을 입은 부인이 조리실을 보여준다. 콘크리트 통 속에 양파가 널려 있고 풍로가 두개 놓여 있다. 식모가 먹는 것은 그 풍로로 요리한다고 한다. 식모 방은 꼭 폐가 같았다. 검은 셔터가 내려져 있고 비누 같은 외국의 냄새가 났다.

결국 요령도 못 깨치고 집 밖으로 나와버렸다. 으리으리한 산넨초오의 호화 주택가를 빠져나와 언덕을 내려오는데 12월 찬바람에 상점의 붉은 깃발이 펄럭이는 것이 가슴 아팠다. 인종이 다르니 인정도 알 수가 없다. 어디 다른 곳을 찾아볼까? 전차를 타지 않고 담을 따라 걸어가는데 그저 고향으로 돌아가고 싶어진다. 목적도 없이 토오꾜오에서 갈팡질팡해봤자 결국 아무 소용도 없다는 생각이 든다. 전차를 보고 있으면 자살을 생각하게 된다.

혼고오의 예전 집으로 가보았다. 쌀쌀맞은 아주머니! 치까마쯔 씨의 편지가 와 있었다. 선생님 집에서 나올 때 주우니소오에 사는 요시이 씨 댁에 식모가 필요하니 나를 추천해주겠다고 했지만 그것은 묽은 먹물로 쓴 거절의 편지였다.

문인은 박정한지도 모르겠다.

저녁에 신주꾸 거리를 걷다가 왠지 남자에게 매달리고 싶어졌다. '지금 누군가 나를 도와줄 사람은 없을까……' 신주꾸 역 육교에서 보라색 신호등이 반짝이며 흔들거리는 모습을 물끄러미 쳐다보다가 울어서 눈이 퉁퉁 붓고 어린애처럼 딸꾹질을 했다.

뭐든 부딪쳐 해결하자고 생각했다. 여인숙 주인아주머니에게 솔직히 털어놓았다. 일자리를 찾을 때까지 아래층에 같이 있어도 좋다고 한다.

"너, 버스 안내양 한번 해볼래? 잘만 하면 70엔은 벌 수 있다는데……"

어디서 도루묵이라도 굽는지 아주 비릿한 냄새가 난다. 70엔이라면 엄청나다. 어떻게든 의지할 수 있는 곳을 찾아야 해…… 10촉 전구를 켠 접수처의 각로 앞에서 어머니께 편지를 쓴다.

─병으로 고생하고 있으니 3엔을 마련해 보내주세요.

요전에 본 매춘부가 볼이 미어질 듯이 유부초밥을 먹으며 들어왔다.

"그저께 혼쭐났어. 너도 참 한심해."

"주인아저씨 화나셨어요?"

불빛 아래서 보니까 여자는 이미 마흔 정도의 나이에 탄력도 없는 건조한 얼굴이다.

"우리는 뭐 밤에 온갖 남자를 데려오는 저런 여자를 올빼미라고 하는데, 사실 크게 도움 되는 손님을 데려오는 것도 아니야. 우리 주인양반은 경찰한테 들볶여서 무지 화가 나 있어."

사람 좋아 보이는 늙은 아주머니는 차를 따르며 그 여자를 나쁘게 말했다.

밤에 아주머니가 우동을 주셨다. 내일은 주인아저씨의 소개로 버스 차고지에 시험을 치러 가야 한다. 해가 저물어도 돌아가 쉴 곳 없는 신세가 처량하지만 끙끙거려본들 해결책도 없는 세상이다. 오로지 내 튼튼한 몸만 믿고 일을 해보자. 바람이 불어서 전선이 시끄럽게 소리를 내고 있다. 이 조그만 나는 여인숙 한구석의 더러운 이부자리에 누워 벽에 걸린 다이꼬꾸[11]의 얼굴을 쳐다보며 구름 위의 궁전 같다는 공상을 한다.

'고향에 돌아가 시집이나 갈까……'

* * *

(4월 ×일)

오늘은 메리야스 가게를 하는 야스 씨의 소개로, 노점 자리를 할당하는 우두머리 집에 청주를 들고 찾아갔다.

도오겐자까의 장아찌 가게 골목 어귀에 있는 건설하청 간판을 지나 말끔하지는 않지만 정성스럽게 닦은 격자문을 열고 들어갔다. 화로 옆에는 늘 주간 노점 자리를 할당하는 할아버지가 차를 마시고 있었다.

"오늘밤부터 야시장 노점을 하겠다고? 밤낮으로 자리를 내면 금방 은행을 세우겠구먼!"

할아버지는 호인처럼 큰 소리로 웃으면서 내가 가지고 간 청주 됫병을 기분 좋게 받아주었다.

토오꾜오에는 아는 사람이 없기 때문에 부끄러울 게 전혀 없다. 별별 일이 다 있는 토오꾜오다. 빈털터리가 되었으니 아주 열심히 일하자. 엄청 힘들었던 과자 공장에 비하면 이 정도 일은 쉽다고 생각하니 마음이 편해졌다.

---

11 칠복신(七福神) 중 하나로 복덕의 신.

밤.

나는 무작정 만년필 장수 여자와 문패에 이름을 적어넣고 있는 할아버지 사이에 자리를 펼쳤다. 메밀국숫집에서 빌린 문짝에 메리야스 팬티를 늘어놓고 '20전 균일' 팻말을 걸고는 만년필 가게 불빛이 비치는 곳에서 『란제의 죽음』[12]을 읽는다. 크게 숨을 들이마시니 벌써 봄기운이 느껴진다. 이 바람결에는 아득한 추억이 있는 것 같다. 거리는 불빛의 바다이고 인파로 넘쳐난다. 그릇 가게 앞에서 초라한 차림의 대학생이 계산기를 팔고 있다. "여러분! 몇만 몇천 몇백 몇에 몇천 몇백 몇십을 더하면 얼마죠? 아시는 분이 한사람도 없나요? 아이고, 바보들만 계시네."

많은 사람을 앞에 두고 거들먹거린다. 그런 장사도 재미있을 것 같다.

우아한 사모님이 팬티를 이십분이나 만지작거리다 달랑 한장만 사 간다. 어머니가 도시락을 가지고 왔다. 날씨가 따뜻해지면 이상하게도 옷의 얼룩이 눈에 잘 띈다. 어머니의 옷도 밑단이 너덜너덜하다. 무명을 한필 사드려야겠다.

"내가 잠시 봐줄 테니 니는 밥 묵어라."

장아찌와 어묵조림이 사기 찬합에 담겨 있었다. 등을 돌리고 차도 따뜻한 물도 없이 식사를 하고 있는데 만년필 장수 여자가,

"아무 데나 있는 그런 물건이 아니에요. 한번 만져보세요."

하고 큰 소리로 외친다.

갑자기 씁쓸한 눈물이 흐른다. 어머니는 겨우 한숨을 돌린 지금의 생활이 기쁜지 지나간 옛 노래를 나지막하게 부른다. 큐우슈우

---

12 러시아 작가 미하일 아르찌바셰프(Mikhail Artsybashev, 1878~1927)의 소설.

에 간 아버지 일만 잘 풀리면 당분간 어머니의 노래 정도는 아니더라도 조금은 안정될 것 같다.

(4월 ×일)

거리를 지나다니는 여자들은 자르르 물 흐르듯 얇은 숄을 걸치고 있다. 나도 저런 거 하나쯤 가지고 싶다. 4월의 양품점 쇼윈도우는 금색과 은색과 벚꽃으로 휘황찬란하다.

하늘로 뻗은 벚꽃 가지가
엷은 핏빛으로 물들면
어머, 가지 끝에서 분홍빛 실이 나와
정열의 제비뽑기를 하네

먹고살기 힘들어 무도장에 가서
발가벗고 춤추는 아가씨가 있다 한들
그것은 벚꽃의 잘못이 아니에요.

하나의 마음
두가지 의리
파란 하늘 아래 만발한 벚꽃에서
살아 있는
모든 여인의
맨입술을
슬슬 이상한 실이 더듬어가고 있네.

가난한 아가씨들은

밤이 되면

과일처럼 입술을

저 하늘로 던져버린대

파란 하늘을 수놓은 분홍 벚꽃은

그 가련한 여인들의

어찌할 수 없는 입맞춤이에요

모른 척 외면하는 입술 자국이에요.

숄을 살 돈을 모으는 것은 아주 힘든 일이라 생각되어서 할인 영화를 보러 갔다. 영화는 「철도의 백장미」, 정말 재미없다. 도중에 비가 내려 허름한 영화관에서 나와 노점으로 갔다. 어머니가 자리를 정리하고 있었다. 언제나처럼 짐을 지고 둘이 역으로 갔다. 밤시간의 역은 꽃구경을 다녀온 아롱다롱 금붕어 같은 아가씨와 신사들로 붐볐는데, 여기저기 해초처럼 떠다니며 아주 소란스러웠다. 그 사람들 사이를 헤치고 우리는 전차를 탔다. 비가 쏟아진다. 쌤통이다. 더 많이 더 세게 내려 꽃이 몽땅 져버리면 좋겠다. 어두운 창에 얼굴을 기대고 밖을 내다보는데 어머니가 힘없이 아이처럼 흔들거리며 서 있는 모습이 유리창에 비친다.

전차 안에도 고약한 사람들이 가득 차 있는 거야.

큐우슈우에서는 무소식.

(4월 ×일)

어머니가 비를 맞고 감기에 걸려서 나는 혼자 야시장 노점을 하러 나갔다. 책방 앞에는 아직 잉크가 채 마르지도 않은 새 책이 많이 나와 있었다. 어떻게든 사서 보고 싶다. 진흙탕이어서 걷기가 힘들었는데, 도오겐자까 길은 팥소를 뿌려놓은 것 같은 포장도로였다. 오늘 하루를 쉬면 비가 계속 오는 날에는 힘들어지므로 참고 노점을 하기로 한 것이다. 누런색이 질척거리는 거리에 노점이라고는 고무신 가게와 나뿐이다. 여자들이 내 얼굴을 쳐다보고는 낄낄 웃으며 지나간다. 연지를 많이 발라서일까? 아니면 머리 모양이 이상해서일까? 나는 여자들을 노려보았다. 여자만큼 매정한 동물도 없다.

날씨는 좋지만 길이 안 좋다. 점심나절부터는 장식용 가발 노점도 나왔다. 자릿세가 2전 올랐다며 투덜댄다. 점심때 우동을 두그릇 먹었다. (16전이다.) 학생 한명이 팬티를 다섯장이나 사간다. 오늘은 일찍 마치고 시바에 물건을 떼러 가야겠다. 돌아오는 길에 붕어빵을 10전어치 샀다.

"야야, 야스 씨가 전차에 치이가 위독하단다……"

집에 오니 이불 속에서 어머니가 그렇게 말했다. 나는 짐을 진 채 망연자실했다. 점심시간 지나 야스 씨 가족이 알리러 왔다면서 어머니는 병원 이름이 적힌 쪽지를 찾는다.

밤에 시바에 있는 야스 씨 댁으로 갔다. 젊은 부인이 눈이 퉁퉁 부은 채 막 병원에서 돌아온 때였다. 나는 완성품을 조금 건네받고는 물건 대금을 놓고 나왔다. 세상은 정말이지 온통 이렇게 재난만 있는 것 같다. 어제까지 신나게 재봉틀 페달을 밟던 야스 씨 부부를 생각했다. 봄이 와서 벚꽃이 피었는데 나는 전차 창문에 기대어 아까사까 부근 해자의 불빛을 그저 바라만 보았다.

(4월 ×일)

아버지한테서 긴 편지가 왔다. 장마 탓에 거의 굶고 있다고 한다. 어머니가 꽃병 속에 모아둔 14엔을 전부 보내라고 해서 서둘러 우편환으로 바꿔 송금하기로 했다. 내일은 또 내일의 바람이 불겠지. 야스 씨가 죽고 나니 그토록 손쉬운 속옷 장사도 할 수 없게 되었다. 나와 어머니는 너무나 지쳐서 모든 게 귀찮아졌다.

14엔을 큐우슈우에 보냈다.

"야야, 우리는 한평 반짜리 방으로도 충분하니까 세평짜리 방은 세를 놓자 마."

셋방, 셋방, 셋방, 나는 아주 기뻐서 아이처럼 종이에 휘갈겨쓰고는 나루꼬자까 거리에 붙이러 나갔다. 자나 깨나 결국 죽고 싶다는 말뿐이지만, 우라질! 가끔은 쌀 다섯되라도 사고 싶은 법이라며 웃어본다. 어머니는 근처에서 재양載陽 일이라도 하겠다고 하고 나는 요즘 여급과 기생 광고에 자꾸만 눈이 간다. 툇마루에 앉아 볕을 쬐고 있는데 시꺼먼 흙 위로 아물아물 아지랑이가 피어오른다. 이제 곧 5월이다. 내가 태어난 5월이다. 어머니가 뒤틀린 유리문에다 세탁한 헝겊 조각을 다닥다닥 붙이다가 갑자기 생각난 듯 말한다.

"내년에는 니 운세가 좋단다. 올해는 니도 니 아부지도 삼재라서 마……"

내일부터 이 삼재덩어리는 어떻게 되는 걸까요? 운세고 뭐고 다 필요 없어요. 어머니, 계속 악운만 이어지잖아요.

속치마도 사고 싶다.

(5월 ×일)

세놓을 방이 너무 더러워서 아무도 들어오지 않는다. 어머니가 채소 가게에서 외상으로 큰 양배추를 사왔다. 양배추를 보니 뜨거운 김이 모락모락 나는 돈가스를 베어물고 싶다. 텅 빈 방에 드러누워 천장을 쳐다보다가 생쥐처럼 작아져 이것저것 갉아먹으면서 돌아다니는 것도 재미있겠다는 생각을 했다. 밤에 어머니가 목욕탕에서 들었다며 파출부라도 하면 어떻겠느냐고 한다. 그것도 좋을지 모르겠지만, 나는 태생이 야성적이다. 부잣집에서 머리를 조아리는 건 할복하는 것보다도 더 힘들다. 서운해하는 어머니 얼굴을 보니까 자꾸만 눈물이 쏟아진다.

배가 고프지만 굶주리진 않았다 하고 잘난 척할 때가 아니다. 내일부터, 아니 당장 지금부터 굶주리게 될 처지다. 아아, 그 14엔은 큐우슈우에 잘 도착했을까? 토오꾜오가 싫어졌다. 아버지가 빨리 부자가 되면 좋겠다. 큐우슈우도 좋고, 시꼬꾸도 좋다. 늦은 밤에 어머니가 연필에 침을 발라가며 아버지에게 편지 쓰는 걸 보면서 내 이런 몸뚱이라도 사줄 사람은 없을까 하고 생각했다.

(5월 ×일)

아침에 일어나보니 벌써 게따가 씻겨 있었다.

가여운 우리 어머니! 나는 오오꾸보 햐꾸닌 초오에 있는 파출부 사무실을 찾아갔다. 중년 아주머니 두분이 사무실에서 바느질을 하고 있었다. 일자리를 구하는 사람이 적은지 그곳 주인은 소개장 같은 것과 약도를 건네준다. 거기 가서 내가 할 일은 약학대 학생의 조수 일이라고 한다. ─나는 길을 걸을 때가 제일 즐겁다. 5월의 먼지를 뒤집어쓰며 신주꾸 육교를 건넌 후 시영전차를 타고 내다보니까 거리 풍경은 정말이지 '천하태평이오'라는 깃발을 걸어놓은 그런 모습이었다. 거리를 보고 있노라면 힘든 일 따위는 전혀 없을 것 같다. 사고 싶은 물건이 모두 다 내걸려 있다. 나는 전차 유리창을 보면서 갈래올림머리를 매만졌다. 혼무라 초오에서 내리면 고급 주택가 골목 안쪽에 그 집이 있다.

"실례합니다."

집이 크네. 이런 큰 집의 조수가 될 수 있을까…… 문 앞에서 돌아갈까 말까 몇번이나 망설이며 우두커니 서 있었다.

"이봐요, 파출부 언니! 사무실에서는 전화로 아까 나갔다고 하던데, 늦게 와서 도련님이 화나셨어요."

내가 따라 들어간 곳은 좁은 서양식 응접실이었다. 벽에는 빛바랜 밀레의 「만종」이 그려진 책의 머릿그림이 붙어 있었다. 밋밋한 방이었다. 소파는 이상하리만치 부품하고 부드러웠다.

"늦어서 죄송합니다."

아버지가 니혼바시에서 약국을 한다나 뭐라나, 내가 할 일은 약 견본을 정리하는 간단한 것이라고 했다.

"하지만 나중에 내가 일이 바빠지면 정서하는 일도 해줬으면 해요. 그리고 일주일쯤 뒤 미우라의 미사끼로 연구하러 가는데 같이 갈 수 있나요?"

이 남자는 스물네댓살쯤으로 보였다. 나는 젊은 남자 나이를 도저히 짐작할 수 없어서 키가 큰 이 남자의 얼굴을 물끄러미 쳐다보았다.

"차라리 파출부 일을 관두고 매일 올 수 있을까요?"

나도 꼭 물건처럼 느껴지는 파출부 일보다는 그 일이 낫겠다고 생각해서 한달에 35엔을 받기로 하고 약속해버렸다. 홍차랑 양과자가 나와서 어릴 때 일요일날 교회 가던 일이 생각났다.

"몇살이에요?"

"스물하나요."

"그럼 밑단을 내려서 입는 게 좋을 것 같은데."[13]

나는 얼굴이 화끈거렸다. 35엔이 매달 이어지면 좋겠다고 생각했다. 하지만 이것도 믿을 수는 없다. ―집에 돌아오니 오까야마의 할머니가 위독하다는 전보를 어머니가 손에 쥐고 있었다. 할머니는 어머니와 나랑은 아무 관계도 없지만 하나뿐인 새아버지의 어머니다. 시골에서 오비 공장에 다니고 있는 할머니가 위독하다니 불쌍했다. 무조건 어머니가 가야 한다고 생각했다. 하지만 돈은 이미 사오일 전에 큐우슈우의 아버지에게 부쳐버렸고 오늘 일하러 간 집에서 빌리는 것도 염치가 없다. 그래서 집세가 네달이나 밀려 있지만 나는 어머니와 함께 집주인에게 의논하러 갔다. 10엔을 빌렸다. 이자를 많이 쥐야겠다고 생각했다. 남은 밥으로 도시락을 만들어서 보자기에 쌌다. ―혼자 타고 가는 밤기차는 적적한 법이다. 늙고 초라한 모습으로 어머니를 아버지 고향에 가게 하고 싶지는 않았지만, 우리 두사람 모두 절체절명의 곤궁한 처지인 탓에 묵묵히 기차에 오를 수밖에 없었다. 오까야마까지 가는 표를 사서 드렸다. 어두운 불빛 아래에서 시모노세끼행 급행열차가 배웅하는 많은 사람들을 집어삼키고 있었다.

"사오일 내로 가불해서 보낼게요. 조심해서 다녀오세요. 바보처럼 주눅 들면 안돼요."

어머니는 아이처럼 눈물을 흘렸다.

"바보같이…… 기찻삯은 어떻게든 보낼 테니까 아무 걱정 말고

---

13 일본 전통복의 경우 아이들에게 성인 옷의 어깨 부분과 밑단을 접어넣어서 입히는데, 성장하면 단을 내려서 입는 것이 일반적이다.

할머니 잘 돌봐드리고 오세요."

기차가 떠나자 별것도 아닌 일이 갑자기 슬프고 안타까워 현기증이 날 정도였다. 전철을 타지 않고 토오꾜오 역 광장으로 나갔다. 오랫동안 얼굴에 크림을 바르지 않아 살갗이 따끔거렸다. 꼭 바보처럼 눈물이 흘러내렸다. 믿는 자여, 주에게로 오라…… 멀리서 구세군 악대 소리가 들려왔다. 뭐가 믿는 자야? 나 자신을 믿을 수 없는데, 예수건 부처건 가난한 사람들은 믿을 여유가 없어! 종교가 도대체 뭐야? 먹고사는 게 힘들지 않으니까 저 사람들은 거리에서 풍악까지 울리고 있어. 믿는 자여 오라…… 저런 음침한 노래 따위는 질색이야. 차라리 멋진 봄 노래를 부르든지. 나는 오히려 긴자처럼 아름다운 거리에서 귀족의 자동차에 치여 피를 토할 정도로 다치고 싶다. 불쌍한 어머니, 지금쯤 토쯔까 또는 후지사와 부근을 지나고 있나요? 삼등칸 구석에서 무슨 생각을 하고 있나요? 어디쯤 가고 있나요…… 35엔이 계속 이어지면 좋겠다. 제국극장의 불빛이 해자 위로 환히 비친다. 나는 기차가 달리는 선로의 풍경을 상상한다. 정말이지 주변의 모든 것이 조용하다. 천하태평이올시다.

＊ ＊ ＊

(11월 ×일)

덧없는 세상을 버리고 산속에서 사노라. 나는 매일 이런 저속한 노래에 둘러싸여 쎌룰로이드 인형에 색칠하는 일을 한다. 일당 75전짜리 여공이 된 지도 오늘로 네달째다. 내가 색칠한 나비 모양 머리핀은 추억의 기념품이 되어 지금 어디쯤 가 있을까? 닛뽀리의 카나스기에서 온 치요는 극장에서 샤미셴을 연주하는 아버지와 여섯 형제랑 함께 변두리에서 살고 있다고 한다. "나하고 아버지가 벌지 않으면 굶어죽어……" 창백한 얼굴의 치요는 씁쓸한 표정으로 나비에 붉은 물감을 덕지덕지 칠했다. 여기는 이십명의 여공과 열다섯명의 남자 공원이 있는 소규모 쎌룰로이드 공장이다. 납처럼 생기가 없는 여공들 손에서 큐피 인형이 익살을 부리고, 야시장 노점의 머리핀이나 오비 심지, 하층계급을 대상으로 하는 허접하고 잡다한 물건들이 매일같이 시장으로 홍수처럼 흘러들어간다. 아침 7시부터 저녁 5시까지 우리 주위는 삶은 오징어 빛깔의 쎌룰로이드 나비와 큐피 인형으로 넘쳐난다. 우리는 고무 냄새가 진동하는 그런 물건에 파묻혀 일을 마칠 때까지 거의 고개 들어 창밖을 내다볼 수가 없다. 경리 담당인 사장 마누라는 우리가 지치는 때를 가늠하여 닦달하러 나온다.

"빨리빨리 서둘러요!"

흥! 너도 우리랑 마찬가지로 여공 출신인 주제에. "우리는 기계가 아니잖아!" 발송부 남자들은 그녀가 나타나면 혀를 날름거리며 웃곤 했다. 5시가 지났지만 우리는 이십분 정도 덤으로 일한다. 일당 봉투를 담은 소쿠리를 돌리면 잠시 격렬한 쟁탈전이 벌어지고 나서야 각자 자기 봉투를 집어든다. ─저녁에 작업하던 옷차림 그대로 공장을 나서는데 뒤에서 치요가 쫓아온다.

"얘, 오늘 시장에 안 갈래? 나는 저녁 찬거리 사러 가는데……"

치요와 내 손에 들린 한 소쿠리에 8전 하는 꽁치는 푸른빛과 함께 비릿한 냄새를 풀풀 우리 위장으로 전해주었다.

"이 길을 걷고 있을 때만은 그래도 행복하단 생각이 들지 않니?"

"그래, 맞아. 홀가분해지니까."

"아아, 그래도 넌 혼자라 부럽다."

치요의 예쁜 묶음머리 위에 소복하게 앉아 있는 하얀 먼지를 보노라니 길거리의 화려한 모든 것들을 불살라버리고 싶을 만큼 나는 격양된다.

(11월 ×일)
왜?
왜?
우리는 언제까지 이렇게 바보처럼 살아야 하는 걸까? 언제까지고 쎌룰로이드 냄새나는 쎌룰로이드 생활이다. 하루 종일 덕지덕지 삼원색을 칠하며 태양과 격리된 비뚤어진 공장 안에서 벌레처럼 그저 한없이 긴 시간과 청춘과 건강을 착취당한다. 어린 여자들의 얼굴을 바라보면 너무나 슬퍼서 가슴이 저려온다.

하지만 잠깐 기다리세요. 우리가 만든 큐피 인형과 나비 핀이 가난한 애들의 머리를 축제 때처럼 예쁘게 꾸며줄 걸 생각하면 저 창문 밑에서 그래도 조금은 미소를 지을 수 있겠지요—

한평 크기의 방에는 밥솥과 밥공기, 종이상자 쌀통과 고리짝, 그리고 조그만 책상이 마치 평생의 내 빚처럼 자리를 차지하고 있다. 비뚤게 놓여 있는 이불 위에서 천창天窓으로 들어온 아침 햇살이 반짝반짝 빛나고 있고, 먼지가 띠처럼 내 얼굴 위에서 어른거린다. 도대체 혁명은 어디로 부는 바람일까…… 아주 멋진 말들을 많이 알고 있는 일본의 자유주의자들이여! 일본의 사회주의자들은 도대체 어떤 동화 같은 이야기를 공상하는 걸까요?

현미빵보다도 따끈따끈한 갓 태어난 신생아에게 비단옷이냐 무명 배내옷이냐처럼, 도대체 얼마나 차이를 내야 하는가!

"얘, 오늘 공장 쉬는 날이니?"

아주머니가 장지문을 두드리면서 큰 소리로 말한다. 나는 혀를 차며 심각하게 두 손을 머리 아래에 집어넣고 중요한 것을 새삼 생각하고 있었는데, 그저 눈물만 나왔다.

한통의 어머니 편지.

50전이라도 좋으니 보내다오. 나는 류머티즘으로 고생하고 있다. 아버지랑 네가 빨리 여기로 올 그날을 기다리고 있다. 아버지도 신통치 않다는 소식이고 너도 생각보다 형편이 좋지 않다고 하니 사는 게 괴롭구나. ─비뚤배뚤한 카나 문자로 쓴 편지다. 끝에 '어머니 귀하'라고 쓴 것을 보고는 손으로 톡 치고 싶을 만큼 어머니가 사랑스러워진다.

"어디 몸이라도 아프십니까?"

이 재봉틀집에 함께 세 들어 사는 인쇄공인 마쯔다 씨가 거리낌 없이 문을 열고 들어왔다. 열대여섯살짜리 애들처럼 키는 작고 머리를 어깨까지 기른, 내가 싫어하는 것을 몽땅 다 갖춘 남자이다. 천장을 쳐다보며 생각에 빠져 있던 나는 획 등을 돌리고 이불을 뒤집어썼다. 이 사람은 아주 고맙고 친절한 사람이다. 하지만 얼굴을 마주하면 우울할 정도로 불쾌해지는 사람이다.

"괜찮습니까?"

"그냥 마디마디가 다 쑤셔요."

가게에서는 주인아저씨가 판매용 청색 작업복을 만들고 있는 것 같다. 드르륵…… 하며 이를 가는 듯한 재봉틀 소리가 난다. "60엔만 있어도 우리 둘이 잘 살 수 있는데 당신이 너무 냉담해서 정말 서럽습니다."

머리맡에 바위처럼 앉아 있던 마쯔다 씨가 시꺼먼 이끼 같은 얼굴을 숙여 내 얼굴 위로 다가왔다. 남자의 거친 숨결을 느끼게 되자 안개처럼 눈물이 흘러나왔다. 이런 따뜻한 말로 나를 위로해준 남자가 지금껏 단 한명이라도 있었던가. 다들 나를 부려먹고는 연기처럼 사라져버리지 않았던가! 이 사람과 하나로 합쳐 조그만 전셋집이라도 구해 가정을 꾸려볼까 하고 생각해본다. 하지만 그것은 너무나 슬픈 이야기다. 마쯔다 씨는 십분만 얼굴을 마주하고 있어도 속이 불편해지는 그런 사람이다.

"미안하지만 몸이 안 좋아요. 말할 기운이 없으니까 저쪽으로 가주세요."

"당분간 공장을 쉬도록 해요. 그동안은 내가 알아서 할게요. 당신이 나하고 결혼해주지 않아도 괜찮아요."

정말이지 세상은 뒤죽박죽인 것 같다—

밤.

쌀을 한되 사러 나간다. 그 김에 보자기를 들고서 아이조메바시의 야시장으로 가보았다. 꽃집, 러시아 빵, 동그란 팥빵 가게, 건어물 가게, 채소 가게, 헌책방, 오랜만의 산책이다.

(12월 ×일)

흠, 거리는 크리스마스라고요. 구세군 자선냄비도, 쇼윈도우의 칠면조도, 신문과 잡지도 일제히 거리에 넘쳐나고, 전단지도 광고 깃발도 온통 혈안이 되고 있는 것 같다.

저녁이다. 급행열차다. 저 창 밖에서 바람이 저렇게 움직인다. 능률을 올려야 한다며 더러운 벽에 걸린 칠판에 여공 스무명의 실적을 매일 숫자로 표시해서는 마치 일기예보처럼 우리를 압박한다. 350개의 할당을 못 채우면 일당 봉투에 덜렁거리는 테이프처럼 '5전 감액' '10전 감액'이라는 전표가 붙는다.

"정말 짜증 나네……"

여공들은 사사라[14]처럼 대충 만들어버린다. 같은 그림이지만 이건 너무나 우스꽝스러운 도미에[15] 만화 같잖아!

"정말이지 사람을 쓰레기 취급한다니깐."

시계가 5시를 알려도 계속 일감만 가져오고 일당 봉투는 좀체 가져오지 않는다. 4시쯤에 경리 담당인 사장 마누라가 어린 자식들을 데리고 자동차를 타고 시내로 가는 것을 변소 창문 너머로 제일 어린 히까리가 보고 여공들에게 보고하자 여공들은 손을 움직이면서 연극을 보러 간다는 둥 설빔을 사러 간다는 둥 이런저런 추측을 쏟아낸다.

7시 반.

아침부터 밤까지 일한 노동의 댓가로 60전을 받아서 돌아온다. 솥을 풍로에 올리고 밥공기와 젓가락을 상 위에 놓으면서 인생은 이런 건가 하고 곰곰이 생각해본다. 구시렁거리면서 불평을 늘어놓는 사람의 뺨을 후려치고 싶다. 밥이 끓어오르는 사이에 쓴, 어머니께 보내는 편지 안에 한동안 모은 분홍색 50전짜리 지폐 다섯 장을 넣고 봉투를 닫는다. 지금 당장 무엇과 무엇이 없으면 참 좋겠다는 생각을 하다보면 방세 5엔이 터무니없게 느껴진다. 한평에 5엔이다. 하루 종일 일하고 보통 60전을 받으면 겨우 쌀 두되 값이다. 다시 이전처럼 까페 여급을 할까 하는 생각도 한다. 하도 여러 번 물에 빨아서 나처럼 축 처진, 벽에 걸린 메이센銘仙 키모노를 바

---

14 끝을 잘게 쪼갠 대나무를 다발로 묶어 만든 악기.

15 오노레 도미에(Honoré Daumier, 1808~79). 프랑스의 화가. 풍자적 판화로도 유명함.

라보면 너무나도 한심해진다. 아무것도 없나이다. 위험해! 위험해! 위험한 게으름뱅이는 폭탄을 안겨주면 대충 아무 데나 던져버릴 거야. 이런 여자는 혼자 구질구질하게 사느니 차라리 어서 둘로 찢어져 죽어버리고 싶어한다. 따뜻한 밥에다 어젯밤 먹다 남긴 꽁치를 우적우적 씹어먹으니까 살아 있는 것도 꽤 괜찮은 것 같다. 단무지를 싸준 가게의 헌 신문지에는 아직도 수천만평의 황무지가 홋까이도오에 있다고 씌어 있다. 그런 미개척지에 우리들의 천국을 만들 수 있다면 좋겠다고 생각한다. '비둘기 구구'라는 노래가 만들어질지도 모르겠다. '모두 다 사이좋게 이리로 와' 하는 노래가 유행할지도 모르겠다. ——목욕탕에 갔다 오는 길에 컴컴한 골목 어귀에서 마쯔다 씨를 만났다. 나는 말없이 그의 옆을 지나갔다.

(12월 ×일)
"아이고, 그런 체면치레는 그만하고, 마쯔다 씨가 빌려준다는데 빌리지 그러냐. 사실 우리도 너희 방세 받아서 먹고사는데."
머리숱이 적은 아주머니의 얼굴을 보니 당장 이 집에서 나가고 싶을 만큼 서러워졌다. 이게 집을 나설 때 치르는 전쟁이다. 서둘러 네즈 쪽으로 가는데 마쯔다 씨가 술집 앞 우체통에 엽서를 넣으면서 나를 기다리고 있었다. 항상 싱글벙글하고 정말 사람은 좋지만 왠지 모르게 나는 속이 메슥거려 참을 수가 없다.
"아무 말 말고 빌려가세요. 나는 그냥 줘도 괜찮은데 그쪽이 싫어할까봐서요."
그러면서 마쯔다 씨는 화장지로 둘둘 만 돈을 내 오비 사이에 찔러넣는다. 나는 단을 접어올린 구식 하오리[16]가 부끄럽고 왠지 민망해서 그대로 전차에 올라타버렸다. ——어디 갈 곳도 없다. 반대 방향의 전차를 타버린 나는 내 그림자를 밟으며 차가운 우에노에서 내렸다. 직업소개소의 높다란 광고등이 난파선의 신호처럼 미친 듯 바람에 흔들리고 있었다.

"원하는 일은……"

조방꾸니처럼 보이는 접수원이 말을 걸어서 나는 먼저 마른침을 삼키고 상품처럼 보이는 구인광고 전단지를 쳐다봤다.

"힘든 일을 해도 한평생, 편한 일을 해도 한평생. 아가씨, 잘 생각해봐."

접수원은 어깨에 숄도 걸치지 않는 이 초라한 여자의 값을 매기기 시작하는지 실눈을 뜨고서 힐끗힐끗 쳐다본다. 시따야의 초밥집 종업원 자리를 부탁하니까 1엔의 수수료를 50전으로 깎아준다. 나는 공원으로 갔다. 당장 눈이 내릴 것 같은 날씨인데도 부랑자들은 벤치에서 드르렁 코를 골며 자고 있다. 사이고오[17]의 동상도 떠돌이 무사들이 일으킨 전쟁의 유물이다. 당신과 나는 고향이 같아요. 카고시마가 그립지 않나요? 키리시마 산, 사꾸라지마, 시로야마, 따뜻한 차와 카루깐[18]이 맛있는 계절입니다.

당신도 나도 추워 보여.

당신도 나도 가난해.

낮부터 공장에 나간다. 사는 게 고달프다.

(12월 ×일)

어젯밤 책상서랍에 넣어둔 마쓰다 씨의 마음. 갚으면 돼, 빌릴까,

---

16 일본 전통 의상의 짧은 겉옷.
17 사이고오 타까모리(西鄕隆盛, 1828~77). 메이지 유신을 주도한 정치가.
18 카고시마의 특산 과자.

약한 자여, 그대 이름은 가난이로다!

> 집에 돌아갈 그 시간이 오기를
> 그 하나만을 오로지 기다리며
> 오늘도 일을 한다.

타꾸보꾸는 이렇게 집에 돌아갈 일을 즐겁게 노래하고 있지만, 나는 공장에서 돌아오면 퉁퉁 부은 무거운 다리를 쪽방이 비좁도록 쭉 뻗으며 크게 하품한다. 그게 유일한 즐거움이다. 손가락만 한 큐피 인형 하나를 몰래 가져와서는 그릇 선반 위에 올려놓고 쳐다본다. 내가 그린 눈, 내가 그린 날개, 내가 만든 큐피, 찬밥에 된장국을 부어 후루룩 마시는 초라한 저녁식사입니다. ─마쯔다 씨가 이상하게 큰기침을 하면서 창문 아래로 지나간다 싶었는데 어느새 부엌 쪽으로 들어와 말을 건넨다.

"벌써 먹어요? 잠깐만 기다려요, 고기 사왔으니까."

마쯔다 씨도 나처럼 자취를 한다. 아주 성실한 사람 같다. 석유풍로에서 지글지글 고기 굽는 냄새가 나자, 나는 민망하게도 입맛을 다신다. "미안하지만 이 파 좀 썰어줄래요?" 어젯밤 자기 마음대로 내 책상서랍을 열어 돈봉투를 넣어놓고는, 그리하여 달랑 10엔 빌려주고는 벌써 굉장히 친한 듯 나한테 파를 썰어달라고 한다. 이런 넉살 좋은 사람이 나는 제일 싫다…… 멀리서 떡메를 치는 소리가 우렁차게 들려온다. 나는 말없이 무장아찌를 우적우적 씹고 있는데, 부엌에서는 파를 또각또각 썰고 있는 것 같다. "알았어요, 썰어줄게요." 모른 척하고 있기에는 몹시 안쓰러워 방문을 열고는 마쯔다 씨가 쥔 칼을 잡아챘다.

"어제 고마웠어요. 주인아주머니께 5엔 드리고 5엔 남았으니까 돌려드릴게요."

마쯔다 씨는 가만히 붉은 고기 살점을 대나무 껍질 벗겨내듯 떼어 냄비에 넣고 있었다. 무심코 쳐다본 일그러진 마쯔다 씨의 얼굴에 눈물 한방울이 조그맣게 반짝인다. 안채에서는 화투를 시작한 걸까, 아주머니의 그 신경질적인 목소리가 쩌렁쩌렁 천장을 뚫고 들려온다. 마쯔다 씨는 묵묵히 쌀을 씻기 시작한다.

"어머, 이제야 밥을 짓는 거예요?"

"예, 당신이 밥을 먹고 있기에 고기를 빨리 주려고 했던 거예요."

서양 접시에 담아준 고기는 어떤 생각으로 내 목구멍을 지나갔을까? 나는 이런저런 사람들을 떠올리며 다들 별것 없다고 생각했다. 마쯔다 씨와 결혼을 하더라도 괜찮겠다는 생각이 들었다. 저녁을 먹고 나서 마쯔다 씨 방에 처음으로 놀러 갔다.

마쯔다 씨는 소쿠리에 신문을 펴고 부스럭거리면서 설날 떡을 가지런히 담고 있었다. 부드럽게 녹았던 내 마음이 팽팽한 화살 시위처럼 예전보다 더 날카로워지면서 곧바로 내 방으로 돌아와버렸다.

"초밥집도 재미없고……"

밖에는 태풍이 불고 있다. 큐피야, 빨리 '비둘기 구구' 하며 노래를 불러줘. 온통 날려버려, 날려버려줘, 바람아! 눈보라야!

* * *

(4월 ×일)

지구야, 탕 둘로 쪼개져버려, 하고 소리친 나는 한마리 검은 고양이다. 세상 사람들은 곁눈으로 조용히 조용히 하라고 말씀하신다.

아침에 언제나처럼 쓸쓸히 눈을 뜬다. 얇은 벽에 걸려 있는 검은 양산을 물끄러미 보고 있노라니까 양산이 여러가지 형태로 보인다. 오늘도 이 남자는 쾌청한 벚꽃 길을 '우리 동지여!' 하며 젊은 여배우와 손잡고 대사를 주고받으며 걷겠지. 나는 등을 돌리고 자는 남자의 머리를 가만히 쳐다본다. 아아, 그냥 이대로 이불을 묶어 밖으로 나오지 못하도록 하면 어떨까…… 이 남자에게 총을 겨누면 생쥐처럼 바들바들 떨겠지. 고작 배우 주제에 인쩰리겐쩌아의 아침꾼이 되어 '우리 동지여'라니 꼴불견이야. 난 이제 당신한테서 정나미가 떨어졌어요. 당신의 그 검정 가방에서는 2000엔이 든 저금통장과 연애편지가 튀어나오려 손을 내밀고 있던데요.

"조만간 생활이 어려워질 거야. 어느 극단에든 들어가야겠지만…… 내 나름의 신념도 있고 해서 말이지."

나는 남자에게 아주 나약한 여자입니다.

나는 그 말을 듣고 하염없이 눈물 흘리며, 그럼 제가 시내로 나가 일을 해볼까요?라고 했다. 그러고는 사오일 동안 일할 곳을 찾아다니다 생선 내장처럼 지쳐 집으로 돌아왔는데…… 거짓말쟁이! 나는 어젯밤 당신이 항상 애지중지하면서 자물쇠로 채워놓은 그 가방을 살짝 훔쳐봤어요. 2000엔이라는 돈은 당신이 '우리 프롤레따리아들이여!'라고 할 정도의 적은 액수는 아니잖아요? 나는 그렇게 아름다운 눈물을 흘렸던 게 바보처럼 느껴졌다. 나라면 2000엔과 젊은 여배우만 있으면 당분간은 잘 살 수 있다.

'아아, 덧없는 세상이 괴롭나이다.'

이렇게 자고 있을 때는 사이좋은 부부다. 차가운 입맞춤은 딱 질색. 당신의 체취에는 칠년이나 같이 산 마누라와 젊은 여배우 냄새가 가득 배어 있어. 당신은 그 여자들에 대한 욕정을 안고서 그저 내 목에 팔만 두르고 있어.

아아, 차라리 매춘부가 되는 편이 훨씬 마음 편하고 훨씬 좋을
지 몰라. 나는 벌떡 일어나 남자의 베개를 차버렸다. 거짓말쟁이!
남자는 착화탄처럼 산산조각으로 부서진다. 꽃이 만발하게 핀 맑
은 4월의 하늘이여! 지구 바깥에서 훅훅 열풍이 불어오고, 어이, 어
이 하며 보이지 않는 소리가 4월 하늘에 울려퍼진다. 집을 뛰쳐나
와요! 아무도 모르는 곳에서 일합시다. 어렴풋한 안개 속에서 나는
하느님의 손을 보았다. 새까만 하느님의 팔을 보았다.

(4월 ×일)

　　한번은 위로의 말 두번은 거짓말
　　세번은 설마에 속아……
　　지긋지긋한 내 번뇌여, 저는 여자였습니다. 역시나 애절한 눈물로
지새웁니다.

　　닭의 생간에
　　불꽃이 사라지고 밤이 왔다
　　동과 서! 동과 서!
　　드디어 남자와의 최후의 대결이 다가왔다.
　　한칼에 베어버린 남자의 내장에
　　송사리가 헤엄치고 있다.

　　퀴퀴한 밤중에
　　아무도 없으면 도둑이 들어옵니다!

나는 가난해서 남자마저 도망가버렸습니다.

아아, 모른 척 외면하는 어두운 밤이여.

땅을 내려다보며 걷고 있는데 너무나 슬퍼서 병든 개처럼 몸이
떨려왔다. 까짓것! 이러면 안돼! 아름다운 도시의 길거리에서 오늘
도 나는, 나를 사주지 않을까, 나를 팔자…… 하며 도둑개처럼 떠돈
다. 잡고 싶어도 잡을 수 없는 끊어질 인연이라면 이 남자와도 깨
끗이 헤어질 수밖에 없다…… 창밖의 큰 나무에 활짝 핀 이름 모를
하얀 꽃은 좋은 향기를 풍기고 있어서 작은 흰나비들이 몰려왔다.
저녁때 달빛 비치는 툇마루에 앉아 남자의 연극 대사를 들었다. 문
득 어린 시절의 추억이 꽃향기처럼 다가와, 어디 괜찮은 남자 없어
요? 하고 달님께 큰 소리로 말하고 싶어졌다. 그가 하는 것은 예전
에 예술극단의 스마꼬[19]가 연기했다는 「면도칼」이라는 연극이다.
나는 소녀시절 큐우슈우의 극장에서 이 사람의 「면도칼」 연극을
본 적이 있다. 스마꼬가 연기한 까쭈샤도 좋았다. 그로부터 많은 시
간이 흘렀다. 이 남자 나이도 마흔 가까이 되었다. "배우에게는 역
시 배우 마누라가 제일이에요." 불빛을 받아 생긴, 혼자 연습하는
남자의 그림자를 보면서 이 사람도 참 딱하다는 생각을 했다. 보라
색 전등갓 아래서 대본 연습을 하는 남자의 옆모습이 점점 내 눈에
서 멀리 사라져간다.

"지방 순회공연을 할 때면 그녀랑 같은 곳에 묵어. 아마 가방도

---

19 마쯔이 스마꼬(松井須磨子, 1886~1919). 신극 배우.

들어줬을 거야…… 그런데도 그녀는 나 몰래 잠옷 차림으로 살그머니 다른 남자 방으로 갔어."

"난 그녀를 울리는 게 재미있었어. 그녀를 때리면 고무처럼 팽팽하게 온몸에 힘을 주며 우는 모습, 보고 있노라면 기분이 좋았거든."

둘이 툇마루에 걸터앉자, 남자는 불을 끄고 칠년이나 같이 산 헤어진 여자 얘기를 했다. 나는 관심 밖으로 밀려난 유일한 등장인물이었다. 멍하니 밤하늘을 쳐다보고 있는데, 이 남자하고도 안돼!라고 누가 말한다. 심술쟁이가 어딘가에서 웃는다. 나는 슬퍼질 때면 발바닥이 간지러웠다. 혼자 말하고 있는 남자 옆에서 나는 가만히 달빛에 의지해 거울을 본다. 눈썹을 짙게 그린 내 얼굴이 소용돌이처럼 빙글빙글 돌고 있다. 세상이 달밤처럼 밝았으면 참 좋으련만—

"그냥 혼자 있고 싶어졌어요…… 이제 어떻게 되든 상관없으니 혼자 살고 싶어요."

남자는 제정신을 차린 듯 숨을 헐떡이며 눈물을 멈추었다가 이별이라는 단어가 지닌 외로움에 다시 눈물을 흘리며 나를 안으려 했다. 이것도 하찮은 연극일까? 자, 이제부터 나는 바빠질 거야. 나는 남자를 이층에 내버려두고 도오자까로 갔다. 이 사람 저 사람 모두랑 악수할 거야. 완탕 포장마차에 들어가 나는 맨 먼저 중국술을 마셨다. 그러고는 시시한 남자에 대한 추억을 뱉어버렸다.

(4월 ×일)

나는 교차로에서 마치 남처럼 냉정하게 남자와 헤어졌다. 남자는 시민극단이라는 작은 아마추어 극단을 만들어 매일 타끼노가와의 연습실로 나가고 있었다.

나도 오늘부터 통근을 한다. 남자에게 얻어먹고 사는 건 진흙을 씹는 것보다 괴롭습니다. 내가 구한 일자리는 겉모양이 좋다기보다는, 고깃집 종업원. "로스 한접시요." 통통거리며 계단을 오르다보면 애잔하고 아름다운 노래가 부르고 싶어진다. 방 안에 가득한 사람들의 얼굴이 모두 재밌는 영화 같다. 고기 접시를 들고 계단을 오르락내리락하면 내 오비 속에는 그만큼 돈이 조금씩 불어난다. 가난이라는 바람은 어디에도 불지 않고 방 안에는 온통 맛있는 고기 냄새만 진동한다. 하지만 오르락내리락하면서 단번에 나는 녹초가 되어버린다. "이삼일 지나면 금방 익숙해질 거야." 머리를 틀어올린 최고참 스기 씨가 구석에서 허리를 두드리는 나를 보더니 위로의 말을 건넨다.

12시가 지나서도 가게는 아주 붐볐다. 집에 가고 싶어 나는 안절부절못했다. 나하고 미쯔루 씨를 제외한 다른 사람들은 가게에서 더부살이를 했기 때문에 한가롭게 남아 있는 손님들에게 달라붙어 이것저것 사달라고 졸라댔다.
"타아 씨, 난 과일……"
"어머, 난 닭고기국수……"
마치 야생의 무리 같다. 웃다가 먹고, 먹다가 웃는다. 무한정 시간을 허비할 것 같아 나는 초조해졌다. 간신히 가게를 빠져나왔을 때는 이미 1시경으로 가게의 시계가 늦는 것인지 시영전차는 벌써 끊어지고 없었다. 칸다에서 타바따까지 갈 일을 생각하니 힘이 빠져서 주저앉고 싶을 정도로 슬펐다. 할 수 없이 걷기 시작한 내 눈에는 도깨비불처럼 하나둘씩 꺼져가는 거리의 불빛이 점점 불안하게 비쳤다. 우에노 공원까지 오자 산기슭이 무서워 도저히 움직일 수 없었다. 나는 장승처럼 멈추어 섰다. 비바람이 불어 올림머리의 양 귀밑머리가 날개처럼 펄럭였다. 나는 은단 광고등이 깜빡이는 것을 멍하니 쳐다보았다. 누구라도 좋으니 같이 갈 사람이 없을까 생각하면서 우두커니 히로꼬오지 쪽을 바라보았다.

나는 이렇게까지 마음고생을 하면서 그 남자에게 진심을 다해야 하는 걸까? 그때 자전거를 탄 작업복 차림의 사람이 연기처럼 내 눈앞을 스쳐지나갔다. 모든 걸 내던지는 심정으로 달려가 "혹시 야에 가끼 초오 방면으로 가시나요?" 하고 큰 소리로 물어보았다.

"예, 그런데요."

"저 죄송하지만 타바따까지 가는데 가시는 데까지 같이 가도 될까요?"

이제 필사적이다. 나는 꼬리를 흔드는 개처럼 뛰어가 그 직공 차림의 남자에게 매달렸다.

"나도 일이 늦게 끝났는데, 괜찮다면 뒤에 타세요."

이미 다급한 나는 게따를 한 손에 쥐고 옷자락을 걷어지르고서 그 사람의 자전거 뒤에 탔다. 심야에 작업복 차림의 남자 어깨를 단단히 잡고 자전거를 탄 이 기묘한 여자는 문득 자신이 한심스러워 눈물을 흘린다. 무사히 돌아갈 수 있게 해달라고 뭔가에 기도할 수밖에 없다.

밤눈이긴 하지만 하얗게 '염색'이라 쓰인 작업복 글자를 보니 나는 휴 하고 안심이 되면서 다시 기운이 나 자연히 웃고 싶어졌다. 나는 그 직공과 네즈에서 헤어진 뒤 다시 노래를 부르며 터벅 터벅 발걸음을 재촉했다. 물건처럼 냉정한 남자의 곁으로……

(4월 ×일)

고향에서 바다 냄새가 물씬 나는 이불을 보내왔다. 그 이불을 햇볕 내리쬐는 툇마루에서 말리다가 왠지, 아버지, 어머니! 하고 불러보고 싶어졌다.

오늘밤은 시민극단 공연이 있는 날이다. 일찍부터 남자는 화장품 케이스와 옷을 들고 나갔다. 오랫동안 물을 주지 않은 화분처럼 열정이 메말라버린 나는 이층 창가에서 걸음을 재촉하는 남자의 뒷모습을 바라보았다. 저녁에 요쯔야에 있는 미와 회관으로 가보니 이미 극장 안은 사람들로 가득 차 있었다. 공연작은 바로 「면도칼」이었다. 그 남자의 동생은 금방 나를 알아보고 눈을 깜빡이며 형수님은 왜 분장실로 가지 않느냐고 한다. 호인인 목수 동생은 형과는 전혀 다른 세상을 살아가는 착한 사람이다.

무대에서는 심각한 부부 싸움을 하는 중이다. 그래, 저 여자다. 아주 잘난 척 대사를 읊고 있는 그 남자의 상대 여배우를 보면서 나는 처음으로 여자로서의 질투를 느끼지 않을 수 없었다. 남자는 나하고 같이 잘 때 항상 입는 그 잠옷을 입고 있었다. 오늘 아침 등 쪽이 두땀 정도 터져 있었지만 일부러 꿰매주지 않았다. 잘난 척하는 남자는 정말 싫다.

계속 재채기가 나와 나는 그만 집에 가고 싶어졌다. 시인인 친구 두어명과 함께 따뜻한 밖으로 나왔다. 이렇게 좋은 밤에는 알몸으로 러닝을 하면 정말 유쾌하겠다고 생각했다.

(4월 ×일)

"내가 전보 보내면 곧장 돌아와"라고는 하지만 아직도 이 사람은 거짓말을 하는 것 같다. 나는 속상했지만 15엔을 받고 정겨운 기차역으로 발걸음을 재촉했다.

바다 내음 그윽한 고향으로 나는 돌아갈 것이다. 아아, 모두 좌절한 나로서는 아무것도 필요 없다. 나는 남자와 세이요오껜의 흰 테이블에 앉아 일본 요리로 조촐한 이별의 식사를 했다.

"난 당분간 거기서 지낼 생각이에요."

"이렇게 헤어지긴 하지만 분명 당신이 보고 싶을 거야. 지금은 그냥 막막해. 정말 어떻게 당신을 만류하면 좋을지 모를 정도로 그저 가슴이 답답해."

기차를 타니 담배라도 피워볼까 해서 역 매점에서 파란색 포장의 담배를 대여섯갑 샀다. 나는 창문 너머로 아주 차가운 악수를 나누었다.

"잘 가, 몸조심해."

"고마워요…… 잘 있어요……"

눈을 꼭 감았다가 번쩍 뜨니 참았던 눈물이 왈칵 쏟아진다. 아까시로 가는 삼등칸 구석에서 짐도 뭐도 아무것도 없는 나는 다리를 뻗은 후 흐르는 눈물을 그대로 내버려두었다. 도중에 마음에 드는 곳이 있으면 내려버릴까도 생각했다. 머리 위에 걸려 있는 기차노선도를 빤히 쳐다보면서 나는 역 이름을 하나씩 읽어나갔다. 낯선 곳에 내리고 싶다는 생각이 들었다. 시즈오까에서 내릴까, 나고야에서 내릴까? 하지만 왠지 그것도 불안하기 짝이 없다. 어두운 창에 기대어 스쳐가는 집들의 불빛을 보고 있는데, 문득 거울을 보는 듯 내 얼굴이 어두운 창에 또렷이 비쳤다.

남자와도 헤어졌다!

내 마음속 아이들이 붉은 깃발을 흔든다
그렇게 기뻐해주는 거야?
이제 나는 어디에도 가지 않고
다 함께 깃발을 흔들며 살 거야.

그래 모두 달려나와줘,
그리고 돌을 쌓아줘
그리고는 나를 들어
돌성 위로 올려줘.

그래, 남자와도 이별했어 울지 않아!
힘차게 힘차게 깃발을 흔들어줘
가난한 여왕님의 귀환이다.

밖은 암흑이었다. 끊어졌다 이어지는 창밖 풍경에 나는 눈과 코와 입을 모두 창문에 갖다대고는 짠 건어물처럼 눌린 채 울었다.

도대체 나는 지금 어디로 가려는 것일까…… 정차하는 역에서 물건 파는 소리가 들릴 때마다 나는 두려운 마음에서 눈을 뜬다. 아아, 이렇게 사는 게 힘들다면 거지가 되어 이리저리 떠돌아다니는 것이 오히려 재미있겠다고 생각한다. 어린애 같은 공상에 빠져 웃고 울고 익살을 떨다 얼핏 창문을 보면 이 또한 변화무쌍한 내 모습이다. 아아, 이렇게 재밌게 사는 방법도 있구나 싶어 딱딱한 의자 위에 다시 고쳐앉은 후 가엽고도 정겨운 내 변화무쌍한 모습을 싫증 내지 않고 응시한다.

* * *

(5월 ×일)

저는 부처님을 사랑했습니다
조금 차가운 입술에 입맞춤을 하면
너무나 황송하리만치
마음이 저려옵니다.

황송함에
조용히 흐르는 피가
역류합니다.

얄미우리만치 너무나 태연한
그 남자다운 모습에
제 모든 영혼이 빠져듭니다.

부처님!
너무 매정하신 것 아닌가요
벌집처럼 망가진
제 심장이
부처님
나무아미타불의 무상을 깨닫는 건
불가능하니

그 남자다운 모습으로

불꽃같은 제 마음속에

뛰어들어와주십시오

속세에 더럽혀진

이 여인의 목을

숨이 끊어질 정도로 꼭 안아주십시오.

나무아미타불의 부처님!

왠지 쓸쓸한 날이다. 미쳐버릴 것 같은 날이다. 날씨 탓인지도
모르겠다. 아침부터 내리던 비가 밤에 바람까지 불면서 몸과 마음
을 뚫고 지나가듯이 정말이지 잘도 내린다. 이런 시를 써 벽에 붙
여놔도 내 마음은 조금도 즐겁지 않다.

　　──즉시 돌아와. 돈은 있어?

푸르스름한 전보용지가 팔랑팔랑 내 머릿속에서 떠오르는 것이
이상하다.

바보, 바보, 바보, 바보라고 천만번 소리치고 싶을 만큼 지금 나
는 불쌍하다. 타까마쯔의 여관에서 그 사람이 보낸 전보를 받았을
때 나는 정말 기쁨의 눈물을 흘렸다. 그래서 선물을 한아름 안고
지금 이 타바따의 집으로 돌아왔건만── 보름도 채 지나지 않아 다
시 별거라니 도대체 어떻게 된 것인가? 남자가 두달 치 방세를 내
주어 그럭저럭 나는 여기 남고, 그는 금붕어처럼 살랑살랑 꼬리를
흔들며 혼고오의 하숙집으로 옮겨갔다. 어제도 세탁한 옷을 한아
름 안고 마치 애인을 만나러 가듯 남자가 있는 하숙집의 넓은 계단
을 서둘러 올라갔다. 아아, 나는 그때부터 비행선이 갖고 싶었습니
다. 나는 막 전등을 켠 서늘한 방 안에서, 내 가슴팍에 안겨 울던 그

사람이 갈래올림머리를 한 그 여배우와 단둘이 물고기처럼 뒤엉켜 있는 것을 보았습니다. 나는 어두운 복도로 나갔고 두 눈 가득 눈물이 고였습니다. 온 얼굴이, 아니 온몸이 철사로 만든 인형처럼 딱딱하게 굳어져버려 견디기 힘들었는데……

"하하하……" 나는 어린애처럼 그저 깔깔대다가 애잔한 눈으로 계속 책상의 다리를 바라보았다. 그때부터 오늘까지 정말이지 나는 엉망진창인 세계에 살고 있다. "15전 줄 테니 키스해줘!" 하고 술집에서 떼를 쓴 기억도 마음에 남아 있다.

남자라는 남자는 모조리 시시해! 발로 차고 짓밟아버리고 싶은 분노에 휩싸여 위스키와 청주를 섞어 마시던 한심한 몰골의 내가 지금 이렇게 조용히 빗소리를 들으며 이불 속에 가만히 누워 있다. 지금 바람에 한껏 부풀어오른 모기장 안에서 그 남자는 여배우의 목을 끌어안고 있겠지…… 그런 걸 생각하면 나는 비행선을 타고 가서 폭탄이라도 던져버리고 싶습니다.

나는 숙취와 배고픔으로 휘청거리는 몸을 일으켜 있는 쌀을 몽땅 솥에 부어 담고는 우물가로 나갔다. 아래층 사람들이 모두 목욕탕에 가고 없어서 나는 마음껏 소리 지르며 북북 쌀을 씻어봅니다. 그저 한줄기 흘러내리는 하얀 눈물의 감촉을 손으로 느끼면서 비를 맞으며 혼자 놀았다.

(6월 ×일)

아침.

화창하고 좋은 날씨다. 덧문을 여니 흰나비가 눈처럼 떼 지어 앉아 있고 남성적인 계절의 냄새가 나를 놀라게 한다. 구름이 저렇게 하얗고도 푸른 빛을 띠며 흘러간다. 정말이지 좋은 일을 해야겠

다고 생각한다. 화로에 가득 찬 담배꽁초를 버리고 나니 여자 혼자
만의 다락방 생활도 꽤 괜찮다고 생각되었다. 싱그럽고 신선한 아
침 공기를 마시니 몽롱하던 머리도 아주 맑아진다. 그런데 즐거움
을 주던 편지가 기한 만료를 알리는 전당포 통지라니 맥이 빠졌다.
4엔 40전 이자 따위는 떼먹어버리자. 나는 줄무늬 키모노에 노란
색 오비를 두르고 양산을 돌리면서 행복한 여자의 모습으로 거리
에 나갔다. 언제나처럼 헌책방에 갔다.

"아저씨, 오늘은 좀 후하게 쳐주세요. 좀 멀리까지 가야 하거든
요⋯⋯" 도오자까의 헌책방 영감님은 언제나처럼 사람 좋은 미소
를 주름 아래에 숨긴 채 내가 내민 책을 손에 들고 찬찬히 살펴본다.

"요즘 제일 인기있는 책이에요. 금방 팔릴 거예요."

"으음⋯⋯ 슈티르너의 『자아경』[20]이라, 1엔 쳐줄게."

손바닥에 50전 은화 두닢이 놓이자 나는 양 소매 안으로 손을 하
나씩 집어넣고는 눈부신 가게 밖으로 나왔다. 그러고는 언제나처
럼 밥집으로 갔다.

정말이지 나는 언제쯤이면 다른 사람들처럼 조촐한 밥상을 앞
에 두고 편안히 밥을 먹는 팔자가 될까 생각해본다. 동화를 한두
편 쓰더라도 배불리 먹기는 어렵고, 그렇다고 까페에서 일하는 것
도 꾸깃꾸깃 거칠어질 것 같고, 남자에게 얹혀사는 것도 한심하고,
그래서 결국 나는 책을 팔아 순간순간 모면할 수밖에 없다. 저녁에
목욕탕을 다녀와서 손톱을 깎고 있는데 미대생인 요시다 씨가 혼
자 놀러 왔다. 스케치하러 갔다가 왔다면서 10호 크기의 풍경화를
들고서 물감 냄새를 풀풀 풍겼다. 시인인 아이까와 씨 소개로 알게

---

20 독일의 철학자 막스 슈티르너(Max Stirner, 1806~56)의 저서 『유일자와 그 소
유』의 일역본 제목.

된 사이로 딱히 좋거나 싫지는 않지만, 한번 두번 세번 계속 찾아오니 조금 부담스러웠다. 보라색 전등갓 아래서 피곤하다면서 누워 있던 요시다 씨가 벌떡 일어나서는,

눈, 눈, 살짝 감은 눈을 찔러
싹 도려내어 두 눈을 만든다.
나가사끼, 나가사끼의
무시무시한 인형 만드는 장인!

"이런 시 알아요? 하꾸슈우[21]의 시예요. 당신을 보면 이 시가 생각나요" 한다.

풍령소리가 살짝 내 마음을 흔들어놓는다. 시원한 툇마루에 걸터앉아 있던 나는 전등 옆으로 가서 남자 가슴에 얼굴을 기대었다. 슬픈 듯한 고동소리가 들려온다. 심란한 가슴의 애잔한 소리에 나는 잠시 넋을 잃는다. 애잔한 슬픔이다. 여자의 업보라고 생각한다. 내 동맥은 이런 사람에게까지 분수 같은 물보라를 일으킨다. 요시다 씨는 몸을 떨며 가만히 있었다. 나는 유화물감 속에 잠복해 있는 기름 냄새를 이때만큼 슬프게 느낀 적이 없다. 우리는 한참 동안 정열을 극복하려고 노력했다. 드디어 키가 큰 요시다 씨의 그림자가 문밖으로 사라지자 나는 모기장을 끌어안고 울기 시작했다. 아아, 헤어진 남자의 기억이 내게는 너무나 생생해요…… 나는 헤어진 남자의 이름을 부르면서 마치 막무가내인 여자애처럼 엉 하고 소리 내어 울었다.

---

21 키따하라 하꾸슈우(北原白秋, 1885~1942). 시인.

(6월 ×일)

오늘은 헤어진 남자의 친구인 이소리 씨가 네평 크기의 옆방으로 이사 오는 날이다. 왠지 그 남자에게 꿍꿍이속이 있는 것 같아 나는 불안했다. ──밥집으로 가는 길에 향을 사서 지장보살께 올렸다. 돌아와서 머리를 감고는 개운한 느낌으로 단고자카에 있는 시즈에 씨의 하숙집으로 갔다. 『두사람』이라는 우리의 시 팸플릿이 나오는 날이라 신나게 언덕을 올라갔다. 파란색 커튼을 젖히고 언제나처럼 창틀에 기대어 시즈에 씨와 이야기를 나누었다. 이 사람은 언제나 젊어 보인다. 더부룩한 단발을 기울인 채 촉촉한 눈망울을 반짝이고 있었다. 저녁에 시즈에 씨와 팸플릿을 가지러 인쇄소로 갔다. 8페이지에 불과하지만 마치 과일처럼 신선하고 좋았다. 돌아오는 길에 난뗀도오에 들러 모두에게 한부씩 보내주었다. 일을 해서 이 팸플릿을 오래오래 계속 내고 싶다는 생각을 한다. 츠지 준 씨가 머릿수건을 느슨하게 하고서 냉커피를 마시고 있는 내 어깨를 두드리며 찬사를 늘어놓았다. "정말 좋은 걸 내셨어요. 계속 이어가세요." 시즈에 씨와 나는 술에 취해 휘청거리는 츠지 씨에게 미소를 보내고 행복한 마음으로 밖으로 나왔다.

(6월 ×일)

『씨 뿌리는 사람』[22]이 이번에 『문예전선』[23]이라는 잡지를 낸다고 해서 나는 쎌룰로이드 장난감에 색칠하는 일을 하던 작은 공장에서의 일을 「여공의 노래」라는 시로 써서 보냈다. 오늘은 『미야꼬 신

---

22 1921년에 창간된 프롤레따리아 문학 잡지.
23 『씨 뿌리는 사람』의 폐간 뒤 1924년에 창간된 프롤레따리아 문학 잡지.

문』에 헤어진 남자에 대한 내 시가 실렸다. 이따위 시는 이제 그만 써야겠다. 시시하다. 조금 더 공부해서 훌륭한 시를 써야겠다고 생각한다. 저녁에 긴자의 쇼오게쓰라는 까페로 갔다. 거기서 '돈ᄃ의 시'라는 전시회를 하고 있었기 때문이다. 내 서툰 글씨가 멋지게 앞면을 장식하고 있었다. 하시즈메[24] 씨를 만났다.

(6월 ×일)

비가 가늘게 소리 내며 내린다.

> 이삼월 따뜻한 봄날
> 수양버들이 모두 꽃을 피운다
> 어느 밤 봄바람이 규방으로 들어와
> 버들꽃이 흩날려 남쪽 집에 떨어지네
> 정을 품고 문을 나서니 다리엔 힘이 없고
> 버들꽃을 주워드니 눈물이 가슴을 적시네.
> 가을에 떠나 봄에 다시 찾아오는 짝짓는 제비야
> 버들꽃을 물어 둥지에 갖다놓으려무나

전등불 아래 편안히 앉아 백화를 사랑했던 영태후의 시[25]를 읽으니 여행이 몹시 그리워졌다. 이사 온 뒤로 이소리 씨의 귀가는 항상 밤 1시를 넘겼다. 아래층 사람들은 직장에 다녀 9시쯤에는 잠자리에 든다. 가끔 타바따 역을 통과하는 전차나 기차 소리가 파도소리처럼 들려올 뿐 이 주변은 산속처럼 조용했다. 혼자라는 사실이

---

24 하시즈메 켄(橋爪健, 1900~64). 시인이자 소설가이며 평론가.
25 북위 영태후(靈太后)의 「양백화(楊白花)」를 가리킴.

너무 외롭게 느껴졌다. 양백화처럼 아름다운 사람이 그리워졌다. 책을 덮자 불안해진 나는 아래층으로 내려갔다.

"지금 이 시간에 어디 가니?" 아래층 아주머니가 바느질하던 손을 멈추고 나를 쳐다본다.

"할인을 하거든요."

"참 기운도 좋다……"

우산을 쓰고 도오자까의 영화관으로 가보았다. 간판에 「영 라자」[26]라고 적혀 있다. 나는 할인된 「영 라자」에 사랑을 느꼈다. 「태호선太湖船」[27]의 동양적인 오케스트라도 비 오는 날이라서 좋았다. 하지만 어디를 가더라도 어차피 난 쓸쓸한 외톨이다. 영화관 문이 닫히면 시궁쥐처럼 나는 다시 방으로 돌아온다. "손님이 온 것 같던데……" 아주머니의 졸린 목소리를 등 뒤로 하고 짓쳐올라가니 요시다 씨가 종이를 말아 주머니에 넣고 있었다.

"늦은 시간에 찾아와 미안해요."

"아뇨, 저는 영화 보고 오는 길이에요."

"너무 늦어서 메모를 남기려던 참이었어요."

특별히 할 얘기도 없는 남이지만 요시다 씨는 나에게 스스럼없이 대한다. 천장에 닿을 만큼 키가 큰 요시다 씨를 보고 있으면 압도당하는 듯한 느낌이 든다.

"비가 많이도 내리네요……"

이렇게 무심한 척하지 않으면 정말 오늘밤 폭발해버릴 것 같아 두려웠다. 그 사람은 벽에 등을 기대고 내 얼굴을 뚫어지게 바라보았다. 이 남자가 너무너무 좋아 미쳐버릴 것 같아 당황스럽다. 하지

---

26 1922년에 개봉된 미국 무성영화.
27 중국의 관현악 합주곡으로 중국적 분위기를 대표한다.

만 나는 세상만사에 지쳤다. 나는 가만히 두 손을 책상 위에 올려놓고 눈으로 불빛을 좇았다. 손끝이 조금 떨려온다. 막대기 하나를 서로 힘껏 밀어내고 있는 것 같은 기분이 들었다.

"당신, 나를 놀리고 있는 거죠?"

"왜 그렇게 생각하세요?"

이 무슨 한심한 응수란 말인가. 난 생생한 감상 속으로 빠져들고 있는 것뿐이잖아요…… 나는 속으로 중얼거렸다. 이대로 이 남자를 오지 못하게 하면 조금 외로울 것 같았다. 아아, 친구가 필요해. 이렇게 다정한 친구가 필요한데…… 어느새 나는 눈물을 흘리고 있었다.

차라리 작심하고 죽고 싶다는 생각을 한다. 그 사람은 눈빛으로 나를 죽일지도 모른다. 입안에 침이 고인다. 나 자신이 너무 비참하게 느껴진다. 헤어진 남자와 몇달을 지낸 이 방에는 많은 꿈들이 춤추며 여전히 나를 괴롭히고 있다. ─이사하지 않고선 견딜 수 없을 것 같았다. 나는 책상에 엎드려 교외의 상쾌한 여름 풍경을 머릿속으로 그려보았다. 비의 정열은 한층 고조되고 괴로워서 견딜 수가 없다. "저를 사랑해주세요. 그냥 저를 사랑해주세요!" "그래서 저도 그저 가만히 사랑하고 있잖아요……" 미약하게나마 손을 잡는 정도로 이 청년의 마음을 달랠 수 있다면…… 나는 이제 남자 때문에 고민하는 게 두렵다. 순결하지 않은 내 몸이지만 언젠가 내 일생을 맡길 만한 남자가 나타날 수도 있잖아요. 하지만 이 남자는 신선한 피 냄새를 가지고 있다. 넓은 가슴, 파란 눈썹, 태양 같은 눈. 아아, 나는 격류와 같은 격렬함에 울었다.

(6월 ×일)

외롭나이다. 시시하나이다. 돈이 필요하나이다. 홋까이도오의 어디 아카시아 향기 그윽한 가로수 길을 나 혼자 마음껏 걸어보고 싶다.

"일어나셨어요?"

뜻밖에 이소리 씨의 목소리가 방문 밖에서 들려온다.

"예, 일어났어요."

일요일이라 이소리 씨와 시즈에 씨랑 셋이 오랜만에 키찌조오지에 있는 미야자끼 미쯔오 씨의 아메초코하우스로 놀러 갔다. 저녁에 현관에서 개랑 놀고 있는데 우에노야마라는 서양화 그리는 사람이 놀러 왔다. 이 사람과는 두번째 만남이다. 어린 시절 치까마쯔 씨 댁에서 하녀로 있을 때, 이 사람은 텁수룩하고 지저분한 차림으로 소 그림을 팔러 온 적이 있다. 아이는 디프테리아에 걸렸고 아주 초라한 행색이었다고 기억한다. 구두를 가지런히 정리할 때 보니까 구두창이 마치 하마 입처럼 벌어져 있었다. 나는 작은 못을 가지고 와서 살짝 박아주었다. 이 사람은 전혀 눈치를 채지 못했을 것이다. 우에노야마 씨는 술을 마셔서 비틀거리면서도 이야기를 잘했다. 밤에 우에노야마 씨는 혼자 돌아갔다.

지구라는 회전의자에 앉아
빙글 한바퀴 도니
질질 끌던 빨간 슬리퍼
한짝이 날아가버렸다.

외롭다……
저기요 하고 불러보아도

아무도 내 슬리퍼를 주워주지 않는다
큰맘 먹고
회전의자에서 뛰어내려
날아간 슬리퍼를 주우러 가볼까.

겁쟁이 내 손은 꽉
회전의자를 잡고 있다.
저기요 누구라도 좋으니
내 뺨을 세게
때려줘요
그리고 신고 있는 슬리퍼도 날려버려줘요
나는 편안히 잠들고 싶어요.

이불 속에서 뒤척이다 나는 머릿속으로 이런 시를 지어보았다. 아래층의 뻐꾸기시계가 3시를 알린다.

* * *

(6월 ×일)

세상은 별과 사람으로 이루어져 있다. 에밀 베르하렌의 「세상」이라는 시를 읽으니 이렇게 씌어져 있다. 그저 하품만 나는 세상이다. 이 소심한 시인을 나는 경멸하렵니다. 인간들이여, 저 산이 높아 오르기 힘들어도 도약하려는 의지가 절실하다면 불가능을 두려워 마라, 금빛 준마를 채찍질하라. ──정말 재미없는 시지만 재능도 있어 보이고 아주 교묘한 표현도 알고 있다. 금빛 준마를 채찍질하라 이 말이지…… 창을 가로지르며 빨간 풍선이 날아가고 있다. 멍하니, 멍하니, 멍하니 있노라…… 정말이지 살기 힘든 덧없는 세상이올시다.

고향에서 편지가 왔다.

——현실주의자가 되어 네 생활 정도는 책임지고 우리한테 걱정을 끼치지 마라. 재능을 너무 자만해서는 안된다. 엄마도 많이 늙었다. 한번 오너라. 네 낙천주의에는 찬성할 수 없다. ——아버지가 보내준 5엔짜리 어음. 나는 5엔짜리 어음을 무릎 위에 놓고 감사드린다. 나 자신이 한심하고 부끄러워 멀리 고향을 향해 혀를 쑥 내밀어본다.

(6월 ×일)

집 앞에 있는 영안실에는 오늘밤에도 파란 전등불이 켜져 있다. 또 군인이 한명 죽은 것 같다. 창 너머로 파란 불빛의 영안실을 지키는 군인 두명의 그림자가 어렴풋이 보인다.

"어머나! 반딧불이 보이네."

우물가에서 쿠로시마 덴지 씨의 아내가 우두커니 하늘을 쳐다보고 있다.

"정말?"

누워 있던 나는 툇마루로 나가서 보았지만 이미 반딧불도 아무것도 보이지 않았다.

밤에 이웃에 사는 츠보이 부부[28]와 쿠로시마 부부가 놀러 왔다.

츠보이 씨가 말했다.

---

28 시인 츠보이 시게지(壺井繁治, 1897~1975)와 소설가 겸 시인 츠보이 사까에(壺井榮, 1899~1967).

"오늘 정말 재미있었어. 쿠로시마와 둘이서 시장에 대야를 사러 가서 돈도 내지 않았는데 거스름돈 3엔과 대야를 주는 바람에 순간 깜짝 놀랐어."

"어머, 좋았겠다. 아마 크누트 함순의 『굶주림』이란 소설에도 양초를 사러 가서 거스름돈 5크로네와 양초를 공짜로 받아오는 장면이 나오잖아요."

나와 남편은 츠보이 씨의 일이 조금 부러웠다. ─우리가 세 든 판잣집은 진흙 위에 떠 있는 배처럼 아주 초라했다. 군부대의 영안실과 묘지 그리고 병원과 싸구려 까페에 둘러싸여, 타이시도오에 있는 이 껌껌한 집이 싫증 났다.

"그건 그렇고 내일 죽순밥 어때?"

"그럼 죽순 훔치러 가볼까……"

세 남자는 대숲 쪽으로 뒷문이 나 있는 길 건너편 이발소 이층에 사는 이이다[29] 씨를 꼬드겨 뒷산의 죽순을 훔치러 갔다. 여자들은 오랜만에 시가지의 등불을 보고 싶어했지만 관두고서 타이시도오 축제 장터로 가보았다. 대숲 오솔길에 쭉 늘어선 노점의 석유등 불꽃이 분수처럼 타오르고 있었다.

(6월 ×일)

하늘이 맑고 깨끗해서 언덕 위의 녹음을 보려고 가난한 우리는 오랜만에 산책을 나가기로 했다. 현관문을 잠그고 한발 늦게 나갔는데 어디로 갔는지 주위에 남편의 그림자가 보이지 않았다. 불안해하며 햇살이 따가운 언덕길을 왔다 갔다 해보았지만 정말이지

---

29 이이다 토꾸따로오(飯田德太郎, 1903~33). 작가 겸 평론가.

이상했다. 남편은 내가 일부러 자신을 기다리게 했다며 화가 나서 내 등을 세게 후려치고는 집으로 들어가버렸다. 다시 화가 난 것이다. 나는 도둑고양이처럼 부엌을 통해 방으로 들어갔는데 느닷없이 남편이 밥공기와 수세미를 내 가슴팍으로 집어던졌다. 아아, 당신은 이 멍청한 덜렁이를 왜 이렇게나 미워하나요…… 나는 우물가에 서서 파란 구름을 올려다보았다. 오른쪽으로 가야 하는데 왼쪽으로 길을 잘못 갈 때도 "바보 아냐!"라는 말 한마디가 전부였습니다. 쓸쓸한 내 그림자를 보노라니 초등학교 시절 내 그림자를 보고 하늘을 쳐다보았을 때 내 그림자가 하늘에 드리워져 있던 그 불가사의한 일이 떠올랐다. 높고 파란 하늘을 언제까지나 쳐다보았다. 땅바닥에 웅크리고 앉아 어린애처럼 눈물을 흘리노라니 카이로의 물장수처럼 고향을 그리워하는 노래가 부르고 싶어졌다.

아아, 세상은 아버지와 어머니로 가득 차 있다. 아버지와 어머니의 사랑이 전부라는 것을 저는 생활에 휩쓸려 잊고 있었습니다. 흰 앞치마를 두른 채 대숲과 개울과 서양식 집들을 가로질러 터벅터벅 언덕을 내려가니 공장에서 증기선 같은 소리가 들려왔다. 오노미찌 바다다! 나는 바다로 착각하고 어린애처럼 언덕을 달려 내려갔다. 하지만 그곳은 텅 빈 들판으로 파출소 옆 공장의 모터만 윙윙거리고 있었다. 미슈꾸 정거장에서 나는 전차를 기다리는 사람처럼 잠시 서 있었지만 배가 고파 쓰러질 것 같았다.

"이봐요, 아까부터 서 있던데 무슨 걱정이라도 있는 게요?"

조금 전부터 힐끔힐끔 나를 쳐다보던 할머니 두분이 다정스럽게 다가와 나를 빤히 바라본다. 웃으며 눈물 닦는 나를 데리고 천천히 걸어가면서 이 친절한 할머니들은 다리가 굽은 사람이 신앙심으로 다시 걷게 된 사연과 근심 있던 사람이 천주님의 자식이 되고 나서 삶의 기쁨을 느끼며 열심히 살아가는 사연 등 천리교의 다양한 이야기를 해주었다.

강가에 있는 천리교 본부의 정원에는 아주 시원하게 물이 뿌려져 있었고 파란 단풍나무 이파리는 청량하게 담 밖까지 뻗어 있었다. 두 할머니는 넓은 신전에 엎드려 절하고 나서 양팔을 펴 이상한 춤을 추기 시작했다.

"고향은 어디십니까?"

흰옷을 입은 중년의 신관이 단팥빵과 차를 권하며 내 초라한 모습을 보고 물었다.

"고향이라고 딱히 말씀드릴 만한 곳은 없지만, 본적은 카고시마 현의 히가시사꾸라지마예요."

"아이고…… 아주 먼 곳이네요……"

더이상 참을 수가 없어서 맛있게 보이는 단팥빵을 하나 집어먹었다. 한입을 베어무는데 의외로 딱딱해서 부스러기가 툭툭 무릎 위로 떨어졌다. ―괜찮아. 아무것도 아니야. 다른 걸 생각할 필요는 없어. 나는 벌떡 일어나 신전에 절한 뒤 게따를 신고 그대로 밖으로 나와버렸다. 빵 부스러기가 점점 충치 구멍 속으로 들어가도 괜찮아. 그저 입안에서 미각만 느낄 수 있으면 돼. ―집 앞으로 가니 현관문이 그 남자처럼 입을 앙다물고 있었다. 츠보이 씨 댁에 가서 다리를 쭉 뻗고 거기서 묵었다.

"댁에 쌀은 좀 있나요?"

사람 좋은 츠보이 씨 부인이 쌀 한줌을 밥공기에 담아 들고 와서 내 옆에 눕더니 생활에 찌들었는지 살기 싫다는 말까지 한다.

"타이꼬[30] 씨 댁에는 신슈우에서 부쳐온 쌀이 있다는데 거기 가볼래요?"

"그거 잘됐네요……"

옆에 있던 덴지 씨 부인이 손뼉을 치며 어린아이처럼 좋아한다. 정말이지 순수한 사람이다.

(6월 ×일)

오랜만에 토오꾜오에 갔다. 신쬬오샤에서 카또오 타께오 씨를 만났다. 『문장클럽』에 실린 시 원고료로 6엔을 받았다. 항상 눈 감고 지나가던 카구라자까가 오늘은 멋지고 즐거운 거리가 되어서 나는 재미 삼아 가게 하나하나를 들여다보며 지나갔다.

이웃이니

육친이니

애인이니

그게 다 뭐야

일상 속의 음식이 부족하면

그림 속의 사랑스러운 꽃은 시들어버린다

즐겁게 일하고 싶어도

온갖 욕설 때문에

애처롭게 나는 작아져버린다.

팔을 높이 쳐들어보지만

이렇게 사랑스러운 여자를 배신하고 떠나는 사람들뿐

언제까지나 인형을 안고 침묵할 내가 아니다

---

30 히라바야시 타이꼬(平林たい子, 1905~72). 소설가.

배가 고파도
일이 없어도
엉엉! 소리를 내서는 안돼요
행복한 분이 눈살을 찌푸려요.

피를 토하고 괴로워하며 죽더라도
눈도 깜짝하지 않을 대지입니다
진열장 안에
따끈한 빵이 있어도
내가 모르는 세상은 정말
피아노처럼 경쾌하고 아름답군요.

그때 처음으로
하느님 제기랄 하고 소리치고 싶어집니다.

전차 안에서 한참 동안 흔들리노라니 아무 위안도 안되는 집으
로 돌아간다는 게 한심스러워졌나. 시를 쓰는 일반이 유일한 위안.
밤에 이이다 씨와 타이꼬 씨가 노래를 부르며 놀러 왔다.

우리 집의
그 아름다운
꾀꼴꾀꼴 새소리가
그리운 거지……

두사람은 그런 노래를 불렀다.

츠보이 씨 댁에서 완두콩밥을 얻어먹었다.

(6월 ×일)

오늘밤은 타이시도오 축제날이다. 우리 집 툇마루에서 앞쪽 광장의 스모오 경기장이 잘 보여 모두 모여 까치발을 하고서 구경했다. "서쪽! 마에다꼬오!"하는 심판의 말에 마루에서 까치발을 하고 있던 우리는 모두 웃음을 터뜨렸다. 지인의 이름[31]이 호명된 게 너무나 우스웠던 것이다. 가난한 사람들은 모두 우정 이상으로 스스럼없이 자신을 드러내고 하나가 되는 것 같다. 모두 이야기를 아주 잘했다. 괴담 얘기로 번져 타이꼬 씨는 치바 해안에서 본 유령 이야기를 했다. 그녀는 야마꾸니 출신이어서인지 정말 아름다운 피부를 갖고 있다. 역시 남자 때문에 고생하는 사람. 밤늦게 1시 지나서까지 화투를 쳤다.

(6월 ×일)

하기와라[32] 씨가 놀러 왔다.

술은 마시고 싶은데 돈이 없어 넝마장수에게 이불 하나를 1엔 50전에 팔아 소주를 샀다. 쌀이 모자라 우동 면을 사서 함께 먹었다.

> 손바닥으로
> 눈보라에 젖은 얼굴을 닦는다
> 친구는 공산共産을 주의主義로 삼았다.

---

31 소설가인 마에다꼬오 히로이찌로오(前田河広一郎, 1888~1957)를 가리킴.
32 하기와라 쿄오지로오(萩原恭次郎, 1899~1938). 시인.

술을 마시면 도깨비처럼 파래진다

커다란 얼굴이여

슬픈 얼굴이여.

아아, 젊은 우리들이여! 뭐 어때요, 괜찮잖아요. 노래를 모르는 사람들은 타꾸보꾸를 크게 외친 뒤 우동을 먹고 소주를 마셨다. 그날밤 남편이 다른 사람들과 함께 하기와라 씨를 바래다주고 온 뒤 우리는 모기장이 없어서 방문을 닫고 모기향을 피우고서 잠자리에 들었다.

"이봐 일어나, 일어나!" 하며 사람들 발소리가 들리고 보리밟기 할 때 땅이 흔들리듯 머리가 흔들렸다.

"자는 척하지 마……"

"아직 안 자잖아."

"안 일어나면 불을 질러버릴 거야!"

"어이! 무 뽑아왔어. 맛있으니까 빨리 일어나……"

이이다 씨와 하기와라 씨의 목소리가 섞여 들려왔다. 나는 말없이 웃었다.

(7월 ×일)

아침에 이부자리에서 멋진 신문기사를 읽었다.

모또노 자작 부인이 불량 소년소녀를 구제한다는 내용과 함께 인자한 모습의 사진이 신문에 크게 실렸다. 아아, 이런 사람에게 매달리면 어떻게든 살아갈 방도가 좀 생기지 않을까. 나 역시 좀 불량스럽게 보이기도 하고, 아직 스무세살인데 뭐! 나는 용기를 내어 벌떡 일어나 신문에서 모또노 부인의 주소를 오려내고서 아자부에 있는 저택으로 찾아갔다.

접어놓은 자국은 있어도 유까따[33]는 유까따인 거야. 나는 유까따를 입고 마음이 공상으로 한껏 부푼 상태로 걸어갔다.

"빵 만드시는 그 하야시 씨인가요?"

식모가 내게 물었다. 천만에요, 빵을 얻으러 찾아온 하야시입니다 하고 속으로 중얼거리면서,

"잠시 뵙고 싶어서……"라고 했다.

"그렇습니까? 지금은 애국부인회에 나가고 안 계시지만 곧 돌아오실 겁니다."

식모의 안내를 받아 육각형의 돌출창 앞에 놓인 소파에 앉아서 아름답고 우아한 정원을 구경했다. 파란색 커튼 틈새로 바람까지 시원하게 불어왔다.

"무슨 용무로……"

드디어 땅딸막한 부인이 매미 날개처럼 얇고 투명한 검정색 하오리를 입고 응접실로 들어왔다.

"저, 목욕부터 먼저 하시겠습니까……"

식모가 부인에게 물었다. 나는 불량소녀라는 핑계가 싫어서 남편이 폐병에 걸려 형편이 어려우니 불량 소년소녀를 돕고 남은 것이 있으면 조금 얻고 싶다고 했다.

"신문에서 뭐라고 쓴 것 같습니다만, 그런 사업에 아주 조금 도움을 드리고 있는 정도입니다. 형편이 어려우면 쿠단에 있는 부인회로 가서 일하는 편이 낫지 않을는지요……"

---

33 일본 전통 의상으로 목욕 후 또는 여름에 입는 무명옷.

나는 먼지처럼 적당히 밖으로 쫓겨났지만, 저런 사람을 왜 집으로 들였느냐며 그녀가 지금쯤 눈썹을 치켜세우고 식모를 꾸짖을 거라 생각하니 침을 뱉어주고 싶은 기분이 들었다. 흥, 뭐가 자선이야, 뭐가 공공사업이야. 저녁이 되자 아침부터 아무것도 먹지 못한 두사람은 어두운 방에 웅크리고 앉아 희망도 없는 원고를 썼다.

"저기, 양식 먹지 않을래요?"

"뭐?"

"카레라이스, 커틀릿라이스, 아님 비프스테이크?"

"돈은 있어?"

"아뇨, 하지만 굶어죽을 순 없잖아요. 사실 양식은 밤에 주문하면 다음날 아침까지는 돈 받으러 오지 않잖아요."

양식을 들고 먼저 고기 냄새를 맡은 뒤에 자르르 흐르는 기름기를 핥아 먹으니 현기증이 날 만큼 기뻤다. 한입 정도 남기지 않으면 의심할 거야. 배가 조금 불러오자 다시 살아난 듯 우리는 우리의 사상에 푸른 싹을 틔웠다. 정말이지 쥐조차 없을 정도의 살림이라 어쩔 수 없었다—

나는 귤 상자로 만든 책상에 엎드려 동화를 쓰기 시작했다. 밖에서 빗소리가 났다. 타마가와 쪽에서 계속 총소리가 들려왔다. 한밤중인데 참 기운도 좋다. 하지만 언제까지 이런 벌레 같은 생활을 계속해야 하는 걸까. 고개를 숙이고 순진무구한 아이들 이야기를 쓰자니 그만 눈시울이 뜨거워졌다.

비뚤어진 남자와 인식 부족의 여자는 평생 흰쌀밥을 먹지 못할 것 같습니다.

* * *

(7월 ×일)

가슴이 시릴 정도의 서러움이다. 저녁때 머리가 벗어진 남자가 말하길, "지금 매춘부 사러 가는 길인데 사실 난 네가 더 마음에 들어. 어때?" 한다. 나는 흰 에이프런을 둘둘 말며 눈물을 삼켰다.

"어머니! 어머니!"

모든 일에 싫증이 나서 이층 종업원 방의 구석에 드러누웠다. 쥐가 떼 지어 돌아다녔다. 눈이 어둠에 조금 익숙해지고 나서 둘러보니 보따리가 돌멩이처럼 사방에 어수선하게 굴러다니고 잠옷과 오비는 해초처럼 벽에 어지럽게 걸려 있었다. 아래층의 소음은 부글부글 끓어오르듯 시끄럽고, 종업원 방은 귀신이 나올 것처럼 적막했다. 뚝뚝 떨어지는 눈물과 가스처럼 새어나가는 슬픔의 범람, 무언가 정상적인 생활을 하고 싶다. 그리고 편안히 책을 읽고 싶다.

끈질기고 질긴
가난, 술버릇, 노는 버릇,
그게 전부야.
아아, 아아, 아아

그 모두를 잘라버려
뽑아버려, 날려버려
내가 얼마나 부르짖었던가, 괴롭다,
피를 토하듯 예술을 토해내고 미치광이처럼 춤추며 기뻐하라.

카이따[34]는 계속 소리친다. 이처럼 초라하게 느껴지는 날, 체호프여, 아르찌바셰프여, 슈니츨러여, 내 마음의 고향을 읽고 싶다. 일하는 게 한번도 힘들다고 생각한 적은 없지만 오늘만은 쉬고 싶다. 하지만 지금은 모든 게 옛날이야기 같은 것뿐이다.

어두컴컴한 방에서 나오야[35]의 『화해』를 떠올린다. 이런 시끄러운 까페의 소음에 휩싸이면 일기조차 쓰는 게 귀찮아진다. ─먼저 참새가 재잘거리는 곳, 화사한 아침 햇살이 따스하게 비치는 곳, 햇살을 받은 신록의 색깔과 소리가 비처럼 향기로운 곳, 카이따는 아니지만, 혼자 사는 생활이 미친 듯 그리워진다.

사방팔방이 허무하옵니다! 어둠속에서 나는 그저 지그시 눈을 감았다.

"얘! 유미는 어디 있니?"

아래층에서 주인아주머니가 부른다.

"유미야, 거기 있니? 아주머니가 불러."

"치통으로 누워 있다고 말해줘."

야에가 우당탕 아래층으로 내려가자, 막막하고 희망도 없는 고통스러운 마음에, 차라리 죽어버렸으면 하고 중얼거리게 된다. 슬슬 메피스토펠레스가 춤을 추기 시작한다! 예전에 루나차르스끼라는 유명한 사람이, 생활이란 무엇인가? 살아 있는 유기체란 무엇인가?라고 했다. 루나차르스끼가 아니더라도, 생활이란 무엇인가? 살아 있는 유기체란 무엇인가? 영락한 막달라 마리아여, 자기보존 능력을 깨부숴버리는 거다. 나는 머리 아래로 양손을 넣은 채 죽는 상상을 했다. 독약을 마시는 상상을 했다. "매춘부보다 네가 더 마

34 무라야마 카이따(村山槐多, 1896~1919). 화가이자 시인.
35 시가 나오야(志賀直哉, 1883~1971). 소설가.

음에 들어." 정말이지 인생은 시시하고도 즐거운 것이다. 어차피 고향도 없는 나지만, 어머니를 생각하니 서글퍼진다. 도둑이 될까, 아니면 여자 마적이 될까…… 헤어진 남자의 얼굴이 뜨거운 눈시울을 짓눌러온다.

"애! 유미야, 일손 모자라는 거 잘 알잖니. 좀 참고 아래층으로 내려와 도와줘라."

아주머니가 신경질적으로 말하면서 계단을 올라왔다. 아아, 이 모든 게 연기, 모래, 진흙이다. 나는 에이프런 끈을 다시 묶은 뒤 명랑하게 노래 부르며 바닷속처럼 혼잡한 아래층으로 내려갔다.

(7월 ×일)

아침부터 비.

결국 새 코트를 빌려간 여자는 돌아오지 않았다. 여자는 하룻밤 묵고 코트를 빌려 나방처럼 다른 곳으로 날아가버렸다.

"넌 사람이 지나치게 좋아. 옛날부터 사람을 보면 일단 도둑으로 생각하라는 말이 있잖아."

야에가 하얀 복사뼈를 긁으며 나를 놀린다.

"정말 그런 말이 있어? 그럼 난 야에의 양산이라도 훔쳐 도망칠까보다."

내가 이런 이야기를 하자 잠자던 유우가,

"세상천지에 도둑만 있어도 재밌겠다"라고 한다. 열아홉살의 유우는 사할린 출신으로 하얀 피부가 자랑이다. 윗도리를 벗은 야에의 밤색 살갗에 유리창의 파란색 비 그림자가 가늘게 드리워져 있다.

"사람이란 정말 시시해."

"아니야, 나무가 훨씬 시시해."

"나무는 불이 나거나 홍수가 나면 도망갈 수도 없는데……"

"바보!"

"히히, 우리 모두 바보면서 뭐—"

여자들의 수다는 여름날의 파란 하늘처럼 밝았다. 아아, 새나 다른 무엇으로 태어났더라면 좋았을 텐데. 전등을 켜고 모두 함께 사다리타기를 했다. 나는 4전. 여자들은 모두 아스파라거스처럼 덕지덕지 하얀 분을 바른 채 칠칠맞지 못하게 엎드려 꿀콩을 먹고 있었다. 비가 그치고 활짝 개자 창밖에서 시원한 바람이 불어왔다.

"유미야, 너 좋아하는 사람 있지, 그지? 내가 보기엔 그래."

"있었는데 지금은 멀리 떠나가고 없어."

"좋겠다!"

"아니, 왜?"

"나는 헤어지고 싶은데 헤어져주질 않아."

야에는 빈 스푼을 핥으면서 지금의 남자와 헤어지고 싶다고 했다. 어떤 남자와 살아도 다 똑같다고 내가 말하니까,

"그럴 리 없어. 비누도 10전짜리랑 50전짜리는 전혀 질이 다르잖아"라고 한다.

밤. 술을 마신다. 술에 취한다. 급료는 2엔 40전. 감사하옵니다, 황송하옵니다.

(7월 ×일)

마음이 허전하면 좌절도 큰 법이다. 세차게 내리는 비 속에서 자동차는 하쩌오오지 가도를 달린다.

더 빨리!

더 빨리!

가끔 자동차를 타면 기분이 좋아진다. 비에 젖은 거리에 등불이
켜진다.

"어디로 갈래요?"

"어디라도 좋아요. 기름이 떨어질 때까지 달려요."

운전하는 마쯔 씨의 머리는 조금 벗어졌다. 조금 일찍 대머리가
되는 타입 같다. ―쉬는 날이라 오후에 빈둥거리고 있는데, 자기
차를 모는 운전사 마쯔 씨가 차를 태워주겠다고 했다. 차는 타나시
라는 곳까지 가서 비 내리는 상수리나무 숲 진흙투성이 오솔길에
서 그만 멈춰서고 말았다. 저 멀리 눈썹처럼 보이는 산자락에만 불
이 켜져 있을 뿐이고, 쏟아지는 비와 함께 지축을 울리는 천둥소리
가 나면서 번개가 번쩍였다. 천둥소리가 나니 힘도 나고 기분도 좋
아졌지만 쉐보레 자동차는 낡아서 비가 유리창을 칠 때마다 차 안
으로 안개 같은 물보라가 들어왔다. 저물녘의 상수리나무 오솔길
에 자동차 한대만 있을 뿐이고, 오로지 빗소리와 천둥과 번개뿐이
었다.

"이렇게 비가 많이 내리면 밖으로 나갈 수도 없겠어요."

마쯔 씨는 말없이 담배를 피우고 있었다. 이렇게 선량해 보이는
남자가 무슨 꿍꿍이속으로 연기를 하고 있을 리는 없다. 비는 차가
우면서도 느낌이 좋았다. 천둥과 빗소리가 찢어질 듯 울렸다. 자동
차는 비를 맞으며 밤의 상수리나무 숲에 멈춰서버렸다.

나는 왠지 초조한 느낌이 들었다. 기름 냄새가 나는 마쯔 씨의
작업복을 보니 우습지도 않은데 웃음이 나와 참을 수가 없었다. 난
열예닐곱 처녀가 아닌걸. 난 빠져나갈 방법을 잘 알고 있었다.

내가 정색하는 척하며 했던 말은 이랬다. "당신은 아직 나를 사
랑한다는 말도 하지 않았어요…… 거친 사랑은 딱 질색이에요. 나

를 사랑한다면 더 점잖게, 안 그러면 싫어요!"

나는 이리처럼 남자 팔뚝에 잇자국을 남겼다. 눈물에 가슴이 미어졌다. 이 남자에게 굴복할 수는 없었다. 비 내리는 밤이 하얗게 밝아올 무렵, 남자는 더러워진 얼굴을 편히 하고서 잠들었다.

멀리서 파란 하늘을 알리는 닭 울음소리가 들려왔다. 화창한 여름날 아침. 어젯밤 더러운 남자의 정열 따위 언제 그랬느냐는 듯이 바람은 비단결처럼 소리 내면서 불어왔다. 이 남자가 그 사람이었다면…… 얼굴이 우스꽝스러운 남자를 차 안에 내버려둔 채 나는 차에서 나와 진흙탕 길을 걸었다. 얼마 되지 않은 지난밤의 피로로 인해 퉁퉁 부은 눈을 바람에 맡기면서 나는 오랜만에 신나게 시골길을 걸었다. ─저는 경멸받아 마땅한 여자입니다! 나는 닳고 닳은 여자라고 생각했다. 상수리나무 숲을 달려 빠져나오니까 문득 마쯔 씨가 가엽고 딱하다는 생각이 들었다. 피곤해 어린아이처럼 차 안에서 자고 있는 마쯔 씨를 떠올리며 되돌아가 깨울까도 생각했다. 하지만 쑥스러워할지도 모른다. 나는 마쯔 씨가 운전석에 앉아 점잖게 담배 피우던 모습을 떠올리고는 역시 싫은 마음이 들어 차라리 잘됐다는 생각에 홀가분해졌다. 누군가 나를 사랑해줄 사람은 없을까…… 멀리 떠나가버린 남자를 떠올렸지만, 아아, 7월의 저 하늘에 방랑의 구름이 흘러간다. 저것은 내 모습이다. 들꽃을 꺾어 들고 프로방스의 노래나 부르렵니다.

(8월 ×일)
여급들을 위해 편지를 써준다.
얼마 전 아끼따에서 온 미끼가 연필을 빨며 자고 있다. 홀에서는 여주인이 킹 오브 킹스에 물을 타 한병을 일곱병으로 늘리고 있다. 먼지와 무더위. 얼음을 많이 먹으면 머리카락이 빠진다고 해서 얼음을 안 먹던 유우도 냉장고의 얼음덩이를 훔쳐와 혼자 빠드득빠드득 깨물어 먹고 있다.

"근데, 러브레터는 어떻게 시작하면 돼?"

야에가 새까만 눈을 굴리며 빨간 입술을 움직여 말한다. 아끼따, 사할린, 카고시마, 치바 출신의 시골 처녀들이 가게 테이블을 둘러싸고 머나먼 고향에 편지를 쓰고 있다.

오늘은 시내에 나가 모슬린 오비를 하나 샀다. 1엔 2전——여덟자짜리를 샀다—— 어디 안정적인 일자리는 없을까 싶어 신문 광고란을 보지만 마땅한 곳이 없다. 자주 오는 의대생들이 들어왔다. 활기찬 남자들의 체취가 밀물처럼 방 안으로 흘러들어오자, 학생을 좋아하는 야에는 막 쓰기 시작한 러브레터를 내팽개치고 두 손으로 가슴을 누르며 교태를 부린다.

이층에서 유우가 나한테 들켜 쑥스러운 나머지 사할린 시절의 업보라고 하면서 고약한 냄새가 나는 약을 치우고는 벌러덩 드러눕는다.

"세상, 참 재미없어."

"그래, 정말……"

유우의 흰 살갗을 보고 있자니 나는 왠지 고통스러운 느낌이 들었다.

"이래도 나는 애를 둘이나 낳았어."

유우는 하얼빈의 호텔 지하실에서 아이를 낳은 뒤로 여러 곳을 전전한 것으로 보인다. 아이는 조선에 있는 어머니에게 맡기고 새 남자와 토오꾜오로 흘러들어와 언제나 그렇듯이 남자를 먹여 살리기 위해 까페 생활을 하고 있다고 했다.

"키모노를 한두벌 장만하면 긴자로 진출할까 생각 중이야."

"이런 일은 오래할 게 못돼. 몸이 망가져버려."

하루오의 『동창잔월東窓殘月의 기록』[36]을 읽으니 '모든 게 꿈만 같다'는 다정하고도 부드러운 인상적인 구절이 있었다. 모든 게 꿈만 같다…… 정착하고 싶다! 유우는 휘발유로 보라색 옷깃을 닦으면서 "유미야! 어딜 가더라도 연락은 하렴" 하고 눈물을 글썽이며 말한다. 모든 게 꿈같다……

"그 책 재밌니?"

"아니, 전혀."

"좋은 책이 아니네…… 난 타까하시 오덴[37]에 대한 소설은 읽어봤는데."

"그런 책은 읽는 사람이 우울해져."

(8월 ×일)

밖으로 나가 다른 까페를 찾아볼까 생각한 날도 있다. 아편을 피우듯 수렁처럼 이 일에 빠져드는 것이 슬프다. 매일 비가 내린다.

——여기서 우리는 예술의 두가지 길, 즉 두가지 이해방법을 발견하게 된다. 몽상 즉 미美라는 작은 오아시스를 탐구하는 길, 아니면 능동적으로 창조하는 길 중 인간은 어느 길로 나아가게 될까? 물론 이상의 높이와 어느정도 관련되어 있다. 이상이 낮으면 낮을수록

---

36 작가 사또오 하루오(佐藤春夫, 1892~1964)의 『차창잔월의 기록(車窓殘月の記)』의 오기로 보임.

37 남자를 살해해 1879년 참수형을 당한 살인범으로 이후 독부(毒婦) 소설에 자주 등장하는 인물.

인간은 현실적으로 되고, 이상과 현실 사이의 심연은 그에게 보다 덜 절망적으로 된다. 하지만 그것은 주로 인간이 지닌 힘의 양, 축적된 에너지, 그 유기체가 처리하는 영양의 긴장도와 관련된다. 긴장된 생활은 자연히 보충을 위한 창조, 투쟁의 긴장감, 갈망을 갖게 된다. ─여자들이 모두 목욕탕에 가고 없는 한낮의 종업원 방에서 루나차르스끼의 『실증미학의 기초』를 읽고 있는데 이런 게 적혀 있다. ─정말이지 꼼짝달싹할 수 없는 지금의 생활과 불안정한 감정이 나를 괴롭힌다. 나는 우울해진다. 공부를 하고 싶다는 생각을 한 뒤부터 너무나 한심하고 부도덕한 야성이 내 몸속을 헤집고 다닌다. 끝이 보이지 않는 생활, 사느냐 죽느냐의 두 길…… 밤이 되자 백인들의 나라에 팔려온 흑인처럼 서러워서 부질없이 노래를 불러본다. 모슬린 키모노는 땀 때문에 치마 끝자락이 살에 들러붙어서 곧 찌익 찢어져버린다. 엄청난 이 더위에는 시원해질 때까지 모든 걸 체념하고 살 수밖에 없다.

아무 조건 없이 한달에 30엔을 주는 사람이 있다면 나는 차고 넘치는 좋은 생활을 할 수 있으리라 생각한다.

＊ ＊ ＊

(10월 ×일)

사방 30쎈티 남짓한 네모난 천창을 올려다보다가 처음으로 보라색 맑은 하늘을 봤다. 가을이 왔다. 나는 주방에서 밥을 먹으면서 머나먼 고향의 가을이 너무나 그리워졌다. 가을은 좋아. 오늘도 여자가 한명 왔다. 마시멜로우처럼 새하얗고 조금 재밌어 보이는 여자였다. 아아, 지긋지긋하다. 왠지 사람이 그립다. ─손님들 얼굴이 모두 물건처럼 보이고, 손님들 얼굴이 모두 지쳐 보인다. 아무래도 좋은 나는 잡지를 읽는 척하면서 곰곰이 이런저런 일들을 생각했다. 견딜 수가 없다. 뭔가 하지 않으면 완전히 스스로 나 자신을 망쳐버릴 것만 같다.

(10월 ×일)

넓은 홀을 다 정리하고 나서야 비로소 내 몸인 것처럼 느껴진다. 정말 뭔가 해야만 한다. 이는 매일밤 생각하고 또 생각하지만 하루 종일 서서 일하다보면 지쳐서 방에 돌아오자마자 금방 잠이 들어 꿈도 꾸지 않는다. 쓸쓸하다. 정말이지 시시하다. 더부살이는 힘든 것 같다. 가까운 시일 안에 통근할 수 있는 방을 구하고 싶지만 여하튼 나갈 형편이 못된다. 밤에 잠드는 것이 안타까워서 어두운 방 안에서 가만히 눈을 뜨고 있는데, 시궁창에선가 벌레가 운다.

차가운 눈물이 하염없이 흘러나와 울지 않으려 하지만 멈출 수가 없다. 무언가를 해야 한다고 생각하면서도 사할린 출신 여자, 카나자와 출신 여자와 함께 셋이 낡은 모기장 안에서 나란히 베개를 베고 누워 있으니 왠지 팔려고 가게 앞에 내어놓은 가지 같아 서글퍼졌다.

"벌레가 우네!" 내가 은근히 옆의 아끼에게 웅얼거리니까, "정말 오늘 같은 밤에는 술이라도 마시고 자고 싶다, 그지?" 하고 아끼가 말한다.

층계참에 누워 있던 토시마저 "왜 그 남자 생각이라도 났어?" 한다. ―모두 외로운 산속의 두견새다. 으스스한 가을바람에 모기장 자락이 나부꼈다. 12시다.

(10월 ×일)

용돈이 조금 모여 오랜만에 올림머리를 하러 갔다. 올림머리는 정말 좋다. 머리 뿌리를 바싹 잡아당기면 눈썹이 추켜올려진다. 물을 듬뿍 묻힌 참빗으로 앞머리를 빗어 올리면 앞머리가 풍성하게 이마 위로 늘어뜨려져 마치 딴사람처럼 나도 예뻐진다. 거울에 추파를 던져본들 거울만 반할 뿐이다. 이렇게 머리를 예쁘게 한 날에는 어딘가로 가고 싶다. 기차를 타고 멀리멀리 가보고 싶다.

인근에 있는 책방에서 은화를 1엔짜리 지폐로 바꾸어 시골에 보내는 편지 속에 넣었다. 기뻐하시리라 생각한다. 편지 안에서 돈이 나오면 나라도 기쁠 텐데 뭘!

도라야끼[38]를 사서 다 같이 먹었다.

오늘은 바람이 세다. 비도 굉장히 많이 내린다. 이런 날은 외롭다. 돌덩이처럼 발이 딱딱하게 얼어붙는다.

(10월 ×일)

고요한 밤이다.

"넌 고향이 어디여?"

금고 앞에 누워 있던 나이 든 주인이 얼마 전에 들어온 토시에게 말을 건다. 누워서 다른 사람의 얘기를 듣는 것도 재밌다.

"저…… 사할린요. 토요하라라고 아셔요?"

"뭐시라, 카라후또? 너 혼자 온 거여?"

"예……"

"아이고, 너도 참 대단하다."

---

38 징 모양의 팥소가 들어간 빵.

"하꼬다떼의 아오야기 초오에서도 한동안 지냈어요."

"좋은 데 있었네. 나는 홋까이도오 출신이여."

"그런 것 같았어요. 말씀하실 때 그쪽 사투리가 섞여 있더만요."

타꾸보꾸의 시를 떠올리며 나는 토시가 좋아졌다.

하꼬다떼의 아오야기 초오는 슬프구나

친구의 사랑노래

수레국화꽃.

좋은 시라고 생각한다. 살아 있는 것도 즐겁잖아요? 정말이지 인생은 왠지 즐거운 것인 양 생각되었다. 모두 다 좋은 사람들뿐이다. 초가을, 싸늘한 바람이 분다. 쓸쓸하지만 왠지 살고 싶다는 열정이 불타오른다.

(10월 ×일)

어머니가 지병인 류머티즘으로 편찮다는 연락이 왔다. 수입이 전혀 없다.

손님이 없는 동안에 동화를 썼다. '물고기가 된 아이 이야기'라는 제목의 열한장짜리. 어떻게든 고향에 돈을 보내야 해. 나이 들어 돈도 의지할 사람도 없는 건 너무나 비참하잖아. 불쌍한 어머니, 돈을 보내라는 말씀을 전혀 하지 않으니 오히려 어떻게 지내시는지 걱정스럽습니다.

이런 생각을 한다.

"며칠 있다 우리 집에 놀러 가지 않을래? 시골은 정말 좋아."

여기서 삼년간이나 여급으로 일하고 있는 케이가 남자 같은 말투로 나를 초대했다.

"그럼 가고말고, 언제든 재워줄 거지?"

나는 그때까지 돈을 좀 모아야지 생각했다. 이런 곳에 있는 여자들이 훨씬 더 다정하고 사려 깊다.

"난 말이야, 이제 사랑이니 연애니 하면서, 당신한테 반했어요, 평생 버리지 마세요 따위 바보 같은 말은 딱 질색이야. 이런 세상에선 말이지, 유미야, 그따위 약속은 아무 쓸모도 없어. 사실 나를 이렇게 만든 남자는 국회의원인데도 내가 아이를 낳자 연락 두절이야. 우리가 사생아를 낳으면 다들 '모던 걸'이라고 하지만, 꼴좋지 뭐…… 물거품처럼 덧없는 세상이잖아. 요즘 세상에는 진심 따위 아무 소용도 없어. 내가 이렇게 삼년째 이 일을 하는 것도 다 우리 애가 불쌍해서야……"

케이의 이야기를 듣고 있자니 초조하던 마음이 갑자기 편안해진다. 멋지고 괜찮은 사람이다.

(10월 ×일)

유리창을 보고 있노라니 비가 전차처럼 지나간다. 오늘은 조금의 돈밖에 못 벌었다. 토시는 불경기라며 투덜댄다. 그런데 선풍기 받침대에 앉아서 우울한 표정으로 신세타령하는 모습을 보면 솔직한 사람인 것 같다. 아사꾸사의 큰 까페에서 일하다 동료들에게 따돌림을 당해서 나왔는데, 말로는 아사꾸사의 점쟁이를 찾아가니 칸다의 오가와 마찌 쪽이 좋다고 해서 여기로 왔다고 했다.

케이가 "야, 여긴 니시끼 초오인데"라고 하니까 "어, 그래……" 하며 못마땅한 표정을 짓는다. 토시는 이 집에서 가장 아름답고, 가장 솔직하고, 가장 재미있는 사연을 가진 사람이다.

(10월 ×일)

일을 마치고 욕실에 들어가면 기분이 개운해진다. 우리가 넓은 홀을 정리하는 동안 요리사와 접시닦이가 먼저 목욕을 하고 이층 큰방에서 자기 때문에 우리는 마음껏 목욕을 즐길 수 있다. 아침부터 온종일 서서 일한 탓에 아주 지쳐서 탕 안에 들어가면 우리 모두 황홀해진다. 아끼가 노래를 부른다. 다들 탕에서 나올 때까지 나는 평상에 엎드린 채로 심취해서 들었다. 당신 하나 때문에 나는 모든 걸 버렸어요. 나는 첫사랑에 시들어버린 꽃이라네. ──어쩐지 진심으로 사랑해줄 사람이 그리워진다. 하지만 남자는 거짓말쟁이가 많다. 돈을 모아 느긋하게 여행이나 해야지.

아끼에게는 재미난 사연이 있다.

점심때 30전짜리 정식을 먹으러 오는 대학생들은 아주 예쁜 말투를 사용하는 아끼를 마거리트 꽃처럼 떠받든다. 아끼는 열아홉 살 처녀로, 대학생들을 좋아했다. 나는 사람들 뒤에서 능숙하게 움직이는 아끼의 눈을 보았는데, 칙칙한 눈가와 삶에 지친 목주름으로 보아 결코 열아홉살의 젊음은 아니라고 생각했다.

바로 그날밤 함께 욕실에 갔을 때였다. 아끼는 혼자 기운 없이 복도 구석에서 한참 동안 서 있었다.

"아끼야, 탕 안으로 들어와! 땀을 안 빼면 몸이 썩어버려."

케이가 이를 닦으며 큰 소리로 부르자 아끼는 수건으로 가슴을 가리며 두평쯤 되는 탕 안으로 조용히 들어왔다.

"너 애기 낳은 적 있지?" 케이가 물었다.

정원이 온통 새하얗다!

류바,[39] 넌 잊지 않았지? 왜 그 긴 가로수 길이 마치 쭉 펴놓은 벨트처럼 저 멀리까지 이어지고, 달빛 아래서 반짝반짝 빛나고 있었잖아.

너 기억하고 있지? 잊진 않았지?

………

그래, 이 벚꽃 동산마저 빚으로 넘어가는 마당에 아주 불가사의하다고 한들 무슨 소용이 있나……라는 「벚꽃 동산」의 가에프의 독백을 헤어진 그 남자는 자주 읊조렸다. 나는 조금 씁쓸한 추억에 빠져 휘어진 유리창으로 비쳐드는 큰 달을 쳐다보았다. 케이가 새된 목소리로 뭔가를 얘기한다.

"난 말이야, 두살배기 아들이 있어."

아끼는 조금의 망설임도 없이 젖가슴을 드러내고는 물을 튀기며 탕 안으로 들어갔다.

"사실 '난 처녀야'라고 말하는 것도 웃기지. 너 처음 들어왔을 때부터 눈치챘어. 하지만 너도 그럴 만한 딱한 사정이 있어서 여기 왔을 테지. 남편은 어떻게 된 거야?"

"폐가 나빠 아이하고 집에 있어."

불행한 여자들이 여기저기 우글거린다.

"어머! 나도 아기 가진 적이 있는데."

살이 쪄서 모델처럼 다소곳하게 손발을 씻고 있던 토시가 느닷없이 큰 소리로 말한다.

"나는 삼개월 됐을 때 지워버렸어. 울화가 치밀어서 말이야. 토

---

39 체호프의 희곡 「벚꽃 동산」의 등장인물 라네프스까야를 가리킴.

요하라에 사는 사람들 모두가 알고 있을 정도로 나는 화려한 생활을 했었어. 시집을 간 곳은 지주 집안이었는데 아주 개방적이어서 피아노를 배우게 해주었어. 피아노 선생은 토오꾜오에서 흘러들어온 피아니스트였는데 그놈한테 완전히 속아 넘어가 아이를 뱄지 뭐야. 그놈 자식이라는 걸 분명히 아니까 말했는데, 그놈이 '잘됐네요. 도련님 자식이라고 하세요'라고 하잖아. 그래서 분해서 그런 놈의 자식을 낳으면 큰일이다 싶어 겨자를 개어 한사발 마셨던 거야. 어디로 도망가든 뒤따라가 사람들 앞에서 침을 뱉어줄 생각이야."

"어머……"

"대단하다, 너……"

비슷한 사정을 지닌 동료로서의 칭찬이 좀체 멈추지 않는다. 케이는 일어서서 토시의 등에 목욕물을 몇번이고 몇번이고 끼얹어준다. 나는 숨이 막힐 듯한 절절한 심정으로 감동한다. 나약한 나, 나약한 나…… 나는 침을 뱉어줘야 할, 나를 배신한 남자의 머리를 떠올려보았다. 나는 말도 안되는 바보다! 사람 좋다는 말이 무슨 위로가 되겠는가—

(10월 ×일)

눈을 번쩍 뜨니까 토시는 벌써 준비를 하고 있었다.

"늦었어. 서둘러."

욕실로 두사람의 짐을 옮기고서 나는 한숨을 돌렸다. 하까따 오비를 소리 나지 않도록 묶고 머리를 매만지고는 가게 현관에서 게따 두켤레를 가져왔다. 오전 7시인데도 주방에는 쥐가 들락거렸고 사람 좋은 주인의 코 고는 소리는 평온했다. 케이는 아이가 아파서 어젯밤 치바에 가고 없었다. —우리는 학생하고 정식 손님 정도로는 부족했다. 그만두고 싶다고 그만두고 싶다고 토시와 둘이 소곤 거리면서도, 바쁜 점심시간의 학생 손님과 몇 안되는 종업원들을 생각해 소심한 우리는 결국 참고 있었다. 우리는 돈이 되지 않더라도 재미 삼아 일하는 그런 처지가 아니기에 도망 외에는 방법이 없었다. 아침나절 아무도 없는 넓은 식당 안은 무서우리만치 조용했고 식당의 시멘트 연못에는 빨간 금붕어가 헤엄치고 있었다. 방 안에는 회색빛 더러운 공기가 맴돌고 있었다. 뒷골목으로 난 창문을 열고서 토시는 남자처럼 획 땅에 뛰어내린 뒤 높다란 욕실 창에서 던진 배낭을 가지러 갔다. 나는 책 두세권과 화장품을 싼 조그만 보따리뿐이었다.

"뭐 이런 게 있니?"

토시는 시골뜨기 같은 차림으로 우산과 하늘색 양산을 챙겨 왔다. 게다가 술통만 한 배낭을 들고 있어서 마치 애잔한 한폭의 만화 같았다. 오가와마찌 정거장에서 전차를 네다섯대나 기다렸는데도 등교시간이라 그런지 전차마다 학생들로 만원이었다. 지나가는 사람들이 우릴 보고 웃었다. 싱그러운 아침 햇살에 어젯밤부터 세수를 하지 않은 우리 얼굴이 꾀죄죄하게 비쳐 보인 탓일 것이다. 더이상 참을 수 없어서 우리 두사람은 메밀국숫집으로 들어가 비로소 아픈 다리를 쭉 폈다. 메밀국숫집 배달원이 친절하게도 택시를 한대 불러주어 미리 약속해둔 신주꾸의 채소 가게 이층으로 옮겨갔다. 자동차를 타고 가는데 도저히 살아갈 자신이 없었다. 완전히 녹초가 돼서 물이 너무나 마시고 싶었다.

"잘했어! 그런 집에서는 나오는 게 나아. 자기 의지에 따라 행동한다면 후회할 일은 없을 거야."

"열심히 일할 테니 넌 공부만 열심히 해……"

눈을 감으니 눈물이 흘러나와 주체할 수가 없었다. 비록 토시의 말이 감상적인 소녀의 꿈이라 할지라도 지금 의지할 데 없는 내 처지에서는 그저 까닭 없이 기뻤다. 아아! 고향으로 돌아가렵니다. ……어머니 품으로 돌아가렵니다…… 차창 너머로 파랗고 건강한 아침 하늘을 쳐다본다. 스쳐지나가는 지붕을 쳐다본다. 갈색으로 변한 가로수 나뭇가지에 참새가 날아다니는 걸 본다.

영락하여 타향의 거지가 된다 한들
고향은 멀리서 그저 그리워만 하는 것……

예전에 이런 시[40]를 어디선가 읽고 감동한 적이 있다.

(10월 ×일)

가을바람이 불기 시작했다. 토시는 전남편을 따라 사할린으로 돌아가버렸다. 토시는 "추워지니까……"라고 하면서 솜옷을 선물로 남겨두고 토오꾜오를 떠났다. 나는 아침부터 아무것도 먹지 못했다. 동화와 시를 서너편 팔아본들 쌀밥을 한달 동안 먹을 수 있는 것도 아니다. 배가 고픔과 동시에 머리가 몽롱해져 내 사상에도 곰팡이가 슬어버린다. 아아, 내 머릿속에는 프롤레따리아도 부르주아도 없다. 그저 흰쌀밥으로 만든 한줌의 주먹밥이 먹고 싶다.

"밥을 먹게 해주세요."

미간을 찌푸릴 사람들을 생각하니 차라리 거친 바닷속에 몸을 던져버릴까요. 저녁이 되니 세속의 모든 것들을 모아 달그락거리

---

40 무로오 사이세이(室生犀星, 1889~1962)의 시 「소경이정 2(小景異情 その二)」의 한 구절.

는 밥그릇 소리가 아래층에서 들려온다. 꼬르륵거리는 소리를 듣자 나는 어린애처럼 슬퍼져 저 멀리 밝은 유곽의 여자들을 문득 부러워한다. 나는 지금 굶주리고 있다. 그 많던 책도 이제 두세권밖에 남지 않았고 맥주 상자에는 젠조오[41]의 『아이를 데리고』라든가 『노동자 세이료프』, 나오야의 『화해』가 너덜거리고 있을 뿐이다.

"다시 요릿집에라도 나가서 벌어야 하나."

안타깝게도 체념해버린 나는 이상하게 휘청거리는 몸을 오뚝이처럼 일으켜 칫솔과 비누, 수건을 소매 안에 집어넣고 바람 부는 저녁 거리로 나갔다— '여급 구함'이라는 벽보가 있을 법한 까페를 이리저리 들개처럼 기웃거려보았다. 내 위장은 그저 먹기 위해서, 무엇보다 고형물을 원하고 있었다. 아아, 어떤 일을 해서라도 먹어야 한다. 거리에는 맛있는 음식이 넘쳐나고 있지 않은가! 내일은 비가 올지도 모른다. 습한 바람이 살랑살랑 불어올 때마다 가을의 과일 가게에서 상큼하고 달콤한 향기가 흥분한 내 콧구멍으로 풍겨온다.

* * *

(10월 ×일)

군밤 장수의 목소리가 그리운 계절이 되었다. 유곽 골목을 지나가는 군밤 장수의 굵직한 목소리가 들려오면 이상하게도 쓸쓸해져 어두운 방 안에서 지그시 창밖을 내다보곤 한다. 나는 어릴 때부터 초겨울이 되면 이가 자주 아팠다. 어머니에게 어리광을 부리던 어

---

41 카사이 젠조오(葛西善蔵, 1887~1928). 가난과 질병의 삶을 주로 쓴 사소설 작가.

린 시절엔 타따미 위에서 데굴데굴 구르며 울부짖었고, 그러면 어머니는 얼굴 가득 매실장아찌를 발라주었는데, 나는 딸꾹질을 하면서도 울었다. 그런데 이제 겨우 반평생을 산 나는 타향 땅에서 이렇게 쓸쓸한 까페 이층에서 이가 아파 누워 있다. 문득 고향 산천과 바다, 헤어진 사람들의 얼굴이 떠오른다.

눈물 글썽이는 눈으로 얘기를 나눌 수 있는 상대는, 오직 휘어진 유리창 바깥의 초연한 저 달님뿐이다……

"아직도 아프니?"

몰래 이층으로 올라온 키미의 풍성한 앞머리가 달빛을 받아 내 위로 어두운 그림자를 드리운다. 아침부터 아무것도 먹지 않은 내 콧구멍에 김 냄새가 훅 전해진다. 머리맡에 키미가 초밥 접시를 내려놓는다. 그리고 지그시 내 눈을 바라본다. 따뜻한 배려라고 생각했다. 이유도 없이 눈물이 차올랐다. 내가 얄팍한 이불 밑에서 지갑을 꺼내자, 키미가 "바보야!" 하며 마분지로 때리듯 조금 아프게 내 손을 톡 쳤다. 그리고 이불자락을 꾹꾹 덮어주고는 다시 살며시 바깥계단으로 내려갔다. 아아, 따뜻한 세상이다.

(10월 ×일)

바람이 분다.

새벽녘에 가느다란 푸른 뱀이 땅을 스르르 기어가는 꿈을 꾸었다. 거기에 연분홍빛 허리끈이 묶여 있었는데 이상하게도 일어날 때부터 가슴이 몹시 두근거려 진정할 수가 없다. 멋지고 신나는 일이 생길 것만 같다. 아침 청소를 마치고 물끄러미 거울을 보는데 통통 부은 창백한 얼굴이 생활에 찌들어 거칠어져 보여 후유 한숨을 쉬었다. 벽장 속으로 숨고 싶었다. 오늘 아침식사도 걸쭉한 된장국에 식은 밥일 거라 생각하니 라면이 먹고 싶어졌다. 나는 아무것도 바르지 않은 푸석한 내 얼굴을 바라보다가 갑자기 초조해져서 입술에 연지를 빨갛게 발라보았다. ——그 사람은 어떻게 지내고 있을까? 끊어지는 인연 줄을 살며시 잡아보려 했지만 역시 우리는 풍경 속의 가로수 같아…… 신경쇠약에 걸린 탓일까, 접시를 여러장 드는 게 두려워진다.

포럼 너머로 서늘한 시멘트 바닥의 소금 무더기[42]를 보고 있는데, 여학생들이 발로 차 소금이 흩어지면서 점점 나지막해진다. 이 집에 온 지 딱 이주일째다. 수입은 꽤 좋다. 동료가 두명. 하쯔라는 여자는 그 이름처럼 청초하고 올림머리가 아주 잘 어울리는 귀여운 처녀이다.

"나는 요쯔야에서 태어났는데, 열두살 때 이웃집 아저씨가 만주로 끌고 갔어. 곧바로 기생집에 팔려서 그 아저씨 얼굴은 금방 잊어버렸지만…… 거기서 모모찌요라는 여자애랑 반들반들한 넓은 복도에서 자주 미끄럼을 탔는데 꼭 거울 같았어. 일본에서 연극 공연단이 오면 담요를 뒤집어쓴 채 장화를 신고 보러 갔어. 땅이 얼면 게따를 신고 걸었지. 하지만 목욕하고 나면 귀밑머리가 얼어 뻣뻣한 모습이 정말 우스웠어. 육년 정도 있었는데 만주의 신문사 사람이 나를 데리고 와줬어."

손님이 가고 나자 탁자 위에 흘려져 있는 술로 글자를 쓰면서 귀여운 하쯔는 우울한 말투로 그런 얘기를 했다. 또 한사람 나보다 하루 일찍 들어온 키미는 키가 크고 모성적이며 기품있는 여자였

42 장사 행운을 빌면서 가게 출입문 양편에 쌓아두는 소금.

다. 유곽 들머리에 자리한 이 가게는 의외로 안정적이어서 나는 금방 두 여자와 친해졌다. 이런 곳에서 일하는 여자들은 처음에는 아주 심술궂고 까칠하게 서로를 경계하지만, 친하지 않더라도 어쩌다 한번 진심을 내보이면 정말이지 금방 의기투합해 마치 십년지기나 되는 듯이 자매 이상으로 친해진다. 손님이 없을 때 우리는 곧잘 달팽이처럼 둘러앉아 얘기를 나누곤 했다.

(11월 ×일)

하늘이 잔뜩 흐려 있다. 키미와 마주 앉아 말없이 있는데 예전에 어디선가 맡은 적이 있는 꽃향기가 풍겨왔다. 저녁에 전찻길 옆에 있는 목욕탕에 갔다 돌아오니 단골 술꾼인 대학생 미즈노 씨가 하쓰에게 술을 따르게 하면서 마시고 있었다. "드디어 네 알몸 들켰다며?" 하쓰가 웃으면서 거울 너머에서 귀밑머리를 빗고 있는 내 얼굴을 보며 말했다.

"네가 목욕탕에 가자마자 미즈노 씨가 찾아와서 널 찾잖아. 그래서 목욕탕에 갔다고 했지."

대학생 술꾼은 바람을 가르듯 가느다란 손을 저으며 머리를 툭툭 쳤다.

"거짓말이야!"

"어머! 조금 전에 그랬잖아요. 미즈노 씨는 정말…… 전찻길로 서둘러 나가기에 무슨 일인가 했거든. 그런데 되돌아와서 미즈노 씨가 말하길, 여탕 문을 열었다는 거야. 카운터에서 '여긴 여탕이에요'라고 해서 '어, 병원인 줄 잘못 알았습니다' 하면서 있는데 마침 그때 네가 옷을 몽땅 벗은 참이었대. 미즈노 씨는 뭐 좋아서 난리야……"

"정말! 아주 상스러운 이야기잖아."

내가 심하게 얼굴을 붉히자 대학생은 얇은 곤약 같은 두 손을 모아 "화났어? 미안해!"라고 한다. 무슨 소리야, 알몸이 보고 싶다면 태양 아래서 옷을 죄다 벗어 보여줄게요! 나는 고래고래 소리 지르고 싶었다. 밤중에 기분이 착잡해서 삶은 달걀을 일고여덟개나 탁자에 두들겨 깼다.

(11월 ×일)

꽁치 굽는 냄새는 계절을 알리는 신호다. 저녁때가 되자 오늘도 유곽에서는 꽁치 냄새가 난다. 기생들에게 매일 꽁치만 먹여 몸속에 비늘이 떠다닐 것만 같다. 밤안개가 뿌옇다. 전봇대가 바늘처럼 가느다란 그림자를 드리운다. 가게 밖으로 나가 지나가는 전차를 보고 있자니 왠지 전차를 탄 사람들이 부러워 코끝이 찡해진다. 사는 게 정말 지겹다. 이런 곳에서 일하면 거칠어지고 망가져 도둑질이라도 하고 싶어진다. 여자 마적이라도 되고 싶어진다.

젊은 언니, 왜 울어?
박정한 남자가 그리워요……

모두 다 나를 비웃고 있다.

"킹 오브 킹스 열잔 마시는 데 10엔 걸었다!"

어느 한량이 꼴사납게 머리카락을 반짝거리며 문신처럼 보이는 10엔짜리 지폐를 탁자 위에 내려놓았다.

"별것도 아니네요." 나는 불빛 아래에 내 한심한 모습을 그대로 드러내면서 위스키 열잔을 가볍게 마셔버렸다. 반짝머리 인간은 멍하니 나를 바라보다가 져서 분하다는 듯 쓴웃음을 지으며 홀연히 사라져버렸다. 좋아하는 사람은 까페 주인뿐이다. 그래그래, 한 잔에 1엔 하는 킹 오브 킹스를 열잔이나 마셔줬으니 말이지…… 웨엑 하고 토할 것 같다. ─눈에서 불이 난다. 혐오스러운 인간들뿐이다. 아아, 저는 정조 없는 여자예요. 고상한 분들, 한번 벌거벗고 춤이라도 춰드릴까요? 눈살을 찌푸리며, 달이여, 별이여, 꽃이여,라고! 아무렇게나 자란 내가 남의 도움 없이 살아가려면 엉엉 울고 있을 수만은 없다. 남자한테 얹혀살려면 나는 그 수십배의 일을 해야 한다. 진정한 동지여, 하고 부르짖는 친구들조차 날 비웃는다.

> 노랫소리 들으니 우메까와야
> 잠시 도리는 내버리고
> 둘의 사랑만 생각해요
> 그게 추우베이의 꿈이에요

시[43]를 읊조리고서 기분이 좋아진 나는 유리창을 열고 밤안개를 양껏 들이마셨다. 그런 싸구려 위스키 열잔에 취해버리다니…… 아아, 저 밤하늘을 올려다봐, 화려한 무지개가 떴어. 키미가 눈을 동그랗게 뜨고선, 괜찮니? 그래봤자 네 속만 쓰리고, 네 마음만 아프잖아 하면서 나를 꽉 붙잡고서 이층으로 올라갔다.

> 어린 나이에도 상냥하여라

---
43 카부끼 「저승 파발꾼(冥途の飛脚)」의 주인공인 우메까와 추우베이의 비극적 사랑을 소재로 한 시마자끼 토오손(島崎藤村)의 시 「우산 속(傘のうち)」을 가리킴.

아직 첫사랑의 순수함으로

손에 손을 잡고 가는 사람아

그 모습, 무엇을 숨기리오

내가 좋아하는 시[44]다. 눈물에 푹 젖은 내 몸과 마음은 저 멀리 땅끝으로 쭈욱 뒷걸음치기 시작했다. 슬슬 시계태엽이 느슨해지자 언제나처럼 '봄날 어스름한 달밤에'[45]를 잘 흉내 내는 조숙한 아이가 찾아와서는 "저 손님! 생각 있으세요? 저 손님! 생각 있으세요?" 하며 치근댄다.

이제 그런 존재감 없는 불구자는 내쫓아버려! 왠지 그런 가련한 아이들의 까칠하고 화장 짙은 얼굴을 보면 나는 참을 수 없을 정도로 누군가에게 매달리고 싶어진다.

(11월 ×일)

가게서 세끼 밥을 다 먹으면 주인이 싫어하고 그렇다고 손님한테 얻어먹는 것도 정말 싫다. 2시에 영업을 마친다고는 하지만 유곽에서 온 손님으로 북적이면 주인은 모른 척 새벽까지 가게 문을 닫으려 하지 않는다. 콘크리트 바닥은 너무나 차가워서 동맥이 모두 얼어버릴 듯 닭살이 돋아난다. 시큼한 술 냄새가 지독해서 짜증이 난다.

"정말 지긋지긋해……"

하쯔는 맥주에 젖은 소맷자락을 짜면서 우두커니 서 있었다.

"맥주!"

---

44 시마자끼 토오손의 시 「풀베개(草枕)」를 가리킴.
45 카부끼의 유명한 대사.

이미 4시가 지났다. 정말 반갑게도 멀리서 닭 울음소리가 들려온다. 신주꾸 역의 기차 기적소리가 울리자, 맨 마지막으로 겉만 번지르르한 남자가 내 차례에 들어왔다.

"맥주!"

하는 수 없이 나는 맥주를 따서 컵에 넘실넘실 따랐다. 아주 신경질적으로 천장만 쳐다보던 남자는 맥주 한잔을 꿀꺽 다 마시고 속내가 빤히 보이는데도 "뭐야! 에비스 맥주잖아, 맘에 하나도 안 들어"라는 말을 내뱉고는 너무나 태연하게 짙은 안개가 낀 포장도로로 나가버렸다. 어이가 없던 나는 갑자기 화가 치밀어 맥주가 남은 병을 들고 그 남자 뒤를 쫓아갔다. 은행 옆을 돌아가는 그 남자의 검은 그림자를 향해 나는 힘껏 휙 맥주병을 던졌다.

"맥주 마시고 싶냐? 그래, 어디 마셔봐."

맥주병이 요란한 소리를 내며 완전히 산산조각이 나면서 술이 튀었다.

"뭐야?"

"이 바보 멍청아!"

"나는 테러리스트야."

"어쭈, 너 같은 테러리스트가 있다고? 진짜 한심한 테러리스트네."

걱정이 되어 달려나온 키미와 자동차 운전사 두어명이 오자, 재미있는 테러리스트는 놀라 골목 안으로 사라져버렸다. 이따위 장사는 때려치우고 싶다…… 하지만 홋까이도오에 있는 아버지한테서 지금 돌아갈 여비가 없으니 조금이라도 보내달라는 장문의 편지가 왔다. 추위를 타는 아버지에게 무슨 수를 써서라도 4, 50엔은 보내드려야 한다. 돈이 조금만 더 모이면 차라리 홋까이도오로 가서 아버지와 어머니하고 행상을 해볼까도 싶다. 포장마차에 머리를 들이밀고서 젓가락에 완자어묵을 꽂아온 하쯔가 가게 전등불을 끄고 열심히 밥을 먹는다. 내가 격앙 뒤의 떨림을 진정시키고 있을 때 키미가 내 에이프런을 풀어주면서 어묵 안주에 술을 한잔 따라주었다.

* * *

(12월 ×일)
아사꾸사는 좋은 곳이다.

아사꾸사는 언제 와도 좋은 곳이다…… 템포가 빠른 불빛 속을 빙빙 도는 저는 방랑의 까쮸샤입니다. 오랫동안 크림을 바르지 않은 얼굴은 질그릇처럼 거칠어졌고, 싸구려 술에 취한 나는 그 누구도 무섭지 않다. 아아, 만취한 한 여자입니다. 술만 취하면 울보, 손발이 저려 따로따로 움직일 것 같은 이 처참한 기분…… 술이라도 마시지 않으면 세상이 너무나 어처구니없어서 정상적인 얼굴로 살아갈 수가 없다. 그 사람에게 다른 여자가 생겼다 한들 그게 뭔 대수란 말인가. 진실은 슬플 따름이지만 술은 이 넓은 세상을 모른다고 한다. 거리의 불빛이 꺼지고 어두워지자 나는 영화관 벽에 일그러진 얼굴을 기대고 망가진 얼굴을 바라보다가, 아아, 내일부터 공부를 해야겠다고 생각한다. 꿈속에서 들려오는 듯한 영화관 안의 악대소리. 내가 어리다는 게 왠지 짜증이 나고 화가 치민다.

빨리 나이 먹어, 나이 드는 거 좋잖아. 문득 만취한 나 자신을 되돌아보니 길거리 광대극이 아니긴 하지만 얼굴을 모두 가리고서 걷고 싶다.

아사꾸사는 술 마시기 좋은 곳. 아사꾸사는 술에서 깨어나서도 좋은 곳이다. 한잔에 5전 하는 감주, 한그릇에 5전 하는 단팥죽, 하나에 2전 하는 닭꼬치, 이 얼마나 부담 없는 진수성찬인가. 금붕어처럼 바람에 흩날리는 오두막 극장의 광고 깃발을 보니 거기엔 예전에 나를 사랑했던 남자의 이름도 나부끼고 있다. 풋, 푸웃, 한결같은 그 목소리로 나를 비웃고 있다. 자, 여러분 안녕. 몇년 만에 올려다본 차가운 밤하늘. 제 숄에는 인견이 섞여 있습니다. 마치 다른 사람이 내 어깨에 손을 얹은 듯 바람이 술술 지나갑니다.

(12월 ×일)

아침에 일어나자마자 이부자리 속에서 피우는 담배는 외로움을 타는 여자에게는 아주 큰 위안이 됩니다. 동그라미를 그리며 올라가는 보라색 담배연기는 재미있다. 머리 가득 햇살을 받으며 제발 오늘은 좋은 일이 있기를…… 빨강 검정 분홍 노랑의 낡은 키모노를 1.5평짜리 방에 온통 어질러놓고, 여자 혼자라 맘 편히 꾸벅꾸벅 졸고 있는 나는 양지쪽의 거북이 새끼 같다. 성가신 까페나 고깃집 일보다 차라리 포장마차를 끌고 어묵 장사라도 해볼까 싶다. 누가 비웃건 그가 욕을 하건 간에 치맛자락을 엉덩이까지 걷어올리고서, 얼씨구나 좋다! 포장마차를 하나 해서 어떻게든 올해를 잘 마무리하고 싶다. 곤약, 튀김어묵, 완자어묵, 막대어묵과 매콤한 겨자에, 입속 가득 퍼지는 술을 담그고, 파릇파릇한 시금치 말입니까, 힘낼게요. 하지만 나는 어느 지점까지 가면 폭삭 무너져버린다. 비록 시시한 것일지라도 그런 공상을 하는 게 아이처럼 기쁘다.

가난한 아버지와 어머니께 기댈 수도 없다. 그렇다고 이리저리 떠돌아다니며 일을 한다 하더라도 고작 한달에 책 한두권 살 수 있을 뿐이다. 그저 먹고 마시고 그걸로 끝이다. 1.5평짜리 방을 빌려 최소한으로 생활하지만 모아둔 돈은 점점 줄어든다. 이렇게 생활 대책도 없이 앞이 캄캄해지면 정말이지 도둑질이라도 하고 싶다. 하지만 근시라 금방 잡히고 말 거라 생각하니 갑자기 어이가 없어 쓴웃음만 차가운 벽에 부딪혀 돌아온다. 무슨 수를 써서라도 돈을 벌어야 한다. 흐릿해진 내 착각은 정신없이 꿈속으로 빠져들어가 저녁까지 푹 잠들어버렸다.

(12월 ×일)

키미가 와서 둘이 뭔가 좋은 일자리를 다시 찾으러 가자고 해 조그만 신문지 조각을 손에 쥐고 요꼬하마행 전차를 탔다. 지금껏 일하던 까페의 사정이 어려워져서 키미도 같이 그곳을 관두었다. 한동안 키미는 이따바시의 남편에게 돌아가 있었다. 키미의 남편은 그녀보다 서른살이나 연상으로, 나는 이따바시 집에 처음 갔을 때 그를 키미의 아버지로 착각했다. 양어머니와 아이 등 뭔가 복잡한 그 가정은 나처럼 만사를 귀찮아하는 사람이 알기에는 조금 어려웠다. 키미도 그것에 대해 따로 아무런 얘기도 하지 않았다. 나 역시 그런 걸 물어본다는 게 가슴 아팠다. 둘이 말없이 전차에서 내려 푸른 바다를 바라보면서 언덕 쪽으로 나아갔다.

"오랜만이야, 바다를 보는 건……"

"춥지만 좋네, 바다는……"

"좋고말고. 이렇게 남자 같은 바다를 보면 알몸으로 뛰어들고 싶어. 꼭 파란 물감을 풀어놓은 것 같아, 그지?"

"정말이지 못 말린다니까……"

두명의 서양인이 나무계단에 앉아 넥타이를 펄럭이면서 거친 파도에 푹 빠져 있었다.

"호텔은 저기야!"

눈치 빠른 키미가 발견한 건 하얀 오리 축사 같은 작은 술집이었
다. 이층의 휘어진 창에는 얼룩이 잔뜩 묻은 담요가 널려 있었다.

"돌아가자!"

"호텔이 저런 거니?"

붉은색 키모노를 입은 귀여운 여자가 호텔 현관 앞에서 검은 개
를 데리고 놀면서 혼자 깔깔거리며 웃고 있었다.

"실망이다……"

우리 두사람은 다시 말없이 저 멀리 망망한 차가운 바다를 바라
보았다. 까마귀가 되고 싶다. 조그만 가방만 들고 여행하면 좋겠다
고 생각한다. 키미의 일본식 올림머리가 바람에 나부껴서 눈 내리
는 날의 버들가지처럼 애처롭게 보였다.

(12월 ×일)

바람이 우는 하얀 하늘!
차갑고 멋진 겨울 바다다
미치광이도 빙글빙글 춤을 추고
눈이 시리도록 넓은 바다다
시꼬꾸까지 이어진 바닷길이다.

담요는 20전 과자는 10전
삼등칸은 죽기 직전의 추어탕 속 미꾸라지처럼
엄청나게 들끓고 있다.

물보라다, 비 같은 물보라다
저 멀리 하얀 하늘을 바라보며
11전이 들어 있는 지갑을 쥐고 있었다.

아아, 값싼 담배라도 피우고 싶다
어이! 하고 불러도
바람이 소리를 지워버린다.

하얀 저 하늘에
나를 버린 남자의 얼굴이
저렇게 크게, 저렇게 크게
아아, 너무나 쓸쓸한 나 혼자만의 여행!

　내 배 속을 뒤집어놓을 듯이 멀리서 증기선 뱃고동 소리가 울린
다. 납빛으로 흐려진 조그만 소용돌이 몇개가 바다 저 멀리로 하나
씩 사라지고, 신음소리를 담은 차가운 12월의 바람이 불어와 흐트
러진 내 갈래올림머리의 귀밑머리를 얼굴에 찰싹 붙인다. 두 손을
가슴팍에 집어넣고 부드러운 젖가슴을 가만히 감싸니 젖꼭지의 차
가운 감촉이 그저 쓸쓸하게 눈물만 자아낸다. ―아아, 모든 것에
지고 말았다. 토오꾜오에서 멀리 떠나와 푸른 바다 위를 달리니, 이
리저리 알고 지냈던 남자와 여자 얼굴이 하나하나 하얀 구름 사이
에서 어렴풋이 나를 훔쳐보는 것 같다.

　하늘이 너무나도 푸르러 오랜만에 고향이 보고 싶어진 나는 어

제 무리해서 기차를 탔다. 그리하여 오늘 아침에 벌써 나루또 바다에 있다.

"손님, 식사요!"

아무도 없는 새벽녘 갑판 위에서 내 거친 상상은 역시나 고향을 등진 채 도시로 향하고 있다. 제2의 고향이기에 금의환향할 필요성이 딱히 없긴 하지만 왠지 쓸쓸한 느낌이 가득하다. 동굴같이 컴컴한 삼등칸으로 돌아가 담요 위에 앉으니 붉은 칠이 벗겨진 상에 톳나물조림과 된장국만 덩그러니 놓여 있었다. 어스레한 불빛 아래로 많은 여행객들과 순례자들이 있었다. 아이를 데려온 어부 아낙네 사이에 섞여 나는 왠지 쓸쓸한 여정旅情을 느꼈다. 내가 올림머리를 하고 있으니까 "어디서 오셨소?" 하고 묻는 할머니도 있고, "어디까지 가십니까?" 하고 묻는 젊은 남자도 있다. 두살배기 아기와 같이 누워 있는 젊은 엄마가 나지막한 목소리로 내가 제2의 고향에서 들었던 자장가를 불렀다.

잘 자라 우리 아가
우리 아가 잘도 자네
아침에는 일찍 일어나고
저녁에는 바닷바람 차가우니
이 밤에 어서어서 잠들어라.

저 혼탁한 도시 한구석에서 지쳐 있기보다 이렇게 상쾌한 바다 위에서 자유롭게 마음껏 숨을 쉰다는 것, 아아, 역시 사는 것도 괜찮다는 생각이 든다.

(12월 ×일)

누렇게 때가 낀 장지문을 열고 그쳤다 다시 내리는 눈을 물끄러미 바라보노라니 모든 걸 잊게 된다.

"어머니, 올해는 눈이 일찍 내리네요."

"그래."

"날씨가 추워서 아버지가 고생하시겠어요."

아버지가 홋까이도오로 간 지 벌써 넉달 남짓 지났다. 멀기도 하고 장사도 생각만큼 잘 안돼서 내년 봄쯤 시꼬꾸로 돌아오겠다고 하는 편지가 왔다. 여기도 꽤 추워졌다. 나지막한 집들이 늘어서 있는 토꾸시마 거리도 추워지면서 우동집의 맛국물 냄새가 짙어졌고, 마을을 흐르는 강물에서 뿌연 수증기가 피어오르기 시작했다. 숙박 손님이 점점 줄어들어서 어머니는 간판 등을 켜는 것도 망설였다.

"추워지면 사람들이 안 움직이니까……"

딱히 고향이라고 할 만한 곳이 없던 우리 세 식구가 최근 정착한 곳이 바로 이 토꾸시마다. 여자가 예쁘고 강이 맑은 이곳의 한 귀퉁이에서 낡은 여인숙을 하며 봄과 가을을 맞이하기도 했다. 하지만 지금 이 여인숙은 낡을 대로 낡아 어머니 혼자 하는 부업처럼 되어버렸다. 아버지와 어머니를 버리고 떠난 토오꾜오에서 지쳐 돌아온 나는 장롱 속에서 어설픈 옛날 연애편지와 앞머리를 높이 띄운 올림머리 시절의 사진을 꺼내보면서 애틋한 그 시절의 꿈을 하나하나 떠올려보았다. 나가사끼의 노란 짬뽕이나 오노미찌에 있는 센꼬오지 절의 벚꽃, 니유 강에서 배운 「조오가시마의 노래」 등 모든 것이 그립다. 갈색으로 변한, 그림을 막 배우기 시작하던 때의 서툰 데생 몇장이 창고에서 나왔는데 마치 딴 세상의 나를 보는 것만 같다. 밤에 각로를 쬐고 있는데, 세 들어 사는 월금月琴 연주자 부부가 외로이 슬픈 노래를 부르며 악기를 켠다. 밖에는 진눈깨비가 소리를 내면서 내린다.

(12월 ×일)

오랜만에 바닷가 같은 날씨다. 이삼일 전부터 묵고 있는 나니와부시 소리꾼 부부가 둘 다 머리에 검정색 종이띠를 두르고 아침 일찍 나가고 나니 넓고 더러운 부엌에는 정어리를 굽는 어머니와 나 둘뿐이다. 아아, 시골생활도 따분해진다.

"니도 인자 멀리 가지 말고 여기서 자리 잡는 게 어떻노? 니를 데리고 가겠다는 사람도 있다 아이가……"

"저어…… 어떤 사람인데요?"

"본가는 쿄오또의 쇼오고인에서 과자 가게를 하는데 장남이라 가업을 잇겠지만 지금은 여기 시청서 일한다 아이가…… 좋은 남자데이."

"………"

"어때?"

"만나볼까, 재미있겠네……"

모든 게 유치하면서도 즐겁다. 시골 처녀로 변신해 순박하게 얼굴을 붉히며 차를 마시란 말이죠. 우물의 두레박을 올렸다 내렸다 하니 나도 시골 처녀처럼 마음이 들뜬다. 아아, 정열의 송충이, 나는 한 남자의 피를 족제비처럼 빨아먹고 싶은 생각이 든다. 추워지니까 이불처럼 남자의 살갗이 그리워진다.

토오꾜오로 가렵니다. 저녁 산책 때 나도 모르게 발길이 향한 곳은 역이었다. 기차시간표를 보는데 눈물이 흘러나와 주체할 수가 없었다.

(12월 ×일)

그 남자가 빨간 구두의 끈을 풀고 객실로 올라오는데 나는 이상하게 위가 안 좋은 것 같아서 정면으로 눈살을 찌푸리고 말았다.

"당신 몇살이죠?"

"저요? 스물둘이에요."

"음…… 그럼 내가 위네."

나는 짙은 눈썹에 입술이 두꺼운 그 얼굴이 왠지 낯익었지만 기억이 나지 않았다. 갑자기 기분이 좋아져서 휘파람이라도 불고 싶어졌다.

아름다운 달밤이다. 별이 높은 곳에서 빛나고 있다.

"저기까지 바래다드릴까요……"

이 남자는 이상하게 여유있는 모습이다. 내리는 걸 잊어버린 국기 아래를 지나 달빛이 밝은 곳으로 나가서 갑갑하던 숨을 훅 하고 한번에 토해냈다. 한 블록 두 블록, 우리는 둘 다 묵묵히 계속 걸었다. 강물소리가 너무나 애절하게 느껴져 나 자신이 딱하게 느껴졌다. 남자 따위 모두 불에 태워버려. 나는 석가모니라도 사랑하렵니다. 나무아미타불의 석가모니는 묘하게 요염한 눈빛으로 요즘 내 꿈속에 몰래 나타나신다.

"그럼 잘 가요. 좋은 여자 만나요."

"예?"

사랑스러운 남자여, 시골 사람은 소박해서 좋다. 내 말뜻을 아는지 모르는지, 달그림자를 길게 드리우며 그는 옆 마을로 가버렸다.

내일은 꼭 짐을 싸서 여행길에 오르렵니다…… 오랜만에 집 앞에
켜진 숙박등을 보니 갑자기 머리를 세게 얻어맞은 것처럼 어머니
가 가여워져서, 나는 올빼미 눈 모양의 기울어진 등을 빤히 쳐다보
았다.

"춥네…… 술이라도 한잔할래?"
방에서 어머니와 마주하고 한홉들이 술을 마시니 기분이 좋아
진다. 부모와 자식은 좋은 것이라 여겨진다. 거리낌 없이 맘 편하게
어머니 얼굴을 쳐다보았다. 쥐가 많이 사는 더러운 천장 아래에 또
다시 어머니를 두고 떠나려니 어머니가 가엾고 애처로웠다.
"그런 사람은 싫어."
"맘씨는 좋은 사람 같던데 마……"
쓸쓸한 희극이다. 아아, 토오꾜오의 친구들이 모두 나를 보고 싶
도록 만들 그런 편지를 많이 써야겠다.

* * *

(1월 ×일)

바다는 새하얬습니다
토오꾜오로 떠나던 그날
새파란 만물 귤을 소쿠리에 가득 담아
시꼬꾸 해변에서 텐진마루에 탔습니다.

바다는 심술궂고 사나웠지만,

하늘은 거울처럼 빛났고

등대의 빨간색은 눈이 시리도록 붉었습니다.

섬에서의 슬픔을

모두 던져버리려고

나는 찬 바닷바람을 맞으며

저 멀리 달리는 돛단배를 보았습니다.

1월의 하얀 바다와

만물 귤 향기는

그날의 나를

팔려가는 여자처럼 슬프게 만들었습니다.

(1월 ×일)

눈 오는 어두운 하늘이었다. 아침 밥상에는 하얀 된장국에 말린 두부와 검정콩이 나란히 놓였다. 전부 다 맛이 밍밍했다. 토오꾜오에 대해선 슬픈 추억만 있다. 차라리 쿄오또나 오오사까에서 살아볼까 하고 생각한다…… 나는 텐뽀오 산[46]의 싸구려 여인숙 이층에서, 언제까지고 계속 울고 있는 고양이 소리를 쓸쓸히 들으며 멍하니 엎드려 있었다. 아아, 이렇게도 사는 게 힘들까…… 나는 몸도 마음도 완전치 지쳐버렸다. 바다 비린내가 나는 이불은 생선 내장처럼 미끈거리면서 더러웠다. 바람이 바다를 때려서 파도소리가 컸다.

---

46 오오사까에 있는 인공적으로 쌓아올린 산.

저라는 여자는 빈털터리랍니다. ……살아갈 재주도, 살아갈 돈도, 살아갈 아름다움도 없다. 오직 남은 거라고는 혈기 왕성한 몸뚱이뿐이다. 나는 심심해서 한쪽 다리를 접고 학처럼 빙글빙글 방안을 돌아다녀본다. 한동안 문자와 떨어져 지낸 내 눈은 벽에 붙어 있는 '1박 1엔부터'라는 문구를 더듬더듬 읽을 뿐이다.

저녁부터 눈이 내렸다. 이리 봐도 저리 봐도 타향의 하늘이다. 다시 한번 시꼬꾸의 옛집으로 돌아갈까 하고 생각해본다. 아주 적적한 여인숙이다. "사랑의 상처만 남긴 그 망또의 추억에 기울이는 술잔." 술이라도 마시면서 가만히 있고 싶은 밤이다. 엽서를 딱 한 장 앞에 놓아두고 언제부턴가 익힌 하이꾸俳句를 긁적이면서 토오꾜오의 많은 친구들을 떠올린다. 모두 다 자기 자신에게 바쁜 사람들뿐이다.

기적소리를 듣고서 나는 창문을 열고 눈 내리는 밤의 고요한 항구를 바라본다. 파란 등불을 밝힌 배가 여러척 잠들어 있다. 나도 너도 방랑자. 눈이 내린다. 생각해본 적도 없는, 멀리 떠나간 첫사랑의 남자가 문득 그리워졌다. 오늘 같은 이런 밤이었다. 그 남자는 「조오가시마의 노래」를 부르고 있었다. 「침종의 노래」[47]도 불렀다. 그리운 오노미찌 바다는 파도가 이렇게 거칠지는 않았다. 뒤집어쓴 망또 속에서 성냥불을 켜 서로를 바라보던 그 얼굴, 싱거운 이별이었다. 일직선으로 추락한 여자여!라고 쓴 마지막 편지를 받은 지 이미 칠년이 지났다. 그 남자는 삐까소의 그림을 논했고 카이따의 시를 사랑했다. 나는 머리를 후려치는 손의 강한 아픔을 느꼈다. 어디선가 샤미셴 소리가 들려온다. 나는 우두커니 앉아 언제까지

----

47 독일 작가 게르하르트 하웁트만(Gerhard Hauptmann, 1862~1946)의 희곡 『침종 (沈鐘)』에 나오는 노래.

고 휘파람을 불었다.

(1월 ×일)

자! 맨손으로 다시 시작하는 거야. 시의 직업소개소 문을 열고 나와 텐마행 전차를 탔다. 소개받은 곳은 담요 도매상으로, 저는 여고를 졸업한 사무원입니다. 흐릿하게 스쳐지나가는 거리의 즐비한 집들을 바라보며 나는 오오사까도 재미있겠다는 생각을 했다. 아무도 모르는 곳에서 일하는 것도 좋을 거야. 강가의 말라빠진 버드나무가 허리를 비비며 바람에 흔들리고 있었다.

담요 도매상은 의외로 큰 가게였다. 입구가 넓고 안이 깊숙한 그 가게는 왠지 조개껍질처럼 어두웠다. 일을 하고 있는 일고여덟명의 점원들은 병적으로 창백한 얼굴을 한 채 분주하게 움직이고 있었다. 꽤 긴 복도였다. 모든 게 반들반들 잘 손질되어 있는, 오오사까 사람 취향의 아담한 방에서 나는 드디어 나이 든 여주인과 마주하고 앉았다.

"토오꾜오서 뭣하러 여기에 오신 깁니까?"

본적을 엉터리로 토오꾜오라고 적은 나는 잠시 어떻게 대답하면 좋을지 알 수 없었다.

"언니가 있어서요……"

그렇게 말을 내뱉고 나는 또 언제나처럼 만사가 귀찮아져서 거절당해도 그뿐이라 생각했다. 식모가 예쁜 과자 접시와 차를 가지고 왔다. 오랫동안 차와 인연이 없었고 단것도 먹지 못했다. 세상엔 이처럼 아늑한 집도 있구나.

"이찌로오야!"

여주인이 조용히 부르자 옆방에서 아들인 듯한 차분하게 보이는 스물대여섯 된 남자가 막대기처럼 들어왔다.

"이 사람이 일하러 왔는데 말이지⋯⋯"

배우처럼 호리호리한 그 젊은 남자는 반짝이는 눈으로 나를 바라봤다.

나는 어쩐지 창피를 당하러 온 것 같은 기분이 들어 오금이 저려왔다. 너무나 인연이 먼 세계다. 나는 빨리 벗어나려는 마음뿐이었다. ―텐뽀오 산의 여인숙으로 돌아왔을 때는 벌써 날이 저물어 배가 많이 들어와 있었다. 토오꾜오에 있는 키미한테서 엽서가 와 있었다.

뭘 우물쭈물하고 있어, 빨리 돌아와. 재미있는 장사가 있어. ―어떤 불행한 일을 당해도 그녀는 씩씩하다. 오랜만에 나도 생기가 돌았다.

(1월 ×일)

안되리라고 생각했던 담요 도매상에서 드디어 일을 하게 되었다.

닷새 만에 텐뽀오 산의 싸구려 여인숙에서 나왔다. 바구니 하나뿐인 갈 곳 없는 나는 남에게 주는 강아지처럼 담요 도매상에서 더부살이를 하게 되었다.

안쪽에는 낮에도 소리 나는 가스등이 켜져 있었다. 나는 넓은 사무실에서 수많은 봉투에 주소를 적으며 의미를 알 수 없는 꿈을 꾸었다. 그리고 몇번이나 실수를 하고서 자신의 얼굴을 때렸다. 아아, 유령이라도 된 것 같다. 푸른 가스등 아래서 가만히 두 손을 모아 보니까 손톱 하나하나가 모두 노란색으로 물들어 열 손가락이 누에처럼 투명하게 비쳐 보였다. 3시가 되면 가게로 차와 함께 수북하게 담은 야쯔하시[48]가 나왔다. 점원은 모두 아홉명이었다. 그중에 사환이 여섯명인데 배달을 나가기 때문에 누가 누군지 나는 아직 모른다. 하녀는 하급인 쿠니와 상급인 이또 둘뿐이었다. 이또는 옛날 궁녀들처럼 졸린 얼굴을 하고 있었다. 칸사이 지방 여자는 태도가 나긋나긋해서 뭘 생각하는지 좀체 알 수가 없다.

"멀리서 와서 이런 곳이 불편하지예?"

이또는 단단히 묶은 갈래올림머리를 기울여 실을 팽팽하게 잡아당기면서 내가 본 적도 없는 예쁜 천을 꿰매고 있었다. 주인 아들인 이찌로오 씨한테는 열아홉살짜리 아내가 있다고 이또가 알려주었다. 그 아내가 이찌오까에 있는 별장으로 출산하러 가서 그런지 집은 생기가 빠져나간 듯 조용했다. ──저녁 8시에 벌써 현관문을 닫아 지배인과 사환 아홉명은 다 어디로 가는지 하나하나 사라져버렸다. 풀을 잘 먹인 빳빳한 요에 두 다리를 편안하게 쭉 뻗고 쉬면서 천장을 쳐다보노라니 나 자신이 불쌍하고 초라해 서글퍼진다. 이또와 쿠니가 함께 쓰는 침상에는 굽이 높은 게따처럼 생긴 검은 목침 두개가 나란히 놓여 있었다. 이또의 빨간 속옷이 이불 위에 내팽개쳐져 있다. 나는 남자처럼 그 빨간 속옷을 언제까지고 바라보았다. 맨 마지막으로 목욕하는 젊은 두 여자는 웃음소리 하나 내지 않고 찰싹찰싹 물소리만 내고 있다. 하얀 솜털이 난 이또의 그 예쁜 손을 만져보고 싶다. 나는 완전히 남자가 된 느낌으로 빨간 속옷을 입은 이또를 사랑하고 있었다. 말이 없는 여자는 꽃처럼 달콤한 향기를 멀리까지 보냈다. 눈물 맺힌 눈을 감으며 눈부신 전등불에서 얼굴을 돌렸다.

48 쿄오또의 명물 과자.

(1월 ×일)

나는 매일 아침에 먹는 고구마죽에도 익숙해졌다.

토오꾜오에서 먹던 붉은 된장국이 그립다. 동그란 토란을 얇게 썰어 유채와 함께 넣어 끓인 된장국이 맛있었다. 절인 연어를 한조 각 한조각 살을 발라 먹는 것도 맛있다.

무를 자른 듯한 둥근 오오사까의 해님만 쳐다보고 있노라니까 짭조름한 반찬을 곁들인, 맛있는 오짜즈께[49]가 먹고 싶어졌다. 사무 를 보는 동안 나의 공상은 너무나 한심하고 유치해진다.

눈이 내릴 무렵이면 나는 항상 발가락에 동상이 생겨 고생을 하 곤 했다. ─저녁에 나는 짐 상자를 수북하게 쌓아놓은 구석에 숨 어서 발가락을 마음껏 긁었다. 발가락이 빨갛게 퉁퉁 부어오르면 서 바늘로 찌르고 싶을 정도로 괴로워 견딜 수가 없었다.

"아이고, 동상이 지독하네예."

지배인인 켄끼찌 씨가 놀란 듯 쳐다봤다.

"동상엔 곰방대로 문지르는 게 제일인데 마."

젊은 지배인은 씩씩하게 쌈지에서 담배를 꺼내서 몇번 뻑뻑 빨 고는 곰방대 머리통으로 물집처럼 빨갛게 부어오른 내 발가락을 문질러주었다. 입출금 얘기만 하는 이 사람에게도 이런 친절함이 있다.

(2월 ×일)

"니는 금金의 성격에, 그 금도 금병풍의 금이어서 깔끔한 일을 해 야 한데이."

---

49 밥을 찻물에 만 일본 음식.

어머니는 곧잘 그런 말을 했지만, 그런 고상한 일은 금방 싫증이 나버린다. 싫증을 잘 내면서 소심하고, 사람들에게 금세 질리며, 사람들과 잘 어울리지 못하는 내 성격에 짜증이 난다. 아아, 아무도 없는 곳에서 와! 하고 소리치고 싶을 정도로 초조해진다.

그저 오스카 와일드의 『옥중기』 한 권을 기쁘게 읽는다.

—나는 잿빛 11월의 빗속에서 비웃는 군중에게 둘러싸여 있다.

—감옥에 있는 사람들에게 눈물은 일상적 경험의 한 부분이다. 사람이 감옥에 있으면서 울지 않는 날은 그 사람의 마음이 굳어진 날로, 그 사람의 마음이 행복한 날은 아니다.

—이런 글을 보면 밤마다 내 마음이 너무나 아파온다. 친구여! 육친이여! 이웃이여! 까닭 모를 슬픔 때문에 솔직히, 나를 비웃는 친구가 그리워졌다. 이또의 연애에도 축복이 있기를. 밤에 욕실에서 물끄러미 천창을 보니 수많은 별들이 쏟아지고 있었다. 잊고 있던 것을 문득 떠올린 듯 혼자 뚫어지게 별을 바라보았다.

늙어버린 내 마음과는 반대로 젊은 내 육체여. 벌겋게 된 팔을 뻗으며 욕조 끝까지 몸을 펴자 갑자기 여자 같아진다. 결혼을 해야겠다고 생각한다.

나는 살며시 분 냄새를 맡는다. 눈썹을 그리고 입술을 진하게 칠하고서 전신거울에 비친 내 모습에 천진난만한 웃음을 지어 보인다. 조가비색 빗도 꽂고 분홍색 댕기도 묶어 머리를 올려보고 싶다. 약한 자여, 그대 이름은 여자로다. 결국은 세상에 의해 더럽혀진 저입니다. 아름다운 남자는 없는 걸까…… 그리운 프로방스의 노래라도 불러볼까요? 나는 가슴이 타오를 듯하여 욕조 속의 물고기인 양 부드럽게 몸을 틀어본다.

(2월 ×일)

거리엔 봄맞이 대매출을 맞이해 붉은 깃발이 사방에 펄럭인다. —여고 시절의 친구 나쯔의 편지를 받으니 모든 걸 팽개치고 쿄오또로 가고 싶어졌다.

참 고생이 많지…… 하고 시작하는 편지를 보고서, 아니, 그렇지 않아, 한다. 다정한 여자의 편지는 남자가 아니더라도 좋다는 생각이 들었다. 왠지 젖내가 나고 뭔가 풀풀 좋은 냄새가 난다. 이건 학교를 같이 다닌 나쯔의 편지다. 팔년의 시간 동안 우리 둘 사이는 몇백리나 떨어지기도 했지만, 시집도 가지 않고 묵묵히 일본화 화가인 아버지의 훌륭한 조수로 효도를 하고 있는 나쯔, 눈물이 날만큼 반가운 편지였다. 조금이라도 친한 사람 곁으로 가서 이런저런 이야기를 나누고 싶다.

가게서 하루 휴가를 받아 찬바람을 맞으면서 쿄오또로 갔다. —오후 6시 20분 쿄오또 역 도착. 나쯔는 푹신한 검정 숄에 창백한 얼굴을 파묻은 채 마중을 나와 있었다.

"알아보겠어?"

"응."

우리 둘은 가만히 차가운 손을 잡았다.

내게 나쯔의 모습은 의외였다. 과부처럼 온통 검정색으로, 입술만 강렬하게 내 눈길을 끌었다.

동백꽃처럼 멋지고 아름다운 입술이다. 우리 둘은 어린아이처럼 손을 꼭 잡고 안개가 짙은 쿄오또의 거리를 두서없는 얘기를 나누며 걸었다. 쿄오고꾸는 옛날 그대로였다. 쿄오고꾸의 어느 가게엔 예전에 우리 마음을 설레게 했던 예쁜 편지봉투가 진열되어 있었다. 터벅터벅 쿄오고꾸 거리를 걸어 내려오다가 옆으로 난 골목에서 키꾸스이라는 우동집을 발견했다. 우리는 오랜만에 환한 불빛 아래서 얼굴을 서로 마주 보았다. 나는 독립했지만 가난하고, 나쯔는 부모에게 얹혀살아 당연히 용돈이 넉넉지 않기에, 우리 둘은 서로 지갑을 내보이고서 값싼 유부우동을 시켜 먹었다. 여고생이 된 듯한 기분으로 거리낌 없이 우리는 오비를 풀고 한그릇씩 더 먹었다.

"너처럼 주소가 자주 바뀌는 사람도 없어. 내 주소록을 너저분하게 만드는 건 너뿐이야."

나쯔는 크고 까만 눈을 깜빡이지도 않고 나를 바라본다. 응석을 부리고 싶은 마음이 가득하다.

우리는 마치 연인처럼 달라붙어 마루야마 공원의 분수 옆을 걸었다.

"가을의 토리베 산, 좋았지 그지? 낙엽이 떨어져 있었고, 왜 둘이서 오슌과 덴베에[50]의 묘를 찾아간 적도 있었잖아……"

"가볼래?"

나쯔는 놀란 듯 눈을 동그랗게 떴다.

"넌 그래서 고생하는 거야."

쿄오또는 좋은 도시. 밤안개가 자욱하게 끼어 있는 맞은편 나무에서 새가 운다. ─시모가모에 있는 나쯔네 앞집이 마침 파출소여서 빨간 등이 켜져 있었다. 현관등 아래를 지나 조용히 이층으로

---

50 카부끼의 남녀 주인공.

올라가니 멀리 산사에서 종소리가 천천히 울린다. 성가신 얘기를 구질구질하게 말하기보다 침묵하렵니다…… 나쯔가 화로를 가지러 아래층으로 내려가자 나는 창에 기대어 가만히 하품을 크게 했다.

* * *

(7월 ×일)

언덕 위 소나무 한그루
그 소나무 아래서
가만히 하늘을 보고 있는 저입니다.

파란 하늘에 노송 잎이
바늘처럼 빛나고 있었습니다
아아, 이 무슨 삶의 고난
배고픔의 고봉.

그래서 저는
변변찮은 소맷자락을 가슴에 모아
고향에서 지낸 시절의
그 그리운 동심으로
톡톡 소나무 가지를 두드려보았습니다.

문득 이 노송에 대한 시를 떠올리니 너무나 서글퍼져서 검푸른

나무 사이를 그저 걷기만 했다. ─오랜만에 내 가슴에는 에이프런이 없다. 화장도 엷다. 나는 양산을 빙글빙글 돌리면서 고향 생각을했고 언덕 위의 그 노송을 떠올렸다. ─하숙집으로 돌아오니 남자방에 큰 책장이 놓여 있었다. 마누라를 까페에서 일하게 하고 자기는 이런 책장을 산 것이다. 나는 언제나처럼 20엔 정도의 돈을 원고지 밑에 넣어놓고 혼자라는 편안함으로 느긋하게 벽장에서 빨랫감을 찾아보았다.

"저기 편지 왔어요." 그렇게 말하며 하숙집 식모가 편지를 가지고 왔다. 6전짜리 우표를 붙인 아주 두툼한 여자 편지였다. 나는 이상한 느낌에 손톱을 물어뜯으며 심상찮은 씁쓸함으로 가슴이 두근거렸다. 나는 자신을 비웃으며 벽장 속에 숨겨놓은 꽤 두툼한 여자의 편지 다발을 찾아냈다.

─역시 온천이 좋아요, 라든가.

─당신의 사와꼬가, 라든가.

─그날밤 함께하고서 저는, 이라든가.

나는 신경을 거슬리게 하는 달콤한 편지에 벌벌 떨면서 우두커니 서 있었다. ─온천행 편지에서 "저도 돈을 마련하겠지만 당신도 좀 준비하세요"라고 쓴 것을 보고는 그 편지를 갈기갈기 찢어방 안에 온통 뿌려버리고 싶었다. 나는 원고지 밑에 있던 20엔을소매 안에 넣고 그대로 집 밖으로 나와버렸다.

그 남자는 나를 만날 때마다, 너는 매정하다라든가, 잡지에 쓴소설이나 시에는 나를 질타하는 것뿐이다라고 했던가…… 나는 폐병에 걸린 미치광이 같은 그 불행한 남자를 위해 저 랜턴 아래서"당신에게 제 모든 걸 바쳤어요……"라는 노래를 부른 바 있다. 저녁의 시원한 바람을 쐬며 와까마쯔 초오 거리를 걷고 있노라니, 신주꾸에 있는 까페로 돌아갈 기분이 들지 않았다. 하! 다 써버리고 겨우 두푼 남았네,[51]라는 말이 문득 떠올랐다.

"얘, 나하고 온천에 가지 않을래?"
내가 너무 취해 있으니까 그날밤 토끼는 슬픈 눈으로 나를 바라보았다.

(7월 ×일)
아아, 인생길 굽이굽이 역경뿐이로다![52] 남자한테서 사과 편지가 왔다.
밤.
토끼 어머니가 뒷문에 와 있다. 나는 토끼에게 5엔을 빌려주었다. 풍선껌을 씹는 것보다도 시시한 세상. 모든 것이 담배꽁초 같다. 돈이라도 모아 오랜만에 어머니 얼굴이나 한번 보고 올까 하는 생각을 했다. 나는 주방으로 간 김에 위스키를 훔쳐 마셨다.

(7월 ×일)
생선 가게의 생선처럼 처량하게 잠에서 깨어났다. 네명의 여자는 흐물흐물 퍼진 하얀 액체처럼 곤히 자고 있다. 나는 머리맡에 놔둔 담배를 피우면서 이불 밖으로 튀어나온 토끼의 팔을 본다. 아직 열일곱살로 피부는 복숭앗빛을 띠고 있다. ─그녀의 어머니는

---

51 카부끼 「저승 파발꾼」에서 우메까와 때문에 공금을 탕진한 추우베이의 경우를 빗댄 대사.
52 타네다 산또오까(種田山頭火)의 시 「헤치고 또 헤치고 들어가도 끝이 없는 푸른 산(分け入っても分け入っても靑い山)」에서 인용한 구절.

조오시끼에서 얼음 가게를 하는데 아버지가 아파서 이삼일에 한번 토끼를 찾아와 뒷문에서 돈을 받아간다. 커튼도 없어서 파란 하늘이 그대로 보이는 유리창으로 '서양식 중국요리'라는 붉은 깃발이 마치 나처럼 흐느적흐느적 바람에 나부끼고 있다. 까페서 일하게 되면 남자에 대한 환상은 꿈처럼 사라지고, 한 소쿠리에 얼마 하는 식으로 모두 다 수준이 낮아 보인다. 딱히 그 남자에게 돈을 벌어 다줄 필요도 없으니 오랜만에 고향의 바닷바람을 쐬러 가볼까. 아아, 하지만 불쌍한 그 남자.

　그건 질퍽거리는 길이었다
　고장 난 자동차처럼 나는 우두커니 서 있다
　이번에는 몸을 팔아 돈을 마련해서
　모두를 기쁘게 해주려고
　오늘 아침 멀리서 수십일 만에 토오꾜오로 되돌아오지 않았던가.

　어딜 가더라도 사주는 사람이 없으니
　나는 영화를 보고 50전짜리 장어덮밥을 먹는다면 이제 곧 죽어도 좋다고 말했다
　오늘 아침 남자가 한 말을 떠올리고
　나는 하염없이 눈물을 흘렸습니다.

　남자는 하숙생
　내가 있으면 하숙비가 늘어나니까
　나는 돼지처럼 냄새 맡으면서
　까페에서 까페로 전전했다.

사랑이니 가족이니 세상이니 남편이니
뇌가 썩기 시작한 나에게는
모두 인연이 없는 것 같습니다.

소리칠 용기도 없기에
죽고 싶어도 그럴 힘이 없다
내 옷자락에 매달려 재롱부리던 새끼 고양이 테꾸는 어떻게 되었
을까
시계방 쇼윈도우에서 나는 여자 도둑의 눈매를 지어보려 했습니다.
얼마나 많은 허세덩어리 인간들이 우글거리고 있는가!

폐병에는 말똥물을 마시면 낫는다고 해서
몹시 아파하는 남자에게 마시게 하는 것은
동반자살이란 어떤 것일까
돈, 돈, 돈이 필요한 거야!
돈은 세상에서 돌고 도는 것이라지만
일을 해도 일을 해도 내게는 오지 않는다.

무슨 기적이 일어나지 않을까
여하튼 어떻게 되지 않을까
내가 일해서 번 돈은 어디로 도망가는 걸까

그래서 결국 박정한 사람이 되어
누더기 여자가 되어

죽을 때까지 까페에 식모에 결국 여자 거지가 될
나는 일하다 죽어야 하는 걸까?
병으로 비뚤어진 남자는
너는 붉은 돼지다라고 합니다.

화살이고 총알이고 날아와봐
심보 나쁜 남자와 여자 앞에서
이 후미꼬의 속을 보여주고 싶다.

예전에 당신이 나한테 몹시 매몰차게 대해서 나는 이 시를 잡지
에 발표해 당신에게 앙갚음을 한 적이 있다. 벌이가 일정하지 않아
서 당신이 나에게 짜증 내는 것이라고 좋게 생각했던 나는 바보입
니다. 그래요, 돌아갈 여비 정도는 있으니 기차를 타겠습니다. 저
쾌속선의 물보라도 좋잖아요. 주홍빛 등대, 푸른 바다, 싱그럽다.
밤기차, 밤기차, 배웅해주는 이 하나 없는 나는 장례식 같은 슬픔을
안고 몇번이나 불행한 일을 당해서 탔던 토오까이도오선 기차에
올라탔다.

(7월 ×일)
"코오베에서 내려볼까? 뭔가 재미있는 일자리가 널려 있지 않을
까……"
아까시행 삼등 열차에는 코오베에서 내리는 사람들뿐이었다. 나
는 바구니를 내려 먹다 남은 도시락을 잘 챙긴 뒤 왠지 불안해하며
코오베 역에서 내렸다.
"이렇게 해서도 일자리를 못 구해 굶게 되면 힝케만[53]이 아니긴

하지만 더러운 이 세상의 죄인 거지."

햇살이 따가웠다. 하지만 나는 아이스크림도 얼음도 살 돈이 없었다. 플랫폼에서 얼굴을 깨끗이 씻고 미지근한 물을 배불리 마시고는 누렇게 때 낀 거울에 여귀처럼 초라한 내 얼굴을 비춰보았다. 그래, 화살이고 총알이고 날아와봐. 딱히 갈 곳도 없는 나는 도중하차 표를 잘 챙겨서 미나또가와 신사 쪽으로 터벅터벅 걸어갔다.

낡아빠진 바구니 하나.

살이 부러진 양산.

담배꽁초보다 한심한 여자.

나의 필사적인 전투 준비는 고작 이 정도랍니다.

모래먼지가 일어나는 미나또가와 신사 안에는 언제나처럼 비둘기와 엽서 장수가 나와 있다. 나는 물이 말라버린 육각형 분수의 테두리 돌에 앉아 양산으로 바람을 일으키며 맑고 푸른 하늘을 바라보았다. 햇살이 몹시 강해 모든 게 축 처져 있었다.

몇년 전일까? ─열다섯살 무렵이었을까, 터키인 악기점에서 식모살이했던 일이 떠올랐다. 니나라는 두살배기 여자 아기를 돌보면서 종종 검정색 고무바퀴가 달린 큰 유모차에 아기를 태우고는 외국 선박이 접안하는 부두로 나가곤 했다. ─비둘기가 발 주위로 몰려들었다. 사람은 비둘기로 태어나야 해. 나는 토오꾜오 생활을 떠올리며 눈물을 흘렸다.

내 평생 도대체 언제쯤 몇천 몇백 몇십 엔을 하나뿐인 어머니에게 송금해드릴 수 있을까…… 나를 사랑하고, 행상을 하면서 어머니를 돌보는 불쌍한 새아버지를 위로해드릴 수 있을까…… 무엇

---

53 독일의 극작가 에른스트 톨러(Ernst Toller, 1893~1939)의 희곡 『독일인 힝케만』의 주인공.

하나 제대로 못하는 나다. 아아, 정말이지 생각하면 머리가 지끈거리는 얘기다. "이봐요, 거기! 덥지요. 이리로 들어오소……" 분수 옆에서 비둘기 모이용 콩을 파는 할머니가 돼지우리 같은 가게에서 말을 건넨다. 나는 싹싹하게 웃으며 할머니의 친절에 보답하려고 머리가 닿을 것 같은 거적때기 가게 안으로 들어갔다. 문자 그대로 그곳은 오두막 같은 곳이었다. 바구니 위에 앉으니 콩 비린내는 났지만 그래도 시원했다. 불린 누런 콩이 석유 깡통 안에 담겨 있었다. 유리 뚜껑을 덮어놓은 두 상자에는 점괘와 딱딱한 다시마가 들어 있었는데, 잔뜩 먼지를 뒤집어쓰고 있었다.

"할머니, 콩 한접시 주세요."

5전짜리 동전을 들이밀자 할머니는 주름진 손으로 내 손을 물리친다.

"돈은 치우소."

할머니에게 몇살이시냐고 물어보니까 일흔여섯이라고 했다. 좀 먹은 히나[54]처럼 귀여웠다.

"토오꾜오는 인자 지진이 그쳤소?"

이가 없는 할머니는 입이 두루주머니를 쥐어짠 것 같았으며, 표정이 부드러웠다.

"할머니 드세요."

내가 바구니에서 도시락을 꺼내드리자 할머니는 싱글벙글 입을 오물거리며 계란말이를 들었다.

"할마씨, 덥지요?"

할머니 친구로 보이는 허리가 꼿꼿한 초라한 모습의 노파가 가

---

[54] 가정집에서 여자아이의 날인 3월 3일에 붉은 천을 깐 단 위에 장식하는 인형.

게 앞에 쭈그리고 앉으며 말했다.

"할마씨, 뭐 좋은 일자리 없능교? 너무 빈둥거린다고 회장도 좋은 얼굴 안하지, 그래서 뭐라도 해볼까 싶어서리……"

"그건 그럴 기다. 사까에 초오에 있는 여관에 이불 세탁일이 있다고 하던데, 뭐 20전은 줄라나 모르겠네……"

"그거 좋네. 두장만 빨아도 내는 먹고살겠네……"

허물없는 두 할머니를 보고 있으니까, 이런 곳에는 이런 세상이 있구나 싶어서 서글퍼졌다.

드디어 밤이 되었다. 항구의 등불이 켜질 무렵 그 어디에도 갈 곳이 없는 그런 느낌이 들었다. 아침부터 땀에 젖은 옷을 입고 있던 나는 엉엉 울고 싶을 정도로 절박했다. 이래도 안 쓰러지는가? 이래도? 뭔가 내 머리를 누르고 있는 것 같았다. 나는 절대 안 쓰러져! 하고 중얼거리며 정처 없이 처마를 따라 걷는데 바구니를 든 내 모습이 약장수보다 더 초라하게 느껴졌다. 할머니가 가르쳐준 행상인 여인숙은 금방 알 수 있었다. 정말이지 고향에 돌아와서도 어쩔 수가 없는 나다. 할머니가 밥 짓는 일자리가 있다고 말하긴 했지만 말이다. 해안도로로 나오니 쯧쯧 혀를 차며 지나가는 선원들이 많았다.

뱃사람은 패기있고 강인해서 좋다. 나는 '행상인 여인숙'이라고 적혀 있는 간판등을 보고 얼굴을 붉히며 숙박비를 물으러 들어갔다. 상냥해 보이는 여주인이 접수처에서 잠만 자면 60전이라고 하면서 여행자의 마음을 위로하듯 "들어오이소"라고 말해준다. 1.5평 짜리 방의 푸르스름한 벽이 이상하게 처량했지만, 아침부터 입고 있던 옷을 유까따로 갈아입고서 여주인이 가르쳐준 근처 목욕탕으로 갔다. 여행이라는 것은 무서운 듯하면서도 안락한 것이다. 여자들은 마치 연꽃처럼 조그만 욕조를 에워싸고서 낯선 말투로 이야기하고 있다. 여행지 목욕탕에 들어가 생기있는 얼굴을 하고는 있지만 그 푸르스름한 벽에 가위눌리면서 오늘밤 잘 생각을 하니 갑자기 서글퍼졌다.

(7월 ×일)

도련님이 비녀를 사신다 하네…… 인부들이 토사부시土佐節를 부르면서 창 밑을 지나간다. 싱그러운 아침 바람에 모기장이 파도처럼 춤춘다. 참으로 행복한 아침 기상이다. 향수를 자극하는 토사부시를 들으니 타까마쯔의 그 항구가 그리워진다. 내 기억 속에서 한 점 더러움도 없는 고향 시꼬꾸여! 역시나 돌아가고 싶다…… 아아, 밥 짓는 일을 한들 무슨 소용이 있겠어요.

나는 헤어진 남자에 대한 온갖 욕설을 노래하듯 천장에다 뱉어버리고는 숨을 깊게 들이마셨다. "어이, 어이" 하며 선원들이 창 밑에서 서로를 부른다. 나는 숙소 여주인에게 부탁해 오까야마행 도중하차 표를 살충제 중매상한테 1엔에 팔고 효오고에서 타까마쯔행 배를 타기로 했다.

기운 내! 어떤 상황에서도 나약해지면 안돼! 나는 작은 가게에서 전병 한상자를 산 뒤 효오고의 낡은 여객선 터미널에 가서 타까마쯔행 표를 샀다. 역시 고향으로 돌아가렵니다. ─투명한 파란 하늘에서 어머니의 정열이 한줄의 전선이 되어, 빨리 돌아와 하며 나를 부른다. 저는 불행한 딸입니다. 더러운 손수건으로 얼음 조각을 싸서 뺨에 대어본다. 어린아이처럼 어린아이처럼 천진난만하게 이 세상을 살아가렵니다.

✳ ✳ ✳

(10월 ×일)

물끄러미 계단 위에 있는 더러운 지도를 보고 있는데 석양이 비치자 지도는 적막한 가을이 되어버렸다. 누워서 담배를 피우고 있노라니 까닭 없이 눈물이 나 왠지 쓸쓸했다. 지도상으로는 겨우 두세 치 거리인 시꼬꾸 바닷가에서 불쌍한 어머니는 밤낮으로 나를 생각하며 지내고 계시겠지— 목욕탕을 다녀오는지 간드러지는 여자들 목소리가 아래층에서 들려온다. 머리가 몹시 아프다. 무료한 저물녘이다.

> 외로우면 바다로 멋지게 뛰어들어요,
> 멋지게 뛰어들면 바다가 가슴에 닿고 헤엄을 치면 흘러가요
> 힘껏 버텨봐요, 바위 위의 남자여.

가을 하늘이 너무나도 푸르러 나는 하꾸슈우의 이 노래가 떠올랐다. 아아, 이 세상에는 고작 이 정도의 즐거움만 있단 말인가. 하나, 둘…… 나는 손가락을 꼽으며 초라하고 가련한 내 나이를 헤아려본다. "유미야, 불 좀 켜줘!" 여주인의 새된 목소리가 들려온다. 유미, 그래 유미라고 참 잘도 지었다. 우리 어머니는 아와의 토꾸시마 주우로오베에[55]이다. 저녁 반찬은 언제나처럼 오징어조림과 곤약. 옆에서는 배달할 커틀릿이 엄청난 시위를 벌이며 노랗게 튀

---

[55] 인형극의 주인공으로서 유미는 그의 아내이다.

겨지고 있다. 내 식욕은 훌륭한 기계가 되어 오징어를 씹기도 전에 물을 마시고 꿀꺽 삼켜버린다. 25엔짜리 축음기는 오늘밤에도 계속 돌아가고 있다. 공휴일이라 아침부터 놀러 나간 토오꼬가 돌아왔다.

"아주 재미있었어. 신주꾸 대합실에서 네사람이나 나를 기다리고 있는데, 나는 모른 척 보고만 있고……"

그 당시 여급들 사이에는 공휴일 하루를 같이 보내자고 여러 손님과 약속한 뒤에 모두 한곳에 집합시켜 바람맞히는 것이 유행이었다.

"오늘 여동생을 데리고 영화 보러 갔는데 내가 다 냈어. 그래서 빈털터리야. 지금부터 벌지 않으면 자릿세도 낼 수 없어."

토오꼬는 더러운 에이프런을 두르고서 선물로 사온 꿀콩을 모두에게 나눠주었다.

오늘은 달거리. 가슴이 아파 서 있는 것이 힘들다.

(10월 ×일)

여자들이 모두 부러진 연필처럼 뒹굴뒹굴 자고 있다. 수첩 구석에 이런 편지를 써본다. ─살 만큼 산 느낌입니다. 꽤 오랫동안 만나지 못했습니다. 칸다에서 헤어진 게 마지막이지요…… 이제는 마구 외로워서 죽겠습니다. 넓은 세상천지에 나를 사랑하는 사람이 없다고 생각하니 울고 싶습니다. 외톨이 주제에 항상 다른 사람의 따뜻한 말을 기다립니다. 그래서 조금만 다정하게 대해주면 기쁨의 눈물을 흘립니다. 큰 소리로 노래 부르며 한밤의 거리를 걷고 싶습니다. 여름에서 가을로 넘어갈 때면 항상 몸이 아프곤 하는 저는 일을 하고 싶어도 할 수 없을 만큼 병약하여 자연히 먹고살기가 힘듭니다. 돈이 필요합니다. 흰쌀밥에 사각사각 씹히는 좋은 단무지를 함께 먹는다면 금상첨화인데 말이죠. 가난하면 아이처럼 됩니다. 내일 아주 행복할 겁니다. 적은 액수지만 원고료가 들어옵니다. 그것으로 나는 갈 수 있는 데까지 가보려 합니다. 지도만 보고 있습니다만, 정말 아무 즐거움도 없는 이 까페 이층에서 저를 공상가로 만드는 것은 계단 위의 더러운 지도뿐입니다. 어쩌면 우라니혼[56]의 이찌부리라는 곳에 갈지도 모릅니다. 죽느냐 사느냐, 여하튼 여행을 떠나고 싶습니다.

약한 자여,라는 말은 딱 저한테 해당되는데, 뭐 그래도 좋다고 생각합니다. 야생적이어서 예의범절도 모르는 저는 자연에 몸을 내던질 수밖에 없습니다. 현재 이 상태로는 고향에 돈을 부칠 수도 없고, 내 사람에게는 미안한 일투성이입니다. 저는 웃으며 악착스럽게 살아왔습니다. 이곳을 떠나 당분간 시골의 하늘과 땅에서 건강한 숨을 되찾을 때까지 일하다 돌아올 생각입니다. 건강하지 못한 몸이 가장 저를 괴롭힙니다. 게다가 그 사람 또한 병이 있어 저는 지긋지긋합니다. 돈을 갖고 싶습니다. 이까호에서 허드렛일을 하는 식모라도 하려고 흥정해보았지만 일년에 100엔 가불은 너무 지나치다고 생각합니다. ―뭣 때문에 여행을 하느냐 생각하시겠지만, 여하튼 이런 상태로는 폭발해버릴 것 같습니다. 사람들의 무심한 험담과 잡담 속에서 살아왔기에 이제 어떤 소리를 들어도 괜찮을 것 같습니다. 저는 지쳐버렸습니다. 겨울이 되면 열배 더 튼튼해져서 찾아뵙겠습니다. 일단 갈 수 있는 데까지 가보렵니다. 제 아내요 제 남편인, 하나뿐인 노란 시 원고를 들고 우라니혼에 갔다

---

56 일본 혼슈우에서 한국 동해에 면한 지방을 일컫는 말.

오겠습니다. 몸조심하시고 안녕히 계십시오——

전혀 소식을 전하지 못해 미안합니다.

건강은 여전한가요? 신경이 예민한 당신에게 이런 편지를 보내면 당신은 못마땅한 웃음을 짓겠지요. 저는 정말 눈물이 납니다. 비록 헤어졌지만 병중의 당신을 생각하면 가슴이 저려옵니다. 힘들었던 일과 행복한 추억은 당신의 비겁한 행동을 생각하면 원망스럽고 비참해집니다. 1엔짜리 지폐 두장을 넣습니다. 화내지 마시고 요긴하게 써주세요. 그 여자와 함께 있지 않다고 하더군요. 제가 너무 지나치게 생각했던 것일까요? 가을이 되었습니다. 제 입술도 차갑게 얼어갑니다. 당신과 헤어지고 난 뒤로요…… 타이꼬 씨는 안쪽에서 일하고 있습니다.

어머니께

돈이 늦어져서 죄송합니다.

가을에 여러가지 쓸 데가 생겨 늦어졌습니다.

몸은 건강하신지요. 저는 잘 지냅니다. 일전에 보내 주신 약초, 기회가 닿으면 조금 더 보내주세요. 달여 마시니까 두통도 낫고 향기도 좋네요.

돈은 언제나처럼 도장을 찍어두었으니 그대로 우체국에 가서 찾으세요.

아버지 소식은 없나요? 만사가 다 때가 될 때까지 마음 편히 기다리세요. 저도 올해는 삼재라 그냥 조용히 지내렵니다.

무엇보다 몸 건강하시길 바랍니다. 봉투를 넣었습니다. 답장 주세요.

나는 얼굴을 온통 눈물로 적셨다. 계속 흐느끼고 흐느꼈지만 울음소리가 멈추질 않는다. 이렇게 혼자가 되어 이런 낡은 까페 이층에서 편지를 쓰고 있노라니 제일 가슴 아픈 건 늙은 어머니 일뿐이다. 제가 잘될 때까지 살아 계셔주세요. 이대로 그 바닷가에서 돌아가시는 건 너무나 비참한 일일 것 같다. 내일 맨 먼저 우체국에 가서 부쳐야겠다. 오비 안에 너덜너덜한 1엔짜리 지폐를 예닐곱장이나 모아두었다. 넣었다 뺐다 해서 저금통장에는 돈이 얼마 없다. 목침을 베고 있으니까 딱딱 2시를 알리는 유곽의 딱따기 소리가 울렸다.

(10월 ×일)
창밖은 우수에 젖은 가을 풍경이다. 조그만 바구니 하나에 모든 걸 담고서 나는 오끼쯔행 기차를 탔다. 토께를 지나자 작은 터널이 나왔다.

쌩쁠롱, 옛 로마 순례길의
비밀의 문으로 나와서 남쪽으로 가다.

내가 좋아하는 반리[57]의 시다. 쌩쁠롱은 세계에서 가장 긴 터널이라 들었는데, 정처 없이 떠나는 혼자만의 여행이어서 터널이 왠지 쓸쓸하게 느껴진다. 바다로 가는 게 무서워진다. 그 사람의 얼굴과 어머니 생각이 나를 위로해준다. 바다까지 달려갈 일이 무서워진다. ──미까도에서 내렸다. 등불이 켜지고 역 앞은 뽕밭. 드문드문 초가지붕이 눈에 들어온다. 나는 바구니를 들고 역 앞에 우두커니 서 있었다.

---

57 히라노 반리(平野万里, 1885~1947). 시인.

"근처에 여관 있나요?"

"저기 초오자 마찌까지 가면 있습니다."

나는 히아리하마 해변을 계속 걸었다. 10월의 소또보오슈우 바다는 꺼멓게 솟아올라서, 그 무시무시한 정열이 나를 흥분시킨다. 그저 바다와 하늘과 모래사장뿐이다. 게다가 해가 저물기 시작한다. 이런 대자연을 보고 있노라니 정말이지 인간의 힘은 보잘것없다는 생각이 든다. 멀리서 개 짖는 소리가 들렸다. 잔무늬 조끼를 입은 여자애가 검은 개 한마리를 데리고 노래를 부르며 잰걸음으로 걸어왔다. 파도가 큰 물보라를 일으키자 개는 겁에 질린 듯 목을 쭉 빼고 바다를 향해 짖었다. 천둥소리 같은 파도소리와 검은 개의 으르렁거리는 소리 때문에 왠지 무서웠다.

"근처에 여관 없니?"

나는 이 모래사장에 있는 유일한 사람인 이 어여쁜 소녀에게 물어보았다.

"저희 집은 여관은 아니지만, 괜찮으시다면 묵으셔도 돼요."

아무렇지도 않다는 듯 그 여자애는 나를 안내해주었다. 옅은 보라색 소라 껍질로 능숙하게 고동을 불면서 나를 데리고 집으로 돌아갔다.

그곳은 히아리하마의 변두리로서, 초오자 마찌로 이어지는 모래사장에 위치한 작은 난파선 같은 찻집이었다. 이 찻집의 노부부는 기꺼이 목욕물까지 데워주었다. 이렇게 자연 그대로의 모습으로 느긋하게 사는 곳도 있다. 나는 도시의 거친 술집 공기를 떠올리는 것만으로도 두려웠다. 천장에는 무슨 고기인지 모르지만 마른 생선의 꼬리가 붙어 있었다.

이 방의 전깃불도 어두웠지만 여행하는 여자의 마음도 어두웠다. 그렇게 동경했던 우라니혼의 가을은 볼 수 없었지만, 소또보오 슈우는 우라니혼보다 경치가 더 좋았다. 이찌부리에서 오야시라즈에 걸친 민가 지붕에는 단무지 누름돌 같은 것이 잔뜩 놓여 있었다. 선로 위까지 하얀 물보라가 덮치는 저 넓고 푸른 마을, 무너진 절벽 위로 삐쭉삐쭉 피어 있는 엉겅퀴 꽃, 모두 몇년 전의 정겨운 추억이다. 나는 바다 내음이 나는 이불 속으로 들어가 바구니에서 클로로포름병을 꺼내 손수건에 한두방울 떨어뜨렸다. 이대로 사라져 없어지고 싶은 지금의 심정과, 이런저런 상념에 사로잡혀 있다는 사실이 견딜 수가 없어서, 나는 불쾌한 냄새의 클로로포름을 말린 꽃처럼 코에 갖다댔다.

(11월 ×일)

천둥 같은 파도소리와 창문을 때리는 쓸쓸한 빗소리에 살며시 눈을 뜬 때가 10시쯤일까, 식초 같은 클로로포름 냄새가 아직 방안 가득 맴돌고 있는 듯해서 나는 창문을 조금 열었다. 갯벌 둔치에는 파란색 물이 들듯 비가 뿌옇게 내리고 있었다. 축축한 아침이었다. 안방에서 말린 정어리를 굽는 냄새가 났다. ──낮에 머리가 심하게 아파 여자애랑 둘이 검은 개를 데리고 히아리하마 해변으로 산책을 나가보았다. 바닷가 어부의 집에서는 여자와 아이 들이 삼삼오오 모여 정어리에 꼬챙이를 끼우고 있었다. 꼬챙이가 끼워진 정어리는 거적 위에 널려 있었고, 비 그친 뒤의 엷은 햇살이 그 위에 은색 빛을 뿌리고 있었다. 여자애는 정어리를 들통에 한가득 받고서 근처에 있는 잡초를 뜯어 위를 덮었다.

"요게 10전이에요." 돌아오는 길에 여자애는 낑낑거리며 들통을 내 앞으로 내보이면서 그렇게 말했다.

저녁식사는 정어리무침에 해초조림, 날달걀의 진수성찬이었다.
여자애는 이름이 신이라고 했고, 날씨가 좋을 때는 치바에서 키사
라즈까지 건어물 행상을 다닌다고 했다. 가게에서 차를 마시며 신
과 노부부랑 잡담을 나누고 있는데 하늘색 꽃게가 문지방 위를 바
스락거리며 기어간다. 삶에 지친 나는 바위처럼 변함없는 이 사람
들의 생활을 보고 있자니 왠지 부러워졌다. 바람이 부는 걸까? 덧
문이 난파선처럼 흔들리는, 체호프의 소설에나 나올 법한 바닷가의
오래된 집이다. 11월로 들어서자 이곳에서는 벌써 발이 시려왔다.

　(11월 ×일)

　　후지를 보았다
　　후지 산을 보았다
　　붉은 눈이라도 내리지 않으면
　　후지를 멋진 산이라고 할 수 없다

　　저런 산 따위에 질 수야 없지
　　기차 창문 너머로 몇번이나 떠올린 회상
　　날카로운 산의 마음은
　　내 지친 생활을 위협하며
　　내 눈을 차갑게 내려다본다.

　　후지를 보았다.
　　후지 산을 보았다.

140

까마귀야
저 산등성이에서 꼭대기로 날아올라가
붉은 입으로 한번 비웃어주렴

바람이여!
후지는 눈의 대비전大悲殿이다
쌩쌩 불어 날려버리렴
후지 산은 일본의 상징이다
스핑크스다
꿈 많은 노스탤지어다
악마가 사는 대비전이다.

후지를 보라
후지 산을 보라
호꾸사이가 그린 네 옛날 모습에서
싱그러운 네 불꽃을 보았건만

지금은 썩어버린 흙 빵
부리부리한 눈이 언제나 하늘을 향해 있는 너
왜 불투명한 눈〔雪〕 속에 숨어 있는가

까마귀여 바람이여
저 하얗고 투명한
후지 산의 어깨를 두드려주렴
저것은 은빛 성이 아니다

불행이 깃든 눈의 대비전이다

후지 산이여!
너에게 머리를 숙이지 않는 여자가 홀로 여기 서 있다
너를 비웃는 여자가 여기 있다.

후지 산이여 후지여
활활 너의 불꽃 같은 정열이
으르렁으르렁하며
고집 센 이 여자의 목을 꺾을 때까지
나는 즐겁게 휘파람을 불며 기다리리.

나로서는 또 도로아미타불이다. 에이프런을 두르며 이층 창문을 열러 가는데 저 멀리 아득하게 후지 산이 보였다. 아아, 나는 불행하다는 생각을 하면서 몇차례 저 산 아래에 갔다 온 적이 있다. 비록 짧은 여행이었지만 이틀간의 소또보오슈우의 그 적막한 풍경은 내 영혼과 육체의 때를 닦아 아름답게 해주었다. 허허벌판에 한 그루 삼나무 같은 나로서는 그런 재미라도 없으면 살아갈 수가 없다. 내일부터는 단풍 주간이라 정신병자처럼 우리는 붉은색 키모노를 똑같이 입어야 한단다. 도시 사람들은 끊임없이 이런 이상하고 우스꽝스러운 취향을 잘도 만들어내는 것 같다. 또 새로운 여자가 들어왔다. 오늘밤에도 가면처럼 하얀 분을 바르고 거짓 웃음으로 속여야 하는 건가…… 뜬구름 같은 세상이라니, 참 잘도 표현했구나— 부재중에 어머니가 보낸 무명 속옷 두벌이 도착했다.

＊ ＊ ＊

(1월 ×일)

까페에서 취객한테 받은 반지가 뜻밖에 도움이 되었다. 13엔에 전당포에 맡기고 토끼와 나는 쇼핑을 하면서 센다기 거리를 걸었다. 중고가구점에서 화로와 작은 밥상을 사고, 단무지랑 밥공기에 다도구까지 마련하고 나니 겨우 보름치 방세 정도만 남았다. 13엔도 별거 아니구나.

차가운 입김을 내뿜으며 둘이 무거운 짐을 양쪽에서 들고 돌아온 때는 정확히 10시경이었다.

"잠깐만! 앞집은 말이지, 노래선생 집인데, 아…… 좋네."

　우산을 쓰니
　유곽의 눈보라가 꾸며주네
　이 머리띠는 지난날
　에도의 봄날을 아련히 말해주네

바로 코앞에 있는 맞은편 이층집에서 낮게 깔리는 샤미센 소리가 들려왔다. 조금 열린 덧문에 불빛이 환한 옆집의 가느다란 문살 그림자가 비치고 있었다.

"목욕은 내일 하고 그냥 자자. 이불은 빌린 거니?"

토끼가 탁 하고 장지문을 닫았다. ──요는 타이꼬가 코보리[58] 씨한테 시집가면서 두고 간 것으로, 그녀와 내가 같이 살 때 쓰던 것

---

58 코보리 진지(小堀甚二, 1901~59). 소설가 겸 평론가.

이다. 그녀는 냄비고 부엌칼이고 요고 모두 남겨두고 떠났다. 나는 가장 그립고도 가장 싫은 추억이 있는 혼고오의 술집 이층을 떠올렸다. 군인 출신과 이층에서 기저귀를 빨던 그의 아내, 사람 좋은 술집 주인 부부 등. 다 정리하고 나면 그때 쓴 일기라도 꺼내 읽어봐야지.

"타이꼬는 어떻게 지내고 있을까?"

"개도 이번에는 행복할 거야. 코보리 씨는 아주 듬직하고 좋은 사람이라고 하니까 누가 오더라도 안 흔들릴 거야……"

"언제 놀러 갈 때 데리고 가줘."

우리는 아래층 아주머니에게서 빌린 이불을 덮고 잤다. 일기를 적는다.

하나. 13엔의 내역

밥상 1엔.

화로 1엔.

시클라멘 화분 하나 35전.

밥그릇 20전. 두개.

국그릇 30전. 두개.

고추냉이무침 5전.

단무지 11전.

젓가락 5전. 5인용.

쟁반 딸린 다도구 1엔 10전.

뚜껑 딸린 그릇 15전.

접시 20전. 두장.

방세 하루치 6엔.(1.5평은 9엔)

부젓가락 10전.

떡 굽는 석쇠 12전.

알루미늄 국자 10전.

밥주걱 3전.

휴지 한다발 20전.

살색 화장수 28전.

제주祭酒 25전. 1홉.

이사 인사용 메밀국수 30전. 아래층에.

하나. 잔금 1엔 16전

"이것만으로는 불안해……"

나는 연필심으로 뺨을 찌르면서 코가 오뚝한 토끼의 얼굴을 이쪽으로 향하게 하고는 일기를 썼다.

"숯은 있어?"

"숯은 아래층 아주머니가 단골집에서 월말에 갚기로 하고 가져와주겠대."

토끼는 안심했다는 듯이 올림머리의 귀밑머리를 가는 손가락으로 추어올리며 내 등에 기댄다.

"걱정할 것 없어. 내일부터 엄청 일할 테니 넌 힘껏 공부하도록 해. 아사꾸사를 관두고 히비야 쪽 까페 같으면 통근을 해도 될 것 같아. 그 주변에는 술손님도 많대……"

"통근하면 우리 둘 다 좋을 것 같아. 혼자 먹으면 밥도 맛이 없잖아."

나는 번잡했던 오늘 하루를 생각해보았다. ──하기와라 씨 댁의 세쯔한테서 쌀을 두되 얻었다. 화가인 미조구찌 씨가 홋까이도오에서 때마침 떡을 보내왔다며 보자기에 나눠담아 주었고, 반지를 전당포에 가지고 가기도 했다.

"당분간 둘이서 열심히 일하자. 정말 힘내서……"

"조오시끼의 어머니한테는 한달에 30엔 정도만 보내면 돼."

"나도 원고료가 조금은 들어오니 묵묵히 일하면 돼."

눈 오는 소리인지, 뭔가 창문에 톡톡 부딪치는 소리가 난다.

"시클라멘은 냄새가 참 불쾌하다."

토끼는 머리맡의 빨간 시클라멘 화분을 살며시 밀어내고 머리빗과 장식 비녀를 뽑아 머리맡에 놓고는 "자아, 잡시다요" 한다. 어두운 방 안의 강한 꽃향기가 우리를 괴롭혔다.

(2월 ×일)

> 내리는 싸락눈 쌓이는가 싶더니
> 사라져 흔적도 없는 허망함이여
> 버들가지 살랑살랑 흔들거리지만
> 봄은 마음의 황혼……

토끼의 노랫소리에 문득 눈을 떠보니 머리맡에 하얀 맨발이 가지런히 있다.

"어머, 벌써 일어났네."

"눈이 와."

일어나니 따뜻한 물도 끓여져 있고 창밖의 판자 위에서 밥이 보글보글 하얗게 끓어오르고 있다.

"벌써 숯이 온 모양이네."

"아래층 아주머니한테서 빌린 거야."

부엌일을 한 적이 없는 토끼가 신기한 듯 밥그릇을 닦는다. 오랜만에 손바닥만 한 작은 상 위에서 느긋이 차를 마셨다.

"야마또깐 사람들한테든 누구한테든 당분간 주소를 알려주지 말자."

토끼는 고개를 끄덕이면서 작은 화로에 손을 갖다대고 쬔다.

"눈이 이렇게나 오는데 나갈 거니?"

"응."

"그럼 난 『지지 신보』의 시라끼 씨를 만나고 올게. 동화를 보냈거든."

"돈 받으면 따뜻한 것 만들어봐. 여기저기 가볼 셈이라서 난 좀 늦을 거야."

세평 크기의 옆방에 사는 헌옷 장수 부부와도 처음으로 인사를 나눴다. 막노동꾼의 십장을 한다는 아래층 주인아저씨도 만났다. 모두 다 시원시원하고 서민다운 사람들이었다.

"이 집도 예전엔 도로에 면해 있었는데, 불이 나서 이렇게 안쪽으로 들어와버렸지 뭡니까…… 앞집에는 누군가의 첩이 살고, 골목 안의 막다른 집에는 남자 키요모또[59] 선생이 사는데 시끄럽긴 시끄럽죠 뭐……"

나는 옛날 식으로 이를 검게 물들인 주인아주머니를 신기한 듯 쳐다보았다.

---

59 전통 인형극의 한 유파 또는 그 유파의 가락.

"첩인가 하는 사람을 잠깐 본 적 있는데 정말 멋진 여자더라."

"그럼에도 아래층 아주머니는 너야말로 이 근방에선 볼 수 없는 예쁜 여자라고 하던데."

우리는 나란히 올림머리를 한 채 눈 내리는 시내로 나갔다. 눈은 기운 빠진 거품처럼 눈과 코를 덮을 만큼 엄청나게 내렸다.

"돈벌이가 참 고달프다." 눈아! 자꾸자꾸 내려다오, 내가 파묻힐 만큼. 나는 고집스럽게 우산을 빙글빙글 돌리며 걸었다. 모든 창문에 불이 켜져 있는 야에스 대로를 보라색과 주홍색 코트를 입은 퇴근길의 여자들이 눈을 등지고서 걸어갔다. 코트도 입지 않은 나는 옷소매가 흠뻑 젖어버려 두꺼비처럼 비참한 꼴이 되었다. ─시라끼 씨는 벌써 퇴근했나보다. 거봐! 역시 이러니까 까페서 일하겠다고 했건만, 토끼는 공부를 하라고 한다. 신문사의 넓은 접수대에서 이 비참한 여자는 흐릿한 글씨로, 형편이 어려워서,라는 상투적인 메모를 남긴다.

하지만 『지지 신보』사의 문은 재밌다. 빙글빙글 마치 물레방아 같다. 빙그르르하고 두번 돌리면 앞으로 다시 돌아온다. 우체국이 웃고 있다. 이 보잘것없는 인간들아. 빌딩을 올려다보니 너 한사람 살든지 죽든지 매한가지라고 말하는 것 같다. 하지만 저 빌딩을 팔면 쌀값과 방세를 평생 다 내고 고향에도 긴 전보를 보낼 수 있겠지. 벼락부자가 됐다고 말하면 매정한 친척들이나 냉정한 친구들 모두 놀라겠지. 한심한 후미꼬야, 죽어버려라. 토끼는 손발 시린 채 이 눈 속을 들개처럼 돌아다니고 있을 텐데─

(2월 ×일)

아아, 오늘밤에도 기다리다 지침. 화롯불에 차를 데워 때늦은 식사를 한다. 벌써 1시가 지났는데— 어젯밤은 2시, 그저께는 1시 반, 항상 12시 반이면 정확히 귀가하던 사람인데, 토끼에게 그럴 일이야 없겠지만…… 상 위에는 쓰다 만 원고가 두세장 흩어져 있다. 이제 집에는 11전밖에 없다.

차곡차곡 나한테 맡겨둔 10엔 남짓의 돈을 어느 순간 다 가지고 나가버렸다. 어제도 물어보지 못했는데 도대체 무슨 일일까 싶다.

찌고 또 찌니까 솥의 밥이 질퍽해졌다. 냄비의 된장국도 졸아버렸다. 나는 원고가 써지지 않아 책상을 경대 옆으로 밀치고 쓸쓸하게 이불을 편다. 아아, 미장원에 가고 싶다. 벌써 열흘 동안이나 올림머리를 하고 있노라니 귀밑이 몹시 가렵다. 돌아올 사람이 적적할까 싶어 불을 켜고 보라색 천을 씌워놓는다.

3시.

아래층 아주머니의 볼멘소리에 눈을 뜨니 토끼가 술에 취한 듯 발소리를 크게 내면서 올라온다. 취한 것 같다.

"미안해!"

창백한 얼굴에 헝클어진 머리의 토끼가 보라색 코트를 입은 채 이불 위에 쓰러져 마치 떼쓰는 아이처럼 울기 시작한다. 나는 그토록 많은 말들을 준비하고 기다렸건만 한마디도 하지 못한 채 가만히 있었다.

"잘 있어, 토끼!"

젊은 남자의 목소리가 창문 아래서 사라지자 골목 어귀에서 얼른 자동차 경적소리가 울려퍼졌다.

(2월 ×일)

우리는 서로 거북해하면서 밥을 먹었다.

"넌 계단 닦아. 요즘 좀 나태했으니까 난 빨래를 할게……"

"응, 내가 할 테니까 그냥 둬."

잠이 모자라 퉁퉁 부은 토끼의 눈을 보니 너무나 가여웠다.

"토끼야, 그 반지 뭐니?"

가냘픈 약지에 하얀 보석이 박힌 백금반지가 반짝거렸다.

"저 보라색 코트는 어떻게 된 거니?"

"………"

"토끼는 가난이 싫어졌구나?"

나는 아래층 아주머니와 마주치자 얼굴이 화끈거렸다.

"이봐 아가씨! 토끼 처자가 아무래도 좀 이상해."

수돗물과 함께, 아저씨의 말이 가슴에 아프게 다가왔다.

"이웃들한테 체면이 있지, 한밤중에 자동차를 빵빵 울리면 어떡해. 나는 마을 동장이라서 작은 소문만 하나 나도 번거롭단 말이야……"

아아, 지당하신 말씀입니다. 설거지를 하는 내 등 뒤로 쾅 하는 소리가 들렸다.

(2월 ×일)

오늘로 토끼가 들어오지 않은 지 닷새째다. 나는 그저 토끼의 소식만 기다린다. 그녀는 그 반지와 보라색 코트에 지고 만 것이다. 삶의 희망이 없는 그녀가 빠지게 될 길인지도 모른다는 생각이 들었다. 그렇게 가난은 절대 부끄러운 게 아니라고 했건만…… 열여덟 나이의 그녀는 빨간색과 보라색 다 가지고 싶었을 것이다. 나는

5전짜리 동전으로 싸구려 과자 다섯개를 사와 이불 속에서 옛날 잡지를 보며 먹었다. 가난은 부끄러운 게 아니라고 했지만, 다섯개의 과자는 결코 내 위장을 구해주지 못했다. 손을 뻗어 벽장을 열어본다. 남아 있는 배추를 씹으며 하얀 쌀밥의 맛을 상상한다.

아무것도 없다. 눈물이 번져나온다. 불이라도 켜자…… 싸구려 과자로는 소용없다고 배가 꼬르륵 짜증스럽게 소리를 낸다. 옆방 헌옷 장수의 방에서 꽁치 굽는 냄새가 진하게 난다.

식욕과 성욕! 토끼가 아니긴 하지만 오로지 밥 한그릇에 매달려볼까?

식욕과 성욕! 나는 울고 싶은 심정으로 이 말을 곱씹었다.

(2월 ×일)

아무것도 묻지 말고 용서해줘. 반지를 준 사람한테 협박당해 아사꾸사의 술집에 있어. 그 사람에게는 아내가 있긴 하지만 친정으로 돌려보내도 된대. 비웃지 말아줘. 그 사람은 공사 하청업자이고 마흔둘이야. 옷도 많이 사줬어. 네 얘기를 하니까 매달 40엔 정도는 주겠대. 나는 기뻐.

차마 읽을 수 없는 토끼의 편지 위로, 나는 이러면 안된다며 불꽃처럼 눈물을 흘렸다. 이가 쇳조각처럼 딱딱거린다. 내가 언제 그런 걸 부탁했어! 바보, 바보, 이다지도, 이다지도 그 열여덟살 여자는 나약했단 말인가…… 눈이 퉁퉁 부어 아무것도 보이지 않을 만큼 흐느껴 운 나는 마음속으로 토끼에게 소리쳤다.

주소도 알려주지 않고 아사꾸사의 술집이 뭐야.

마흔두살의 남자라니!

옷, 옷.

반지와 옷이 다 뭐야. 신념 없는 여자야!

아아, 그렇긴 하지만 들에 핀 백합처럼 가련한 그 사랑스러운 모습, 부드럽고 고운 분홍빛 피부, 검은 머리, 그녀는 아직 처녀인데. 왜 첫 입맞춤을 그런 기생충 같은 남자와 한단 말인가…… 사랑스럽게 고개를 뒤로 젖히고, 봄은 마음의 황혼…… 하며 나에게 노래를 불러주던 그 소녀가! 마흔두살의 남자여, 저주를 받아라!

"하야시 씨 등기 왔어요!"

모처럼 생기있는 아주머니 목소리에 계단에 놓인 봉투를 집어 들어서 보니 『지지 신보』의 시라끼 씨가 보낸 등기우편이었다. 일금 23엔! 동화 원고료였다. 당분간 배곯지 않아도 된다. 가슴이 두근거렸다. 아아, 기쁘다. 하느님! 너무나 행복해서인지 오히려 쓸쓸했다. 하느님, 하느님! 기뻐해줄 동료가 마흔두살 남자 품에 안겨 있습니다……

항상 그렇듯 시라끼 씨의 친절한 편지가 함께 들어 있었다. 늘 말씀드리지만 몸 건강히 분투 노력하시길 바랍니다. ─나는 창문을 활짝 열고서 우에노의 종소리를 들었다. 저녁에는 맛있는 초밥이라도 먹어야지.

제2부

(1월 ×일)

　나는 들판에 버려진 빨간 공
　강풍이 불어오면
　저 하늘 높이
　독수리처럼 날아오른다

　야 바람아 때려
　뜨거운 공기를 가득 머금고
　야 바람아 어서
　나, 빨간 공을 때려줘

(1월 ×일)

눈 오는 하늘.

무슨 수를 써서라도 섬에 다녀와야 한다. 섬에 가서 그 사람을 만나고 와야겠다.

"니가 별 볼 일이 없으니 무시당하는 거 아이가."

어머니는 나 혼자 섬에 가는 걸 허락하지 않았다.

"그럼 다음에 어머니와 아버지가 섬에 갈 때 데려가줘요. 어쨌든 만나서 얘기해보고 싶어요……"

나한테 『싸닌』[60]을 보내주었고 사랑도 가르쳐준 남자가 아닌가. 처음 토오꾜오에 데려가준 사람도 그 남자였다. 믿어도 좋다고 한 그 사람의 말이 가슴에 다가온다. ─배가 부두에 도착한 걸까, 낮은 구름 위로 배의 연기가 피어오르고 있었다. 바닷바람이 가슴께에서 커다랗게 부풀어오른다.

"마음에 없는 사람을 그렇게 찾아갈 것 없다 마…… 재수 옴 붙었다 생각하고 우리랑 같이 토오꾜오로 가는 편이 나을 기다."

"그래도 한번 만나서 얘기하고 오는 게 나을 거예요. 누구에게나 오해라는 게 있을 수 있잖아요……"

"생각해봐라. 이미 작년 11월부터 감감무소식 아이가. 그리고 정월인데 맘이 있었으면 벌써 왔을 기다. 그놈은 소심해서 안된다. 닭띠는 정말 싫다 마."

나는 남자와 처음 토오꾜오에 가서 일년 남짓 지낸 생활을 떠올려보았다.

늦은 봄 5월의 일이었다. 산책을 나간 조오시가야의 묘지에서 몇번이나 묘석에 배를 부딪치며 울었던 나의 모습을 떠올렸다. 남

---

60 러시아 작가 미하일 아르찌바셰프의 장편소설.

자는 감감무소식으로 나를 혼자 토오꾜오에 내버려둔 채 황당한 소식만 보내왔다. 그런 사람의 자식을 낳으면 안된다고 생각한 나는 생면부지의 타향 하늘 아래서 너무나 무서웠다. 나는 묘석을 향해 뛰어가서는 배를 쿵쿵 부딪쳤다. 남자의 편지에는 미국서 돌아온 누나 부부가 아주 완강하게 반대를 한다고 씌어 있었다. 그 남자는 대학생활의 마지막 일년을 나와 함께 조오시가야에서 보냈다. 그 남자는 집을 뛰쳐나오는 일이 있더라도 나와 함께하겠다고 했지만, 졸업을 하자마자 혼자 고향으로 돌아가버렸다. 그토록 굳게 믿었건만, 아버지와 어머니도 잊고 그렇게 일을 했건만, 나는 어리고 유치한 사랑의 날들이 물거품보다 더 허망하게 느껴졌다.

"이삼일 있으면 나도 장사하러 가니까, 니도 가서 한번 만나보는 것도 괜찮겠다."

주판을 놓으면서 새아버지가 그렇게 말해주었다. 오노미찌 집은 이층에 세평짜리 방이 둘 있었고, 아래층에는 돛천과 담배를 파는 나이 든 부부가 살았다.

"이 집도 꽤 오래됐네요."

"니가 태어난 무렵에 이 집이 지어졌을 기다. 십사오년 전이지. 그때는 이 길까지 바다였는데 매립을 해서 바다가 저쪽으로 밀려난 거 아이가."

우리 세명의 방랑자는 1904년에 지어진 우중충한 바닷가 이층집에 방을 얻고는 푸근함을 느꼈다.

"기차에서 보니까 오노미찌가 진짜 이쁘데요."

어촌에서는 생선과 채소가 모두 맛있어서 어머니는 오노미찌에 다시 온 것을 늘 기뻐하며 토오꾜오에 있는 나한테 편지를 보냈었다. 나도 돌아와서 보니 집은 다르지만 모든 게 다 정겨웠다. 짐짝에서 책을 꺼내서 보니 옛날 내 책들에는 사랑이라는 글자가 쭉 늘어서 있었다. 옆방에는 목수 부부가 사는데 매춘부 출신인 아주머니는 늘 화장이 짙었다. 오늘밤은 마을에서 야생동물한테 겨울나기 먹이를 주는 날로, 춥고 어두운 어촌 여기저기 초롱불이 날아다녔다. 목수 아내는 분내가 나는 손으로 팥밥과 유부초밥을 듬뿍 가져다주었다.

"아지매, 이삼일 안에 섬에 가지예?"

"이번 15일이 공장 월급날이라 메리야스 좀 가지고 갈까 하는데……"

"우리 집 양반이 뱃일도 없고 하니까, 무슨 장사라도 해보라고 그러네예. 쌔틴 소재 재생양말 얘기를 들었는데 그게 뭡니꺼?"

"그거 좋지요. 요즘 직공들은 수입이 좋아 물건만 좋으면 잘 사데요. 장사일도 재미있으니까 나하고 같이 가입시다. 좀 도와줄 수도 있고요."

"그러면 아지매랑 같이 가는 거 부탁합니데이."

배 만드는 목수일은 품삯이 싸고 할 사람도 많아 추운 바닷가로 일하러 나가는 건 수지가 맞지 않다고 한다.

저녁.

부두에서 일하는 카네다가 『자연과 인생』[61]이라는 책을 가져다주었다. 카네다는 초등학교 친구로 책 읽는 것을 좋아한다. 매끈한 분홍색 책갈피가 끼워져 있었고 표지에 갈대 싹처럼 보이는 그림이 그려져 있었다.

—이기면 관군, 지면 역적의 낙인이 찍히니까 쌓인 눈을 떨어진

---

61 1900년에 출간된 소설가 토꾸또미 로까(德富蘆花, 1868~1927)의 수필집.

꽃이라 생각하고 발로 차버렸노라. 어두워질 때까지 부두 비료창고에서 이 부분을 읽었다. 보라색 두루마기를 입은 소녀 이야기, 비 온 다음날 밤의 여자 곰보 이야기 등은 젊은 내 마음에 어떤 향기를 전해주었다. 카네다는 지렁이 잠꼬대 이야기가 재미있다고 했다. 10시경, 산에 있는 학교에서 집으로 돌아오니 어머니는 화투 치러 간 새아버지가 아직 돌아오지 않았다며 걱정하고 있었다. 마을로 새아버지를 찾으러 나갔다. 너벅선이 이런 추운 밤에도 바다로 나가는지 부두 난간에 매어놓은 배에서 귀신 같은 하얀 여자 얼굴이 어른거리고 있었다. 차라리 저 거친 바다에 몸을 던져 죽음으로써 그 남자에게 내 정열을 보여줄까, 아니면 과감하게 일직선으로 추락해 저런 여자들 무리에 들어가버릴까 생각해보았다.

(1월 ×일)

나는 섬에 도착하자 어머니 일행과 헤어져 해변을 따라 남자가 사는 마을로 갔다. 1엔을 주고 산 과자 한상자를 소중하게 품에 안고서 홈통처럼 좁은 인노시마 마을을 빠져나가니 거기에는 1월의 춥고 차가운 푸른 바다가 끝없이 아득하게 펼쳐져 있었다. 왠지 가슴이 뜨거워지는 것 같았다. 그 사람과는 벌써 삼개월 동안이나 만나지 못했지만, 토오꾜오에서의 그 힘든 생활을 그 사람은 금방 떠올려주겠지…… 언덕 위에는 온통 귤밭으로, 열매가 달린 귤나무가 어쩐지 소녀시절의 풍경 같아서 아주 기뻤다.

소 두마리. 무너진 초가지붕. 레몬 언덕. 닭이 꽃처럼 무리지어 있는 마당. 1월의 태양은 이런 곳에도 안개 같은 아름다운 햇살을 흩뿌리고 있었다. 타따미를 세워놓은 사랑방에 그 사람의 하오리가 걸려 있었다. 이렇게 아늑한 집에 사는 사람들이 왜 나에 대해

개뼈다귀니 소뼈다귀니 그러는 걸까? 모래먼지가 이는 툇마루에 가만히 앉아 있는데 그 남자의 어머니로 보이는, 구질구질하고 등뼈도 없는 허수아비 같은 노파가 닭 꽁무니를 쫓으며 안에서 나왔다.

"저, 오노미찌에서 왔는데요……"

"누구 찾능교?"

목소리에는 어떤 가시 돋친 매정함이 배어 있었다. 누구를 찾아 왔느냐란 말에 나는 소녀처럼 마구 눈물을 흘렸다. 오노미찌에서 의 일과 토오꾜오에서의 일, 나는 그 사람과 보낸 일년간의 일들을 이야기했다.

"내사 마 아무것도 모르니까 조만간 다른 사람하고 다시 의논해 보겠소."

"그 사람을 만날 수는 없을까요?"

안쪽에서 그 사람 아버지인지, 육십 가까이 된 노인이 곰방대를 피우며 나왔다. 결론은 미국에서 돌아온 누나 부부가 반대한다는 것이었다. 그리고 그 사람은 최근 조선소 서무과에 취직을 했으니 행복을 깨뜨리지 말아달라는 것이었다. 이렇게 레몬 나무가 있는 우중충한 산자락에서 수만엔의 재산을 지키고 일상의 먹거리를 절약하며 사는 농촌생활. 그 사람의 아버지는 너무 야박했다고 생각했는지 마침 오늘이 축제날이니 밥이라도 먹고 가라고 했다. 여자는 나이가 들면 왜 사나워지는 것일까. 노파는 허리에 새끼줄을 두르고 새침한 모습으로 외양간에 들어갔다. 새까만 곤약조림과 유부, 토란, 잡어탕, 이것이 축제날의 잔칫상이었다. 툇마루에서 눈물을 훔치면서 먹고 있는데 황량한 밭이랑 사이로 그리운 얼굴이 걸어왔다.

나를 보더니 심약한 남자는 놀라서 쩔쩔맸다.

"당분간 혼자 일하고 싶다니 처자도 집으로 돌아가 느긋하게 기다리소 마. 어쨌든 저놈 누이가 집 한채 없는 사람의 딸은 안된다고 하니……"

그 사람 아버지의 말이다. 그 사람은 그저 고개만 숙이고 있었다. ─그토록 용감하다고 생각했던 남자는 아무리 몰아세워도 입을 다문 채 한마디도 하지 않는다. 그리프로 내가 백마디 말을 하더라도 부모는 전혀 미동도 하지 않을 것이다. 처음으로 나는 공허한 느낌이 들었다. 남자와 여자가 그토록 온몸을 불살라버릴 듯이 한 약속이 이처럼 허망하게 무너져버리는가 싶었다. 나는 과자 상자를 거기에 놓아두고 산자락의 귤밭에서 반사되는 노란 햇살을 받으며 마을길로 나왔다. 예전에 그 남자는 자기 입으로 이렇게 말한 적이 있다.

"너는 오랫동안 고생만 해서 사람을 지나치게 의심하는데 다시 어린아이로 돌아간 그런 마음으로 나를 한번 믿어봐……"

나는 파랗게 빛나고 있는 차가운 1월의 해변으로 가서 우두커니 바다를 바라보았다.

"어머니가 이런 거 받을 이유가 없다며 돌려주라고 해서."

내 뒤를 따라온 남자는 어처구니없을 정도로 떨고 있었다.

"받을 이유가 없다? 그럼 바다에 던져버려요. 못하겠으면 내가 할게요."

남자한테서 과자 상자를 빼앗아 나는 있는 힘을 다해 바다로 던져버렸다.

"저렇게 완강한 가족들을 도저히 이길 자신도 없고, 집을 나온다

하더라도 시골에서는 아는 사람 소개로 일할 수나 있지 토오꾜오
에서는 대학을 졸업해도 먹고살 수가 없으니."

나는 말없이 울었다. 토오꾜오에서 일년 동안 돈을 벌며 이 남자
가 걱정하지 않도록 애쓰던 일을 쓸쓸히 떠올렸다.

"아무려면 어때요. 내가 화가 나 과자를 바다에 던졌다고 해서
당신한테 집을 나오라는 것은 아니잖아요. 여하튼 나 혼자 조만간
토오꾜오로 돌아갈 거예요."

모래사장의 더러운 바닷말을 밟으며 걷고 있는데 남자가 강아
지처럼 언제까지고 가만히 내 뒤를 따라왔다.

"배웅 안해줘도 괜찮아요. 그따위 알량한 배려는 집어치워요."

마을 어귀에서 남자와 헤어지고 나니까 온몸에 찬바람이 휘몰
아치는 것 같았다. 만나면 이런저런 말을 하려고 했던 마음이 허무
하게 무너졌다. 토오꾜오에서 머릿속으로 그려보았던 이미지가 정
말 한심하게 생각되어 나는 고개를 들어서 잿빛으로 꾸불꾸불 이
어진 산기슭을 올려다보았다.

조선소 입구에서 노점을 하던 어머니와 새아버지는 목수 아내
와 함께 벌써 자리를 정리하고 있었다.

"참말로 이 양말은 종이로 만들었는지 신으면 바로 찢어져버린
다."

약으로 검게 염색만 한 것이라 신으면 바로 쫙 찢어진다고 한다.

"아지매! 지는 인자 갈랍니더. 다들 화나서 몰려올까봐 무섭심
더……" 재생양말 한켤레를 70전에 팔다니 목수 아내는 정말 간도
크다. 목수 아내가 빠른 배편으로 돌아간다고 해서 나도 함께 선착

장으로 갔다.

"자, 출발합니데이!"

선장이 종을 울리자 굽이 낮은 게따를 신고 있던 목수 아내는 잔교와 배 사이의 다리를 건너다 반이나 남은 양말 보따리를 바다에 툭 떨어뜨리고 말았다.

"너무 비싸게 팔아서 벌을 받은 기다."

아주머니는 아이고아이고 하면서 막대기 끝으로 보따리를 건져 올렸다.

모두, 뭐든지 다 지나가버린다. 배는 내가 지나온 모래사장 앞의 바다로 나아갔다. 등불을 켜놓은 것처럼 보이던 레몬 산이 어스레한 빛으로 저물어갔다. 석달 동안이나 마음속으로 기대하며 상상했건만, 나는 바닷바람을 맞으며 언제까지고 갑판에 나가 있었다.

(1월 ×일)

"니는 생각이 붕 떠 있어서 안되는 기다."

새아버지는 토오꾜오로 갈 짐을 싸고 있는 내 등 뒤에서 말했다.

"하지만 아버지, 여기 있어도 별수 없잖아요. 그리고 우리 식구 모두 언젠가는 토오꾜오로 갈 테니 좀 일찍 가지만 결국 마찬가지잖아요."

"우리가 같이 가면 몰라도 니 혼자서는 위험하다."

"게다가 니는 아무 계획도 없이 무슨 일이든 쉽게 저질러버린다 아이가."

지당하신 말씀입니다. 계획이라는 것은 쓸데없이 진지하게 세우더라도 믿을 수 있는 게 아니잖아요. 지금 내 기분으로는 계획 따위를 세울 수도 없었다. 목수 아내가 바나나를 사주었다. "기차 안에서 도시락 대신 먹어래이." 정거장의 검은 울타리에 기대어 어머니가 눈물을 훔쳤다. 아아, 좋은 새아버지! 좋은 어머니! 나는 멋진 벼락부자가 되는 상상을 했다.

"어머니! 어머니는 체면이니 의리니 인정이니 그런 걸 자주 말씀하시지만, 체면과 의리와 인정이 언제 우리를 도와줬나요? 우리 세 식구의 세상 같은 건 어디에도 없으니 요까짓 것 하고 맘먹으세요. 그 남자하고는 이제 깨끗이 헤어졌어요."

"부모와 자식 셋이 같이 살 수가 없으니……"

"저는 열심히 일해서 큰 부자가 될 거예요. 인간은 무섭고 믿을 게 못되니 저 혼자 몸이 부서지도록 일할 거예요."

늘 내 마음속에서 지워지지 않는 어머니. 나는 토오꾜오에서 일을 시작하면 전보를 쳐서라도 어머니를 기쁘게 해주고 싶었다. — 차츰 햇살이 쏟아지기 시작하는 어촌을 가로지른 기차는 산바 해변을 달렸다. 내 추억에서 민들레 홀씨처럼 많은 것들이 바다 위로 날아갔다. 바다 위에 헤어진 남자의 모습이 크게 무지개처럼 떴다.

＊ ＊ ＊

(6월 ×일)

맹렬한 태양이 구름을 뚫고 하늘을 뚫으며 내리쬔다. 오비에 넣어둔 이력서 두통이 땀에 흠뻑 젖어버렸다. 덥다. 신또미가시의 다리에서 커브를 그리며 전차는 신또미자 극장에 처박힐 듯 부서진 나무다리를 건넜다. 사까모또 초오에서 내리니 지저분한 공원이 눈앞에 펼쳐졌다. 돈만 있으면 얼음물이라도 한잔 사 마시고 가겠

164

건만, 아아, 이 끈적거리는 땀 냄새는 틀림없이 경멸을 당할 거야. 나는 쇠가 박힌 양산 손잡이에 얼굴을 기대고 더러운 공원 벤치에 앉아 시원한 바람을 쐬었다.

"어이, 언니, 5전만 줘봐……"

깜짝 놀라 뒤돌아보니 때가 낀 수건을 목에 두른 부랑자가 내 뒤에 서 있었다.

"5전요? 난 2전밖에 가진 게 없어요. 전차표 한장하고 그게 전부인데……"

"그럼 2전이라도 줘."

서른도 넘어 보이는 이 건장한 남자는 땀에 젖은 2전을 받아 공중화장실 쪽으로 가버렸다. 2전을 받고서 저 사람이 저렇게 기뻐하며 갔으니까 나한테도 분명 좋은 일이 있을 거야. 장난감 상자를 뒤집어놓은 듯한 공원 안에는 나무처럼 먼지를 뒤집어쓴 사람들이 여기저기 서성거리고 있었다.

카야바 초오 교차로에서 오른쪽으로 조금 들어가니 이와이라는 증권거래소가 보였다. 격자 철창이 있는 어두컴컴한 사무실에는 한량풍의 남자와 바쁘게 돌아다니는 남자 사환까지 있어서 마치 다른 인종이 사는 곳에 온 듯한 느낌이 들었다.

"월급은 도시락 포함 35엔이고, 아침은 9시부터, 퇴근은 4시. 그런데 동그라미 치기는 할 줄 알아요?"

"동그라미 치기가 뭐예요?"

"부기 말이오."

"조금은 할 수 있어요."

어머나, 월급이 도시락 포함 35엔이라니! 이 얼마나 멋진 무지갯빛 세상이란 말인가— 35엔, 이것만 있으면 나는 부모님께 효도도 할 수 있다.

어머니!

어머니!

어머니에게 10엔이라도 보내드리면 어머니는 딸이 출세했다며 심장이 터질 듯 가슴이 설레겠지요.

"예, 동그라미 치기든 뭐든 하겠습니다."

"그럼 일단 해봐요. 그러고 나서 이삼일 뒤에 결정하기로 합시다—"

선풍기 바람에 돛처럼 부푼 흰색 실크 와이셔츠를 입고 머리가 벗어진 남자가 나를 사무책상 앞으로 데려다주었다. 바위처럼 큰 사무책상 앞에 있으니 35엔의 우울함이 밀려오면서 동그라미 치기든 뭐든 할 수 있다고 말한 것이 두렵게 느껴지기 시작했다. 남자 사환이 가져온 양장 제본된 장부를 열자, 그것은 복식부기로 내가 조금 알고 있던 부기와는 거리가 멀었다. 눈을 뜨지 못할 만큼 땀이 났다. 지금까지 한번도 본 적이 없는 긴 숫자의 행렬, 숫자를 매일 써넣고 주산 놓는 일을 하면 하루 만에 나는 미쳐버리겠지. 하지만 나는 주산을 제법 잘하는 듯 톡톡 튕기다가 어렸을 때 산수에서 미를 받은 사실이 떠올라 가슴이 시려지는 듯한 느낌이 들었다. 이렇게 긴 숫자가 우리들 인생에 얼마나 필요한 걸까. 문득 고개를 드니 남자 사환이 팥빙수를 간식으로 가져다주었다. 나는 한심스럽게도 기뻐 눈물이 날 것 같았다. 얼음과 숫자, 빨강과 파랑의 직선, 부기방망이로 머리를 톡톡 치면서 엉터리 숫자를 써넣을까봐 두려워졌다.

돌아와보니 전보가 와 있었다.

회사에 나올 필요 없음.

그래! 그렇게 큰 숫자를 매일매일 더하지 않으면 안되는 세계 따위 오히려 내가 가고 싶지 않다 뭐. 벼락부자가 되고 싶다는 이상은 그런 큰 숫자에 녹초가 될 정도라면 평생 불가능할 것 같다.

(6월 ×일)

이층에서 내려다보니 옆집 정원에 붉은 칸나꽃이 피어 있다.

어젯밤 정체를 알 수 없는 슬픔 때문에 울다가 잠을 설친 나의 눈에 하얀 구름이 무척이나 예뻐 보인다. 옆집 정원의 칸나를 보고 있노라니 어젯밤의 슬픔이 다시 밀려와 뜨거운 눈물이 흐른다. 지금 생각해보더라도 생활다운 생활, 애인다운 애인, 공부다운 공부도 하지 못한 나 자신의 무기력함이 마치 바람이 불지 않는 날의 배처럼 서글프게 느껴진다. 이번에는 정말 좋아하는 사람이 생기면 모르는 척 곧바로 죽어버리겠습니다. 이번에는 생활이 편해지면 행복이 스르르 도망가기 전에 곧바로 죽어버리겠습니다.

칸나의 아름다움은 찰나의 아름다움이지만, 아아 부러운 존재다. 다음 세상에서는 이런 붉은 칸나로 다시 태어나렵니다. 점심때 치요다바시 근처의 증권거래소에 갔다.

——1 2 3 4 5 6 7 8 9 10——

나는 이런 숫자를 몇번이나 쓰고 난 뒤 많은 지원자들과 함께 밖으로 나왔다. 여사무원 채용이라는데 또 부기를 하는 걸까. 하지만 지원자들이 많은 걸 보니 아무래도 나는 당분간 백수로 있을 것 같다.

아까시에서 온 여자와 모슬린 옷을 입은 여자는 문밖으로 한걸음 나오더니 경쟁심을 버린다.

"어느 쪽으로 가세요?"

나는 물고기 떼 같은 여자들과 헤어져 긴자까지 걸어갔다. 긴자 거리를 걸으니 왠지 전당포로 가는 듯한 느낌이 들었다. 어느 진열장 속의 작은 수족관에서는 나뭇가지처럼 가느다란 은어 몇마리가 헤엄치고 있었다. 긴자의 포장도로가 강이 되면 재밌겠다는 생각이 든다. 긴자의 집들이 산이 되면 좋겠다. 그리고 그 산 위에 눈이 빛나고 있으면 얼마나 좋을까…… 붉은 벽돌로 된 포장도로 한 귀퉁이에 2전짜리 팽이를 파는 꾀죄죄한 할아버지가 있었다. 인간은 이런 모습을 하면서까지 살아야 하는 걸까? 할아버지, 숙명이나 운명 따위는 여우에게 홀려서 하는 말이겠지요? 나뽈레옹 같은 전략가가 되어서, 이런 2전짜리 팽이 장수로 인생을 끝내지 말아주세요. 동정을 강요하는 팽이 파는 노인의 눈을 보니 이상하게 비웃어주고 싶어진다. 저런 사람과 내가 동족이라니, 아아, 더러운 것과 아름다운 것을 구분할 수 없는 착각투성이의 엉망진창인 긴자여…… 집에 돌아가 이력서는 당분간 그만 써야겠다.

하늘과 바람
강물과 나무
모두 다 가을의 씨앗
흘러가고 날아가고

밤.

불을 끄고 타따미 위에 누워 있는데 구름 한점 없는 밤하늘에 커다란 달이 떠 있다. 손 망원경을 만들어 일그러진 달을 올려다보면 커다란 점 같은 달님! 어디선가 얼음 깎는 소리와 풍령 울리는 소리가 들려온다.

"달님! 저는 아직 이렇게 젊습니다. 열정이 있어요." 양팔을 들어 뭔가를 안고 싶은 외로움. 나는 달빛에 빛나는 내 벗은 어깨를 지금처럼 아름답게 느껴본 적이 없다. 벽에 기대니 남자 냄새가 난다. 쿵 몸을 부딪치니 왠지 모를 억울함에 몸속의 피가 우는 듯한 소리가 들린다. 하지만 살포시 눈을 뜨자, 피가 우는 소리는 싹 사라지고 이웃집 축음기에서 삐찌까또가 많이 들어간 마주르카의 광풍소리가 아름답게 흘러나온다. 그 대륙적인 바이올린 소리를 듣고 있자니 비록 내일을 기약할 수 없는 나 자신이지만 살고 싶다는 마음이 용솟음친다.

(6월 ×일)

그저께 갔던 증권거래소에서 속달이 왔다. ×일부터 출근 바람. 나는 가슴이 두근거렸다. 오늘부터 증권거래소 직원이다. 나는 눈앞이 밝아오는 듯했다. 양산을 넝마장수에게 20전에 팔았다.

히따찌 상회, 내가 앞으로 근무할 곳이다. 이웃이 환전소, 앞이 치요다바시, 옆이 닭집, 다리 건너편이 담배 가게. 전차에서 내리니 그 모든 것이 풍요롭게 내 눈 속으로 들어왔다. 오기야 후미꼬가 내 동료로, 우리는 사무책상에 마주 앉자마자 웃고 말았다.

"인연이 있네요."

"예, 정말 그래요. 잘 부탁해요."

이 사람은 하까마[62]를 입고 왔는데 나도 하까마를 입어야 하는 걸까…… 우리 두사람의 업무는 단골손님에게 안내장을 보내는 일

---

62 키모노 겉에 입는 통이 넓은 바지.

과 간단한 동그라미 치기를 익히는 것이었다. 동료인 그녀는 기후 출신으로 초등학교 교사를 해서 그런지, '요'라는 말을 아주 세게 발음했다. "그렇게 해욧!" 사환 둘이 흉내를 내면서 웃는다. 점심 도시락도 맛있었다. 연어를 빵가루에 묻혀 튀긴 것, 파란 강낭콩, 토란무침, 양손으로 붉은색 찬합도시락을 든 채 나는 저 멀리 있는 어머니를 생각했다.

2엔 매입, 3엔 판매!

자전거를 탄 사환이 돌아오면 가게 사람들은 바쁘게 그것을 칠 판에 적거나 전화를 걸거나 한다.

"안쪽 손님들에게 차 한잔씩 갖다드려."

중역처럼 보이는 사람이 내 어깨를 치면서 안쪽을 가리킨다. 차를 가지고 가서 문을 여는데 검은 테 안경을 쓴 하얀 얼굴의 여자가 온도계 눈금 같은 종이에 빨간 연필로 표시를 하고 있다.

"고마워요. 어머, 여긴 여자도 있네. 덥죠……"

검정색투성이 옷차림을 한 여자는 오비에서 50전짜리 지폐 두 장을 꺼내 얼음이라도 사먹으라며 내 손에 쥐여주었다.

월급 외에 이런 돈을 받아도 되는 걸까…… 앞에 있는 중역처럼 보이는 사람에게 물어보니 주는 건 받아도 된다고 한다. 회사에서 집으로 돌아오는 길에 다리 위에서 여전히 높이 떠 있는 해를 바라보며, 이렇게 편히 근무하면 공부도 할 수 있겠다고 생각했다.

"당신은 아직 혼자인가요?"

하까마에 구두를 신은 그녀가 기분 좋게 휘파람을 불면서 나에게 물었다.

"난 스물여덟이에요. 35엔으로는 먹고살 수 없겠죠?"

나는 말없이 웃었다.

(7월 ×일)

일이 꽤 익숙해졌다. 아침 출근길은 특히 즐겁다. 전차를 타고서 보니 일하는 여자들이 둥근 쎌룰로이드 손잡이가 달린 가방을 들고 있다. 나도 월급 받으면 그걸 사고 싶다. 아래층 아주머니는 요즘 기분이 좀 좋다. ──회사에 가니 아직 동료는 보이지 않고 젊은 중역인 사가라 씨가 혼자 이층의 넓은 중역실에서 신문을 보고 있었다.

"안녕하세요."

"응, 그래!"

사무복으로 갈아입고 펜이랑 잉크를 책상에서 꺼내는데,

"여기 선풍기 좀 틀어줘" 하고 부른다.

나는 쓰레기통 위에 올라가 높은 윗중방에 있는 스위치를 돌렸다. 방 안에 하얀 거품을 일으키듯 돌아가는 선풍기 소리. "어머?" 사가라 씨가 두 팔로 나를 안았다. 아무런 마음의 준비도 없던 나는 얼굴에 남자의 거친 숨결이 다가오자 두 발로 선풍기를 밀쳐버렸다.

"하하하, 지금 이거 장난이야."

나는 계단을 뛰어내려가 어두운 화장실에서 촬촬 물을 틀었다. 강하게 뺨을 누르던 남자의 입술이 아직도 착 달라붙어 있는 것 같아 거울을 보는 것이 역겨웠다.

"지금 이거 장난이야……"

얼굴을 몇번이나 씻어도 그 말이 귓전에서 맴돈다.

"화난 거야? 바보같이……"

계단을 내려온 사가라 씨가 물을 촬촬 틀어놓고 있는 나를 쳐다보고는 웃으며 지나갔다.

낮.

검은 테 안경을 쓴 부인과 함께 객장 안으로 들어가보았다. 높은 발코니처럼 생긴 곳에서 딱따기를 울리면 신사복 차림의 젊은 남자가 두 손을 펴 짝짝 손뼉을 친다. "매입! 매입!" 발코니 밑에는 토란 모양의 사람들 머리가 있고, 부인은 검은 테 안경을 위로 올리고 메모지에 뭔가를 적는다.

부인을 자동차 있는 곳까지 배웅하자 또 1엔짜리 지폐가 든 작은 봉투를 준다. 왠지 이런 행운이 다시 스르르 빠져나갈 것 같다. 사무실로 돌아오니 주가 도박꾼들과 사환이 주사위로 사다리 타기를 한다.

"하야시! 우리도 할래? 재미있을 것 같아."

찻사발을 엎고 주사위를 흔들자 다들 푼돈을 걸었다.

"어이 언니들! 걸어봐……"

"………"

"걸면 좋은 거 보여줄게. 난생처음이라고 하며 좋아할 만한 것 보여줄게, 어때?"

비단 윗도리를 헐렁하게 입은 도박꾼이 내 손에서 펜을 뺏어 맞은편으로 가버렸다.

"어머! 그렇게 좋은 거예요…… 그럼 걸게요, 돈이 별로 없으니 조금만."

"물론 조금이지. 다들 유부초밥 내기다."

172

"이제 보여주세요!"

동료가 펜을 내려놓고 사람들 옆으로 가자 큰 환성이 일었다.

"어이, 하야시도 와봐."

나도 소리에 이끌려 가겟방으로 가보았다. 윗도리 안감에 가득 그려져 있는 새빨간 그림을 보고서 나는 얼굴을 두 손으로 가렸다.

"겁쟁이군……"

모두들 도망치는 내 등 뒤에서 웃었다.

밤.

혼자 신주꾸 거리를 걸었다.

(7월 ×일)

"여보세요, ×× 씨 댁이죠? 스사끼 씨가 오늘은 못 가시고요, 내일 저녁에 가신대요. ×× 씨께 그렇게 전해주세요."

중역이 또 어느 기생집에 전화를 하도록 시킨 것이다. 오기야 씨의 '──요' 소리가 쩽쩽 울린다.

"하야시, 오늘밤 스사끼 씨가 아사꾸사에서 한턱낸대……"

우리는 조금 일찍 일을 마치고 사환 한명을 데리고 스사끼와 오기야와 나 이렇게 넷이서 자동차를 탔다. 이 스사끼라는 남자는 조오슈우의 지주로서, 고풍스러운 하얀 비단 오비를 허리 가득 친친 감고 있는, 돼지처럼 살찐 남자였다.

"요정에라도 가실라유?"

나와 오기야는 웃음을 터뜨렸다. 고기와 술을 먹고 마실수록 이 돼지 같은 남자의 자기자랑을 더 많이 듣게 되었고, 탁자 위에는 접시와 그릇이 잔뜩 늘어졌다. 나는 가슴이 답답하고 체할 것만 같왔다. 요정에서 나와 이번에는 '아이고 좋다'의 추임새로 신명 나는 테이꾜오자 극장으로 갔다. 나는 머리가 아팠다. 빨간 속치마와 허연 종아리, 관중과 무대가 한덩어리가 되어 웅웅 소리 질러댔다. 이런 세상을 경험한 적이 없는 나는 이상하게 마음이 불안했다. 극장에서 나오니 아사꾸사에는 사이다와 아이스크림 가게가 즐비하게 늘어서 있다. 조오슈우 출신의 중역은 "아이고! 축제구면" 하며 주위를 두리번두리번 둘러보았다.

나는 머리가 아파서 도중에 돌아가기로 했다. 오기야 여사는 이상하게도 스사끼 씨와 헤어지고 싶어하지 않았다.

"둘이 술집에라도 갈 것 같죠."

사환은 스사끼 씨에게서 받은 전차표 두장을 찢어 한장을 내게 주었다.

"조심히 가세요. 내일 봐요."

집에 오니까 채소 가게와 쌀집과 숯 가게의 외상 청구서가 와 있었다. 일당으로 받긴 해도 조금 넉넉하니 다음달부터는 고향에 돈을 좀 보내야겠다. 아래층에서 녹말가루 과자를 얻어먹었다. 잠자리에 든 시각은 11시, 오늘밤에도 이웃집에서 마주르카가 들려온다. 흥분으로 잠이 오지 않는다.

* * *

(9월 ×일)

오늘도 또 저 구름이다.

뭉게뭉게 피어오른 구름이 흘러가는 것을 나는 낮에 모기장 안에서 바라보았다. 오늘은 꼭 주우니소오까지 걸어가야지—그렇게 해서라도 아버지와 어머니의 모습을 보고 와야지…… 나는 배낭에 몸을 기대고 있던 옆의 대학생에게 말을 걸었다.

"신주꾸까지 가려고 하는데 괜찮을까요?"

"여전히 전차와 자동차 모두 다니지 않아요."

"당연히 걸어서 가야지요."

이 청년은 잠자코 심상찮은 검은 구름을 쳐다보았다.

"당신은 언제까지 야숙할 생각이에요?"

"글쎄요. 여기 광장에 있는 사람들이 물러날 때까지 있을 겁니다. 나는 토오꾜오가 원시시대로 돌아간 것 같아 아주 재미있습니다."

이 얼치기 철학자 녀석.

"부모님 댁에서 당분간 지낼 겁니까……"

"우리 부모님도 나처럼 가난해 셋방살이를 하시기 때문에 오래 있을 수는 없어요. 주우니소오 쪽은 불타지 않았겠죠?"

"글쎄요. 교외에서는 조선인들이 큰일이라고 하던데요."

"그래도 다녀와야겠어요."

"그래요? 그럼 스이도오바시까지 데려다줄게요."

청년은 땅에 꽂아놓았던 양산을 들고 빙글빙글 돌리면서 구름 사이에서 안개처럼 떨어진 재를 털어냈다. 나는 두평 남짓한 모기장을 걷고서 쓰러져가는 하숙집으로 뛰어갔다. 하숙집 사람들은 모두 짐을 정리하고 있었다.

"하야시 씨, 괜찮겠어요? 혼자인데……"

모두의 걱정을 뿌리친 뒤 나는 면 보자기 한장을 쥐고 간간이 지진으로 흔들리는 거리로 나갔다. 네즈 전찻길에는 야숙하는 사람들 무리가 지렁이처럼 이어져 있었다. 청년은 새까맣게 모여 있는 인파를 헤치고 까만 양산을 빙글빙글 돌리며 걸었다.

나는 어젯밤에 하숙집 방세를 내지 않은 것이 왠지 기적 같다는 생각이 들었다. 해님을 상대로 장사하는 아버지와 어머니를 생각하면 이 30엔의 월급을 함부로 사용할 수는 없다. 가는 길에 한되에 1엔 하는 쌀을 두되 샀다. 그리고 아사히 담배를 다섯갑 샀다.

마른 우동 지스러기를 50전에 샀다. 부모님이 얼마나 기뻐하실까 생각해보았다. 지글지글 타는 더위 속에서 나는 양산도 없이 키큰 청년의 그림자를 밟으며 걸었다.

"정말이지 이렇게 다 타버렸네요."

쌀 두되를 지고 가니 몸에서 쥐 냄새가 풀풀 나서 기분이 안 좋았다.

"수제비라도 먹을래요?"

"저는 늦어져서 안 먹을래요."

청년은 오랫동안 서서 땀을 닦았다. 빙글빙글 돌리던 양산을 나한테 쑥 내밀며 말했다.

"이걸 받고 50전 빌려주실래요?"

나는 옛날이야기 같은 이 청년의 행동에 호의적인 미소를 보냈다. 그리고 기분 좋게 분홍색 50전 지폐 두장을 꺼내 청년 손에 쥐여주었다.

"당신, 배가 고팠군요……"

"하하하……" 청년은 그렇다면서 밝게 큰 소리로 웃었다.

"지진은 멋지다!"

주우니소오까지 바래다주겠다는 청년을 애써 뿌리치고 나는 혼자 전찻길을 걸었다. 그렇게 아름답던 여성들이 겨우 이삼일 만에 모두 재투성이가 되어 분홍색 속치마를 드러낸 채 맨발로 걷고 있었다.

주우니소오에 도착한 때는 해가 질 무렵이었다. 혼고오에서 여기까지 사십리는 되겠지. 나는 지쳐 뻐근한 다리로 부모님이 세 들어 사는 집으로 갔다.

"아이고, 엇갈렸나보네. 오늘 이사 갔어요."

"아, 이런 북새통에 말입니까……"

"그게 아니고 우리가 여기를 정리하고 낙향하거든요."

나는 어이가 없었다. 주소도 아무것도 물어보지 않았다는 칸사이 사람 특유의 박정함을 지닌, 머리숱이 적은 이 여자가 얄미웠다. 나는 제방 위에 있는 수도 옆에 쌀 보따리를 던지듯 내려놓고 벌렁 드러누웠다. 눈물이 나 참을 수가 없었다. 제방 위 멀리까지 피어 있는 토끼풀이 전부 군인들인 양 땅바닥에 달라붙어 있다.

별이 빛나기 시작했다. 야숙을 하려고 마음먹은 나는 가급적 사람 많은 곳을 찾아 제방을 내려갔는데, 곧바로 비틀어진 이발소 건물 앞에 포플러로 둘러싸인 광장이 나왔다. 거기에는 두세 가족이 모여 있었다. 가까이 가니 "혼고오서 오느라 힘들었겠네……" 하며 사람 좋은 이발소 아주머니가 가게에서 거적을 가지고 나와 나를 위해 잠자리를 만들어주었다. 큰 포플러가 살랑살랑 바람에 흔들리고 있었다.

"여기에 비까지 내리면 큰일인데."

야간 순찰을 나간다는 늙은 주인아저씨가 머리띠를 두르면서 하늘을 쳐다보고 중얼거린다.

(9월 ×일)

아침.

오랜만에 거울을 보았다. 낡고 초라한 이발소 거울에 비친 나는 마치 시골뜨기 식모 같았다. 나는 쓴웃음을 지으며 머리를 빗어올렸다. 기름을 바르지 않은 머리카락이 이마로 스르르 흘러내린다. 답례로 이발소에 쌀을 두되 드렸다.

"이러면 안돼요."

아주머니는 낑낑거리면서 쌀을 안고 한 블록이나 뒤쫓아왔다.

"사실은 무거워서 그래요……"

그렇게 말했으나 아주머니는 어려울 때가 있을 거라며 쌀 두되를 굳이 내 등에 지웠다. 어제 왔던 길이다. 여전히 다리가 뻣뻣하게 당겼다. 와까마쯔 초오까지 오니 무릎이 아팠다. 그저 천진난만하게 부딪쳐보자고요. 나는 통조림을 가득 실은 자동차를 보고 반가운 나머지 큰 소리로 불러보았다.

"태워주시면 안돼요?"

"어디까지 가는데요?"

벌써 나는 두 손을 통조림 상자에 얹어놓고 있었다. 준뗀도오 앞에 내려줄 때 나는 아사히 담배 네갑을 운전사 일행에게 던지듯 내밀었다.

"고맙습니다."

"아가씨도 잘 가요……"

모두 좋은 사람들이다.

내가 네즈 신사의 광장으로 되돌아왔을 때도 그 대학생은 전처럼 그 큰 양산 밑에서 불길한 구름을 올려다보고 있었다. 그런데 그 양산 한쪽 모퉁이에서 셔츠를 입은 아버지가 힘없이 담배를 피우며 나를 기다리고 있었다.

"서로 엇갈렸다 카네……" 하고 아버지가 말했다. 우리 두사람은 벌써 눈물이 흘러 어쩔 줄 몰라했다.

"언제 오셨어요? 밥은 들었어요? 어머니는 어떻게 됐어요?"

속사포 같은 내 말에 아버지는 어젯밤에 조선인으로 오해받아 가까스로 혼고오까지 온 일, 나하고 길이 엇갈린 일, 하지만 피곤해 돌아갈 수가 없어서 대학생과 얘기하며 밤을 지새운 일 등을 이야기했다. 나는 아버지에게 쌀 두되와 반갑쯤 남은 아사히 담배, 우동 봉지를 쥐여주고는 땀으로 축축한 10엔짜리 지폐 한장을 내밀었다.

"받아도 괜찮겠냐……?"

아버지는 어린애처럼 좋아서 들떠 있었다.

"니도 같이 안 갈래?"

"주소만 알면 돼요. 이삼일 내로 갈게요……"

길에서 소리치면서 누군가를 찾고 있는 사람들의 음성을 듣고서 나와 아버지는 가슴이 찢어졌다.

"혹시 산파 안 계세요…… 누구 산파 모르세요?"

하며 산파를 찾아다니는 사람도 있었다.

(9월 ×일)

길모퉁이 전봇대에 처음으로 신문이 붙었다. 나는 오랜만에 반가운 소식을 들으려고 사람들 등 뒤에서 신문을 들여다봤다.

——나다의 술도가로부터. 거래처에 한하여 술 운반선으로 오오사까까지 무료로 태워드립니다. 정원 50명.

이 얼마나 멋진 말인가. 아아, 내 가슴은 기쁨으로 터질 것 같았다. 내 가슴은 상상으로 부풀어올랐다. 술집이 아니더라도 무슨 상 관이랴 싶었다.

여행을 떠나자. 아름다운 제2의 고향으로 돌아가자. 바다를 보고 오자——

나는 홑옷 두벌만 보자기에 싸서 그것을 오비 위에 짊어지고 그 야말로 훌쩍 누구한테도 말하지 않고 하숙집을 나왔다. 만세이바 시에서 짐마차에 합승해 부서진 하고이따[63]처럼 덜렁덜렁 한참 동 안 고개를 흔들거리면서 시바우라까지 갔다. 차비는 일금 70전. 비 싼 것 같기도 하고 싼 것 같기도 한 그런 느낌이었다. 마차에서 내 릴 때 조금 엉덩이가 저렸다. 수제비—팥—찰밥—과일—이런 것이 먼지를 뒤집어쓰고 있는 지저분한 노점 앞을 지나자, 거름 냄 새가 확 풍기는 시바우라 항구에 갈매기처럼 하얀 해군들이 모여 있는 것이 보였다.

"나다의 술 운반선 타는 곳은 어디에요?" 하고 사람들에게 물어 서 보트가 가득 늘어서 있는 오두막 옆 천막 안에 사무실이 있다는 것을 알았다.

"아가씨 혼자인가요……"

사무원들이 초라한 내 모습을 힐긋힐긋 쳐다보았다.

"예, 혼자예요. 술집을 하는 친구가 있어 신문을 보여줬어요. 제 발 태워주세요…… 고향에서 다들 걱정하고 계시거든요."

"오오사까에서 어느 쪽이오?"

"오노미찌요."

"이런 판국엔 별수 없지 뭐. 태워줄 테니까 이거 빠뜨리지 말고

---

63 배드민턴과 같은 일본 전통놀이에서 사용하는 도구로 넓은 나무채 뒤를 예쁜 인형으로 장식한다.

잘 챙겨가소……"

　반질반질한 후꾸무스메 상표 뒷면에 나는 토오꾜오 주소와 이름과 나이, 그리고 행선지를 적어 건네주었다. 정말이지 재밌어진다. 몇년 만에 오노미찌에 가는 것인가? 아아, 그 바다, 그 집, 그 사람. 아버지와 어머니는 빚이 산더미처럼 있으니 절대 오노미찌에 가지 말라고 했지만 외톨이인 나는 소녀시절을 보낸 그 바닷가 동네를 누군가를 사랑하듯 그리워한다. "괜찮아. 어머니도 아버지도 모르고 계신데 뭐. 상관없어." 갈매기 같은 해군들 사이를 빠져나와서야 술 냄새 나는 운반선을 탈 수 있었다. ──70명 정도의 승객 중 여자는 거래처 따님으로 보이는 파란색 옷을 입은 아가씨와 예쁜 무늬의 유까따를 입은 아가씨와 나, 이렇게 딱 세명뿐이었다. 그 두 아가씨는 줄곧 푸른색 평상 위에 누워서 잡지를 읽거나 과일을 먹었다.

　나랑 비슷한 또래인데도 나는 낡은 술통 위에 계속 앉아 있었고, 그들은 나를 보고도 말 한마디 건네지 않았다. "쳇! 잘난 척하기는." 너무도 처량해서 나는 소리 내어 중얼거렸다.

　여자가 적어서 선원들이 다들 내 얼굴을 쳐다보았다. 아아, 이럴 때는 정말이지 예쁘게 태어났더라면 좋았을걸 하고 생각한다. 씁쓸해진 나는 배 아래로 내려가 잃어버린 거울 대신 니켈로 된 비누 상자를 무릎으로 문질러 얼굴을 비춰보았다. 하다못해 옷이라도 갈아입을게요. 격자무늬 유까따로 갈아입고 나서 마음이 좀 느긋해진 나의 귓전에 철썩철썩 파도소리가 들려왔다.

　(9월 ×일)

이제 5시쯤 되었나, 여러 사람들의 엄청난 숨소리와 모기의 공격으로 나는 밤새 잠을 잘 수가 없었다. 살그머니 갑판으로 나가서 심호흡을 했다. 아름다운 새벽이었다. 우윳빛의 시원스러운 물보라를 헤치고서 이 낡은 술 운반선은 살랑살랑 바람을 가르며 나아가고 있었다. 달은 여전히 희미하게 빛나고 있었다.

"더워서 참을 수가 없네!"

기관실에서 올라온 다부진 선원이 구릿빛 피부를 드러내고서 시원한 바람을 들이마시고 있다. 아름다운 풍경이다. 마도로스의 아내도 나쁘지는 않겠다는 생각이 들었다. 나도 모르게 아름다운 포즈를 취하고 있는 그 선원의 모습을 물끄러미 바라보았다. 하나하나의 포즈가 예전의 힘들었던 격정을 환기시켰다. 아름다운 새벽이었다. 시미즈 항이 꿈처럼 다가왔다. 선원의 아내도 나쁘지 않겠다.

오전 8시 반에 밥과 된장국, 채소무침으로 아침식사를 마쳤다. 차를 마시고 있는데 선원들이 소리치며 갑판으로 달려갔다.

"비스킷 다 구워졌으니 빨리 나오세요!"

나는 갑판으로 나가 갓 구운 비스킷을 소매에 가득 받았다. 빈민에게 나눠주는 것인 듯 아가씨들은 쳐다보며 웃는다. 저 사람들은 내가 여자라는 사실을 모르는 것 같다. 이틀이나 지났는데 아직 한마디 말도 건네지 않는다. 이 배는 다른 항구에 들르지 않고 오오사까로 곧장 가서 정말 기쁘다.

요리사가 "안녕!" 하고 말을 걸어 나는 어젯밤 모기 때문에 잠을 자지 못했다는 얘기를 했다.

"사실 거긴 술을 쌓아두는 곳이어서 모기가 많아요. 오늘은 선원들 방에서 자도록 해요."

이 요리사는 마흔살쯤 된 것 같은데도 키는 나하고 비슷해 조금 우스웠다. 나를 자기 방으로 안내해주었다. 커튼을 젖히니 벽장처럼 생긴 침실이 있었다. 그 요리사는 카네이션 우유를 척척 개봉해서는 여러가지 과자를 만들어주었다. 어린 심부름꾼이 한꺼번에 내 짐을 날라주었다. 나는 그 침실에 편안히 엎드려 누워보았다. 고개를 조금 드니 머리맡의 둥근 창문 너머에서 큰 물보라가 일고 있는 게 보였다. 오늘 아침에 본 멋진 기관사가 비스킷을 아작아작 먹으면서 잠시 들여다보고는 지나갔다. 나는 부끄러워서 자는 척 얼굴을 가렸다. 고기를 굽는 맛있는 기름 냄새가 났다.

"나는 외항선 요리사인데 토오꾜오 지진을 한번 보고 싶어 출항을 한차례 거르고 여기 따라온 겁니다."

아주 정중하게 말하는 사람이었다. 나는 높은 침대에 걸터앉아서 주는 것을 받아 먹었다. "나중에 몰래 아이스크림을 만들어줄게요." 정말 이 사람은 좋은 사람인 것 같다. 코오베에 집이 있는데 자식이 아홉이라며 푸념을 늘어놓았다.

배에 불이 켜지자 오늘밤은 다들 배 아래에 모여서 술을 마신다고 한다. 요리사들은 눈코 뜰 새 없이 바빴다. ──나는 불을 끄고 창문으로 강물처럼 흘러들어오는 바닷바람을 들이마셨다. 문득 나는 발치에서 미지근한 사람의 온기를 느꼈다. 사람 손이었다! 나는 머리맡의 스위치를 돌렸다. 구릿빛의 큰 손이 커튼 밖으로 나간다. 이상하게 몸이 덜덜 떨려왔다. 어떻게 하면 좋을지 몰라 나는 크게 기침을 했다.

이윽고 커튼 밖에서 호통치는 요리사의 목소리가 들려왔다.

"무슨 짓이야! 더러운 짓 하면 가만 안 둘 거야!"

쓱 커튼을 젖히니 요리사가 번쩍거리는 식칼을 들고 한 젊은 남

자의 등을 떠밀며 들어왔다. 그 부운 얼굴은 기억나지 않지만 구릿
빛 손은 확실히 낯이 익었다. 뭔가 섬뜩한 일이 당장 일어날 것 같
아 그 식칼이 움직일 때마다 나는 무서워 몇번이나 요리사의 팔을
잡았다.

"버릇돼요!"

기관실에서 반가운 엔진소리가 났다. 손을 떼면서 나는 가만히
엔진소리를 들었다.

* * *

(2월 ×일)

아아, 모두 개한테나 줘버려. 누워서 거울을 보고 있노라니 일그
러진 얼굴이 소녀처럼 보이면서 몸이 이상하게 뜨거워진다.

이렇게 헝클어진 머리를 하고서 적갈색의 낡은 꽃무늬 이불 밖
으로 몸을 내밀자 내 가슴은 여름 바다처럼 일렁인다. 나는 땀범벅
인 얼굴을 타따미에 찰싹 대보기도 하고 이불 밖으로 나온 발을 거
울에 비춰보기도 하다가 밀려오는 격렬한 정열을 느껴 이불을 박
차고 나와서 창문을 열었다. ─생각해보면 모두 가엾고 가난한 사
람, 세상살이에 어두운 사람, 가련한 사람, 배고픈 사람, 모자라고
춥고 부족하고 덧없고 시시하고 의지할 데 없고 기댈 곳 없는 사람,
이해하기 어렵고 표현하기 힘들고 말하기 어렵고 잊기 싫고 허망
하고 유약한 사람. "부처는 아니지만 생각해보면 덧없는 세상." ─
아뜰리에에서 나오는 초콜릿색 연기를 바라보고 있노라니 하꾸슈
우의 이런 시가 불현듯 떠오른다. 정말이지 믿을 수 없는 게 인간세
상인가. 삼층 창문에서 내려다보니 카와바따 미술학교의 여자 모

델의 나체가 커튼 사이로 보인다. 파란색 페인트가 벗겨진 건물 안쪽의 양지바른 씨름판에서는 허리끈이 긴 루바시까[64]를 입은 미술학교 학생들이 사이좋게 스모오 놀이를 한가로이 하고 있다. 위에서 휘파람을 부니 까까머리들이 모두 삼층을 올려다본다. 아아, 여기 삼층에서 저 씨름판 위로 여자가 뛰어내리겠다고 소리치면 다들 기뻐서 박수를 치겠지. ──카와바따 미술학교 옆의 돌담 연립으로 이사한 지 오늘로 벌써 열흘째다. 차가운 하늘 위로 매일 스토브에서 초콜릿색 연기가 피어오른다. 나는 스무통 넘는 이력서를 썼다. 본적을 카고시마 현 히가시사꾸라지마 후루사또 온천장이라고 쓰면 너무 멀어서 아무도 믿어주지 않는다. 그래서 본적을 토오꾜오로 고쳐 쓰면 어깨가 아주 가벼워지고 설명할 필요도 없어진다.

모래바람이 장지문에 탁탁 부딪치는데, 아래 씨름판의 미술학교 학생들이 캐러멜을 돌멩이처럼 삼층으로 던져준다. 그 캐러멜 정말 맛있는데…… 옆방 여학생이 돌아왔다.

"잘하고 있네!"

내 방문을 난폭하게 걷어차고 들어와 그림 도구를 구석으로 던지더니 내 어깨에 손을 올리고,

"어이, 그림쟁이들아, 더 많이 던져. 한명 더 늘었으니까……"라고 했다.

밑에서 미술학교 학생들이 놀러 가도 되느냐는 싸인을 보낸다. 그러자 이 열일곱살 여학생은 손가락을 두개 펴 보인다.

"그게 무슨 뜻이니?"

"이거, 아무 뜻도 아니에요. '어서 와'라는 의미도 되고, '안돼'라

---

64 러시아의 전통적인 남성 걸저고리.

는 의미도 되고요⋯⋯"

이 여학생은 불량 아빠와 함께 이 연립에 세 들어 살고 있고, 아빠가 돌아오지 않으면 내 이불 속으로 몰래 들어오는 사랑스러운 소녀이다.

"우리 아빠는 사꾸라 가루비누 사장이에요."

그래서 나는 일반 비누보다도 가루비누를 얻는 일이 더 많다.

"근데 한심스럽게도 수업료를 내지 못하고 있어서 학교를 관두고 싶어요."

화로가 없어 풍로로 파지를 태워 숯불을 피운다.

"아래층 7호에 이사 온 여자 있잖아요, 시계방 첩이래요. 주인아주머니가 엄청 떠받들어서 꼴불견이라니까요⋯⋯"

그애를 부르는 이름이 몇개나 있어 분명하진 않지만 본인은 베니라고 했다. 베니 아빠가 하와이에 오랫동안 가 있다나 어쨌다나 해서, 맥주 상자로 만든 큰 침대에서 베니와 같이 잠을 잤다. 뭘 하는지 짐작도 할 수 없지만 방으로 사꾸라 가루비누 빈 봉지를 많이 가져오곤 했다.

"우리 아빠는 언제나 저렇게 싱글벙글 웃지만 사실은 아주 외로운 사람이에요. 언니가 결혼해주면 안돼요?"

"베니, 바보로구나! 난 저런 할아버지는 딱 질색이야."

"근데 우리 아빠는 말이죠, 언니를 혼자 살게 하는 건 너무나 아깝대요. 젊은 여자가 혼자 빈둥거리는 건 정말 손해래요."

이 텅 빈 삼층 연립에 불이라도 났으면 좋겠다. 엎드려 신문을 읽고 있으면 항상 기생과 아내 구함, 대출과 가정부 구함 난으로 눈길이 간다.

"언니! 다음에 토끼와자 극장에 가지 않을래요? 세 관 모두 아침부터 볼 수 있대요. 난 오페라 배우가 되고 싶어서 미치겠어요."

베니는 손등으로 벽을 두드리며 「리골레또」를 콧노래로 곧잘 불렀다.

밤.

마쯔다 씨가 놀러 왔다. 나는 이 사람에게 10엔 정도의 빚이 있는데 그것을 갚지 못해 몹시 괴로운 처지다. 저 재봉틀집의 한평짜리 방을 빼고 이 가난한 연립으로 이사한 이유 중 하나는 마쯔다 씨의 친절로부터 도망치기 위함이었다.

"당신한테 바나나를 주려고 가져왔습니다. 안 드실래요?"

이 사람의 말 하나하나는 뭔가 의미를 담고 있는 것처럼 들린다. 사실 좋은 사람이지만, 구두쇠고 끈질기고 쪼잔한 짓만 하는 이런 사람을 나는 제일 싫어한다.

"난 내가 작아서 결혼은 키가 큰 사람하고 할 거예요."

내가 항상 이렇게 말하는데도 이 사람은 매일같이 놀러 온다. 잘 있어요! 그렇게 말하고 돌아가면 무척 미안한 마음이 들어서 다음에 만나면 따뜻한 말이라도 해줘야지 싶다가도, 이렇게 만나면 셔츠가 아주 하얀 것마저도 정말 짜증스럽다.

"아직 돈을 못 갚아서 정말 미안해요."

마쯔다 씨가 술에 취한 걸까, 일부러 푹 엎드려 한숨을 쉰다. 사꾸라 가루비누가 있는 방에 가는 건 싫었지만, 좋아하지도 않고 상관도 없는 사람의 눈물을 보는 게 힘들어 가만히 방문 쪽으로 간다. 아아, 10엔이라는 돈 때문에 이토록 괴로운 눈물을 봐야 하는 걸까? 그 10엔은 나를 거쳐 몽땅 재봉틀집 주인아주머니 품속으로 들어간 돈이 아닌가…… 쎌룰로이드 공장, 자살한 치요, 재봉틀집의 한평짜리 방에서 맞은 가난한 설날. 아, 다 지나간 일인데도 키

작은 남자의 뒷모습을 보고 있노라면 똑같은 꿈을 꾸고 있는 듯한 착각이 든다.

"오늘은 무슨 일이 있어도 얘기하고 싶어 왔습니다."

마쓰다 씨의 품속에 면도칼 같은 것이 보였다.

"제가 뭘 잘못했나요? 이상한 짓은 하지 마세요."

이런 곳에서 좋아하지도 않는 이런 남자의 손에 죽을 수는 없다고 생각했다. 나는 나를 버리고 간 섬 남자를 문득 떠올렸고, 이런 연립 방구석에서 나 혼자 괴로운 생각을 하고 있다는 사실에 몹시 서러웠다.

"아무 짓도 안합니다. 이건 저 스스로 다짐하기 위한 겁니다. 죽을 각오로 얘기하러 온 겁니다."

아아, 나는 항상 마쓰다 씨의 다정한 말 때문에 곤혹스럽다.

"어쩔 수 없잖아요. 헤어져도 언제 다시 돌아올지도 모르는 사람이 있어요. 그런데 저는 아주 별난 사람이라 안돼요. 돈을 갚지 못해 대단히 죄송하지만, 사오일 내로 어떻게든 마련해볼게요……"

마쓰다 씨는 벌떡 일어나더니 미친 사람처럼 황급히 계단을 뛰어내려갔다. ─밤중에 섬 남자의 옛날 편지를 꺼내 읽어보았다. 이것이 모두 거짓이었단 말인가. 방이 흔들릴 듯 세찬 바람이 분다. 부처는 아니지만 생각해보면 덧없는 세상.

(3월 ×일)

유리창으로 꽃집의 노란 유채꽃을 보니 시골의 넓은 들판이 떠오른다. 그 꽃집 옆을 돌아가면 ××조산원이라고 페인트를 칠한 간판이 걸려 있다. 몇번을 포기하다가 결국 산파라도 되기로 결심하고 찾아간 센다기의 ××조산원. 뒤틀린 격자문을 열자 1.5평 크

기의 현관방에 세명의 여자가 각로 앞에 앉아서 빈둥거리고 있는
게 보였다.

"무슨 일로……"

"신문을 보고 왔는데요…… 조수 견습생을 구한다고 해서."

"이렇게 비좁은데 또 조수를 둘 생각인가……"

이층 건조대에서는 낡은 기저귀가 반쯤 열린 덧문에 펄럭펄럭
부딪치고 있었다.

"여긴 여자들뿐이니까 체면 차릴 것 없어요. 나는 여기저기 돌아
다녀야 하니 사무 업무를 부탁해요."

이 초라한 조산원의 주인치고는 꽤 아름다운 여자가 나에게 따
뜻한 홍차를 권하면서 주었다. 아래층의 여자들이 주인이라고 말
한 사람이 이 여자일까…… 비싼 향수 냄새가 나는 이 두평 남짓한
이층방에는 사치스러운 물건들이 즐비했다.

"사실 아래층에 있는 여자들은 모두 질이 나빠 애만 낳으면 바
로 도망칠 사람들뿐이에요. 그래서 당장 오늘부터라도 내가 자리
를 비우는 동안 여기를 맡아줬으면 하는데 사정이 어때요?"

윤기 나는 희고 보드라운 손을 뺨에 대고 나를 쳐다보는 이 여자
의 눈에는 뭔가 번득이는 냉정함이 있었다. 말은 아주 상냥하게 하
면서도 눈은 먼 곳을 보고 있었다. 먼 곳을 보고 있는 그녀의 눈에
는 하늘도 산도 바다도 없었고, 하물며 인간의 여수 따위도 전혀
없었다. 중국 인형의 눈처럼 차가우면서도 끝을 알 수 없는 야심이
번득이고 있었다.

"예, 오늘부터 도와드릴 수 있어요."

낮.

검은 목도리에 얼굴을 파묻고서 여주인이 조산원을 나갔다. 여자아이가 부엌에서 양파를 기름에 볶는다.

"아! 정말 짜증 나네. 또 양파에 짠 양념이야?"

"그럼 어떡해요. 이것만 주는데……!"

"뭐야! 매일 50전이나 받으면서. 정말 우릴 강아지로 아나봐."

빤히 노려보던 눈을 냉소로 바꾸더니 그녀들은 담배를 피우며, "이봐요 조수! 좀 더럽긴 하지만 추우니까 이리로 와서 몸 좀 녹여요"하고 말해주었다. 내가 정체 모를 우울함을 느끼며 장지문을 열고 보니 어수선한 1.5평 크기의 현관방에는 여자들이 여섯명이나 앉아 있었다. 이렇게 많은 임신부들은 도대체 어디서 온 걸까?

"조수는 고향이 어디예요?"

"토오꾜오요."

"아이고, 그러셔요. 잘난 척하기는."

여자들은 하하하 웃으면서 뭔가 나에 대해 서로 얘기했다. 점심상에는 간장을 뿌린 양파볶음이 나왔다. 그밖에는 장아찌에 묽은 된장국으로, 여덟명의 여자가 원숭이처럼 작은 탁자에 둘러앉아 젓가락을 움직였다.

"아기, 아기 때문이라며 하루가 멀다고 우리한테서 돈 뜯어갈 궁리만 하고 있어. 게다가 영양식에 비타민 B가 필요하다나 뭐라나. 창녀 주제에!"

여급이 세명, 시골 기생이 한명, 식모가 한명, 과부가 한명, 그런 내력의 여자들이 나간 뒤에 여자아이가 여섯명의 여자들에 관해 이야기해주었다.

"우리 선생님은 산파가 본업이 아니에요. 저 여자들은 예전부터 우리 선생님한테서 그렇고 그런 일을 알선받고 있어요. 알선료만 해도 엄청날걸요."

창녀라는 말을 내뱉은 그녀들의 말뜻을 알고 나자, 나 스스로 나락으로 떨어진 듯한 느낌이 들면서 갑자기 마쯔다 씨의 얼굴이 떠올랐다. 나는 불행한 직업만 좇아다녔다. 더이상 아무 말 하지 말고 그 사람과 결혼해버릴까 하고 생각했다. 아무렇지도 않은 척 현관으로 나갔다.

"무슨 일이야. 짐을 들고, 벌써 나가는 거야……"

"잠깐만. 선생님이 돌아오시기 전에 나가면 안돼…… 우리가 혼나. 그리고 뭘 가져가는지도 모르고 말이지."

이 얼마나 한심한 여자들인가. 뭐가 우스운지 다들 눈가에 냉소를 띠고서 내가 사라지고 나면 곧장 폭소를 터뜨릴 기세였다. 언제 누가 왔는지 현관 옆의 마당에 빨간 남자구두가 한켤레 놓여 있었다.

"봐요. 책 한권하고 수첩이에요. 아무것도 훔치지 않았어요."

"하지만 말없이 가버리면 선생님이 잔소리한단 말이에요."

식모 분위기의 여자가 가장 불쾌해했다. 배가 부르면 여자는 저렇게 비뚤어지고 동물적으로 되는 걸까? 그녀들의 눈은 마치 원숭이 같았다.

"곤란한 건 그쪽 사정이죠."

문밖의 어스레한 빛에 떠밀려 꽃집의 유채꽃 앞에 다다르고 나서야 나는 겨우 숨을 크게 내쉬었다. 아아, 유채꽃 피는 고향. 저 여자들은 이 유채꽃에 대한 향수를 모르는 걸까…… 하지만 몇년이고 아무 기약도 없이 토오꾜오에서 지내다보면 나도 저렇게 될지 모른다는 생각이 들었다. 거리의 유채꽃이여, 청순한 마음으로 바르게 살고 싶다. 어떻게든 목표를 정하고 싶다. 지금 보고 온 여자들의 어처구니없는 야박한 인정을 생각하니 나를 버리고 떠난 섬 남자가 저주스럽기까지 하다. 추운 3월의 저물녘 거리에서 나는 우두커니 서 있었다. 양파와 짠 양념. 공동으로 사용하는 타구에서 나는 것 같은 악취, 도대체 그녀들은 누구를 원망하며 살아가는 걸까……

(3월 ×일)

아침. 섬 남자가 우편환을 보내왔다. 어머니의 엽서도 한통. ── 도움 안되는 나를 믿지 말고 좋은 인연이 생기면 결혼해. 나는 당분간 부모님께 얹혀살아야 해. 나도 나 자신을 모르겠어. 당신을 생각하면 가슴 아프지만, 우리 관계는 평생 절망적일 거야 ── 남자의 부모가 타향 출신 여자는 안된다고 한 말을 떠올리며 나는 어린애처럼 울었다. 그래, 이 10엔 우편환으로 마쯔다 씨에게 빌린 돈을 갚아야겠다. 그렇게 말끔히 끝내버리고 싶다.

아버지가 큐우슈우에 가서 나는 너한테 갈지도 몰라. 기다려라 ──어머니 한테서 온 편지.
마음껏 큰 소리로 초등학생처럼 책을 읽고 싶다.
비둘기, 콩, 팽이, 기다려라!
우체국에서 돌아오니 이웃한 베니의 방에 형사가 두사람이나 와서 뭔가를 찾고 있었다. 창문을 열고 보니 미술학교 학생들이 3월의 햇살을 받으며 스모오를 하거나 벽에 기대고 있다. 저렇게 한가롭게 살면 즐겁겠지. 나도 그림을 그린 적이 있습니다! 사실 고갱이나 뒤피를 좋아하긴 하지만 답답할 때가 있습니다. 삐까소와 마띠스, 그들의 그림을 보고 있노라면 살고 싶다는 생각이 듭니다.

"거기 연립에 빈방 없습니까?"

신선하고 밝은 청년들의 웃음소리가 터져나오자 남자들 눈이 모두 나를 올려다봤다. 그 눈에는 하늘과 산과 바다와 여수가 반짝 반짝 물처럼 빛나면서 아름다웠다.

"두칸 비었을까요!"

나는 베니 흉내를 내어 손가락 두개를 펴 보였다. 베니 방은 어쩐지 가택수색을 당하고 있는 것 같았다. 맥주 상자로 만든 침대를 움직이는 소리가 들렸다.

초조한 마음. 여자는 괴롭다. 사는 것이 괴롭다.

* * *

(3월 ×일)

아래층 부엌으로 내려가니 누가 사왔는지 꽃이 핀 작은 아네모네 화분이 창가에 놓여 있었다. 더러운 부엌의 작은 창 옆에서 치마를 활짝 펼친 어린아이처럼 사랑스러운 꽃이었다. 이제 곧 4월인데도 눈이 올 것 같은 이 차가운 하늘. 아아, 오늘은 뭔가 따뜻한 게 먹고 싶다.

"언니 있어요?"

늘 깔아두는 이불 위에서 부업으로 자작나무 서표에 그림 그리는 일을 하고 있는데 학교에서 돌아온 베니가 문을 열고 들어왔다.

"저기, 아주 좋은 일자리를 찾았어요. 이거 봐요……"

베니가 조그맣게 접은 신문지를 내 앞에 펼치며 손가락으로 가리켰다.

──지방순회 여자배우 모집. 가불 가능······

"자, 괜찮죠. 먼저 시골에서 실력을 탄탄히 쌓으면 언제든 토오꼬오로 돌아올 수 있을 거예요. 언니도 같이 하지 않을래요?"

"나? 배우는 별로 하고 싶지 않아. 옛날에 아마추어 연극을 잠시 한 적이 있는데 나한테 맞지가 않았어, 연극은······ 그런데 네가 그런 거 하면 아빠가 걱정하시지 않니?"

"괜찮아요, 저런 불량 아빠는. 요즘 7호 방의 첩한테 가루비누를 갖다주곤 해요."

"그런 건 괜찮은데, 네 아빠도 형사가 들락거리면 좋지 않을 텐데."

낮에 베니의 이력서를 대신 써주었다. 아래층에서 가장 구석진 어두운 방을 빌린 목수네 아이가 간장을 발라 구운 고구마를 가져왔다.

베니 아빠가 소개해준 자작나무 서표에 그림 그리는 일은 아주 재미있었다. 틀을 놓고 물감을 덕지덕지 칠하기만 하면 되었다. 클로버도 백합도 튤립도 삼색제비꽃도 마음먹은 대로, 이 봄의 화원은 연립 지붕 아래서도 피어나 내 위장을 구해준답니다. 격정적인 사랑의 추억을, 강렬한 우정을, 이 자작나무 서표는 어디로 가지고 가는 것일까······ 1.5평짜리 방 가득, 멋진 파라다이스입니다.

밤.

카스가 초오 시장으로 가서 한되 분량의 봉지쌀을 사왔다. 아래층으로 내려가는 것이 귀찮아 몰래 삼층 창가에서 밥을 지었다. 석재상 아주머니는 석재를 판매하듯 아주 요란스럽게 아침 점심 저녁 연립을 기숙사처럼 살피며 돌아다닌다. 마흔의 여자에게 남이 하는 일은 손톱 밑의 때마저도 마음에 안 드는지도 모른다. 흥, 이런 연립 따위 불이나 나버려라! 돌출창에서 보글보글 밥을 짓고 있는데 창 아래 미술학교에서는 밤에도 수업을 하는지 커튼 뒤로 꽁떼 크레용으로 그림 그리는 여자의 머리가 보였다. 나는 자신이 좋아하는 공부를 할 수 있는 사람이 부럽다. 같은 그림쟁이지만 저는 개성 없는 페인트쟁이랍니다. 쎌룰로이드 색칠하기도 마찬가지지요…… 내일 날씨가 좋으면 이불을 말리고 이 지저분한 화원을 청결히 하렵니다.

(3월 ×일)

어젯밤 늦게까지 부업을 해서 눈을 떠보니 9시경이었다. 이불자락에 엽서가 두통 있었다. 병이 나서 입원 중이라는 마쯔다 씨의 엽서와, '다가오는 ××일 만세이바시 역으로 나와주기 바람, 흰 손수건을 들고 있으면 좋겠다'는 내용의 내 앞으로 온 엽서였다. 전혀 짐작되는 게 없어서 이리저리 생각을 해본 결과 갑자기 베니가 떠올랐다. 아빠한테 알리지 않으려고 혼자 사는 내 이름을 이용한 것인지도 모른다는 생각이 들었다. 손에 흰 손수건을 들고 있으면 좋겠다고……? 최악의 경우는 매춘부로 팔려가는 것인지도 모른다. 예전에 혼고오의 뒷골목에서 봤던 여자 불량배가 생각났다. 베니는 서툴고 아직 철부지라 그런 무리로 전락하면 끔찍할 거라는 생각이 들었다.

오늘은 바람이 세차다. 우에노의 벚꽃은 피었을까…… 벚꽃을 몇년 동안 보지 못했지만 빨리 새싹이 쑥쑥 돋아나면 좋겠다. 저녁에 베니 아빠가 시내에서 돌아왔다.

"하야시 씨! 우리 애 어디 갔소?"

"글쎄요, 오늘은 여기저기 돌아다닐 거라고 했는데……"

"정말 못 말리겠네, 날씨도 추운데."

"아저씨, 베니가 이제 학교 그만두나요?"

외투를 벗으면서 내 방문을 연 베니 아빠가 교활하게 웃으며 말했다.

"학교는 신학기부터 그만두오. 애가 너무 산만해서⋯⋯"

"아깝네요. 영어도 배우기 시작했는데⋯⋯"

"엄마가 없어서 그래요. 하야시 씨가 어떻게 엄마가 돼주오."

"아저씨하고 나이를 비교하기보다 베니랑 하는 게 더 빨라서요. 싫어요."

"하지만 오한하고 초오에몬[65]도 있잖소?"

나는 기분이 나빠서 입을 다물어버렸다. 이런 수완가와는 말을 하면 할수록 손해일지 모른다. 이윽고 베니가 코를 빨갛게 하고 돌아왔다.

"언니, 우동 사리 많이 사가지고 왔으니 좀 줄게요."

"응, 고마워. 네 아빠가 일찍 들어오셨단다."

베니는 윙크를 하며 살짝 웃고는 일어나 벽을 향해 "아빠!" 하고 불렀다.

"엽서가 왔는데, 흰 손수건을 들고 오라고 적혀 있네. 향수 정도 뿌리고 가면 되겠지⋯⋯"

"아유, 언니는!"

7호실에서 첩이 샤미센을 켜고 있다. 영화관을 경계하라는 이상한 교회 주일학교 노래를 부르며 아이들이 강변을 지나갔다. 부엌

---

65 인형극의 등장인물로, 서른한살의 나이 차가 나는 연인이다.

일, 260개 완성. 마쯔다 씨는 무슨 병으로 입원한 것일까? 멀리서 생각하면 눈물이 날 만큼 좋은 사람이지만 만나기만 하면 답답한 마쯔다 씨의 온정주의, 그게 나하고 제일 안 맞는다. 조만간 뭐라도 들고 병문안을 가야겠다고 생각한다. 밤에 류우노스께의 「희작 삼매경」을 읽었다. 마술, 이것은 옛날이야기처럼 감상적인 것이었다. 인도인과 마술, 일본의 대숲과 비 오는 밤이라…… 안개는 짙고, 바람은 잔잔해지네. 베니가 무슨 노래를 부른다.

(4월 ×일)
베니가 집에 들어오지 않는 날이 계속되었다.
"딱히 걱정하지 말라고 우리 애한테서 엽서는 왔지만, 벌써 나흘째요."
베니 아빠가 걱정스럽다는 듯 눈을 껌뻑였다.

오늘은 화창하고 날씨가 좋은 날이다. 벌써 퇴원했는지도 모른다고 생각하면서 식물원 뒤편의 마쯔다 씨가 입원해 있는 병원으로 갔다. 거기는 외과병원이었다. 공장에서 돌아오는 길에 트럭에 치였다면서 마쯔다 씨는 어깨와 다리에 커다랗게 붕대를 감고 있었다.
"석주 정도면 낫는대요. 원래 튼튼하니까 별일 아닙니다."
마쯔다 씨는 유이 쇼오세쯔[66]처럼 머리가 길어 오싹하리만치 흉한 몰골이었다. 옛날에 「독초」라는 영화를 봤는데 거기 나오는 꼽추와 똑같아 보였다. 일말의 감상으로 이 사람과 결혼하는 것도 좋

---

66 1651년 바꾸후(幕府) 전복에 실패하고 자결한 인물.

겠다고 했지만 곰곰이 생각해보니 싫었다. 다른 것으로 진심에 보답할 수도 있는 것이다. 귤을 까주었다.

병원에서 돌아오니 베니가 늘 깔아두는 내 이부자리에 누워 있었다. 오비와 양말을 모두 벗어서 던져놓았다. 베니는 멍하니 천장을 바라보고 있었다. 지친 것 같았다. 그녀는 갑자기 변한 여자의 모습을 하고 있었다.

"아빠한테는 말하지 마세요."

"밥이라도 먹을래?"

베니는 자기 방에 아무도 없는데도 이상하게 돌아가는 걸 두려워했다.

석간신문에 벌써 벚꽃이 피었다는 기사가 났다. 오노미찌에 있는 센꼬오지 절의 벚꽃도 예쁘겠지 하고 문득 생각했다. 내 애인이 저 벚꽃나무 사이에서 커다란 사과를 먹고 있었더랬다. 바닷가의 벚꽃나무, 바다 위에서도 연분홍빛 벚꽃이 가득 보였다. 나는 그림을 그리는 그 애인을 무척 사랑했지만 내가 빨리 만나러 가지 않은 것을 오해해 그는 간호사와 결혼해버렸다. 베니처럼 뭐든지 저돌적이지 않으면 버려진다. 벚꽃은 또다시 새로운 모습으로 피기 시작했다. ─드디어 아빠가 돌아오자 베니는 벗어놓은 오비와 양말을 두 손으로 들고 마치 남의 집에 가듯이 살금살금 돌아갔다. 딱히 고함소리도 들리지 않았다. 베니 아빠는 의외로 현명한 사람인지도 모른다고 생각했다. 베니가 던져놓은 종이를 펴보니 숙박비 영수증이었다.

14엔 73전이다. 얏쯔야마 호텔, 시나가와에 갔던 걸까. 둘이서 14엔 70전, 게다가 이건 나흘간 숙박비. 얏쯔야마 호텔이라는 일그러진 풍경이 눈앞에 떠오른다.

(4월 ×일)

진부한 은방울꽃과 튤립을 그리는 일도 지겨워졌다. 자작나무 서표를 코에 갖다대면 향기로운 산 내음이 난다. 이 나무는 깊은 산속에 있다는데 그 잎은 대체 어떤 모양일까…… 그 엄숙한 자태를 마음속으로 그리며 나는 매일 이렇게 물감을 덕지덕지 칠하고 있다.

집 하나를 사이에 두고 풍경과 정물과 나체를 그리는 학생들과 틀 안에 물감을 들이부으며 먹고사는 여자. ─신문을 보니 아루스 출판사의 키따하라라는 사람 집에서 식모를 구한다고 한다. 공부는 시켜줄까 생각해본다. 더 모진 풍파에 시달리고 싶다. 대책 없는 생활은 사실 견디기 힘드니…… 내일 찾아가봐야겠다. 오후에 베니가 목욕탕에 가고 없을 때 흰 손수건의 남자가 나를 찾아왔다. 베니가 뭐라고 말한 걸까. 아래층으로 내려가니 머리에 기름을 잔뜩 발라 반질반질한 안경 쓴 남자가 서 있었다. "바로 접니다." 방으로 안내하니 키가 큰 남자는 앉더니 담배에 불을 붙인다.

"아, 그림을 그리시는군요."

"아뇨, 부업이에요."

하여간 이런 남자는 딱 질색이다. 이 남자의 눈에는 사람을 우습게 보는 구석이 있다. 부업을 하는 여자는 삐에로 분장을 한 약장수처럼 보일지도 모른다.

"어제 신에쯔 여행에서 돌아왔는데 토오꾜오는 따뜻하네요."

"그렇나요?"

신극은 아주 인기가 많다는 얘기를 했다. 베니는 외출했다가 금세 돌아왔다. 그녀는 아주 여자답게 소리 나지 않는 꽈리처럼 몸을 움츠리고서 다소곳이 대답하곤 했다.

"당신도 연극을 한 적 있다던데 좀 도와주지 않을래요? 여배우가 모자라 고민이거든요."

"배우를 할 만한 그런 재주가 없어요. 제 일도 겨우 하고 사는데 무대에 서다니, 귀찮아서 도저히 할 수 없어요, 저는."

"말씀 참 재밌게 하시네요."

"그렇나요?"

"앞으로 자주 놀러 오고 싶은데 괜찮을까요?"

열일고여덟살 된 여자애는 왜 이리 사람 보는 눈이 없을까. 나쁜 남자 앞에서 베니는 눈을 동그랗게 뜬 채 가만히 있었다. 저녁에 베니가 내 방에서 자겠다고 했다. 아빠는 돌아오지 않았다. 너무나도 쓸쓸해서 체호프의 「갈매기」를 읽었다……

베니가 이불 속에서 "재밌어?"라고 한다.

"자신이 후회만 않는다면 뭘 해도 상관없지만, 쓸데없는 감상에 빠져 돌이킬 수 없는 결과를 낳으면 안돼. 베니는 순수하고 재미있는 사람이지만, 어쩌면 그런 순수함은 집에서만 통하는 건지도 몰라. 모든 일을 제대로 판단할 수 있을 때까지 조심하는 편이 좋을 거라고 생각해."

그녀는 살며시 눈물을 글썽이며 전등을 눈부신 듯 쳐다보았다.

"사실은 도망칠 수가 없었어요."

"얏쯔야마 호텔이지?"

"응."

베니가 의아스럽다는 표정을 지었다.

"남자가 지불한 영수증을 집에 가지고 오면 안되지. 어린애 같잖

아. ─14엔 73전, 이런 걸 흘리고 다니면 보기 안 좋아."

"그 남자, 하나야기 하루미[67]를 안다는 등 거짓말만 늘어놓잖아
요. 놀려줄 생각이었는데……"

"네가 놀림을 당한 거지. 이제 됐어, 그만해."

아빠가 집에 없는 베니는 쓸쓸해 보였다. 강물소리를 듣고 고독
을 느껴서일까, 베니가 손가락을 물어뜯으며 운다.

(4월 ×일)

아침.

신문을 보고서 히가시나까노라는 곳으로 가보았다. 치까마쯔 씨
댁에서 있었던 일들이 불현듯 떠올랐다. 부지런해 보이는 부인이
나왔다. 시어머니가 한분 있다고 한다.

"별로 어려울 건 없는데 목욕물 데우는 게 힘들 거예요."

어두운 분위기의 집이었다. 키따하라 하꾸슈우 씨의 동생 집치
고는 아주 검소한 살림살이였다. 가기 전엔 기대했다가 막상 가서
실망하는 이유는 무엇일까? 결국 나라는 여자는 심술꾸러기인지
도 모른다. 버드나무는 버드나무. 바람은 바람.

베니의 아빠가 사기횡령죄로 잡혀갔다고 한다. 귀가해서 보니
형사 한명이 조그만 보자기를 싸고 있었고, 베니가 멍하니 그걸 바
라보고 있었다. 연립의 아낙네들이 삼층의 베니 방 앞에 모여 수군
대고 있었다. 어쩜 인정이 이리도 야박할까. 방세를 낼 만큼 내고
딱히 연립에 피해를 끼치지도 않았건만, 아줌마들은 온갖 말초적

---

67 여배우(1896~1962).

인 일들을 크게 날조하며 소곤거린다. 형사가 돌아가고 나자 부엌에서는 연립의 모든 여자들이 입에서 거품을 뿜어내는 것 같았다. 첩은 태연히 샤미센을 켜고 있다. 멋진 여자다.

"언니, 나 카나자와로 돌아가요. 아빠가 그러라고 했어요. 근데 거긴 다 남이에요. 얼굴 모르는 친척은 남보다도 못하잖아요. 사실 가고 싶지는 않아요."

"그러게, 여기 있을 수 있다면 좋으련만."

"연립에서는 당장 방 빼라고 하고……"

밤에 베니와 초라한 송별연을 열었다.

"잊지 않을게요. 이삼년 거기 살다가 꼭 토오꾜오로 돌아올 거예요. 시골생활이라는 게 짐작이 되지 않아요." 우리 둘은 기차시간보다 일찍 우에노 역으로 갔다.

"벚꽃이나 볼래?"

우리 둘은 묵묵히 공원 안을 걸었다. 이렇게 어깨를 나란히 하고 걷는 이 여자가 앞으로 두시간 뒤에는 카나자와행 기차에 있다니, 베니가 비참하지 않길 나는 진심으로 신에게 빌었다. 연분홍 털실 숄을 베니 어깨에 걸쳐주었다.

"아직 추우니까 이걸 가져가."

우에노의 벚꽃은 아직 철이 일렀다.

* * *

(7월 ×일)

전혀 모르는 사이에 나는 각기병에 걸리고 말았다. 게다가 위장도 많이 아파 이틀 정도 제대로 식사를 하지 못해 몸이 생선처럼 축 처져버렸다. 약도 살 수 없는 처지여서 조금 비참한 느낌이 들었다. 가게들은 여름 비수기 철을 맞아 손님을 불러들이려고 빨강 노랑 보라색 풍선을 달아놓았다— 매장에 가만히 앉아 있으니 잠이 부족해서인지는 몰라도 도로에 반사된 빛에 눈이 부셔 머리가 무거웠다. 가게 안에는 레이스라든가 보일voile 손수건, 프랑스제 커튼, 와이셔츠, 옷깃 등 비누 거품처럼 온통 희고 얇은 물건들뿐이다. 조용하고 고상한 이런 수입품 상점에서 나는 일당 80전을 받는 물건 파는 인형이다. 하지만 인형치고는 더럽고 배가 고프다.

"너처럼 그렇게 책만 보고 있으면 안돼. 손님이 오면 상냥하게 말이라도 걸어야지."

새콤한 것을 먹은 뒤처럼 이가 찌릿하니 시려왔다. 책을 보고 있는 게 아니에요. 이런 여성지 따위는 나하고 아무 상관도 없어요. 반짝반짝 빛나는 유리거울을 한번 보세요. 배우와 무대배경이 서로 어울리지 않을 때처럼 하늘색 사무복과 유까따는 정말이지 볼썽사나워요…… 얼굴은 여급 같고, 그것도 바닷가 시골에서 상경한 기름기 번들거리는 얼굴. 모습은 식모 같고, 그것도 산골에서 상경한 통통한 모습. 그런 야생의 여자가 가슴에 레이스가 하늘거리는 하늘색 사무복을 입고 있어요. 이건 도미에의 만화예요…… 정말이지 우스꽝스럽고 한심한 암탉 모양이에요. 마담 레이스나 미스터 와이셔츠, 마드무아젤 행커치프 무리에게 정말이지 이런 모습을 보이고 싶지 않아요. 게다가 써비스를 제대로 못한다는 당신의 눈이 언제 나를 해고할지 몰라, 가능한 한 나 같은 판매원에게 관심을 갖지 말라고 아래쪽만 보고 있는 거예요. 아주 오랜 인내는 아주 극심한 피로를 불러와 나는 눈에 띄지 않는 인간으로, 눈에 띄지 않는 그런 인간으로 훈련된 거예요. 그 남자는 눈에 띄는 인간이 되어 투쟁하지 않으면 잘못이라고 해요. 그 여자는 제가 언제까지고 룸펜프롤레타리아트로 있으면 안된다고 해요. 그런데 용감하게 싸워야 할 그와 그녀는 지금 어디에 있는 걸까요? 그와 그녀가 남에게 빌려온 사상을 발판으로 권력자가 되는 날을 생각하면, 아아, 그건 싫습니다. 우주는 어디가 끝일까라는 생각을 하면서 인생의 여수를 느낀다. 역사는 항상 새롭다. 그래서 불타는 성냥이 부러워졌다.

밤—9시. 전차에서 내리니 길이 어두워 하모니카를 불면서 집으로 돌아왔다. 시보다도 소설보다도, 이렇게 단순한 소리일 뿐이지만 음악은 좋은 것입니다.

(7월 ×일)

아오야마에 있는 수입품 상점도 이제는 고가선高架線 저쪽이 되었다. 두주간의 품삯은 11엔이었다. 토오꾜오에서의 생활선生活線은 왜 이리 잘 끊어지는 걸까. 이웃의 싱거 재봉틀 학생(?)이 이를 갈듯 끼익끼익 쉴 새 없이 재봉틀 페달을 밟고 있다. 일상생활의 단편을 자주 하소연하는 아끼따 출신 아가씨다. 고향에서 매달 15엔씩 송금받고 나머지는 재봉틀 일로 그럭저럭 버는, 나와는 거리가 먼 아가씨다. 좋은 사람이다. 그녀에게 소개장을 받아서 『×× 여성신문』사로 갔다. 혼고오의 오이와께에서 내려 양철 담벼락을 꼬불꼬불 돌아가니, 녹색 페인트칠이 벗겨진 위쪽이 엄청 큰 삼층짜리 하숙집 처마에 반딧불만큼 조그맣게 회사명이 적혀 있었다. 우무를 내리는 것보다도 쉽게 여기자로 탈바꿈한 나는 지저분한 녹색 페인트도 전혀 상관없다고 생각했다.

낮.

그곳 하숙집의 점심을 먹고 입맛을 다시는데, 여기자가 된 지 두 세시간도 지나지 않은 나는 연필과 원고지를 받아 취재하러 나가게 되었다. 두평 남짓한 방에는 큰 사무책상이 하나 있었고, 옅은 색의 안경을 쓴 중년의 사장과 『×× 여성신문』 발행인인 사원 한 명, 그리고 나를 포함한 세명의 『×× 여성신문』 기자가 있었다. 볼품없는 곳이었다. 또 생활선이 끊어지는 건 아닐까 걱정하면서도 여하튼 나는 거리로 나갔다. 방문지는 아끼따 우지야꾸[68] 씨 댁이었다. 요즘의 감상은…… 나는 이 말을 마음속으로 되뇌면서 조오시가야의 묘지를 지나 키시보진 근처에서 집주소를 찾았다. 혼고오처럼 복잡한 곳에서 이쪽으로 오니 왠지 차분해지는 느낌이 들었다. 한두해 전 5월경에 나는 소오세끼 묘를 참배한 적이 있다…… 아끼따 씨는 감기에 걸렸다며 코를 훌쩍이며 나왔다. 소년처럼 반짝이는 눈을 가진 다정한 느낌의 사람이었다. 치요꼬라는 딸은 처음 방문한 나를 마치 십년지기처럼 대해주었다. 두꺼운 앨범을 꺼내 한장 한장 넘기며 설명해주었다. 이 배우는 누구, 이 여배우는 누구, 그 속에는 헤어진 남자의 브로마이드도 들어 있었다.

"여배우는 누구를 좋아해요? 일본에서……"

"잘 모르지만 나쯔까와 시즈에가 좋아요."

나는 지금까지 이렇게 상냥하게 대해준 여자를 만난 적이 없다. 이층 아끼따 씨 방에는 검정색 수제 장식품이 있었다. 타까무라 코오따로오의 작품으로 아리시마 타께오가 가지고 왔다고 한다. 방은 정말 어수선해서 헌책방 같았다. 취재원이 취재를 하지 못하고 식은땀만 흘리니까 아끼따 씨가 내 노트에 두세장을 술술 적어주

---

68 소설가 겸 극작가(1883~1962).

었다. 초밥도 대접해주었다. 손님이 몇명 있었다. 날이 저물어 배웅
까지 해주었다. 붉은 달이 묘지 위로 나와 있었다. 불이 켜진 거리
에서 얼음을 깎는 소리가 들렸다.

"나는 산책을 좋아한답니다."

아끼따 씨는 즐거운 듯 똑똑 구두소리를 냈다.

"저기가 은방울꽃이라는 까페입니다."

극장 무대 같은 까페가 있었다. 유별난 마담이 있다고 누군가에
게서 들은 적이 있다. 아끼따 씨는 곧장 긴자로 갔다.

나는 뭔가 쓰고 싶은 흥분 속에서 가만히 에도가와 쪽으로 걸어
갔다.

(7월 ×일)

오늘 아침 아래층 아저씨가 이층에 사는 우리들을 찾아와, 이틀
정도 고향에 다녀오니 뒷일을 부탁한다고 했다. 회사에서 돌아와
오비를 풀고 있는 나를 옆방의 재봉틀 아가씨가 문틈에서 불렀다.

"저기 잠깐만요."

목소리가 낮아 내가 살그머니 다가가니까,

"너무해요. 아래층 부인이 외간 남자랑 술을 마시고 있어요……"

"뭐 어때요. 손님인지도 모르잖아요."

"근데 열여덟살 여자가 저렇게 헤픈 모습으로 남편도 아닌 외간
남자랑 술을 마셔도 되는지 모르겠어요……"

오비를 두르고 무명 유까따를 개켜놓은 뒤 얼굴을 씻으러 아래
층으로 갔다. 작은 장지문 너머에서 열여덟 새색시는 태평스럽게
남자의 손을 잡고 뒹굴고 있었다. 옛날 애인일지도 모르겠다는 생
각이 들었다. 그냥 부럽긴 해도 재봉틀 아가씨와 같은 흥미는 생기

지 않았다. 저녁에 밥을 짓는 게 귀찮아서 동네 채소 가게에서 한 무더기에 10전 하는 바나나를 사와서 먹었다. 여자 혼자 사는 게 속 편한 것 같다. 풀기도 없는 1.5평짜리 방의 면 모기장 안에서 나는 다리를 쭉 뻗고 꾸쁘린의 『야마』를 읽었다. 야무진 매춘부가 좋아하는 대학생에게 너무나 청순한 자신의 마음을 내보인다. 방대한 책이다. 머리가 지끈지끈하다.

"저, 주무세요?"

10시쯤이나 됐을까, 옆방의 싱거 재봉틀 아가씨가 귀가한 것 같았다.

"아직 안 자요."

"잠깐만요! 큰일 났어요!"

"무슨 일이에요?"

"만사태평이네요. 아래층 여자가 그 남자랑 모기장 안에서 같이 자고 있어요."

싱거 재봉틀 아가씨는 마치 자기 애인이라도 뺏긴 듯이 눈을 부라리며 모기장 안으로 들어왔다. 항상 재봉틀 노래로 하루하루를 보내는 평화스럽던 그녀가, 내 방에 거의 찾아오지 않는 예의 바르던 그녀가 내 의사도 묻지 않고 모기장 안으로 쑥 들어온 것이다. 그러고는 한숨을 내쉬며 방바닥에 가만히 귀를 갖다댄다.

"정말, 사람을 바보로 아나봐. 남편이 돌아오면 다 일러바칠 거야. 나보다 열살이나 어린 게 밝히기는……"

전철이 폭포소리를 내며 철교를 지나갔다. 한번도 연애를 해본 적이 없는 그녀가 질투의 숨을 헐떡이며 마치 몽유병자처럼 이상한 미치광이 짓을 하려 한다.

"오빠일지도 모르잖아요."

"오빠라도 한 모기장 안에서 같이 자지는 않아요."

나는 왠지 쓸쓸해서 가슴으로 피가 올라올 것만 같았다.

"눈이 아프니까 불 끌게요"라고 하자 그녀는 화가 나서 그대로 나가버렸다. 잠시 뒤 그녀가 쿵쿵 계단을 내려가는가 싶더니 "당신 남편이 우리한테 부탁하고 갔는데, 이런 짓 들켜도 상관없어요?" 하는 소리가 들렸다. 띄엄띄엄 끊기며 소리가 귀에 들어왔다. 한번도 결혼하지 않았다는 것의 이 무시무시함! 저렇게 심하게 말할 수 있는 걸까…… 나는 이불을 머리 위까지 덮어쓰고 눈을 꼬옥 감았다. 모든 것이 지긋지긋했다.

(7월 ×일)

──병중 바로 돌아오길.

어머니한테서 온 전보. 사실일 수도 거짓말일 수도 있다고 생각했다. 하지만 거짓말을 할 어머니가 아니다…… 출근 전이라 급히 짐을 싸고는 여비를 빌리러 회사로 갔다. 사장에게 전보를 보여주며 가불을 5엔 부탁했는데 가불은 절대 안된다고 한다. 하지만 지금까지 내가 일한 걸 계산하면 15엔 정도는 되었다. 불안해졌다. 복도에 놓아둔 바구니가 이상하게 싫어졌다. '내 소중한 시간을 빌려주세요'라며, 그것도 정당한 권리를 주장하는데 안된다는 말을 들으니까 기운이 빠졌다. 이쯤에서 이 일을 정리하는 게 나을지도 모르겠다.

"그럼 빌리지 않을게요! 그 대신 그만둘 테니 지금까지 일한 보수를 주세요."

"자기 마음대로 그만두는 거니까 회사는 책임이 없어요. 제대로 일을 해야 보수지, 이제 겨우 십이삼일 정도밖에 안됐잖아요!"

누렇게 찌든 으름덩굴 바구니를 들고 나는 다시 이층 방으로 돌아왔다. 재봉틀 아가씨는 아래층 새색시와 그 일로 사이가 틀어져 이사를 하는 모양이다. 귀가해서 보니까 어디에 방을 구했는지 짐을 옮기는 중이었다. 그녀의 유일한 재산인 재봉틀만이 흉물스럽게 짐차 위에 실려 있었다. 아아, 모든 것이 허망하다—

(7월 ×일)

역은 산과 바다로 가는 여행객들의 흰옷 차림으로 시원하게 보였다. 아래층 새색시에게서 5엔을 빌렸다. 오노미찌까지는 7엔 정도가 든다. 지갑을 탈탈 털어 간신히 표를 사서는 자리에 앉아 우선 손가락을 꼽아보았다. 몇번째 귀향인가.

자주달개비 줄기
성벽에 나부끼는
만리장성

지금은 왠지 영락한 느낌이 심하게 든다. 예전에 내가 지은 시를 한편 떠올려보았다. 모든 것이 다 지긋지긋하지만, 그렇지만 나의 세계는 아직 갈 길이 멀구나. 이 얼치기 허무주의자는 배가 나으면 금방 배가 고프고, 멋진 풍경을 보면 넋을 놓아버리고, 좋은 사람을 만나면 감동하는, 그런 한심한 인간이랍니다. 바구니에서 『신청년』 지난 호를 꺼내 읽었다. 재밌는 우스개 이야기가 하나 있었다—

—죄수가 말하길, "저 벽의 십자가에 매달린 남자는 누구입니까?"

—선교사가 대답하길, "우리 주 예수 그리스도일세."

죄수가 감옥을 나와 병원에서 허드렛일을 하는데 벽에 멋진 사진이 걸려 있었다.

—죄수, "저건 누구입니까?"

—의사, "예수님의 아버지일세."

죄수가 매춘부를 샀는데 그녀 방에서 멋진 여자 사진을 보고—

—죄수, "저 여자는 누구야?"

—매춘부, "저건 마리아, 예수님의 어머니지."

그때 죄수가 한탄하며 말하길, "아들은 감옥에, 아버지는 병원에, 어머니는 매춘부에게, 아아—"

나는 깔깔 웃고 말았다. 느긋하고 한적한 밤기차를 타서 무료했는데 이런 유쾌한 꽁뜨가 눈에 띄었다. 잠이 든다.

(7월 ×일)

오랜만에 타까마쯔의 풍경을 보니, 더워지니까 이상하게 기분이 초조해지면서 의기소침해졌다. 어딘지 모르게 늙고 초췌해진 어머니가 제일 먼저 한 말은 "기다리고 있었데이. 나도 기운이 없어서 마……"였다. 그러고는 눈물을 글썽였다. 오늘밤은 혼을 바다로 떠나보내는 유등 축제날이다. 저녁에 동쪽 창을 가리키며 어머니가 나를 불렀다.

"불쌍해라, 아이고 끔찍해라……"

창 너머 공중에 조선소[朝鮮牛]가 덜렁 매달려 있었다. 조개구름이 뭉게뭉게 떠 있는 부두 위에 검게 솟아오른 배의 기중기가 있고, 그 기중기 끝에 조선소 한마리가 사지를 벌린 채 가엽게 신음하고 있었다.

"저런 걸 보고 나면 먹을 수가 없다 마……"

구름 위에 매달려 있는 저 조선소는 이삼일 내로 도축되어 보라색 도장이 찍힐 것이다. 무엇을 생각하고 있을까…… 선착장에는 헌솜 같은 소들이 신음소리를 내고 있었다.

조개구름이 녹말풀처럼 쭉 선을 긋고 지나간 사이에 소들도 사라지고 기중기 팔도 내려졌다. 달빛이 은은하게 비치는 바다 위로 벌써 혼을 떠나보내는 배 두어척이 흘러가고 있었다. 예쁜 종이배가 불타면서 부두를 떠나 바다로 흘러갔다. 항구에는 고풍스러운 거룻배가 밀집해 있었다. 그 사이를 불타는 종이배가 달처럼 떠내려갔다.

"소고기를 먹고, 혼을 실은 배를 떠나보내고, 인간은 참 모순이 많아요, 어머니."

"그러니까 사람이제……"

어머니가 멍한 얼굴로 그렇게 말했다.

* * *

(8월 ×일)

바다가 보였다. 바다가 보인다. 오년 만에 보는 오노미찌 바다는 정겨웠다. 기차가 오노미찌 해안으로 들어서자 우중충한 작은 마을 지붕들이 제등처럼 펼쳐졌다. 붉은 센꼬오지 절의 탑이 보였다. 산은 싱그럽고 상큼했다. 부두의 붉은 배가 푸른 바다 저 너머로 돛대를 하늘 높이 치켜세우고 있었다. 나는 눈물을 흘렸다.

가난한 우리 세 식구가 토오꾜오행 밤기차를 탔을 때 마을 변두리에 큰불이 났는데…… "어머니! 우리가 토오꾜오에 가는데 불이 났으니 분명 좋은 일이 생길 거예요." 나는 풀이 죽어 몸을 숨기려는 어머니를 그렇게 위로했지…… 하지만 그로부터 햇수로 육년이 지났다. 나는 영락한 몸으로 제2의 고향인 오노미찌로 되돌아가고 있다. 마음 약한 부모를 둔 나는 의지할 데 없는 저 소란스러운 토오꾜오에서 방황하고 있었는데, 아아, 지금은 제2의 고향 오노미찌 해변에 있다. 바닷가의 기생집 등불이 동백꽃처럼 하얗게 점점이 보였다. 낯익은 지붕, 낯익은 창고, 옛날 우리가 살았던 바닷가의 낡은 집은 오년 전의 평화로운 모습 그대로였다. 모두 다 정겨운 모습이다. 소녀시절 마시던 공기, 헤엄치던 바다, 사랑을 나누던 산속의 절, 모든 것이 정말이지 옛날로 되돌아간 것만 같다.

오노미찌를 떠날 때 나는 단을 접어올린 옷을 입고 있었지만 지금의 나는 올림머리에다 여러번 물에 빨아서 낡아버린 홑옷 차림으로서, 딱히 이런 차림으로 가고 싶은 집이 없긴 하다. 여하튼 기차는 벌써 오노미찌로 들어섰으며 거름 냄새가 풍겨왔다.

여객선 터미널의 시계가 5시를 가리켰다. 선착장 대합실 이층에서 마을의 불빛을 바라보는데 이상하게 눈시울이 뜨거워졌다. 찾아가려 하면 갈 수 있는 집도 있지만 그것도 귀찮았다. 표를 사고 5전짜리 동전 하나만 남은 지갑을 들고서 멍하니 섬 남자를 생각했다. 낙서투성이인 대합실 이층에서 목침을 빌려 누웠다. 부두에 배가 도착하는지 기적소리가 들려왔다. 부두의 소음이 문득 슬프게 들린다. "인노시마행 떠납니더……" 호객꾼이 휘어진 계단을 올라와 알려준다. 나는 햇볕에 뜨거워진 줄무늬 양산과 작은 보따리를 들고 부두로 내려갔다.

"사이다 사이소!"

"계란 사이소."

장사꾼들 목소리가 저녁 부두 위로 오갔다. 보라색 파도에 흔들리면서 인노시마로 가는 배는 하얀 물을 내뿜었다. 막막하고 허망한 세상이다. 저 마을의 불빛 아래서 『뽈과 비르지니』[69]를 읽던 날도 있었다. 빚쟁이가 쳐들어와 어머니가 변소에 숨었을 때 학교에서 돌아온 나는 "어무이는 이틀 정도 이또사끼에 다녀온다고 했심더……"라고 거짓말을 했는데, 어머니는 쓸쓸해하면서도 나를 칭찬해주었다. 그 당시 마을에서는 「조오가시마의 노래」와 「침종의 노래」가 유행했다. 3전짜리 사이다를 하나 샀다.

밤.
"여러분, 좀 일찍 도착했심더!"
선원이 로프를 푼다. 작은 선착장 옆에 있는 하얀 병원의 불빛이 바다 위에서 깜빡깜빡 빛나고 있었다. 이 섬에는 오랫동안 나에게 일을 시키면서 자기는 학교에 다닌 남자가 편안히 살고 있다. 조선소에서 일을 하고 있다.
"이 근처에 싼 여인숙 없나요?"
운송업자 부인이 나를 여인숙까지 안내해주었다. 실가닥처럼 좁은 거리에 헌옷 가게와 기생집이 나란히 늘어서 있었다. 나는 조선소와 가까운 산 근처의 여인숙에 도착했다. 이층에 있는 세평짜리 방 낡은 이불 위에 보따리를 내려놓은 뒤 덧문을 열고 바다를 바라보았다. 내일은 찾아가보리라 생각했다. 나는 지갑을 소매 안에 집어넣고 사이다 한병만 마신 굶주린 상태로 바다 냄새 나는 이불 위에 길게 다리를 뻗었다. 귓속에서 벌이 붕붕거리는 것 같은 고함소

69 프랑스 작가 앙리 베르나르댕 드 쎙삐에르(Henri Bernardin de Saint-Pierre, 1737~1814)의 소설.

리가 들려왔다.

(8월 ×일)

머리맡에서 하늘색 꽃게가 아장아장 기어간다. 마을에서 파업 투쟁을 하고 있다고 한다. "만나러 가시더라도 힘듭니데이. 차라리 사택으로 가보시지예……" 식모는 그렇게 말했다. 나는 불안한 마음으로 어묵을 먹었다. 사원들은 모두 서류를 가지고 클럽에 모여 있다고 한다. 식사를 마친 나는 그냥 밖으로 나가보았다. 산 위에서 만리장성처럼 꾸불꾸불 콘크리트 벽으로 둘러싸인 부두의 건물들을 내려다보았다. 깃발을 쳐들고 정문으로 보이는 곳에 노동자들이 개미떼처럼 새까맣게 모여 웅성거리고 있었다. 좁은 산길로 아이를 데리고 아낙네들과 할머니들이 점점이 올라오고 있었다. 8월의 바다는 은가루를 뿌린 듯 빛났고, 뒤엉킨 나무는 상쾌한 냄새를 풍겼다.

"오노미찌에서 경찰들이 많이 왔다 카던데."

머리카락을 뒤로 휘날리면서 젊은 아낙네들이 부두를 내려다보며 얘기하고 있었다.

"제대로 하이소!"

"지지 마이소!"

"이봐요……" 한낮에 노동자들의 벗은 몸을 보고 나도 두 손을 치켜들고 제2의 고향 사투리로 외쳤다. "제대로 하이소!"

"남편분이 저기 있습니꺼? 우리 남편은 이렇게 되면 죽기 살기로 한다고 하대예."

나는 이유도 없이 눈물을 흘렸다. 사무원을 하면서 그토록 뒷바라지했던 내 남자는 대학을 졸업하자 조선소 사원이 되어 점잖은

214

생활을 하고 있다. 여기서 보니 저따위 문은 금방 부서져버릴 듯
부실하게 보이는데……

"노동자들은 정직해서 다들 몸으로 부딪쳐나가네예."

드디어 문이 무너졌다. 벌이 날아가듯 검은 점들이 흩어졌다.
빛나는 바다 위로 무수히 많은 작은 배들이 사방으로 흩어져가고
있었다.

　　파도소리를 들었는가!
　　끝없이 펼쳐지는 바다 위의 울부짖는 소리를 들었는가!

　　그을린 등불을 아내에게 맡기고
　　섬 노동자들은 물가 돌멩이를 걷어차며
　　저물어가는 해변에 모였다.

　　저 먼 파도소리를 들었는가!
　　군집한 수천명의 소리를 들었는가!
　　여기는 조용한 바닷가의 배 만드는 항구
　　조개껍질을 닫아버린 듯
　　비좁은 인노시마 거리에
　　기름 묻은 바지와 파란색 작업복 깃발이 휘날린다
　　뼈와 뼈로 격파한 공장문이 무너지는 소리
　　그 소리는 와와, 와와
　　섬이 떠나가도록 부르짖었다.

　　파란 페인트칠 문이 힘센 어깨들에게 밀리자

민첩한 카멜레온들은
노동자들의 피와 기름이 묻은 장부를 안고서
눈 내리는 밤의 여우처럼 증기선을 타고 도망가버린다
일그러지고 굳은 노동자들의 얼굴에서
분노의 눈물이 솟구쳐
뚝뚝 소리 내고 있지 않은가
도망친 증기선이
투망처럼 늘어선 경찰 배를 넘어가니
이제 이 작은 섬에 있는 군집한 노동자들과 도망친 증기선 사이를
그저 한줄기 하얀 물안개가 가려버린다.

이를 악물고 이마를 땅에 찧어도
하늘에는 —— 어제도 오늘도 변함없이 평범한 구름이 흘러간다
그래서 머리가 떨어져나간 미치광이처럼 노동자들은
파도에 호소하고 바다에 울부짖으며
부두의 부서진 배에서 소용돌이치며 무너져갔다.

파도소리를 들었는가!
저 먼 파도의 울부짖는 소리를 들었는가!
깃발을 흔들어라!
저 하늘 높이 깃발을 흔들어라

기운찬 젊은이들이
빛나는 피부를 드러내고
영차 영차 영차

찢어진 붉은 돛의 돛줄을 힘껏 당기니
바닷물을 막는 제방을 부수고
돛단배는 바람이 울부짖는 바다로 나아갔다

그 깃발을 흔들어라
용감하게 노래를 불러라
삭긴 했지만 힘차게 바람을 머금은 돛단배는
하얀 물보라를 차면서 바다로 나아간다

찬바람 부는 코오진 산 위에서 외친다
파도처럼 거센 울부짖음에 귀를 기울여라!
불쌍한 아내와 아이 들이
저렇게 발돋움하며
하늘 높이 외치고 있지 않는가!

저 먼 파도소리를 들었는가!
파도의 노호를 들었는가
산 위의 고목 아래
고목과 함께 두 손을 흔드는 아내와 아이 들 눈에는
불똥처럼 바다를 달려나가는
용감한 돛단배가 언제까지나 눈에 비친다.

여인숙으로 돌아오니 창백한 안색의 남자가 우두커니 담배를
피우면서 기다리고 있었다.
"여인숙 아주머니가 데리러 와서 깜짝 놀랐어."

"………"

나는 어린아이처럼 눈물을 흘렸다. 이유도 없이 흐르는 눈물이었다. 그저 아무 이유도 없는 눈물이 계속 흘러나왔다. 나는 말없이 문지방에 서서 한참 동안 울었다.

"여기 올 때는 매달릴 수 있다면 매달려볼 생각이었지만 여인숙 아주머니 말씀이 부인과 아이가 있다고 하더군요. 그런데도 마을의 파업을 보고 있노라니 당신을 직접 만나 확실히 매듭지어야겠다는 생각이 들었어요."

말없이 가만히 있는 우리 두사람의 귀에 멀리서 함성이 계속 들려왔다.

"오늘밤 마을 극장에서 노동자들의 연설이 있어 잠깐 들러봐야 해……" 남자는 자신의 손목시계를 방바닥에 던지고 허겁지겁 마을로 가버렸다. 나는 멍청하니 방에서 계속 딸꾹질만 하다가 비싼 금빛 손목시계를 살짝 내 팔에 차보았다. 눈물이 나왔다. 토오꾜오에서 고생한 일, 맨몸으로 문을 부수던 한낮의 노동자들, 하얀 시계판을 바라보는데 빙글빙글 현기증이 날 것 같았다.

(8월 ×일)

여인숙집 딸과 함께 해변을 걸었다. 오늘로 여기 온 지 일주일째가 된다.

"끙끙 속앓이하지 마이소." 내가 모든 것에 흥미를 잃고 멍하게 있으니까 여인숙집 딸이 나를 걱정해주었다. 아무것도 생각하지 않았다. 아무것도 생각할 수 없었다. 어제 타까마쯔에 있는 어머니에게 우편환을 보내고 나는 이렇게 바다의 공기를 호흡하고 있다. 남자가 불안해하든 말든 그건 그 사람의 문제다. 내게서 모든 걸

빼앗아간 사람인데 이 정도쯤 뭐가 대수인가 싶다. ─오노미찌 해변에서 부두 돌담에 배를 부딪치며 그 남자의 아이를 낳게 될까봐 두려워하기도 했지만 지금 생각해보면 그것도 가여운 옛날이야기가 되어버렸다. 어제 보낸 우편환으로 새아버지와 어머니가 한숨 돌릴 수 있다면 좋겠다. 머리카락을 휘날리며 해변을 걷고 있는데 읍내서 신발 가게를 하는 그 사람의 형이 내 뒤에서, 이봐요, 이봐요 하고 불렀다. 오랜만에 만난 그는 오노미찌의 우리 집에 오렌지와 가지에 달린 귤을 가지고 왔던 그 모습 그대로 웃었다.

"나한테 아무 말도 안해줘서 몰랐는데, 참말로 고생 많았심더."

바다가 파랗게 빛나고 있었다. 여인숙집 딸을 돌려보낸 뒤 마을 변두리 그 형네 집으로 함께 걸어갔다. 바다 가까이까지 밭이 푸르렀고 빽빽하게 귤나무를 심은 산에는 바람이 불고 있었다.

"그놈의 자식이 심약해서."

햇볕에 그을린 쓸쓸한 표정의 얼굴로 그는 나를 위로해주었다. 집에서 그의 아내가 쌀을 찧고 있었다. 소가 한마리 다정한 눈빛으로 나를 쳐다보았다. 나는 아무리 그래도 안으로 들어가고 싶지는 않았다. 왠지 여기 온 것조차도 서글퍼졌다. 하얗게 이어진 해변길을 나는 뒷걸음치듯이 해서 여인숙으로 돌아갔다.

(8월 ×일)

아침 바람을 받으며 나는 섬에 안녕히, 하고 손수건을 흔들었다. 어딜 가더라도, 어디에서나 어쩔 수 없는 일뿐이다. 토오꾜오로 돌아가리라. 내 지갑은 대여섯장의 10엔 지폐로 불룩했다. 그 형네 집에서 받은 돈과 말린 생선이 든 파란색 바구니와 보따리를 안고서 나는 나무다리를 건너 오노미찌행 배를 탔다.

"조심해 가이소……"

"네! 형님, 이제 파업은 끝났나요?"

"노동자들이 지면서 타결이 되긴 했지만, 힘있는 놈들한테는 못 이기는 법이지요."

그 사람도 잠이 부족한 눈으로 부두까지 내려와주었다. "건강하게 지내다보면 언젠가 또 만날 수 있을 거야." 그렇게 작은 목소리로 말했다. 배 안에는 이슬에 젖은 채소가 수북이 쌓여 있었다.

아아, 왠지 바보가 된 것처럼 씁쓸했다. 나는 휘파람을 불면서 멀어져가는 섬의 부두를 바라보았다. 바닷가에 서 있는 까만 점 같던 두사람이 보이지 않게 되자, 조용한 부두 위에서 쇠를 두드리는 소리가 쾅쾅 울렸다. 오노미찌에 도착하면 절반의 돈은 타까마쯔의 어머니에게 송금해드려야겠다. 토오꾜오로 돌아간다면 얼음 장사를 해도 괜찮겠다. 굳이 더운 날에 일자리를 찾아 이리저리 돌아다니지 않아도 된다. 연말까지는 편히 지내고 싶다. 나는 달리는 배 위에서 몸을 내밀어 파도에 손을 적셨다. 파도가 손을 밀어내며 하얗게 부서졌다. 다섯 손가락에 바닷말이 실처럼 휘감겨온다.

"이번 파업은 마 너무 짧더라—"

"참말로 양쪽 다 불경기 아이가."

선원들이 유리창을 닦으면서 이야기한다. 나는 다시 한번 뒤돌아 푸른 바다 너머의 섬을 바라보았다.

* * *

(4월 ×일)

―그날밤

　　까페 테이블 위에서

　　꽃 같은 얼굴이 울었다

　　뭐라고

　　나무 위에서 까마귀가 운다고

　　―밤은 괴롭다

　　두 손으로 감싼

　　내 얼굴은

　　녹색의 분粉 때문에 지쳐

　　열두시 시곗바늘을 잡아당기고 있었다.

　요꼬하마에 온 지 닷새 정도 지났다. 까페 에트랑제의 검은 테이블 위에 나는 이런 시를 써보았다. "그래도 나니까 너하고 같이 사는 거야…… 누가 너처럼 거칠고 엉망으로 무너지는 여자를 사랑하겠어."

　그 토오꾜오의 하숙집에서 남자는 나한테 제대로 알라고, 제대로 알라고 이렇게 말했다. 잠잘 곳도, 의지할 남자도, 밥 먹을 곳도 없다니. ……나는 작은 보따리를 싸면서 그 어디에도 갈 곳이 없는 듯한 기분이 들었다. 그렇게 말하고 헤어진 남자건만. "너 맘 편하라고 그렇게 말한 거야. 나한테서 떠날 수 있도록 말이야." 남자는 나를 안아 넘어뜨리고는 자기와 똑같은 병에 걸리게 해주겠다며 폐의 입김을 후후 내 얼굴에 내뿜었다. 그날밤 이후로 나는 남자의 하숙비를 벌기 위해 이런 곳에까지 흘러들어왔다.

"고향으로 돌아가봐요, 돈을 조금은 마련할 수 있을지도 모르니까……"

이렇게까지 돈을 마련하는 것을 저 자신은 정조 있는 여자의 일이라고 생각하는 걸까요, 하느님!

"이제 장사 끝났어요."

마담 로아의 콧잔등이 기름기로 번들거렸다. 여기는 12시에 문을 닫는 모양이다. 갈래올림머리를 한 키꾸 그리고 키미와 내가 있는 판잣집 종업원 방에는 축축한 바닷바람이 창을 통해 들어왔다.

"있지, 토오꾜오로 돌아가고 싶어."

키미는 아이 생각이 나는지 수건으로 얼굴을 닦으면서 커다란 쪽머리에 바람을 넣었다. ──여기 마담 로아는 독일 사람으로 남편은 토오꾜오에서 독일 맥주 사업을 하고 있는데 토요일에는 늘 온다고 한다. 키 크고 마른 모습을 얼핏 한번 봤을 뿐이다. 마담 로아는 고풍스러운 스커트처럼 뚱뚱하고 과묵한 여자였다. 나는 키미의 남편 소개로 여기에 왔지만 수입은 별로 좋지 않았다. 요리사가 일본 사람이라 외국 손님들은 음식을 먹지 않고 항상 맥주만 마시고 갔다.

"나도 사실 토오꾜오로 돌아가고 싶은데, 네 남편 소개로 와서 말을 못하고 있었어."

"바닷가에 가면 돈을 번다고 했지만 사실은 그 여자랑 함께 지내고 싶어서 그랬던 거야."

키미의 남편은 키미와 부모 자식만큼이나 나이 차가 나는데도 첩을 두고 있었다.

"정말이지 우리는 남자 때문에 고생하고 있는 셈이야."

키미는 부두의 파란 불빛을 바라보면서 옷도 벗지 않고 우두커니 방 안에 서 있는다. 나는 작년 이맘때쯤 어느 추운 날 키미랑 이 바닷가에 온 일이 문득 떠올랐다. 그날 이후로 반년 남짓, 어쩌면 키미를 못 만날지도 모른다는 생각에 누가 먼저랄 것도 없이 찾아가 서로 왕래하며 지내고 있는 걸 생각하면 흐뭇해진다. ──열세살에 아이를 낳았다는 키미는 "나는 아직 진짜 사랑은 못해봤어"라고 했다. 이제 스물두살인 키미는 아홉살 난 아이를 애인이라고 했다. 불행한 키미였다. 키미의 남편은 원래 양어머니의 남자였지만 남편이 된 후로 십년 동안 키미는 그 남자를 위해 일해왔다고 한다. 키미는 십년이나 일하고 남편은 까페 여급을 첩으로 데려오고, 정말이지 한 남자를 둘러싸고 키미와 첩에 양어머니까지 이상한 생활이다. 그녀는 "난 정말 눈을 가리고 싶어질 때가 있어" 하면서 눈물을 글썽일 때가 있다. 어떤 일을 당해도 아이를 위해 일하는 키미의 처지에서는 내 고생 따윈 우스울지도 모르겠다.

"불 *끄세요!*"

독일인은 알뜰하다는데 마담 로아도 하늘색 잠옷을 입고 우리 방을 둘러보러 온다. 불 꺼진 좁은 방에서 나는 옛날이야기에 나올 듯한 개구리 소리를 들었다. 토오꾜오 생활, 어머니의 일, 앞으로의 일, 좀처럼 잠이 오질 않는다.

(4월 ×일)

아홉살 난 키미의 큰애가 혼자서 그녀를 찾아왔다. 항구에 배가 들어왔는지 자동차가 끊임없이 가게 앞을 지나간다.

아침.

마담 로아가 건물 뒤편의 칠이 벗겨진 테라스에서 뜨개질을 하고 있다. "키꾸한테 가게를 맡기고 잠시 부두에 다녀오지 않을래?
아이한테 보여주고 싶어." 차가운 쑤프를 먹고 있는 내 옆에서 키
미가 긴 바늘로 아이의 옷 밑단을 접어올리고 있었다.

"키미 동생이야?"

선원 출신의 나이 든 요리사가 담배를 피우면서 아이를 바라보
았다.

"아뇨, 제 아들이에요……"

"호오, 몇살? 혼자 용케 왔네."

"………"

이가 하얀 소년은 말없이 애처롭게 웃었다. 우리 세사람은 손을
잡고 부두에 있는 야마시따 공원으로 갔다. 바다에는 빨간 흘수선
을 보이는 배가 몇척 정박해 있었다. 인도 사람 두명이 물끄러미
바다를 바라본다. 짙푸른 4월의 바다는 수박 같은 진녹색 가루를
뿌린 듯 반짝거렸다.

"저기 배가 있네. 잘 봐, 저걸 타고 외국에 가는 거야. 저건 기중
기, 짐이 하늘 높이 올라가지."

아이는 키미의 설명을 들으며 입안에 판초코를 가득 넣고는 물
기 어린 기쁨의 눈으로 바다를 바라보았다. 잔교에서 밑을 내려다
보니 깊어 보이는 물의 빛깔이 너무나 예뻐 발이 저절로 빨려들어
갈 것 같았다. 부두에는 담배 가게, 환전소, 대합실 등이 늘어서 있
었다.

"엄마, 나 물 마시고 싶어."

무릎을 드러낸 아이가 하얀 대합실 수도로 달려가자 키미는 소
매에서 손수건을 꺼내 아이 옆으로 걸어갔다.

"자, 이걸로 얼굴 닦자."

아아, 얼마나 아름다운 모습인가! 엄마와 아들의 저 아름다운 모습은 제각각 고통에 허덕이면서도 우뚝 일어나 앞으로 나아가게 한다. 소년이 엄마를 만나러 혼자 이 바닷가까지 찾아온 정성을 생각하면 울고 싶다는 키미의 심정이 내 마음을 울린다.

"저애랑 같이 셋방살이라도 할까 생각하면서도 아버지가 있는데 떼어놓는 것은 좋지 않을 것 같아 참고 있어. 그런데 나는 일만 하다 죽으려고 태어난 것 같아 속상할 때가 있어."

"저기, 이모! 호텔이 뭐야?"

문득 쳐다보니 부두 근처 다리 옆에 언젠가 본 적이 있는 호텔이라는 흰 글자가 보였다.

"여행하는 사람이 묵는 곳이야."

"그렇군요……"

"얘 아가! 집에 다들 잘 계시지?"

"응. 아버지 집에 잘 계시고, 할머니도 그렇고, 작은엄마는 요즘 긴자에 다녀서 밤에 아주 늦어. 그래서 나하고 아버지가 교대로 역으로 마중 나가……"

키미는 화가 난 듯 말없이 바다만 쳐다보았다.

점심때 이세자끼 초오로 가서 셋이 라면을 먹었다.

"나 사진 찍고 싶은데 너도 같이 찍자."

"나도 그 생각을 했어. 언제 또 뿔뿔이 헤어지게 될지도 모르잖아. 잘됐네. 아이도 같이 찍자."

중국 군복 같은 느낌의 전차를 타고 해변 가까이에 있는 사진관으로 갔다.

"셋이 찍으면 누구 한사람은 죽는대. 그러니 강아지라도 빌려서 같이 찍자."

키미가 앉아서 못생긴 종이 개를 무릎에 앉히고 아이와 나는 서 있는 자세로 사진을 찍었다. 배경으로 부두의 잔교와 꼿꼿하고 고풍스러운 돛대가 보이는군요.

"얘야! 오늘은 엄마랑 자자."

"집에 같이 가는 거야……?"

키미는 혼자 쓸쓸히 추억의 옛 레코드판을 틀었다. 마담 로아는 오늘 토오꾜오로 외출하고 없다. 의자를 두개 이어놓고 그 위에서 요리사가 쿨쿨 잔다. 1엔도 못 벌었다. 나도 키미랑 아이와 함께 토오꾜오로 돌아갈 것을 생각했다.

(4월 ×일)

"이런 여행이 평생 계속되면 좋겠다."

에트랑제 뒷문으로 큰 짐을 하나씩 들고 나오는 우리 두 여자가 불쌍하게 보였는지 마담 로아는 일주일도 안된 우리의 급료로 10엔씩을 봉투에 넣어 주었다.

"다음에 또 와요. 여름에는 좋아요."

키미와 달리 집이 없는 나는 다시 여기에 돌아오고 싶어질지도 모른다는 생각에 마담 로아를 돌아다봤다. 과묵한 여자가 야무진 법이다. 양장을 입은 그녀는 이층에서 언제까지고 우리를 배웅해 주었다.

"괜찮으면 우리 집에 가자. 복잡하지만 뭐 어때…… 그러면서 천천히 찾아보도록 해."

역에서 바나나 껍질을 벗기며 키미가 이렇게 말했다. 토오꾜오에 가더라도 비뚤어진 그 남자는 나를 또 발로 차고 때릴지 모른다. 차라리 키미 집에서 신세를 져야겠다. 쌘드위치를 사서 기차에 올라탔다. 기차 안에는 벚꽃 마크를 붙인 상경 인파로 넘쳐났다.

"벚꽃 철은 이래서 싫어……"

간신히 빈자리를 하나 찾아내 셋이서 걸터앉았다.

"아이랑 함께 하는 기차 여행은 정말 오랜만이야."

저녁때 키미의 이따바시 집에 도착했다.

"애가 혼자 가는 게 몹시 걱정스러웠지만 혼자 가고 싶다 해서 내가 보냈다."

머리를 산발한 할머니가 누워서 담배를 피우고 있었다.

"지난번엔 실례가 많았습니다. 오늘은 왠지 같이 돌아오고 싶어서 따라왔습니다."

연립 판잣집의 삐꺽거리는 마루를 밟으며 키미의 남편이 나왔다.

"이런 곳이라도 괜찮으면 얼마든지 계세요. 뭐 조만간 좋은 곳이 나겠지요." 그렇게 말해주었다.

방 안에는 젊은 여자 옷이 여기저기 벗어던져져 있었다.

밤중에 문득 눈을 뜨니까,

"아이를 역까지 보낼 필요는 없잖아요. 당신이 다녀와요. 싫으면 내가 다녀올게요."

키미의 신경질적인 목소리가 들렸다. 잠시 뒤 부엌문을 여는 소리가 나더니 남편이 첩을 마중하러 역으로 갔다.

"얘 키미야, 너도 참 등신이다. 이토록 업신여김을 당하고……"

건너편 구석에서 자고 있던 할머니가 거친 말투로 키미를 욕했다. 아아, 도대체 이게 무슨 일인가. 도대체 무슨 가족이 이런가 싶었다. 유리창 너머로 봄날의 밤안개가 흐르고 있었다. 함께 자는 사람들의 저마다의 고통이 늦은 밤 방 안에 가득 차면서 나는 나 혼자만의 방이 갖고 싶어졌다.

(4월 ×일)

비. 하루 종일 아이와 놀았다. 첩은 히사라고 하는 광대뼈가 튀어나온 여자였다. 키미가 훨씬 부드럽고 예쁜데 인연이라는 건 참 불가사의한 것 같다. 남자는 왜 저 모양일까……

"홍, 그토록 바닷가가 불경기란 말이야?"

히사는 윗도리를 벗고 머리에 기름을 바르면서 빗질을 했다.

"뭐냐, 네 말본새가……"

할머니가 부엌에서 솥을 씻다가 히사에게 화를 냈다. 비가 내린다. 우울한 4월의 비다. 골목 안에 있는 이 집 앞으로 채소 장수가 비를 맞으며 수레를 끌고 왔다.

키미는 하느님보다도 마음이 넓은지, 웃으면서 채소 장수와 한가롭게 이야기를 나눈다.

"지금이 바로 뭐든지 맛있는 철이죠"라고 한다.

비가 오는데도 저녁에 히사와 남편은 시내로 일하러 갔다. 할머니와 아이, 키미와 나 넷이 탁자에 둘러앉아 저녁을 먹었다.

"아주 살 것 같네. 가랑비는 내리고 둘은 나가고."

할머니는 아주 시원하다는 듯 이렇게 말했다.

(5월 ×일)

신주꾸에서 예전에 일하던 곳으로 가보았다. 유우만 남아 있고 예전의 여자들은 다들 나가고 없었다. 새로운 여자들이 꽤 늘어나 있었고, 주인아주머니는 병이 나 이층에 누워 있었다. ─내일부터 나는 다시 신주꾸에서 일하기로 했다. 마치 늪에 빠진 것처럼 허우적대는 나, 지긋지긋한 나. 우시고메에 있는 그 남자의 하숙집에 들러보았다. 부재중이었다. 책상 위에 어머니한테서 온 편지가 있었다. 남자가 뜯어보았는지 개봉돼 있다. 아버지의 대필로 쓰길, 그 사람이 폐병이라는데 사실이가? 제일 무서운 병이니 조심해라. 하나밖에 없는 너한테 옮길까봐 우리 둘 다 얼마나 걱정하는지 모른다. 엄마는 몹시 걱정스러워 요즘 콘꼬오님金光樣[70]을 믿고 있다. 집에 한번 오는 게 어떠냐? 할 얘기도 있고. ─정말, 무슨 짓이야! 그렇게까지 하지 않아도 헤어졌는데, 그 남자는 고향의 내 부모님께 자기가 병에 걸려서라고 했던 걸까…… 주제넘은 짓이라는 생각이 들었다. 하숙집 식모가 말하길 "자주 여자가 와서 묵습니다"라고 한다. 포도주를 사가지고 온, 지금까지의 온화한 마음이 갑자기 혼란스러워진다. 고생을 함께한 사람인데 도대체 무슨 경우란 말인가? 참 잘도 이런 상황까지 왔구나 싶다. 거리에 불고 있는 5월의 상쾌한 바람이 가을바람처럼 봄에 사무친다.

밤.
이 집 아이랑 달고나를 만들며 놀았다.

* * *

---

70 일본 신또오(神道) 13파 중의 하나인 콘꼬오교(金光敎)에서 신앙의 대상이 되는 존재.

(5월 ×일)

6시에 일어났다.

어젯밤 무전취식한 사람의 일 때문에 7시에는 경찰서에 가야 한다. 잠이 와서 머리가 지끈지끈 아픈 걸 참고 아침에 거리로 나오니 더러운 포장도로 위에 노랗고 빨간 전단지가 이슬에 축축이 젖어 햇살에 빛나고 있었다. 요쯔야까지 버스를 타고 갔다. 유리창의 보라색 물방울이 묻은 댕기 머리가 흔들리니까 마치 기생처럼 보였다. 나는 휴 한숨을 내쉬었다. 이 여자는…… 왜 이렇게 심하게 흔들리고, 그러면서도 매달려 살아가야 한단 말인가! 너무나 우스꽝스러운 삐에로 꼬락서니. 씩씩하고 아름다운 차장님! 웃지 말아주세요. 멋진 검정 공단 옷깃을 달고 있지만 나도 당신처럼 발랄한 차장이 되려고 한 적이 있답니다. 당신처럼, 식물원, 미쯔꼬시, 혼간지, 동물원, 하며 시험을 본 적이 있답니다. 근시라 떨어졌지만, 나는 씩씩한 당신의 모습이 너무나 부럽습니다. ―진구우가이엔 가는 길에 있는 조금 높은 계단의 회색 건물이 경찰서였다. 팔손이 이파리가 먼지를 잔뜩 뒤집어쓴 채 축축하게 이슬에 젖어 있었다. 동굴 같은 유치장 앞으로 들어가니 컴컴한 형사실에는 차를 마시는 남자, 뭔가를 쓰는 남자, 피곤해서 자는 남자 등이 있었다. 나는 어젯밤 무전취식한 사람을 만나러 이런 곳까지 와야 한다는 것에 속이 상했다. 여기까지 돈 받으러 오지 않으면 10엔 가까운 돈을 내가 카운터에 대납해야 한다. 어떻게든 이익을 내려는 까페의 꼼수를 생각하니 짜증이 났다. 결국은 손님과 여급의 한판 싸움이다. 아아, 돈에 휘둘린다는 것이 정말 가슴에 사무친다. 가게 여자들을 죄다 불러놓고는 계산할 때 뒷문으로 도망친 어젯밤의 무전취식한 남자를 생각하면 너무나 어이가 없어진다.

"대서소에 가서 신고서 써와, 이쁜이!"

나쁜 놈들! 오히려 어젯밤 무전취식한 놈이 여기서는 훌륭한 영웅처럼 보인다.

대서소에 가서 쓰는 데 한시간 넘게 걸렸다. 차가 나올 때 전병도 나왔는데, 돈을 낼 때 보니 가지런히 놓여 있던 전병 두개 값까지 포함되어 있다. 정말이지 놀랍다. 신고서를 건네고 인수인으로 보이는 사람에게서 9엔가량을 받아 밖으로 나오니 벌써 점심나절이다. 규율이니 규칙이니 하는 것에 나는 침을 뱉으며 경멸하고 싶어졌다.

돌아와 카운터에 돈을 건네고 이층으로 올라가니 모두 일어나 이불을 개키고 있었다. 청소를 내팽개치고 누웠다. 5월의 구름이 솜처럼 하얗게 늘어나면서 지나가는데, 나는 내 영혼을 멀리 날려보내고 막대기처럼 돌처럼 누워 눈을 감았다. 슬프구나, 가엾구나, 후미꼬야. 자, 손뼉을 치며 노래라도 부릅시다.

땅끝에는 바다가 있다.
하얀 돛단배가 지나간다.

(5월 ×일)

토끼가 자전거 타는 법을 가르쳐준다고 해서 청소를 마친 뒤 가게 자전거를 빌려 유곽 앞의 넓은 길로 나갔다. 아침 햇살을 듬뿍 받으며 늘어선 기생집 이층 난간에는 이불이 쭉 널려 있었고, 그 아래 사진틀에는 장례식 안내장처럼 신입 기생들의 이름을 적은 흰 종이가 바람에 팔랑팔랑 나부끼고 있었다. 아침에 귀가하는 남자들의 모습이 비 오는 날의 양산 같다고 차갑게 웃으며 토끼는 씩씩하게 대로에서 자전거를 탔다. 갈래올림머리를 한 여자가 자전거를 타고 유곽 주변을 돌아다니자 남녀 모두 발길을 멈추어 쳐다보고 지나간다.

"자, 유미야 타봐, 내가 뒤에서 밀어줄 테니."

바보 같은 명랑함으로 돈 끼호떼 흉내를 내는 것도 재미있었다. 두어번 타니까 발이 페달에 익숙해져서 슬슬 핸들로 조종할 수 있게 되었다.

킹 오브 킹스를 열잔 마셔주면
나는 당신에게 키스를 한번 해줄게요
아아 가려한 여급이여

파란 유리창 바깥에는 가랑비
랜턴 등불 아래서
모두 술이 되어버렸다

혁명은 북쪽에서 부는 바람인가!
술은 속마음을 털어놓았습니다.
탁자 위의 술에 빨간 입을 벌리고
불을 뿜었습니다

파란 에이프런 차림으로 춤을 출까요
금혼식, 아니면 까라반
오늘밤 무도곡은……

자 아직 석잔이나 남았다

괜찮으냐고

네네 괜찮아요

나는 영리한 사람인데

정말 영리한 사람인데

나는 내 기분을

시시한 돼지 같은 남자들에게

애석한 느낌도 없이 꺾은 꽃처럼

뿌려주고 있습니다

아아 혁명이란 북쪽에서 부는 바람인가—

그런데 위험한 생간生肝잡이님, 아아, 전부 다 드릴 테니 이틀이고 사흘이고 편안히 잠들게 해주세요. 내 몸에서 무엇이든 가져가세요. 나는 진흙처럼 깊이 잠들고 싶다. 하수구 물에 비누처럼 녹아 사라져버린다, 소주도 맥주도, 진도 위스키도. 내 위장은 성냥 대용입니다. 자, 내 몸이 필요하면 공짜로 드리지요. 차라리 공짜로 선물하는 편이 뒤탈도 없고 산뜻하잖아요. 술에 취해 의자와 함께 넘어진 나를 토끼가 말馬처럼 일으켜주었다. 그리고 내 귀에 입을 갖다대고 말했다.

"신문지로 덮어줄 테니 조금 엎드려 자. 취해서 어쩔 수가 없으니……"

내 이불은 신문지로 충분합니다. 나는 구더기 같은 여자니까요. 술이 깨면 도로아미타불, 하루가 주르르 손에서 빠져나가는데, 빨리 저의 혁명을 일으켜야만 합니다.

(6월 ×일)

타이소오지 절에서 여급들 건강검진을 하는 날이다. 빗속을 유우와 토끼와 함께 셋이서 갔다. 고풍스러운 절 복도에 아름다운 갖가지 옷차림의 지친 여자들이 배경과 대비되는 어울리지 않는 모던함으로 모여 있었다. 조그만 병풍을 세워뒀지만 염라대왕도 영화 선전용 붉은 깃발도 전부 다 그대로 보였다. 퇴물 공무원 앞에서 상반신을 드러낸 우리는 입을 벌리기도 하고 가슴이 눌려지기도 했다. 냄새까지 완벽하게 여급이 된 나는 새삼 자신을 되돌아보려 해도 모든 것이 저 멀리 사라지고 없었다. 유우는 폐가 나빠서 진찰받길 꺼려했다. 토끼를 기다리며 절 마당에 핀 자귀나무의 분홍색 꽃을 바라보니 제2의 고향에 대한 추억이 문득 떠올랐다.

밤에 화약을 사와서 불꽃놀이를 했다.

팁은 1엔 20전.

(6월 ×일)

낮에 유까따를 한벌 사려고 시내로 갔는데, 여윈 그 남자를 만났다. 싸우고 헤어진 사이지만 우연히 이런 곳에서 만나 서로 말없이 웃고 말았다. 그 사람은 장어가 먹고 싶다고 했다. 둘이서 장어덮밥을 먹으러 갔다. 왠지 즐거웠다. 유까따 살 돈을 전부 쥐여주었다. 병자는 불쌍하다. ──어머니한테서 소포가 왔다. 코가 좋지 않다고 얘기했더니 달여서 먹는 바짝 말린 약과 양말과 면 속곳을 보내왔다. 까페에서 일한다고 하면 심히 걱정할 어머니께 나는 부잣집에서 경리를 보고 있다는 거짓말 편지를 보냈다.

밤.

키미가 나를 찾아왔다. 전당포에 가는 길이라며 큰 보따리를 들고 있었다.

"이렇게 먼 곳의 전당포까지 온 거야?"

"전부터 알고 있던 곳이야. 이따바시 근처는 좀처럼 빌려주질 않아서……"

여전히 혼자 고생하고 있는 듯한 키미를 나는 동정했다.

"괜찮으면 메밀국수라도 먹고 갈래? 내가 살게."

"아니, 괜찮아. 사람이 기다리고 있어서, 갈게."

"그럼 전당포까지 같이 가자. 괜찮지?"

그때 이후로 긴자에서 일하고 있다는 키미에게는 젊은 학생 애인이 있었다.

"나 드디어 결심했어. 오늘밤 여기서 조금 떨어진 시골로 도망가기로 말이야. 사실은 네 얼굴을 보러 온 거야."

나는 이렇게 순정적인 키미가 너무나 부러웠다. 키미는 모든 것을 버릴 만큼 난생처음 사랑다운 사랑을 하고 있다고 말했다.

"애도 버리고 가는 거야?"

"그게 제일 견디기 힘들지만 이미 그런 말을 해서는 안될 상황이 돼버렸어. 아이를 생각하면 걱정스럽지만 나도 도저히 어쩔 수가 없어."

키미의 새 남자는 그다지 부유한 것 같지 않았지만 청년다운 늠름한 강인함이 주위를 압도했다.

"너도 여급 같은 거 빨리 그만둬. 제대로 된 일이 아니잖아."

나는 웃었다. 키미처럼 모든 것을 던져버릴 열정이 있다면 이렇게 혼자 힘들지 않을 거라는 생각이 든다. 키미의 양어머니와 남편은 우리 어머니의 아름다움과는 비교가 되지 않습니다. 아무리 내 사상과 맞지 않는 혁명이 찾아오고 천만명이 나에게 화살을 겨눈다 해도 나는 어머니의 사상으로 살아가겠습니다. 당신들은 당신들 길을 가주세요. 나는 지갑을 탈탈 털어 용감하게 떠나는 이 두 사람을 축복해주고 싶었다. 내 절대적인 존재가 어머니이듯이 키미의 유일한 아이를 나는 남몰래 지켜봐줄 수 있다고 생각했다.

거리에서는 별빛을 흠뻑 받으며 라디오가 쎄레나데를 부르고 있었다.

내 소매 속에는 둘둘 만 에이프런이 들어 있다.

밤의 노래. 도시의 밤의 노래. 기계적으로 된 쎄레나데여, 이렇게 아름다운 노래를 라디오는 활자처럼 거리의 하늘에다 왕왕거린다. 소음이 된 밤의 노래. 인간이 기계에 의해 먹혀버리는 시대, 나는 담배 가게 윈도우 앞에서 흰색과 붉은색의 망또를 펼친 마드리갈이라는 담배를 사고 싶었다. 멋진 향락, 멋진 만취, 마드리갈의 달콤한 엑스터시. 거짓말이라도 하지 않으면 이 세상은 시시해서 살아갈 수 없잖아요— 자, 여러분 여러분, 저는 뭐든지 다 가지고 싶습니다.

토끼가 작가 지망생과 싸우고 있었다.

"뭐야, 이 얼간이 도둑놈! 50전 더 보태 유곽에나 가시지그래!"

술에 취한 작가 지망생이 키스를 훔쳐서 토끼가 소다수로 입을 가르르 헹구고 고함쳤다. 주인아주머니는 병이 나 이층에서 자고 있었다. 항상 종업원들의 피를 빨아먹어서 나쁜 일이 생기고 자주 병치레하는 것이라며…… 유우는 주인아주머니가 병이 난 걸 고소해했다.

(6월 ×일)

결국 주인아주머니가 입원했다. 음식 배달일을 하는 칸이 병원에 가서 돌아오질 않자 토끼가 자전거로 배달하러 간다. 엉뚱한 성격의 토끼가 자전거 타는 모습을 보고 있자니 우스워서 눈물이 날 지경이다. ─여하튼 이 여자는 자신의 아름다움을 잘 알고 있어서 더욱 재미있다. ─저녁에 목욕탕을 다녀와서 옷을 갈아입는데 유리맨 꼭대기에 별이 하나 반짝반짝 빛나고 있다. 아아, 그동안 동이 트는 것도 보지 못했는데 시골의 아침 하늘이 보고 싶다. 바깥에 소금 무더기를 놓아두고 레코드판을 틀자 목욕탕에서 여자들이 차례차례 돌아온다.

"이제 슬슬 자칭 비행사가 올 시간이 아닌가……"

이 자칭 비행사는 신기하게도 라면 한그릇과 라오주老酒 한잔으로 네다섯시간이나 허풍을 떨고는 팁으로 1엔을 놓고 가곤 했다. 딱히 좋아하는 여자가 있는 것도 아닌 것 같았다.

세번째.

내 순번에 터키인 일행 다섯이 들어왔다. 맥주를 한 다스 시켜놓고 차례로 따서 건배하며 마시는 모습이 멋졌다. 흰 보따리 속에서 트렁크처럼 큰 아코디언을 꺼내더니 끈을 어깨에 메고 연주하기 시작했다. 가을 산에서 불어오는 바람소리처럼 다들 아코디언 소리를 신기해하며 들었다. 내 목소리를 잊어버렸나. 뭔가 했더니 「새장의 새」라는 노래였다. 모자 밑에 또 하나 터키모자를 쓴 모습이 정말 멋졌다.

"이층 올라갑시다."

젊은 터키인이 나를 무릎에 앉히고는 열심히 이층을 가리켰다.

"이층이 있는 곳은 유곽이에요."

"유곽? 몰라."

우리를 매춘부로 잘못 알고 있는 것 같았다.

"우리 가게는 토께이야예요."

젊은 사람이 먼 나라에서 찍은 것인지, 신기한 나무 아래서 찍은 작은 사진을 한장씩 준다.

"이층으로 올라갑시다. 나 이상한 사람 아니에요."

"이층 없어요. 모두 통근해요."

"이층 없어요?"

또 맥주 한 다스 추가. 한명이 유우가 마음에 드는지 콜드비프를 주문하며 뭔가 계속 접시를 가리킨다.

"큰일 났어. 난 영어 몰라. 유미야, 뭐라는지 물어봐줘……"

"비행사한테 물어봐. 알지도 몰라."

"말도 마. 발음이 달라서 모른대."

"뭐, 비행사도 모른대? 큰일이네."

"쏘스는 아닌 것 같지?"

왠지 겨자인 것 같았지만 하필 '겨자예요?'라는 말을 할 줄 모르는 나는,

"옐로우 파우더?"

얼굴이 화끈거리는 느낌으로 물어보았다.

"오, 예스! 예스!"

겨자를 꾹꾹 이겨서 가져오니 모두 손뼉을 치며 좋아했다.

자칭 비행사는 몰래 돌아갔다.

"터키 황제는 뭐라고 해요?"

토끼가 옐로우 파우더 씨에게 기대면서 물었다.

"황제가 뭔지 알까?"

"맞아. 나는 이 사람이 좋지만 말이 안 통하니 어쩔 수가 없네."

술기운이 돌아서인지, 아코디언이 아득한 향수를 자아낸다. 이층 올라갑시다라고 한 남자는 계속 나한테 윙크를 하고 있었다. 일본인과 아주 비슷한 인종인 것 같다. 터키는 어떤 곳일까. 나는 웃으면서 물었다.

"당신 이름은 케말 파샤?"

다섯명의 터키인은 모두 나에게 예스, 예스 하며 고개를 끄덕였다.

* * *

(9월 ×일)

낡은 기차시간표를 펼쳐보았다. 어디론가 멀리 여행을 떠나고 싶다. 진실이 없는 토오꾜오에 작별을 고하고 산이든 바다든 자연의 공기를 마시러 가고 싶다. 내가 파란색 기차시간표의 지도에서 찾은 곳은 일본해에 면해 있는 나오에쯔라는 작은 항구였다. 아아, 바다와 항구의 여수. 그런 곳에 가보고 싶다. 그러는 것만으로도 상처 입은 나는 분명 위로받을 것이다. 하지만 이제 와서 위로의 말 따위는 필요 없다. 죽을 수도 없는 나, 살아도 괴로운 나. 작부든 뭐든 해서 어머니와 아버지가 행복해질 수 있게 돈을 마련하고 싶다. 오히려 무모한 뜨거운 피가 이런저런 야심을 불러일으키는군요. 정말 돈을 갖고 싶다!

후지 산—폭풍우.

정거장 대합실의 흰 종이에 지금 후지 산은 기상 악화 상태라고 적혀 있다. 쳇! 그런 게 심각하든 말든 뭔 상관이야. 달랑 보따리 하나뿐인 내가 우에노에서 신에쓰선 기차를 타고 본 창밖의 아침 풍경은 어느새 드넓게 펼쳐진 가을 풍경이었다. 주변은 완연한 가을이었다. 창밖으로 드문드문 보이는 옥수수 이파리는 뼈처럼 비쩍 말라 있었다. 인생은 모두 추풍만리秋風萬里 같구나! 믿을 수 없는 것만 탁류처럼 범람하고 있다. 손톱의 때만큼도 가치가 없는 내가 지금 기차를 타고 정처 없이 초라한 여행을 하고 있다. 나는 이상하게 여수를 느끼면 눈시울이 뜨거워진다. 변소 냄새 나는 삼등칸 구석에서 올림머리의 귀밑머리를 뺨에 바짝 붙이고서 나는 산으로 들어가는 기차 안에서 멍하니 흔들거렸다.

고향 마구간은 멀리 사라졌다

꽃이 만개한 달밤
항구 끝까지 달려가던 나였다

어스름한 달빛과 붉은 방랑기放浪記여
흰 목도리를 목에 친친 감고
기선을 사랑하던 나였다.

언제나 보따리 하나뿐인 나. 나는 마음속으로 무기력한 뜨거운 것을 느끼며 오래된 시 원고와 방랑일기를 꺼내 다시 읽어보았다. 몸이 흔들려서인지 눈에서 뜨거운 눈물이 흘러나왔지만, 시와 일기에는 어떠한 북받치는 정열도 없었다. 고작 이것뿐인가 싶었다. 한심한 것만 써놓고 감상에 젖어 있는 저입니다.

기차가 타까사끼에 도착하자 내 주변의 빈자리에 예인풍의 남녀 넷이 앉았다. 나는 물끄러미 그들을 바라보았다. 그들도 나와 마찬가지로 초라한 차림새였다. 선반 위에 놓인 줄무늬 면 보자기로 싼 낡은 샤미센과 지저분한 바구니 하나가 그들의 생활을 적나라하게 말해주고 있었다.

"언니는 여기 앉지……"

네명 중 유일한 여자로, 언니라 불리는 그녀는 헝클어진 머리에 낡은 유까따 차림이었다. 아마도 서른두셋은 되어 보였다. 벌어진 키모노 자락에서 뭔가 요염함이 풍기는 마른 카와이 타께오[71] 같은 여자였다. 나와 대각선 방향으로 그 여자와 나란히 앉은 남자는 이마가 아주 하얬다. 그는 감색 주름 키모노에 수건처럼 좁고 낡은 오비를 친친 두른 채 손톱을 심하게 물어뜯고 있었다.

"아아, 정말로 혼났네."

눈이 동그란 작은 사람이 주위를 한차례 둘러보고 큰 사람에게 소곤거리는 사이에 기차는 지그재그로 달려 요꼬까와 역에 가까워졌다. 이 일행은 만담을 하는 사람들인 것 같았다. 맞은편의 남자와 여자는 가끔 생각난다는 듯이 소곤소곤 얘기를 서로 주고받았다. "아, 뭐야? 찝찝하게." 갑자기 새된 소리가 들리자 아이를 데리고 탄 시골뜨기 아주머니가 선반 위를 쳐다봤다. 아주머니의 눈을 따라 올려다보니 예인들 물건인 선반 위 바구니에서 시꺼먼 피 같은 게 똑똑 떨어지고 있었다.

"피 아냐!"

"나그네 양반, 자네 바구니 아닌가."

등을 맞대고 있던 시골뜨기 아주머니의 남편으로 보이는 사람

---

71 신파극의 여장 전문 배우(1877~1942).

이 예인 남녀에게 큰 소리로 말하자, 멍하니 창밖을 보던 남자와 여자는 허둥지둥 어쩔 줄 몰라하며 바구니를 내려서 뚜껑을 연다. ―여기에도 이런 생활이 있다. 나는 얼굴에서 핏기가 사라지는 듯한 느낌이 들었다. 그 바구니 안에는 이 빠진 밥공기와 칠이 벗겨진 주홍색 거울, 빗과 분, 그리고 쏘스병이 잡다하게 들어 있었다.

"쏘스병 뚜껑이 열렸네……"

여자는 그렇게 혼잣말을 하면서 자기의 하얀 손등에 지렁이처럼 흐르는 쏘스 방울을 혀로 핥았다. 이 씁쓸한 바구니 사건은 허탕을 치고 숙소에만 처박혀 있던 그들의 며칠간의 생활을 말해주었다. 여자가 바구니를 선반에 올려놓자 다시 기차의 굉음만 들려왔다. 내 앞의 제자로 보이는 남자들은 자는 척하고 있었다.

"아아, 난 안되겠어. 토오꾜오로 돌아가면 이마 씨의 극단에라도 들어가야겠어. 언제까지 이럴 수는 없고, 곧 추워질 테고……"

제자들의 이 얘기가 귀에 들렸는지 감색 주름 키모노를 입은 남자가 갑자기 눈을 옆으로 돌리고는,

"어이! 탄 씨, 요꼬까와에 도착하면 전보라도 하나 부탁함세."

라고 한다. 네명 모두 서먹해진다. 부부가 아닌 듯한 두사람의 말투때문에 이 남녀가 이상하게 내 마음에 걸린다.

밤.

나오에쯔 역에 도착했다. 흙바닥 위에 허름하게 서 있는 항구의역이다. 불이 켜지기 시작한 역 앞 광장에는 하늘색으로 칠한 서양식 목조 여관이 있었다. 이 여관을 가로지르면서 처마가 튀어나온 우중충한 건물들이 보였다. 폭풍을 부르는 축축한 바닷바람이 강하게 불어와서 그렇게 내가 동경하던 항구의 꿈을 산산조각 내버렸다. 이곳 역시 각자의 생활로 바쁜 것 같았다. 하는 수 없이 나는

역 앞 여관으로 갔다. 유리문에 이까야라고 적혀 있었다.

(9월 ×일)

아래층 복도에서 초등학교 수학여행 그룹이 시끄럽게 떠들고 있었다.

세면대에서 얼굴을 씻고 있는데,

"나는 정어리를 한번 더 먹고 싶데이"라고 한다.

산골의 남자 초등학생들이 신기하다는 듯이 생선에 대해 이야기하고 있었다. 나는 2엔의 숙박료를 내고 산책하러 밖으로 나갔다. 구름이 낮게 드리워져 있었다. 거리를 오가는 사람들은 집집마다 있는 넓은 차양 아래로 걸어다녔다. 오두막 극장 앞을 지나가는데 긴 나무다리가 있었다. 바다일까, 강일까, 물 빛깔이 무척 파랬다. 우두커니 서서 물결을 보고 있는데, 눈 아래로 먼지를 뒤집어쓴 죽은 비둘기가 구름을 찢어놓은 것처럼 떠내려가고 있었다. 여행지 하늘 아래서 비둘기가 떠내려가는 것을 보고 있는 나. 아아, 이 세상에서 추구하는 것이 없어져버린 지금의 나는 딱히 나 때문에 가슴 아파할 사람도 없을 것 같다는 생각이 들어서, 갑자기 비둘기처럼 죽을 것을 생각해본다. 뭔가 굉장히 환해지는 느낌이 든다. 나무다리 위에서 짐차와 사람들의 발소리가 시끄럽게 울려퍼진다. 조용하게 떠내려가는 죽은 비둘기를 보니, 행복이고 불행이고 저렇게 죽고 나면 다 덧없고 허망하며 모든 것이 끝이라는 생각이 들었다. 하지만 새처럼 아름다운 모습이면 괜찮지만 초라한 시체가 굴러다닐 걸 생각하면 서글퍼진다. 역 부근에서 경단을 샀다.

"이 경단 이름이 뭐예요?"

"예, 계속 경단입니다."

"계속 경단이라…… 경단이 붙어 있어서 그런 거예요?"

바닷가 사람은 왜 이런 싫은 이름을 붙였을까? 계속 경단이라니…… 역의 기울어진 대합실에 앉아 하얀 계속 경단을 먹었다. 팥소를 먹으니 그렇게 죽음을 밝게 생각한 것이 바보스러워졌다. 어느 시골에나 사람은 산다. 살아서 일을 해야 한다고 생각한다. 시골이든 산골이든 내가 살아갈 생활은 있을 거다. 유리알 같은 나의 감상은 나약하고 깨지기 쉽다. 시골이라는 둥 산골이라는 둥 그런 건 옛날이야기 속 세계지. 지저분한 역 벤치에서 생각한 것은 역시 토오꾜오로 돌아가는 것이었다. 내가 죽으면 누구보다 어머니가 힘들어지잖아……

낮게 깔려 있던 구름이 찢어지면서 재를 뿌리듯 비가 세차게 내렸다. 바다 냄새가 나는 여행자와 어깨를 부딪치던 중에 이런 곳까지 온 어제의 내 감상을 경멸하고 싶어졌다. 어젯밤 묵은 여관에 있는 남자들이 나를 쳐다보았다. 올림머리를 하고 있어 작부로 보였는지도 모르겠다. 나는 웃어주었다.

긴 밤기차를 탔다.

(9월 ×일)

다시 까페로 돌아옴. 마구마구 미쳐버리고 싶은 심정이다. 너무너무 사람이 그립다…… 아아, 나는 모든 걸 잃어버린 술 취한 여자입니다. 때리고 짓밟아주세요. 거지와 이웃인 나, 집도 고향도 없고, 그리고 단 하나뿐인 어머니를 항상 울리는 저입니다. 누군가 뭐라고 했지요…… 술을 마시면 새들이 무리 지어 날아옵니다. 나무가 사락사락 울고 있는 듯한 불안감으로 인해 진정되지 않는 내 마음. 흥! 하고 외로워서 자리를 박차고서 심장이 노래를 불러도 기댈 데가 없는 박정함. 하지만 한심한 후미꼬여…… 누군가 엉망진 창으로 취한 내 입술을 훔쳐 갔습니다. 소리 내 울고 있는 내 목소리, 얼핏 눈을 뜨니 여자들의 하얀 손이 내 어깨 위에 새처럼 나란히 있군요.

"너무 많이 마셨어, 얘는 감상적이라서."

사할린에서 온 유우가 나에 대해 누군가에게 말하고 있었다. 나는 화끈거리는 창피함을 느껴 고개를 똑바로 쳐들고 일어나서 거울을 보러 갔다. 내 얼굴이 둘로 보이는 거울 속에서 나를 노려보는 남자의 큰 눈, 나는 여행에서 살아 돌아온 것이 기뻤다. 이렇게 온통 달콤한 것만 있는 세상에서, 자신만이 진실한 양 죽어버리는 것은 어리석기 그지없는 짓이옵니다. 계속 경단이라 이 말이지! 연기하듯 의미심장한 눈빛으로 노려보는 남자의 얼굴 앞에서 나는 도깨비 흉내라고 내고 싶었다. ……어떤 진지한 표정을 지어도 술집에 온 남자의 감상은 생맥주보다 허망한 법이야. 내가 술을 많이 마셔서 주인이 좋아한다. 버러지들!

"술에 취해서 먼저 잘게요."

후미꼬는 강하다.

(10월 ×일)

가을바람이 불 때가 됐습니다. 나는 「아이다」를 부릅니다.

"저기 유미야 ! 아무래도 나 임신한 것 같아. 정말 속상해……"

조용히 책을 읽고 있는 나에게 히까리가 작은 목소리로 이렇게 말했다. 아무도 없는 쌀롱의 벽에서 노란 장미꽃 향기가 났다.

"몇달 됐니?"

"글쎄, 삼개월쯤 된 것 같아……"

"어떻게 된 거야……"

"우리 집 형편에 지금 애가 생기면 힘들어……"

우리 둘은 입을 다물었다. 어묵을 먹으러 갔던 여자들이 줄줄이 돌아왔다.

내가 싫어하는 남자가 또 왔다. 대체로 연기하듯 여자를 어떻게 해보려는 남자 중에는 괜찮은 사람이 없다. 이런 고상한 남자 앞에서는 입을 크게 벌리고 우적우적 먹는 게 제일입니다. 나는 삶은 달걀을 탁자 모서리로 깨서 유우와 같이 먹었다.

"유미야, 이리 와봐."

만취한 여자의 곡예를 아직도 보고 싶은가요. 나는 밖으로 나가 불어오는 거리의 가을바람을 힘껏 들이마셨다. 에이프런을 풀고 나도 이 인파 속으로 들어가고 싶었다. 노점이 빗줄기처럼 늘어서 있었다.

"잠깐 말씀 좀 물을게요. 이 댁에는 여급이 필요 없나요?"

옛날 치마처럼 생긴, 물건 가득 든 자루를 가진 큰 여자가 인파에 떠밀려 내 앞으로 다가왔다.

"글쎄 지금 넷이나 있긴 하지만 더 필요할 것 같기도 해요. 물어봐줄까요? 잠깐만 기다려요."

문을 열자 아까 그 남자는 술기운이 도는지 유우의 어깨를 두드리며 말하고 있었다.

"나는 너무 소심해서 말이지."

지당하신 말씀입니다. ─데리고 오라는 주인아주머니 말을 듣고 부엌 쪽으로 돌아나가 자루를 가진 여자에게 들어오라고 하니, 갑자기 울면서 "저는 시골서 막 올라와 초면이긴 하지만 오늘밤에 갈 곳이 없어요. 꼭 써주세요. 열심히 일하겠습니다"라고 한다. 조금 싸늘한 바람이 불고 모슬린 홑옷이 낡아빠져 추워 보였다. 어차피 이런 까페는 여자면 되는데 뭘. 이 여자도 자루를 치우면 당연히 거울을 쳐다보게 될 겁니다.

"아주머니, 가게에 여자가 많이 부족하니까 있게 해주세요."

조오슈우 출신으로 누에처럼 통통한 그녀는 자루를 짊어지고 가파른 바깥계단을 통해 이층 종업원 방으로 올라갔다. "덕분에 감사합니다." 어둠속에 웅크리고 있는 여자의 목이 희고 굵게 보였다.

"너 몇살이니?"

"열여덟이에요."

"아직 어리구나……"

여자가 옷을 벗고 어설픈 손놀림으로 준비하는 것을 옆에서 물끄러미 보다가 나는 왠지 눈시울이 뜨거워졌다. 아아, 어둠이 왜 이리 좋은 걸까. 먼지가 자욱한 어두운 불빛 아래서 입술에 립스틱을 진하게 바른 여자들이 열심히 노래를 부르고 있었다. 아아, 하느님 정말 싫습니다.

"유미야! 그 사람이 왔어."

언제까지고 이 어둠속에 있고 싶은데 유우가 한입 가득 뭔가를 먹으면서 이층으로 올라왔다. 새로 온 여자에게 에이프런을 빌려주었다. 아주 까칠까칠하고 거친 손을 가지고 있었다.

"저, 한번 결혼한 적이 있어요."

"………"

"앞으로 열심히 일할 테니 잘 부탁합니다."

"여기 있는 사람들 모두 같은 처지니까 다른 사람들처럼 하면 돼. 자릿세가 15전, 그리고 가게 물건을 깨지 않도록 해. 세배 정도로 변상해야 하거든. 그리고 이 방에서 주인아주머니와 아저씨, 종업원, 요리사가 모두 함께 자니까 그 짐은 선반 위에 올려놔."

"어머, 이렇게 좁은 곳에서 자요?"

"응, 그래."

아래층으로 내려가니 예의 그 남자가 비틀비틀 걸어와 내게 말했다.

"공휴일에 어디로 놀러 갈까요?"

"공휴일? 호호호, 나하고 어딜 가면 엄청나게 돈이 많이 드는데요."

그러고 나서 나는 오비를 두드리며 말했다.

"임신해서 당분간은 안돼요."

* * *

(12월 ×일)

"이이다가 말이야, 인두로 때렸어…… 정말 속상해……"

뛰어나오며, 그래 잘 왔어 말해주리라 기대하고 찾아온 나는, 한참을 기다렸다가 어두운 골목에서 풀이 죽어 나온 타이꼬를 보자 갑자기 자동차와 고리짝과 토끼가 무척 부담스러워, 오지 말걸 하는 생각이 들었다.

"어쩌지? 다시 그 까페로 돌아갈 수도 없고, 잠시 돌아다니다 올까? 이이다 씨가 나를 보면 불편해할 거고……"

"응, 그럼 그렇게 해."

운전사인 요시 씨에게 고리짝을 지워 술집 뒷문의 약국처럼 보이는 집 앞에 내려놓게 하고 토끼와 둘이서 가뿐하게 다시 자동차를 탔다.

"요시 씨, 우에노로 데려다줘요."

토끼는 보기 흉한 고리짝이 없어지자 신나게 떠들며 내 양손을 잡고 흔들었다.

"괜찮을까, 타이꼬라는 사람. 네 친구치곤 아주 차가운 사람이네. 우릴 재워줄까……"

"괜찮아. 그애는 원래 그런 사람이니까 신경 쓰지 않아도 돼. 큰 배에 타고 있다고 생각해."

우리는 서로서로 쓸쓸함을 삭였다.

"뭔가 불안해."

토끼는 서러운 듯 눈물을 글썽인다.

"자, 이 정도면 됐지? 나도 일해야 하니까."

10시쯤이었다. 별이 맑게 빛나고 있었다. 주우산야라는 빗 가게 앞에 자동차를 세우게 하고 토끼와 나는 작은 지갑을 꺼내 차비를 냈다.

"온 시내를 태워줬는데 조금은 내야지 미안해서."

요시 씨가 우리 앞으로 때 묻은 손을 내밀면서,

"바보야! 오늘 이것은 나의 전별금이야"라고 한다.

요시 씨의 웃음소리가 너무나 커서 빗 가게 사람들이 깜짝 놀라 우리를 쳐다보았다.

"그럼 뭘 먹고 가요. 내가 미안하니까."

요시 씨가 단것을 좋아해서 나는 둘을 데리고 히로꼬오지의 단팥죽 가게로 들어갔다. 자, 단팥죽 한그릇 대령이오! 자, 단팥죽 한그릇 대령이오! 호탕하기로 유명한 할아버지의 고함소리에도 오늘 쓸쓸한 나는 웃을 수가 없었다. "요시 씨, 잘 지내요." 토끼는 요시 씨의 헌팅캡 안쪽을 냄새 맡아보면서 어린애처럼 눈물을 글썽였다. ──우리가 혼고오의 술집 이층으로 걸어서 돌아간 시각은 12시 가까이 돼서였다. 심야의 차가운 포장도로 위를 라면집의 불빛이 비추고 있을 따름이었다. 우리는 말없이 하얀 숄 자락을 가슴 앞으로 여미었다.

술집 이층으로 올라가니 타이꼬는 없고 생면부지의 감색 잔무늬 옷을 입은 청년이 쓸쓸히 온기도 없는 화로에 손을 쬐고 있었다. 뭣하는 사람인가…… 나는 아주 어색하게 느껴졌다. 추운 밤이었다. 이가 떨려서 참을 수가 없었다.

"타이꼬라는 사람이 오지 않으면 우리는 잘 수 없는 거야?"

토끼가 내 어깨에 기대며 불안한 듯 물었다.

"자도 돼. 당분간 여기 있을 수 있을 거야. 이불 꺼내줄까?"

벽장을 여니 외로운 여자 혼자만의 살림 냄새가 물씬 났다. 타이꼬는 외로울 거야. 큰 하품으로 속이면서 눈물을 소매로 훔치고는 이불을 펴 토끼를 재웠다.

"당신이 하야시 씨인가요……"

그 청년이 안경을 반짝이며 나를 쳐다봤다.

"전 야마모또입니다."

"아, 그래요? 타이꼬한테 얘기를 많이 들었어요."

이게 뭐지? 내가 저런 다리를 갑자기 뻗자, 춥네요라는 말을 시작으로 우리 두사람의 마음은 조금씩 풀어졌다. 이런저런 얘기를 해보니 이 청년의 좋은 점이 점점 눈에 들어오기 시작했다. 나는 그녀를 무지 사랑하는데, 하면서 야마모또 씨는 눈물을 글썽였다. 그러고는 가만히 화로의 재를 긁적였다.

타이꼬는 행복한 사람인 것 같다. 나는 얼마 전에 헤어진 남자를 생각했다. 그렇게 나를 때린 사람이었지만 만약 이 청년의 십분의 일만이라도 순정이 있었더라면 하고 생각했다. 토끼는 벌써 코를 골며 자고 있다. "그럼 저는 갈 테니 내일 저녁에라도 오라고 전해 주시겠습니까?" 벌써 2시가 지났다. 청년은 게따를 달그락거리며 돌아갔다. 타이꼬는 저 사람 아이의 유골을 항상 가지고 다녔는데 지금은 어떻게 했는지 모르겠다. 방 안에는 부러진 인두가 흩어져 있었다.

(12월 ×일)

비가 내리고 있었다. 저녁에 토끼와 둘이서 목욕탕에 갔다. 돌아와 머리를 빗고 있는데 이이다 씨가 찾아왔다. 나는 해진 소매를 꿰매다가 갑자기 요즘 배운 노래가 부르고 싶어졌다. 아아, 정말 싫다. 헤어지고 나서도 천연덕스럽게 여자를 찾아오다니, 이이다 씨도 이상한 사람인 것 같다. 타이꼬는 말없이 가만히 있었다.

"이렇게 비가 내리는데 나갈 거야?"

타이꼬는 울적한 듯 양손을 품속에 넣은 채 우리를 쳐다보았다.

우리 둘이 아사꾸사에 온 때는 저녁나절이었다. 비가 많이 내리고 있었지만 토끼가 더부살이할 만한 곳을 한집 한집 찾아다녔다. 드디어 결정한 데가 까페 세계라는 곳이었다.

"어디로 이사할 경우엔 알려줘. 타이꼬 씨에게 안부 전해주고."

토끼는 정말이지 사랑스러운 여자다. 야성적이고 예의범절은 잘 알지 못하지만 좋은 점이 있는 여자다.

"오랜만에 둘이서 이별주라도 할까……"

"사줄 거야?"

"몸조심하고, 미움 안 받게 잘하고."

아사꾸사의 미야꼬 초밥집에 들어가 술을 한병 시킨 뒤 우리는 기분이 좋아서 다리를 편하게 옆으로 펴고 앉았다. 비가 많이 와서 손님이 적었고 판잣집이었지만 아늑하고 좋은 집이었다.

"공부 열심히 해."

"한동안 못 만나겠네, 토끼랑은…… 나, 한병 더 마시고 싶어."

토끼는 기쁜 듯이 손뼉을 쳐 종업원을 불렀다. 이럭저럭 토끼를 까페에 데려다주고 돌아오니 타이꼬가 열심히 뭔가를 쓰고 있었다. 9시경에 야마모또 씨가 왔다.

나는 혼자 이불을 펴 타이꼬보다 먼저 잠자리에 들었다.

(12월 ×일)

문득 눈을 떠보니 이불이 작아 타이꼬와 서로 부둥켜안고 자고 있었다. 서로 웃으면서 등을 돌렸다.

"일어나."

"난 조금 더 자고 싶어……"

타이꼬가 하얀 팔을 쑥 내밀어 커튼을 젖히고서 햇살을 쳐다봤다. ─계단을 올라오는 소리가 났다. 타이꼬는 무의식적으로 손을 집어넣고,

"자는 척해, 귀찮으니까"라고 한다.

타이꼬와 나는 서로 껴안고 자는 척했다. 드디어 문이 열리고, 자는 거야? 하고 말을 걸면서 야마모또 씨가 들어왔다. 야마모또 씨가 우리 머리맡에 거리낌 없이 앉아서 나는 조금 불쾌했다. 어쩔 수 없이 눈을 떴다. 타이꼬가,

"이렇게 아침 일찍 오면 어떡해요? 자고 있는데"라고 했다.

"그야 직장인은 아침 아니면 밤에만 올 수 있으니까 그렇지."

나는 지그시 눈을 감고 있었다. 어떻게 하면 좋을까. 타이꼬의 태도도 어정쩡한 것 같았다. 싫으면 싫다고 확실하게 거절하면 될 일이다.

오늘부터 거리는 양암[72]이다. 낮에 타이꼬와 둘이서 긴자 방면으로 걸어가봤다.

"나는 원고를 써서 생활비 정도는 마련할 수 있으니 지금 사는 시끄러운 집을 정리하고 교외에서 살고 싶어……"

갈색 망또를 펼치고서 타이꼬는 예쁜 전기스탠드가 있는 쇼윈도우를 쳐다보며 그 스탠드를 사는 것이 유일한 이상인 것처럼 말했다. 걸을 수 있을 만큼 걸읍시다. 긴자 뒷골목의 얏꼬 초밥집에서 배불리 먹은 뒤 우리는 흑백 휘장을 친 거리를 발맞추어 걸어갔다. 아침이고 밤이고 감옥은 어두워 귀신이 늘 창문에서 훔쳐본다.[73] 우리는 니혼바시 다리 위로 와서 어린애처럼 난간에 손을 얹고 하얀 갈매기가 늠름하게 날고 있는 것을 내려다보았다.

일종의 흥분은 우리에게 약일지도 몰라
둘은 유치원생처럼
발맞추어 도시 귀퉁이를 걸었다.
같은 운명을 지닌 두 여자가
똑같이 눈과 눈을 마주하고 쓸쓸히 웃었습니다.

---

72 왕이 부모상을 당해 상복을 입는 기간.
73 러시아 소설가 막심 고리끼의 희곡 『밑바닥에서』의 한 구절.

왜 이 자식들아!
웃어봐! 웃어봐! 웃어봐!
단 두명의 여자가 웃는다고 해서
박정한 세상에 미안해할 필요는 없어
우리도 거리의 사람들 못지않게
고향에서 연말을 보내렵니다.

도미는 정말 좋아
달콤한 냄새가 기쁜 거예요
내 고향은 저 멀리 시꼬꾸 해변
거기엔 아버지도 있고 어머니도 있고
집도 울타리도 우물도 나무도

이봐요, 총각!
에도 니혼바시 마크가 들어간
큰 광고지로 싸주세요
즐거움이 없는 부모님이
얼마나 좋아하며 이웃에 자랑하고 다니시겠습니까
——우리 딸이 말이에요, 에도 니혼바시에서 사서 보내줬어요. 자,
하나 드셔보세요
예······

신슈우의 산골이 고향인 그녀도
갈색 망또를 펼치고
항상 하얀 이로 소리칩니다.

──내일은 내일의 바람이 불 테니 가진 돈을 몽땅 써서 사 보내겠
습니다……

총각이 들고 있는 상자에는
어묵튀김, 연어조림, 말린 도미

둘은 비슷한 웃음을 서로 느끼며
니혼바시 다리에 섰습니다.

니혼바시! 니혼바시!
니혼바시는 좋은 곳
흰 갈매기가 날고 있었습니다.

둘은 왠지 쓸쓸해서 손을 잡고 걸었습니다.
유리처럼 단단한 공기 따위는 깨부수며 나아가자
둘은 밑바닥 노래를 부르다가
어수선한 거리에서 미친 듯이 서로 웃었습니다.

나는 정겨운 나무상자의 내음을 가슴에 안고 고향에서 연말을
즐길 생각이었다.

(12월 ×일)
"오늘밤에 쇼오야 씨가 놀러 온대. 어쩌면 네 시집 정도는 내줄
지도 몰라. 신문사 하는 집 아들이래……"
타이꼬가 이런 말을 했다. 타이꼬와 둘이서 저녁밥을 먹고, 옆
방에 사는 군인 출신으로 증권 매매를 한다는, 아이가 딸린 부부의

초대를 받아 놀러 갔다. "아가씨들은 참 느긋하네요." 타이꼬와 나는 생글생글 웃었다. 차를 마시며 삼십분 정도 얘기하고 있는데 쇼오야 씨가 찾아왔다. 인버네스[74]를 입은 멋진 차림이었다. 그는 취한 것이 아닐까 의심스러울 정도로 휘청거렸다. 그럼에도 사람 좋아 보이는 부잣집 도련님이었다. 이런 사람이 시집을 내준다고 해도 별것은 없다. 나는 과자를 사가지고 왔다. 각로를 쬐면서 셋이 잡담을 나누었다. 드디어 이이다 씨와 야마모또 씨가 함께 들어온다. 심상찮은 분위기다.

이이다 씨는 타이꼬에게 화가 나 있었다. 이이다 씨는 타이꼬의 얼굴에 잉크병을 던졌다. 잉크가 튀었다. 나는 남자에 대한 반감이 불끈 치밀어올랐다. "무슨 짓이에요. 그리고 타이꼬, 어떻게 된 거니?" 타이꼬는 복받쳐 흐느끼며 말했다. "이이다가 괴롭히면 야마모또의 장점이 크게 보이고, 그래서 야마모또한테 가면 뭔가 또 부족하고……" "어느 쪽을 넌 정말로 사랑하는 거니?" 나는 두 남자가 미웠다.

"뭐예요, 당신들은. 한심한 짓들을 하고 있잖아요!"

"뭐라고?"

이이다 씨가 나를 노려보았다.

"난 이이다를 사랑해."

타이꼬가 딱 잘라 말하고 나서 이이다를 힐끔 쳐다보았다. 나는 왠지 타이꼬가 미웠다. 이런 모욕을 당하면서까지 저런 사람을 사랑한단 말인가…… 야마모또는 시궁창에 빠진 생쥐 꼴로 기가 죽어서는, 이불은 내 거니까 가지고 갈게, 한다. 모든 것이 소용돌이

---

74 망또가 덧달린 스코틀랜드식 외투.

치고 있는 것만 같았다. ─결국 어느 틈엔가 타이꼬는 재빠르게 야마다 세이자부로오 집으로 도망가버렸다. 나는 투덜대면서 세 남자와 함께 밖으로 나왔다. 까페에 들어가 술을 마시면 마실수록, 취하면 취할수록 점점 네사람은 한심스럽게도 우울해졌다. 쇼오야 씨는 내게 자기 하숙집에서 자라고 했다. 이불도 없는 추위를 생각하다가 어느새 쇼오야 씨 자동차에 타게 되었다. 혀짤배기의 기교에 질 수야 없지. 나는 취한 척도 아주 잘한답니다. 우리는 오비로 이불을 반으로 나누고서 잤다.

"야마모또나 이이다나 타이꼬 씨가 나중에 들으면 수상하다고 할지도 모르겠네요."

"그래도 상관없어요. 당신이 당당하면 나도 당당해요. 뭐 하룻밤 재워주는 것도 괜찮잖아요. 이불도 없는데 어쩌겠어요."

나는 내게 주어진 이불 범위 안에서 다리를 뻗고 눈을 감았다. 타이꼬는 잘 곳이 생겼을까…… 뜨거운 눈물이 눈시울을 적셨다.

"쇼오야 씨! 내일 일어나면 밥을 먹을 수 있게 해주세요. 그리고 돈도 좀 빌려주세요. 벌어서 갚을 테니까……"

나는 아침까지 잠들어서는 안된다고 생각했다. 남자의 흥분상태는 정치가와 똑같다. 안된다고 생각하면 깨끗이 단념한다. 내일이 되면 또 어딘가 갈 만한 곳을 찾아야 한다

(12월 ×일)

상쾌한 아침이다. 한 남자를 이겨내고서 나는 의기양양하게 술집 이층으로 돌아왔다. 타이꼬도 돌아와 있었다. 타따미 위에 뭔가 불에 탄 것처럼 여기저기 자국이 나 있고 타이꼬의 갈색 망또가 무참하게 찢어져 있었다.

"어젯밤 쇼오야 씨 집에서 잤어."

타이꼬가 히죽 웃었다. 기분 나쁜 웃음이다. 생각하고 싶은 대로 생각해. 나는 이미 모든 걸 포기했다. 타이꼬는 사랑하는 사람이 생겼다고 했다. 그리고 결혼할지도 모른다고 했다. 부럽기 그지없다. 지금은 그냥 말하고 싶지 않다고 했다. 섭섭했지만 타이꼬의 얼굴이 아주 밝고 행복해 보였다. 비참한 사람은 나 혼자잖아. 나는 풀이 죽은 채로 방을 치우는 타이꼬의 하얀 손을 물끄러미 바라보았다.

* * *

(2월 ×일)

노란 수선화에는 뭔가 추억이 있다. 창문을 여니 옆집 거실에 불이 켜져 있고, 이층에서 보이는 검은 탁자 위의 노란 수선화가 삼색 고양이처럼 보였다. 아래층 부엌에서 저녁을 준비하는 맛있는 냄새와 소리가 났다. 나는 이틀이나 밥을 굶었다. 떨리는 몸을 1.5평짜리 방에 누이자 마치 구식 나팔처럼 지저분하고 서러웠다. 침이 연기가 되어 전부 위장으로 되돌아온 것 같았다. 그런데 이런 멍한 순간의 공상에는 우선 첫째로 고야가 그린 마야 부인의 우윳빛 가슴, 얼굴, 어깨, 그리고 뭔가 시큼한 듯 아름다운 것과 호화로운 것에 대한 반감이 스멀스멀 핏덩이처럼 치밀어올라와 내 위장은 여수旅愁에 젖어버렸다. 도대체 나는 어떻게 해야 살아갈 수 있는 거야.

밖으로 나가보았다. 거리에서 생선 냄새가 났다. 공원으로 가보니 꽁꽁 얼어붙은 저녁 연못 위에서 아이들이 스케이트를 타고 있었다. 굳어버린 밥이라도 좋으니 나는 밥이 먹고 싶었다. 거칠어 갈라진 내 입술에는 우에노의 바람이 무척 쓰렸다. 스케이트를 타는 아이들을 보고 있노라니 너무나 절박한 심정이 되어 눈물이 나왔다. 어디에 돌멩이라도 던지고 싶다. 눈과 코와 볼이 빨갛게 된 아이들이 수세미로 문지르는 듯한 끽끽 좋지 않은 소리를 내면서 얼음을 지쳤다. ─한가닥 희망을 품고서 모모세의 집으로 가보았다. 부재중. 아는 집에 가서 허탕을 치면 배가 고프고 힘든 법이다. 집을 보는 할아버지에게 양해를 구하고 집 안으로 들어갔다. 요괴 같은 낡은 긴 화로에 찔러넣은 담배꽁초가 파 뿌리처럼 보였다. 벽에 쌓인 많은 책들을 보노라니 왠지 혀에 침이 고였다. 이 서적 더미가 이상하게 나를 유혹한다. 어느 것을 봐도 칵테일 제조법 책뿐이다. 한권을 팔면 얼마나 될까? 라면에 튀김덮밥에 초밥덮밥, 훔쳐내 주린 배를 채우는 것도 나쁘진 않을 것 같다. 온기가 없는 긴 화로에 두 손을 쬐고 있는데 책들이 큰 눈알을 굴리며 나를 비웃는 것만 같다. 장지문의 찢어진 구멍이 기묘한 바람의 노래를 불렀다. 아아, 결국은 유리 한장 차이인 거야. 모래 속으로 끝없이 빠져드는 내 식욕은 바람이 쌩쌩 부는 공원 벤치 위에 쓰러질 수밖에 없다. 헤헤헤, 여하튼 2 곱하기 2는 4다. 딱 하나 남은 2전 동전이 엄청나게 살찐 암탉으로 환생하지 않는 한 내 위장은 영원한 지옥일 것이다. 걸어서 이께노하따에서 센다기 초오로 갔다. 쿄오지로오의 집에 들러보았다. 휑한 집 한쪽 구석에서 쿄오지로오와 세쯔와 개구쟁이가 화로에 바싹 붙어 있었다. 처참한 심정으로 밥을 얻어먹었다. 볼이 미어지도록 밥을 먹고 있을 때 세쯔가 다정하게 뭔가 한마디 말을 건넸는데 느닷없이 눈물이 마구 쏟아져 민망했다. 가슴속에서 뭔가 올라오는 느낌이었다. 입안의 밥이 헌솜처럼 퍼지며

불같은 눈물이 쏟아졌다. 내가 짠 눈물을 머금으며 소리 내어 울다 웃다 하니까 개구쟁이도 놀라서 장난감을 집어던지고는 같이 울음을 터뜨렸다.

"어이, 개구쟁이! 아줌마한테 지지 말고 더 크게 울어. 참지 말고 기적소리처럼 큰 소리로 울어봐!"

쿄오지로오가 개구쟁이의 머리를 살짝 때리자 마치 동네를 돌아다니는 취주악대의 클라리넷처럼 아이는 리듬을 타면서 큰 소리로 울어댔다. 내 마음속으로 유쾌하고 따뜻한 것이 화살처럼 지나갔다.

"토끼라는 아가씨는 어떻게 지내?"

"이달 초에 헤어졌어. 어디로 갔을까? 행복하겠지……"

"나이가 어려서 가난에 지고 만 거지."

나는 빨간 털실 셔츠를 두벌 갖고 있어서 한벌을 세쯔에게 주려고 생각했다. 세쯔가 추워 보였던 것이다. 드러누워 천장을 노려보던 쿄오지로오가 요즘 만든 시라면서 큰 소리로 내게 읽어주었다. 거칠게 토로하는 듯한 그 시를 들으니까, 나 혼자의 배고픔과 배부름 문제는 어린애의 한푼짜리 과자처럼 낭만적이고 감상적인 것으로서, 내 천박한 식욕을 비웃는 것만 같았다. 정말이지 도둑질도 부도덕한 짓은 아니라는 생각이 들었다. 집에 돌아가 오늘밤에는 좋은 걸 써야겠다. 흥분된 마음으로 즐거워하며 나는 밤바람이 차가운 거리로 나갔다.

별이 나팔을 불고 있다.

찌르면 피가 흘러넘칠 것 같다

찢어진 구두처럼 버려진 흰 벤치 위에서

나는 마치 매춘부 같은 자태로

무수한 차가운 별들을 바라본다.

아침이 오면

저렇게 빛나던 별도 사라져버리잖아요

누구라도 좋다!

사상과 철학을 경멸하는 흰 벤치 위의 여자에게

더러운 입맞춤이라도 해주세요

하나의 현실은

잠시 굶주림을 채워주니까요.

집으로 돌아가는 게 무척이나 싫었다. 인간의 삶은 이렇게 허전한 것인가! 게따를 벤치에 걸어놓고 누워서 보니 별이 아주 눈부셨다. 별은 무엇을 하며 사는 걸까?

별이 된 여자! 별에서 태어난 여자! 머리가 맑다는 건 바람이 내 몸을 뚫고 지나가 바보처럼 슬퍼지는 것일 뿐이다. 밤중에 나는 말한테 쫓기는 꿈을 꾸었다. 옆방의 신음소리에 머리가 아프다.

(2월 ×일)

아침부터 진눈깨비가 내렸다. 이불 속에서 가망도 없는 원고를 쓰고 있는데 토오꼬가 놀러 왔다.

"나 어디에도 갈 데가 없어. 이삼일 재워줄 수 없니?"

날개 없는 귀뚜라미 같은 그녀의 모습에서 말린 꽃 냄새가 났다.

"이삼일 재워주는 건 괜찮은데 쌀이고 뭐고 전혀 없어. 그래도 괜찮으면 며칠 동안 지내."

"까페 손님은 모두 유대인 같아. 코끝만 빨갛지 진실이라고는 눈곱만큼도 없다니까……"

"까페 손님이 아니더라도 요즘은 물물교환이 아니면…… 이 세상은 살기가 힘들어."

"그런 데서 일하면 몸보다 정신이 먼저 이상해지지 않아?"

토오꼬는 오비를 다시마말이처럼 둘둘 말아 베개로 삼고는 내 발치께로 다리를 뻗으며 이불 속으로 들어왔다. "아아, 극락이다! 극락!" 매끈하고 부드러운 토오꼬의 종아리에 내 발이 닿자 그녀는 간지럼 타는 아이처럼 한참을 재미있다는 듯이 웃었다.

차가운 밤공기로 인해 유리창이 소리를 내고 있다. 집이 없는 여자가, 잠잘 곳이 없는 여자가, 사랑스러운 여자가, 안심하고 발치에서 자고 있다. 나는 참을 수가 없어서 벌떡 일어나 신문을 뭉쳐 계속 화롯불을 피웠다.

"어때? 조금 따뜻해?"

"응, 괜찮아……"

토오꼬는 이불을 얼굴까지 끌어당기고는 조용히 숨을 죽이며 울었다.

오전 1시. 우리는 밖으로 나가 라면을 먹었다. 아침부터 아무것도 먹지 않았던 나는 그 라면이 모두 불이 되어버린 듯이 맛있게 느껴졌다. 각로는 없었지만 둘이 이불 속으로 들어가니 아늑한 느낌이 들었다. 좋은 글을 쓰렵니다. 노력하겠습니다……

(2월 ×일)

아침에 여섯장짜리 단편을 완성했다. 이 여섯장짜리를 들고 잡지사를 돌아다니려니 우울했다. 토오꼬가 식빵을 한덩어리 사주었다. 헌 신문을 태워 차를 끓이는데 참담한 기분이 들면서 모든 게 다 물거품처럼 허망하고 귀찮게 느껴졌다.

"난 이제 집을 마련해 정착하고 싶어. 보따리 하나 들고 이리저리 까페나 바를 전전하는 것은 불안해……"

"난 집을 마련하고 싶은 마음이 전혀 없어. 그냥 이대로 연기처럼 한순간에 사라질 수 있다면 그게 더 좋아."

"싱겁긴."

"차라리 온 세상 사람들이 하루에 두시간만 일하면 좋겠어. 그럼 산이나 들에서 알몸으로 춤출 수도 있잖아. 생활은 어떡하냐고? 사실 그런 성가신 일은 생각하지 않아도 되는데 말이지."

아래층에서 방세를 재촉했다. 까페를 다닐 때 싸구려이긴 했지만 내게 휴대용 화장품 케이스를 준 남자가 있었다. 그 사람한테 돈을 빌려볼까 생각했다.

"아하, 그 사람! 그 사람이라면 괜찮지. 유미한테 반했으니……"

엽서를 꺼낸다. 하느님! 이것은 나쁜 짓이라고 꾸짖어주세요.

(2월 ×일)

생각다 못해 밤에 모리까와 초오의 슈우세이[75] 씨 집에 갔다. 고향에 간다고 거짓말하고 돈을 빌릴 수밖에 없었다. 자신의 원고를 부탁하는 것은 너무도 쑥스럽다. 레몬을 둥글게 자른 듯한 전기 스토브가 벌겋게 활활 타고 있었지만 방 안의 온기는 내 마음과 오천리는 떨어져 있었다. 『사이』라는 잡지의 동인이라고 했다. 젊은 청년이 들어왔다. 이름을 소개해주었지만 슈우세이 씨의 목소리가

---

75 토꾸다 슈우세이(德田秋声, 1871~1943). 대표적인 자연주의 소설가.

작아서 제대로 듣질 못했다. 돈 얘기는 결국 하지 못하고 나중에 들어온 준꼬 씨의 화사한 웃음소리에 압도당한 채 청년과 슈우세이 씨 그리고 준꼬 씨랑 함께 나는 밖으로 산책을 나갔다.

"저, 선생님, 단팥죽이라도 먹어요."

준꼬 씨가 야회夜會풍의 올림머리에 손을 얹고서 슈우세이 씨의 가느다란 어깨에 기대어 걸어간다. 내 마음은 사슬에 묶인 개처럼 느껴지기도 했는데, 몹시 배가 고팠으며 단것에 대한 내 식욕이 한심하게도 개처럼 초라하게 느껴지도록 만들었던 것이다. 나도 누군가에게 응석 부리고 싶었고, 단팥죽을 함께 먹을 그런 사람을 찾고 싶었다. 네사람은 엔라꾸껜 옆의 언덕을 내려가 바이엔이라는 요정 같이 생긴 단팥죽집으로 들어갔다. 검은 탁자에 앉아 함께 나온 새콤한 차조기 열매를 씹고 있자니 밥을 찻물에 만 오짜즈께를 배불리 먹고 싶어졌다. 단팥죽집을 나와 청년과 헤어진 우리 셋은 코이시까와의 코오바이떼이라는 만담극장으로 갔다. 카가스즈의 신나이[76]와 산꼬오의 술주정 만담은 눈물이 날 정도로 신났다. 약간의 돈만 있으면 이렇게 즐거운 추억을 만들 수 있는 것이다. 설마 신사와 숙녀를 따라온 내가 오짜즈께를 배불리 먹고 싶다는 옛날이야기 같은 공상을 하고 있다고 과연 누가 생각할 수 있으랴? 준꼬 씨는 만담이 지루하다고 했다. 셋은 가랑비가 내리는 사까나 마찌 뒷골목을 걸었다.

"저, 선생님, 이번 여성 소설은 제목을 뭐라고 할까요? 생각 좀 해봐주세요. 쉬운 건 조금 진부해서……"

준꼬 씨가 이런 말을 했다. 단고자까의 에비스에서 홍차를 마시

---

76 인형극의 한 유파로 서정적인 가락이 특징임.

고 있는데 준꼬 씨가 날이 추우니 모듬전골이 먹고 싶다고 했다.

"혹시 맛있게 하는 곳 아세요?"

슈우세이 씨는 어린애처럼 눈을 깜빡거리며 글쎄라고 할 뿐이었다. 얼마 후 나는 두사람과 헤어졌다. 헤어지고 나서 나는 가랑비에 외투를 적시며 단고자까 문구점에 가서 원고지를 한묶음 사서 돌아왔다. ―8전― 나는 몸속의 탁한 숨을 내뱉으며 정말이지 꼬리를 살랑거리는 개와 똑같았다고 나 자신을 큰 소리로 비웃어주고 싶었다. 돌아오니 방 화로에 토막 숯이 타고 있었고 카레 냄새가 보글보글 거품을 내며 끓고 있었다. 못 보던 붉은 모슬린 보따리가 방구석에 있었고 새 우산이 비에 흠뻑 젖은 채 툇마루에 걸쳐져 있었다. 옆방에는 오늘밤에도 또 꽁치다. 토오꼬의 외투를 벽에 걸고 있는데 토오꼬가 웃으며 계단을 올라와 "요시가 와서 지금 둘이 목욕탕에 다녀오는 길이야"라고 한다. 모두 까페 친구들이다. 그녀는 어딘가 하나부사 유리꼬[77]를 닮아 피부가 예뻤다. "토오꼬가 나가니 재미가 없어서 나도 나와버렸어. 이틀만 재워줘." 마치 솜이라도 넣은 듯 풍성한 머리를 쎌룰로이드 빗으로 빗으면서 "여자끼리 지내는 것도 좋네…… 얼마 전에 토끼를 만났는데, 아무래도 형편이 좋지 않아 다시 까페에 나올까 하던데." 토오꼬는 요시가 쌀과 끓고 있는 카레를 사왔다고 하면서 부지런히 밥상을 차렸다. 오랜만에 기분이 좋아졌다. 요가 좁아 양면 오비를 옆에 깔고는 내가 가운데 눕고 셋이 나란히 자기로 했다. 왠지 1.5평짜리 방이 온통 여자들 숨소리로 터져버릴 것 같았다. 높은 곳에서 떨어지는 꿈만 계속 꾸었다.

---

77 여배우(1900~70).

(2월 ×일)

신문사에 원고를 맡기고 오니 엽서가 한장 와 있었다. 오늘밤에 온다는 그 남자의 속달이었다. 토오꼬와 요시는 일자리를 찾으러 나갔는지 불이 꺼진 것처럼 방 안이 허전했다. 그 남자에게 돈을 빌려달라는 말 따윈 할 수 없잖아…… 토오꼬와 의논해볼까…… 이상하게 가슴이 두근거렸다. 그 휴대용 화장품 케이스는 호떼이야 개업식날 유별난 호기심에 할인받아 산 것일 뿐이고, 우연히 내 차례가 되어서 준 것일 뿐이야. 그냥 스쳐지나가는 사람일 뿐이다. 저런 엽서 한장을 통해 온다는 속달을 보니까 기분이 상했다. 그 사람은 나이도 꽤 있던데. 나는 벌써 이가 찌릿찌릿 아플 만큼 가슴이 두근거렸다. 밤. ─싸라기눈이 내렸다. 여자들은 아직 돌아오지 않았다. 눈을 뒤집어쓴 사과 바구니를 들고 휴대용 화장품 케이스를 준 남자가 찾아왔다. 하느님, 웃지 말아주세요. 제 본능은 이렇게까지 더럽지는 않습니다. 나는 잠자코 화롯불에 손을 쬐고 있었다. "방, 좋네!" 이 남자는 마치 첩의 집에라도 온 것처럼 코트를 벗더니 얼굴을 바짝 갖다대고는 "그렇게 힘들어……?"라고 했다.

"10엔 정도라면 언제든지 빌려줄게."

어두운 유리문을 스치며 눈이 내리고 있었다. 남자는 큰 손으로 빵이라도 쥐듯이 내 양손을 움켜쥐고는 애매한 말로 "그러지 뭐!"라고 했다. 나는 참을 수 없는 더러운 증오를 느끼며 눈물을 흘리면서 남자에게 말했다.

"전 그런 여자 아니에요. 굶고 있어서 돈만 빌리고 싶었던 거라고요."

옆방에서 아줌마가 키득키득 웃는 소리가 들려왔다.

"누구예요? 웃고 있는 사람은…… 웃고 싶으면 내 앞에서 웃어요! 뒤에서 몰래 웃지 말고요!"

남자가 나간 뒤 나는 이층에서 과일 바구니를 지구처럼 골목으로 던져버렸다.

* * *

(2월 ×일)

나는 내가 쓰레기 같은 여자라는 생각에 빠져들지 않도록 조심했다. 거리를 걷는 여자를 볼 때면 내가 하찮게 느껴지지 않았지만, 며칠을 굶으면서 그저 옆방의 태평스러운 웃음소리만 듣고 있을 때면 나는 죽어 사라져버리고 싶었다. 살든 죽든 아무 쓸모 없는 인간이라는 생각이 들기 시작하면 모든 것이 혼란스럽고 힘들어진다. 까닭 모를 초조함. 오늘 아침 내 위장에 채소 이파리만 있었던 것처럼 내 머리에는 서러운 바람만 쌩쌩 지나갔다. 극도의 피로로 인해 그야말로 살아 있는 미라 같았다. 지난 신문을 열번이고 스무번이고 다시 읽으면서 타따미 위에 꼼짝도 않고 누워 있는 내 모습을 가만히 멀리 떨어져 남의 것처럼 생각해본다. 내 몸도 비틀어져 있고, 내 마음도 비틀어져 있구나. 아무짝에도 쓸모없는 소진된 육체. 아무리 굶주려도 앞으로는 까페로 달려가지 않겠습니다. 어딜 가더라도 불편한 내 마음에 번질번질 거짓 광을 내어 웃음을 보일 필요는 없는 거야. 어느 쪽에도 가고 싶지 않으면 똑바로 앞만 보고 굶주리면 되는 거야.

밤.

토시아끼 군이 토야마 약봉지에 쌀을 한되 넣어가지고 왔다. 나는 이 남자를 몇번이나 거절한 바 있는데, 이런 아나키스트가 싫었던 것이다. "당신을 미칠 만큼 좋아해"라고 말해준다 하더라도 야마또깐에서처럼 아침저녁으로 멀리서 나를 감시하는 건 싫어요.

"앞으로 당분간은 밥 먹는 걸 휴업할까 생각 중이에요."

나는 문을 꼭 닫고 자물쇠를 걸었다. 배를 좀 채우려고 불필요한 소용돌이에 휘말리고 싶지는 않았다. 머리끝까지 배가 고파오면 몸이 철판처럼 탕탕 울리면서 멋진 편지가 쓰고 싶어진다. 하지만 저는 역시나 먹고 싶습니다. 아아, 내가 살아가기 위해서는 까페 여급과 식모살이라니! 열 손가락에서 피가 쏟아져나올 것 같은 이 추위…… 그래, 혁명이든 뭐든 다 가지고 와. 잔 다르끄도 날려버리자. 그런데 어쨌든 모든 게 텅 비어 있다. 아래층 사람들이 목욕탕에 가고 없는 사이에 된장국을 훔쳐 먹었다. 하느님, 비웃어주십시오. 조롱해주십시오.

아아, 가엽구나 후미꼬, 죽어버려라다.

일을 하고 또 하지만 눈곱만큼도 사는 데 도움이 되지 않다니. 지금까지의 생활방침은 가늘고 길게였다. 아아, 1엔의 돈으로 나는 닷새고 엿새고 먹고 지낸 적이 있다. 죽는 것을 항상 소중하게 남겨두었지만 내일이라도 죽어버릴까 하고 쓰레기를 끄집어내서 방안에 전부 뿌려버렸다. 살아 있는 순간의 내 체취가 그립고도 가여워라! 낡고 더러운 검정 모슬린 옷깃에 때와 분이 반짝거린다. 나는 어린애처럼 내 냄새를 맡아보았다. 예전에 이 옷을 입고 그 남자에게 안겼습니다. 이런 생각! 저런 생각! 피가 솟구치는 창백하고 고독한 여자여! 가슴을 감싼 두 손에는 키모노와 오비와 옷깃의 모든 더러움에서 풍겨나오는 체취의 몽따주가 있다.

나는 이 멋진 엑스터시 앞에서 최후의 비웃음을 살 편지를 누구에게 쓸까 생각했다. A에게일까, B에게일까, C에게일까…… 딸꾹질 나는 내 인생관을 좀 향기롭게 해주세요. 유쾌한 흥분인 것 같다. "난 이렇게 당신을 사랑하는데……" 옛날 신문에 실린 광고에는 쌜러드니 비프스테이크니 하는 좀 재밌는 단어가 나왔다. 미까미 오또끼찌[78]는 조금 에너제틱하니까 비프스테이크 같은데. 이것도 재미있다. 요시다 겐지로오[79]는 푸른 채소와 작은 새 같은 에트랑제. 나는 그 두사람에게 똑같은 글을 써보려고 생각했다.

바닷가 사탕수수밭에서
모든 기대를
딱딱한 잎이 확 날려버린
스물다섯의 여자는
진정 목숨을 끊고 싶어한다
진정 죽고 싶어한다

쭉쭉 위로 뻗어난
옥수수는 허망하구나 열매가 하나뿐

아아, 이런 감상을 편지에 쓰는 것은 그만두렵니다. 이사벨 여왕이 콜럼버스를 찾아냈을 때의 흥분으로 내 펜 끝은 벌써 횡설수설. 아아, 솔로몬의 백합꽃에 먹물을 마구마구 뿌려버려!

---

[78] 대중소설가(1891~1944).
[79] 자연주의 계열의 소설가(1886~1956).

(2월 ×일)

아침, 차가운 안개비가 내린다. 밤이 되면 눈이 될지도 모르겠다. 오랫동안 담배도 피우지 않았다. 이 아름다운 기상. 아아, 기름 냄새 풀풀 나는 신문이 읽고 싶다.

옆방의 활기 넘치는 밥그릇 소리는 나와는 먼 얘기다. 어젯밤에 쓴 두통의 편지. 나는 마음속으로 희미한 웃음을 느끼고 모든 게 바보 같다는 생각이 들었다. 하지만 뭐, 인생은 어디를 보나 박정하다. 진실한 척할 뿐⋯⋯ 그런데 문제는 내 품에 3전의 동전이 있다는 것이다. 이 3전의 돈에 쎈티멘털을 구걸하는 건 상대에 대한 모독이지만, 10전짜리 동전으로 7전의 거스름돈을 받을 여유가 있었다면 나는 이 두통의 편지를 쓰지 않아도 됐을지도 모른다── 일본식으로 제본한 너덜너덜한 『잇사 시집』을 꺼내 읽는다.

오늘 또다시 내일도 하릴없는 장구벌레야
고향에서는 파리마저 사람을 찌르는구나
생각지도 보지도 말자 하건만 그리운 우리 집

잇사[80]는 철저한 허무주의자다. 하지만 저는 지금 굶주리고 있습니다. 이 책을 몇푼에라도 팔 수는 없을까? ──누워만 있다가 몸을 일으키니 우두둑 뼈에서 소리가 난다. 두 손으로 목을 만져보니 가엽게도 내 동맥은 딱히 기름을 쳐주지도 않았는데 팔딱팔딱 맑은 소리를 내면서 피가 흐르고 있다. 대단하구나!

---

80 코바야시 잇사(小林一茶, 1763~1828). 에도 시대의 시인.

두통의 편지. 어느 것을 먼저 보낼까요? 이 무슨 한심한 짓이란 말인가. 요시다 씨한테 먼저 보내기로 결정했다. 그래서 소리 나지 않게 발을 내디디며 거리로 나가본다.

유시마 신사로 갔다. 할아버지가 붕붕 페달을 돌리며 분홍색 솜사탕을 만들고 있었다. 있는 듯 없는 듯 보이는 분홍색 거품이 놋쇠통에서 쏟아져나와 안개 같은 솜사탕이 된다. 오랫동안 꽃을 보지 못한 내 눈에는 마치 목련처럼 보이는군요. "할아버지! 2전어치 주세요." 어린애 머리만 한 솜사탕을 살며시 안았다. 아무도 없는 돌 벤치에 앉아서 이것을 먹어야지. 솜사탕을 먹으면서, 생각지도 보지도 말자 하건만 그리운 우리 집, 같은 그런 고독을 막연히 즐기는 것도 괜찮잖아요.

"할아버지, 3전어치 주세요."

한심하게도 푸른 채소와 작은 새에 대한 감상이 분홍색 달콤한 솜사탕으로 변해버렸다. 얼마나 사랑스러운 감상인가! 나의 연상聯想은 혀 위에서 눈물 같은 사탕으로 변해버렸다. 눈을 질끈 감고서 요시다 씨에게 보내는 편지에 우표도 붙이지 않고 우체통에 넣었다. 신쪼오샤 앞으로 보냈는데 웃음거리가 될지도 모르겠다. 미까미 씨한테 보낼 편지는 찢어버렸다. 아주 화려하게 사는 사람에게 이런 작은 현실 따위는 사라지고 없을지도 모르잖아— 내 주변 사람들의 일이 이상하게도 희미해진다. 솜사탕 할아버지는 비가 뿌옇게 내리는 차가운 하늘 아래서 언제까지고 덜컹덜컹 놋쇠 페달을 돌린다. 벤치에 앉아 비를 재처럼 뒤집어쓰면서 솜사탕을 먹고 있는 여자. 그 여자 눈에는 멀리 고향과 어머니와 남자가…… 내가 생각하는 건 이런 시시한 향수밖에 없어!

(3월 ×일)

양면 오비와 책 두세권을 팔아서 2엔 10전을 마련했다. 책방 주
인이 집까지 따라와 "집이 어딘지 알아두고 다음에 또 가지러 오겠
습니다"라고 한다. 천만에요, 내 벽장 속에는 마니아 작가의 머리
처럼 잡동사니뿐이랍니다.

낮.

아사꾸사에 갔다. 아사꾸사는 시시한 도회적 분위기에서 벗어난
낙원입니다. 이런 말을 어느 골방 작가가 했습니다. 아사꾸사는 천
박하고 역겹다. 모든 분들이 한달 동안 열심히 돼지처럼 먹어 머리
만 커져서는, 영화와 셜록과 에로틱이라, 거울에 얼굴을 비춰보고
잘 생각해보시길⋯⋯ 그런데 아사꾸사의 셜록은 모자를 흔들며 말
했습니다. "지상의 모든 것에 질려 이젠 하늘을 먹을 작정입니다."
아사꾸사는 좋은 곳이라고 생각한다. 불이 켜지기 시작한 아사꾸
사의 커다란 제등 아래서 내가 생각한 것은, 이 2엔 10전으로 멋진
최후를 보내겠습니다, 하는 것이다⋯⋯ 왠지 봄날 같은 초저녁이
다. 선향과 여자 냄새가 폴폴 납니다. 사람의 물결. ──공원극장 앞
으로 가보니까 미즈따니 야에꼬 극단의 광고 깃발 중에 헤어진 남
자의 파란 깃발이 있었다. 이거 재미있는데. 다른 사람들보다도 고
상하게 자물쇠를 채워버린 그 남자와 나 사이. 모든 것이 다, 조용
히, 조용히,라고 하면서 세월이 영원히 흐르고 있습니다. 뒷문으로
돌아가 분장실 앞의 할아버지에게 물어보는데 퉁명스러운 표정이
대답보다 먼저 나왔다. 복도에는 음식 그릇으로 넘쳐났고 양갓집
딸과 여학생이 뒤섞여 있는 상황이었다. 뒤틀린 유리창에 걸쳐놓
은 거울이 두개. 몇년 전에 본 적 있는 검은 가방이 굴러다니고 있
었다.

"야아!"

분장실에 앉아 있는데 하인처럼 상투 튼 그 남자가 들어왔다.

"오랜만이에요."

"잘 지내지?"

아사꾸사 한복판에 있는 극장에서 오랜만에 나는 헤어진 남자의 목소리를 들었다.

"연극이라도 보고 가. 나 한 장면만 하면 끝나니 차라도 함께 마시자."

"예, 고마워요. 부인도 지금 같이 공연하나요?"

"아, 그 사람! 죽었어, 폐렴으로."

그렇게 미워하면서 헤어진 여배우 얼굴이 아련히 떠오르면서 나는 잠시 믿기지가 않았다. 이 남자는 아주 진지한 얼굴로 거짓말을 하곤 했으니까……

"거짓말이죠?"

"당신한테 거짓말해서 뭣하겠어. 예전부터 몸이 약했어."

"정말이에요? 불쌍하게도…… 분장하세요. 당신 분장실을 처음으로 구경하네요. 분장실이란 게 꽤 썰렁하군요."

그 남자와 이야기를 나누는데 키 큰 젊은 병사가 허리에 쌍검을 차고 들어왔다.

"아아, 소개해줄게. 이쪽은 미야지마 스께오[81] 군의 동생으로 똑같이 미야지마라고 불리는 사람이야."

이 사람은 단단하고 건장한 청년다운 어깨를 하고 있었다. ─ 반면에 그는 꽤 나이가 들어 보였고 가방에서 시 원고를 꺼내는 걸

---

[81] 프롤레타리아 문학의 대표적인 작가(1886~1951).

봐서 배우라는 사실이 잘 어울리지 않는다는 느낌이 들었다. 몸도 뚱뚱하고 게다가 매력적인 젊은 목소리도 아니어서 이런 젊은 사람들 사이에서 연극을 하는 게 무척이나 안쓰럽게 보였다. 타바따에서 이 남자와 같이 살 때 접어올려져 있던 옷단을 처음으로 내려서 입었던 게 기억났다. "내 연기를 꼭 봐줘. 예전처럼 또 욕먹으려나?" 나는 명함을 받고서 분장실 밖으로 나왔다. 새삼 저 남자의 연기를 본다 한들 아무 소용도 없을 것이다. 그런데 큰 빗방울이 하나 내 얼굴에 떨어져서 황급히 극장 안으로 들어갔다. 무대는 기독교인을 가둔 감옥 장면으로 야에꼬 창녀와 옥지기, 병사가 서 있었다. 무대 위엔 온통 벚꽃이 만발하고 새가 지저귀고 있었다. 길고 황당한 연극이었다. 나는 무대를 보면서 여러가지 생각이 들었다. "사제여, 제우스여!" 그 사람은 목소리가 좀 컸다. 나는 귀를 막고 그 남자가 하는 감옥 안에서의 이야기를 들었다. 아름다운 야에꼬 창녀가 감옥 밖으로 나오자 관객들은 일어나 열광적인 박수를 보냈다. 아름다운 모습이었지만 왠지 현실감이 없었다. 나는 지루해서 밖으로 나와버렸다. 그 사람은 차라도 함께 마시자고 했지만 상관도 없는 것을 계속 볼 수는 없지. 소용돌이에 절대 휘말리지 말 것— 약국을 찾아내 조그마한 칼모틴 상자를 하나 샀다. 죽을 수 없다면, 그래도 좋아. 조금 오래 잠드는 것도 행복한 도피방법이 아닐까. 모든 것은 똑바로 명랑하게.

(3월 ×일)
오색 테이프가 하늘하늘 춤추고 있다.
어디선가 폭죽 터지는 소리가 엄청 시끄럽게 바로 옆에서 들린다. 비행기인가, 모터보트인가…… 내 착각 속에서 하얀 거품을 뿜어내는 바다 풍경이 허공 위로 보였다. 은빛 등대가 깨알처럼 보였다가 이번에는 마치 코끼리의 배 같은 것이 내 눈에 가득 펼쳐지면서, 나는 몸을 흔들며 씽씽 땅바닥으로 내려오는 것 같았다. 토오꼬가 내 벗은 가슴에 수건을 갖다대고 있었다. 나는 무슨 일이 있더라도 죽고 싶지 않았다. 눈을 뜨니 눈꺼풀에 힘이 없어 부채를 접듯 푹 꺼졌다. 나는 죽고 싶지 않아…… "미역이랑 어묵튀김과 함께 돈이 5엔 왔어." 나는 눈을 뜰 수 없었다. 귓속으로 주르륵 뜨거운 눈물이 흘러들어왔다. 머리맡에서 토오꼬가 가위로 어머니가 보낸 소포를 뜯었다. 어머니가 5엔을 보내주시다니 엄청난 일이라 여겨졌다. 아래층 아주머니가 죽을 끓여 가져왔다. 몸이 좋아지면 이 5엔을 아래층에 주고 시따야의 이 집을 나가야겠다고 생각했다.

"세탁소 이층이긴 하지만 좋은 곳이 있는데, 이사하지 않을래?"

나는 살고 싶다. 죽지 못한 나를 위로해준 건 남자도 친구도 아니었다. 이 토오꼬 한사람만이 내 이마를 쓰다듬어주고 있다. 나는 살고 싶다. 그리고 뭐라도 좋으니까 살아서 일을 하는 게 진실한 것이라 생각했다—

나는 사는 게 힘들어지면 고향을 생각한다. 죽을 때는 고향에서 죽고 싶다고 사람들은 종종 말하는데, 그런 얘기를 들을 때마다 나는 고향이라는 것을 곰곰이 생각해보곤 한다.

매년 봄가을이 되면 순경이 찾아와 본적을 조사해가는데 그때마다 나는 고향을 생각하게 된다. "당신 고향은 도대체 어디가 진짜입니까?"라고 사람들이 물으면 나는 말문이 막혀버린다. 나는 사실 고향이 어디더라도 상관없다고 생각한다. 괴로움과 즐거움 속에서 자란 곳이 고향이니까. 그래서 이 『방랑기』도 제2의 고향을 그리워하는 부분이 꽤 많다. ──생각지도 않게 나이를 먹고 여러가지 일에 여수를 느끼면서 문득 나는 진짜 고향이라는 것을 생각해본다. 내 본적지는 카고시마 현 히가시사꾸라지마 후루사또 온천장으로 되어 있다. 정말이지 멀리도 왔구나 싶다. 내 형제는 여섯이지만 나는 태어나서 아직까지 형제를 만나본 적이 없다. 한 언니에 대해서는 고통스러운 기억을 가지고 있다. ─나는 밤중에 땅울림 소리를 들으며 제등을 들고 언니와 온천에 간 일을 기억한다. 노천 온천에서는 고개만 들어도 별이 빛났다. 당시 섬에서는 석유등을 사용하고 있었다. "아이고 이쁘네" 하고 말해주던 동네 아주머니 들은 모두 나를 보면 타향 사람과 결혼한 어머니 흉을 봤다. 그로 부터 벌써 십육칠년이 지났다.

여름이 되면 섬에는 파란 참외가 많이 열렸다. 시로야마로 소풍 갔을 때나, 도시락을 여니 집 뒤뜰에서 난 것으로 죽순조림만 세토막 들어 있어서 얼마나 오오사까의 철공소에 가 있는 부모님을 그리워했는지 모른다. ─겨울이 다가오던 어느날 밤. 나는 혼자 모지까지 갔던 기억이 있다. 아버지가 오오사까에서 모지까지 마중을 나온다고 해서 아홉살의 나는 5전짜리 동전 하나를 오비에 둘둘 말아 넣고 모지행이라고 쓴 나무판을 오비에다 달아매고서 기차를 탔던 것이다.

육친이란 이렇게 복잡한 것인가? 꽃이 하나도 피지 않아서였을까, 나는 대문을 나서면서 손에 잡힌 호랑가시나무를 꺾어 모지까지 가져갔던 것을 기억한다. 모지에 도착할 때까지 그 나뭇가지는 아주 생생했다. 모지에서 배를 타자 천장이 낮은 삼등칸의 어둠속에서 아버지는 햇빛이 물에 반사되어 비출 때 내 머리의 이를 잡아 주었다. 카고시마는 나하고 인연이 먼 곳이다. 어머니와 함께 걷고 있노라면 가끔 소녀시절 외로웠던 내 생활을 어쩔 수 없이 떠올리게 된다.

"실실 갈라요."

"오셨능교."

등등의 말을 어머니는 고향을 떠난 지 삼십년이나 지났건만 토오꾜오 한복판에서 태연히 사용한다. ─오랫동안 소식이 없던 우리에게 언니가 긴 편지를 보내 "어머니 잘 지내시죠? 늘 걱정하고 있어요. 저는 올봄에 남자애를 낳았는데, 이번 5월 5일이 첫번째 남자아이의 날이라 성대하게 축하해주고 싶어요"라고 했다. 나는 그 편지를 보고 몹시 속상했다. 그리고 내 마음은 딱딱하게 매몰찼다. "어머니, 의리나 인정 따위는 잊어버리세요. 얼마나 오랫동안 우리는 의리나 인정에 매달려 살아왔나요? 우리 세 식구는 항상 차이고 짓밟히면서 여기까지 왔어요. 아이를 축하해주는 것이 아까운 게 아니라, 어머니 기억나시죠?" 나는 예전에 아주 힘들어 마지막으로 매달린다는 심정으로 언니한테 돈을 좀 빌려달라는 편지를 보낸 적이 있다. 그런데 언니는 답장에서, 나는 너를 동생으로 생각하지 않아. 키워주지도 않은 어머니는 어머니도 아닌데 내가 너한테 무슨 의무가 있니? 멀리 타향 땅에서 고작 10엔 때문에 고생하는 너나 어머니의 고통은 당연한 거야. 고향과 자식을 버리고 떠난 부모를 나는 악귀라 생각해. 앞으로 의지하려 들지 마,라고 했다─그 이후로 이 세상엔 아버지와 어머니 그리고 나, 이렇게 셋뿐이라고 생각했다. 아무리 몰락했어도 어린 나와 어머니를 버리지 않은 아버지의 진심을 생각하면 나는 열심히 일해서 보답해드리고 싶었다. 언니의 심정과 내 심정을 따질 것도 없이 우리는 이미 수만리 떨어져 있는 사이다. 그런데 성대하게 아이를 축하해주고 싶다는 몇년 만의 언니 편지를 보고서 어머니는 뭔가 보내 축하해주고 싶은 것 같다. ─하지만 나는 지금까지도 언니의 그때 편지를 미워한다. 미워하지 않을 수 없다. 정말로 밉다. ─아직까지 따뜻한 말 한마디 건네주지 않은 고향 사람들에게, 그리고 언니에게 지금 어머니는 뭔가 멋진 선물로 깜짝 놀라게 해주고 싶은 모양이다.

"어머니! 이 세상에서 뭔가 보여주고 싶다든지, 뭔가 의리를 다하고 싶다든지, 그런 건 필요 없어요"라며 나는 화를 냈다. 아아, 하지만 어머니의 작은 소망을 이루어주고도 싶다. 나는 정말이지 비뚤어진 사람인 걸까, 오랜 시간의 인내는 나를 아무것도 믿지 못하게 만들었다. 육친 따위 개한테나 줘버려 하는 거친 마음이 생겼다.

아아, 스물다섯살 여심의 고통인가
저 멀리 투명하게 보이는 바다
사탕수수밭에 서 있는 스물다섯살 여자는
옥수수여, 옥수수여
왜 이리 가슴이 아픈가
스물다섯살 여자는 바다를 보면서 그저 멍해진다.

하나 둘 셋 넷
옥수수 알맹이는 쏩쏠하게도 스물다섯살 여자가 탐내는 말이다
파란 해풍도
노란 사탕수수밭의 바람도
검은 흙의 입김도
스물다섯살 여심을 적시는구나.

바닷가 사탕수수밭에 서서
모든 기대를
딱딱한 잎이 확 날려버린
스물다섯살 여자는
진정 목숨을 끊고 싶어한다

진정 죽고 싶어한다

쭉쭉 위로 뻗어난
옥수수는 허망하구나 열매가 하나뿐
여기까지 온 스물다섯살 여심에게는
진정 남자는 필요 없는 존재
그건 슬프고 성가신 장난감이기에

진정 가족에게 지칠 때
살 것인가 죽을 것인가
너무나 서러운 포기로구나
진실한 친구가 그립지만 한사람 한사람의 마음 때문에……

옥수수 이파리의 성급한 포기
스물다섯살 여심은
모든 것을 버리고 달리고 싶어라
한쪽 눈은 감고 한쪽 눈은 뜨고서
아아, 남자도 그립고 여행도 그립고 도리가 없구나
이렇게 하려고도 생각하고
저렇게 하려고도 생각한다……
실타래의 실처럼 무료하게
멍청히 살아온 스물다섯살 여자는
사탕수수밭 고랑에 누워
차라리 깊이 잠들고 싶어라

아아, 이렇게나 하릴없는
스물다섯살 여심의 방황이로다.

이 정도가 지금 내가 사는 최대한의 것이다. 그리고 요즘 나는
뜨거운 번뇌로 속을 태우고 있다. 자! 나를 더 때리고 더 괴롭히세
요. 나는 땅이 무너지는 듯한 그런 큰 격정이 몰려올 때면 모든 것
이 허망해 죽음과 고향을 생각한다. 하지만, 까짓것! 가끔은 쌀 한
되만이라도 사고 싶다고 했던 그때를 떠올리면서, 나를 망치는 나
쁜 생각을 극복하고자 노력해야 한다. 이『방랑기』는 내 표피에 불
과하다. 내 일기 속에는 외면하고 싶은 고통이 한없이 적혀 있다.

지금부터 나는 열심히 내 일에 몰두하려 한다. 어린아이의 천진
난만한 마음으로 살아가고 싶지만 이 사오년간의 생활은 육체의
방랑과 여수 같은 달콤한 것이 아니었다. 여전히 갈 곳도 없는 힘
든 생활의 연속이었다. 나는 끙끙 신음하며 살아왔다. 어디까지가
진실이고 어디까지가 거짓인지 도저히 구분할 수 없는 갖가지 장
치를 보고서, 예전에는 즐거웠던 것이 지금은 별것 아니라는 허전
함…… 하늘에 대한 동경, 땅에 대한 동경, 아무 말 없이 멀리 있는
언니에게 어떤 축하를 해줘도 괜찮겠다는 생각이 든다. 어머니의
나약한 심성도 틀림없이 위안을 받을 것이다. 얼토당토않은 나의
비뚤어진 감정을 경멸해도 좋다. 사탕수수밭 고랑에 누워 차라리
깊이 잠들고 싶다. 그래서 요즘 나는 조용히 입을 다물고서 착실히
내 일에만 몰두하려고 한다. 그것이 유일한 소망이고 유일한 내 갈
길이라 생각하게 되었다.

하야시 후미꼬라는 이름이 내게는 조금 짐이 되어버렸다. 여리고 끈기가 없고 외로움을 잘 타는 나. 나는 한번 이 이름을 이 세상에서 정말 없애버리려 한 적이 있다. 길을 걸어가다 잡지 포스터에서 '하야시 후미꼬'라는 글자를 발견할 때가 있다. 도대체 하야시 후미꼬는 어디 사는 누구인지 생각하게 된다. 거리를 걷고 있는 나는 뒷골목 여자들보다도 나약하며, 이삼년이나 입은 키모노 차림에 쇠가 박힌 긴 우산을 들고 달가닥거리며 길을 걷는다. 옛날에는 유까따가 없어서 붉은색 수영복 하나만 입고 칩거한 적도 있다. 원고가 조금 팔리면서 "3만엔쯤 모으셨나요?"라는 질문을 받기 시작했는데 사실 그건 가슴 설레는 얘기다. 우리 집 옆에 아부라야라는 전당포가 있는데, 그 주인만은 하야시 후미꼬가 생각 외로 가난한 작가라면서 분명 비웃을 것이다.

작은 항구도시에서 태어난 빨간 머리의 소녀는 타고난 그대로 노동자와 같이 사는 게 훨씬 행복할지도 모른다. 지금의 생활은 나를 광고처럼 짤막하게 잘라내어 여기저기 흩뿌리는 것 같다. 생활형편도 정말이지 애매하고 어중간하여 오히려 괴롭다. ──생활이 조금 편해져서 새아버지와 어머니를 모시고 있는데, 가난했지만 서로 하나이던 마음이 한집에 살면서부터 동서남북으로 각기 뿔뿔이 흩어져버렸다. 모두 둥글게 모여 앉아 이쪽을 보세요,라는 부탁을 해도 서로 자기 혼자만의 성의 성주가 되어버린다. 화장실에 가면 나도 모르게 눈물이 나올 때가 있다. 오랫동안 부모와 떨어져 있으면 혈육을 그리는 정은 있지만 오랫동안 함께 생활하지 못한 탓인지 그 정이라는 것이 이상하게 옅어지는 것 같다.

동서남북으로 흩어진 마음을 이해는 하지만, 유목민 같던 우리

가족은 지금 일정한 땅에 정착해서 내 식으로 말하면 반안주생활^半
安住生活의 안정된 이민족 집단이 되었다. 여기에 암운이 소용돌이치
면서 흐르고 있음을 도저히 부정할 수는 없다. 나는 되도록 잘 지
내고 싶었다. 선량한 사람들이기에, 이 선량한 사람들을 힘들게 하
고 싶지 않아서 최근 이삼년 동안 몇번이나 헤어졌다 합치기를 반
복했다. 솔직히 말하면 어머니와 둘이 간소하게 사는 게 가장 이상
적이지만 좀처럼 그렇게 할 수가 없었다. 어머니는 필리쁘[82]형 여
자로, 심약했지만 오기로 그날그날을 살아갔다. 나는 오랫동안 이
런 어머니의 모습만 그리워했던 것 같다. 새아버지는 어머니보다
어린 사람으로, 많은 일들이 있었지만 이십년을 어머니와 같이 살
았다. 나는 내 작품 속에서 새아버지를 아주 따뜻하게 묘사하고 있
지만, 열일고여덟살 때는 새아버지를 그다지 좋아하지 않았던 것
같다. 하지만 지금은 그때보다 나이가 열살이나 더 들었다. 나도
어느정도 분별력이 생겨서 좋다 싫다 말하기보다 먼저 새아버지
를 딱하게 여기고 그다지 힘겨워하지 않는다. 하지만 어머니에 대
한 애정이 없다는 사실을 부정할 수는 없다. 나는 열두어살 때부
터 일을 했다. 부모님에게 송금하기 시작한 것은 열일고여덟살 때
였던 것 같다. 신기하게도 옷 한벌 갖고 싶어하지 않아서 그랬는지
일을 하는 건 당연하다고 생각했고 적은 돈이지만 송금도 했다.

　지금은 부모님을 쉬게 할 정도가 되었지만 하루하루 일해서 일
당을 벌던 분들이라 좀처럼 내 옆에서 지내려 하지 않는다. 나한테
장사 밑천을 받아 장사를 시작하고는 사오일도 지나지 않아 실패
하고 만다. 나는 그런 일에 지치기 시작했다. 조용히 지내며 꽃이나

82 샤를루이 필리쁘(Charles-Louis Philippe, 1874~1909). 프랑스 소설가.

키우시는 편이 나로서는 좋지만 어쩔 도리가 없다. 두 사람 모두 나름의 생각으로 내게 의존하고 있다고 말한다. 수입이라면 내가 '글 쓰는' 것뿐으로 딱히 확실한 안정성이 있는 것도 아니다. 내가 뻔뻔스러운 사람이라고 세상에 알려져 있는지도 모르겠다. 술꾼이라고 하는지도 모르겠다. 하지만 나는 사실 술도 담배도 다 싫어한다. 술을 마시고 기분을 속이는 동안은 좋지만 지금은 그런 걸로 속일 수 없게 되었다. 모두 너무나 선량한 사람들이기에. —나는 또 칠년 전에 비밀리에 지금의 남편과 결혼도 했다. 새아버지에게는 모친이 있는데, 이 할머니의 지론이 "네 어미 때문에 내 아들은 이십년이나 아이도 없고, 사내 인생치고는 참 허무하게 돼버렸다"라는 것이다. 결론은 은혜를 잊지 말라는 것으로 그 할머니께도 매달 조금이나마 생활비를 부치고 있다. 이상하게도 모두들 내게 꽤 의존한다. 버거워하면서도 나는 내가 할 수 있는 한도 안에서는 하자며 마음이 약해진다. 하지만 내 일은 성냥갑을 붙이는 일이나 재봉틀 부업과는 다르다. 책상 앞에 앉기만 하면 원고가 돈이 된다고 생각하는 가족들에게 지금의 내 심정을 솔직하게 말해봤자 소용도 없다. 차라리 재봉틀 페달을 밟으며 부업을 하는 편이 즐거울지도 모르겠다…… 오랫동안 불행한 처지에 있었던 사람들이기에 나는 그들을 사랑하려고 했다. 그리고 사랑했다. 하지만 일단 이 소가족 안에서 풍파가 일어나면 어머니는 아버지 편에 서고 나는 마치 무용한 존재가 되어버리고 만다. 생각해주기보다는 먼저 미워하는 마음이 서글프다. 머리가 아프다고 하면 약을 먹으면 낫는다고 말하는 사람들이다.

아침에 일어나 어린 식모를 데리고 식사 준비를 하고 낮엔 점심, 밤엔 저녁식사, 쌀과 된장 걱정에 내 방 청소, 빨래, 손님 접대 등

내 생활도 무척 바쁘다. 그사이에 글도 써야 한다. 내 작품에 대한 비평도 상당히 걱정된다. 반성도 하고 공부도 계속하지만 가끔 공허함이 나를 집어삼킨다. 장마 때는 특히 우울해져서 그런지 그냥 죽어버리고 싶을 때도 있다. 이대로 사라져버리면 편안해지겠지 하는 절박한 심정이 되는 것이다. 하지만 내가 없어지면 연의 줄이 끊기듯 가족들이 쩔쩔맬 것을 생각하니 그렇게 할 수도 없다. 목표를 정하고 싶어서 요즘 참선을 시작했지만 아직 제대로 하지는 못한다. 진정한 자신의 깨달음을 얻기까지는 길이 아주 먼 것 같다. 요즘 마음의 안정을 위해 『월터 페이터』를 읽고 있다. "월터 페이터는 소수의 특이한 예술가로 우리는 그의 생활에서 예술에 대한 예술가의 극도로 겸손한 생활 모델을 발견한다. 그의 생활은 그야말로 큰 조수를 들이기 위해 잠잠해지는 만조기의 바다처럼 마음의 경험이 깊으면 깊을수록 오히려 안정되었다"라는 구절이 있긴 하지만, 마음의 경험이 페이터의 그늘이라면 의외로 페이터는 로맨티스트임에 틀림없다. 그렇지만 그런 점이 매력인 걸까, 페이터 연구는 상당히 재미있다. 페이터는 또 아름답고 거대한 업적을 남기고 요절한 사람들을 사랑하고 동정했다고 하는데 그 점에 무척 공감이 간다.

무슨 잡지였나, 최근에 마쯔이 스마꼬의 사진을 보았다. 정말 아름다웠다. 정제된 미가 흘러넘쳤다. 그녀의 나이와 얼굴을 그 사진으로는 상상할 수가 없었다. 서릿발처럼 강렬한 아름다운 사진이었다. 이런 천재형 여자의 죽음은 정말이지 안타깝지만 아주 영리한 사람이었다는 생각도 든다. 특히 그녀가 여배우였기에. ─나는 마쯔이 스마꼬처럼 미모도 없고 천재도 아니다. 하지만 나는 왠지 늙는 것이 굉장히 두려워지기 시작한다. 육체적 노화도 그렇지만 작품상의 노화는 처참하다고 하기엔 너무나 가슴 아픈 일이다.

나는 다른 한편으로 부엌을 아주 사랑한다. 가족을 사랑하는 것은 물론이다. 그리고 스스로 그 속에서 마음 편히 늙어가는 자신의 모습을 나는 눈을 감고 머릿속으로 그린다. "당신이 하는 일이 뭐 대단한 것도 아니잖아." 말을 하다보면 남편의 입에서 가끔 그런 말이 나오는데, 아주 가까운 사람한테서 너무나도 당연한 그런 말을 들을 때면 쓰라리기보다 식은땀이 난다. 내 작품은 여러가지를 섞은 협잡물일 뿐으로 정말 어느 하나 투명한 것이 없다. 사실 여기까지 왔지만 앞으로의 길은 끊어져버린 느낌이다.

나는 과거에 또 한번의 연애를 했다. 플라토닉 러브는 아니었지만, 내 작품에 나오는 구절 "사랑에 빠진 사람들의 은밀한 숨소리요, 저 하늘 별들의 노래다"와 같은 것이었다. 정말 한순간이었지만 내 애절한 마음에 채찍을 가하는 그런 것이었다. 그 연애는 내 사랑이 끝나기도 전에 사라져버렸다. 그 연애가 깨졌을 때 살아갈 자신이 없어졌던 것 같다. 하지만 그 작은 사건 역시 내 과거 속으로 흘러가버렸다. 하지만 체호프의 「알비온의 딸」에 나오는 사랑스러운 여자처럼 나는 누구에게 기대지 않으면 살아갈 수 없는 여자인 것 같다. ─나는 육친이라는 것을 신뢰하지 않는다. 남보다 형편이 좋지 않기 때문이다. 일을 잘한다고 해서 사랑받는 것은 괴로운 일이다. 괴로운 일인데도 결국 가족들과 함께 무를 자르고 당근을 썬다. 나는 최근에 책을 서너권 냈다. 한권은 출판사가 망해서 인세를 반밖에 받지 못했다. 나머지 세권의 인세로 잠시 잡문을 쓰지 않고 일년 정도 공부를 다시 하기 위해 쉴까 생각했다. 하지만 외국에서 생활한 시절에 얻은 빚을 갚고, '이게 마지막'이라는 새아버지의 말에 작은 찻집을 낼 만한 돈을 드린 탓에 나는 다시 슬슬 책상 앞에 앉아야만 한다. 세무서에서 보낸 세금 통지서도 왔다. 무척 바쁜 나다. 스스로 배척하면서도 죽어야만 고쳐질 것 같은 이런 느낌과 생활에 질려버렸다. 혐오스러운 부류의 여자다. 생활만 흐지부지한 것이 아니라 마음도 흐지부지하여 스스로 내 기분을 견딜 수 없을 때가 있다. 지금 바보스럽게 큰 집에서 살고 있는데 이것도 나의 어떤 기분 탓일지 모른다. 청산하고서 소박한 집으로 이사하고 싶다.

쓸 수 있을 만큼 쓰자. 몸은 의외로 든든하다. 그 든든함이 안쓰럽기도 하지만 일을 하기 위해서는 몸이 건강해야 한다고 생각한다. 죽을 때가 끝날 때라고 생각한다. 오오꾸마 초오지로오의 시에 이런 게 있다.

조용히 잠들게 하소서
인간의
생명이 죽음으로 가는 마지막 순간에는

이는 따뜻한 시로, 강한 척하는 나를 묘하게 슬프게 만든다. 실제 슬플 때가 있다. 공부도 글쓰기도 싫을 때가 있다. 연극과 영화도 오랫동안 소원했다. 모른 척할 때는 입술에 손을 대고 가만히 있는 것이 제일이다. 매개물로 죽으려 한 그런 초조한 날도 많았지만 정말 지금부터는 좋은 일만 하고 싶다. "대단한 것도 아니잖아"라는, 그 대단하지도 않은 일에 나는 지금 여전히 구속당하며 살고 있다. 물론 넓은 길 한가운데를 걸어가는 것만 소설이라고 생각하지는 않는다. 구석의 좁은 길을 다니는 것 같은 내 나름의 작고 멋진 글을 쓰고 싶다.

아무래도 나는 요즘 공포증에 걸린 것 같다. 사람들이 모두 무섭게 여겨진다. 사람이 찾아오는 것 외에 내가 누군가를 찾아가는 일은 없다. 꿈도 무섭다. 깨어 있을 때에도 가끔 뒤에 누가 서 있는 것 같은 착각이 든다. 넓은 마음으로 위로해주는 건 개뿐이다. 달밤에 돌계단에 앉아 있으면 개가 내 옆으로 다가온다. 내 손에서 이제 모든 것이 없어져버렸다. 사실 달밤의 내 그림자도 그립긴 하지만…… 내 머릿속은 지금 텅 비어 있다. 위급한 것이 밀려올 것 같다. 그 위급한 것을 정리하고 싶어 밤낮으로 생각해보지만 아직 그 정체를 파악하지는 못했다. 여기까지 쓰니 몇번이고 이런 속마음을 쓰는 것이 혐오스러워지지만…… 뭐 괜찮다고 하자.

사람들한테서 이런저런 말을 듣지 않아도, 지나칠 정도로 많이 반성하면서 나는 자신의 일을 속속들이 드러내고 있다. 이건 추억이 아니다. 과거의 일들은 나를 꾸짖는 회초리에 불과하다.

지금은 부모님과도 별거 중이다. 넓은 집에는 나와 식모 두사람만 넋이 나간 듯 멍하니 있다. 사랑을 받고 싶다던 어머니는 마치 어린아이처럼 멀리 떠났다. ——신문을 보면 매일 신상 상담이라는 것이 나온다. 실제로 여자라는 신상이 얼마나 근본이 없고 약한가 하고 웃었지만 점점 나는 웃을 수가 없게 되었다.

그저 힘을 내서 일에 열중하면서 노력하고 싶다. 그것밖에 내게 남은 것이 없다. 뭔가 더 말하고 싶기는 하지만, 마음이 우울할 때면 뭔가 분명히 말할 수 없는 그런 느낌이다. ——조용한 관조, 순화된 소재, 고독한 지역, 이런 내용의 작품을 여러해 구상해왔다. 그리고 내 반성은 죽을 때까지 나를 괴롭힐 것이다.

제3부

(3월 ×일)

까마귀가 빛난다
도시의 하늘에서도 빛난다
까마귀가 하얗게 빛난다
꽃가루 거리, 전봇대 꼭대기서
비틀비틀, 비틀거린다
쉴 곳이 없어
허파가 노래한다 짧은 풍경의 노래야.

갈색 비 속을
나는 귀를 막고 걸어간다
귀가 아파, 아파요

빗속에서 까마귀가 빛난다
버둥거리며 날아간다
저 먼 황야의 바람의 꿈
허파가 노래한다 짧은 풍경의 노래야.

나는 왜 걸어가는 거지
까마귀의 운명
까마귀처럼 나도 어디선가 태어났다
쉴 곳 없는 밤에
반짝이며 날아간다
자기가 빛나는 게 아니야
주위의 광선이 와하고 웃는 거야
내 허파가 노래한다 그것뿐이야······

외톨이 고양이 외톨이 개
아무도 없는 길가의 돌멩이
이슬이 사라져
까마귀의 하늘, 빛나는 까마귀
못을 뽑듯 매끈한 빛줄기
비틀비틀 마냥 빛나는 까마귀
허파가 노래한다 허파가 노래하는 것뿐이야.

　두쪽의 허파만이 나 자신인 것 같다. 우편이 되돌아와서 역시 그렇구나 생각했다.
　『요미우리 신문』에 보낸 「허파가 노래한다」라는 시, 시미즈 씨라는 분이 길어서 실을 수 없다고 알려주는 편지였다. 성병 약 광고는 정말이지 크게 나와 있는데 가난한 여자의 시는 길어서 신문에 실을 수가 없다.

겨우 여덟면짜리 신문은 한심한 시 따위 실을 공간이 없다.

피어리스 침대 광고도 나와 있다. 나는 이런 튼튼하고 세련된 침대에서 한번도 자본 적이 없다. 타이거 미녀 종업원 모집. 하얀 에이프런의 긴 끈을 등 뒤에서 나비 모양으로 묶고 맥주병 따개에 방울을 매단 멋쟁이 종업원이 눈에 띈다. 신문을 보고 있노라면 흙투성이 바퀴에 소똥을 발라놓은 것처럼 기분이 나빠진다.

자, 영차!

몸이 몹시 무겁다. 떨이 바나나가 한덩이에 10전. 상하기 시작한 흐물흐물한 것을 먹은 탓일까 몸 안에 벌레가 생긴 것 같다. 아침 일찍부터 어디선가 대정금을 엉망진창으로 연주하고 있다.

「허파가 노래한다」 따위의 장난스러운 시가 돈이 된다고는 생각하지 않았지만 그래도 세상에는 한사람 정도 유별난 호기심을 가진 사람이 있는 법이다.

이부자리를 정리하고 미장원으로 갔다.

킨쯔루 향수를 한병이나 뿌린 것 같은 덩치 큰 여자가 머리를 하고 있었다. 너무 냄새가 심해 소맷자락으로 코를 막고 싶을 정도였다. 머리가 아파왔다. 가게 안쪽에서는 미용사 가족이 다 모여 벚꽃 조화 만들기 부업을 하고 있었다. 눈이 번쩍 뜨이는 듯했다.

맞아, 곧 벚꽃 철이지.

갈래올림머리를 했다. 싸구려 다리를 드리니까 아무래도 이상했다. 눈썹도 눈꼬리도 위로 당겨진 모습이었다. 이층에서 갑자기 "이 색골아" 하는 여자 목소리가 들렸다. 모두 다 깜짝 놀라서 천장

쪽을 쳐다봤다.

"또 대낮부터 시작이네. 우당탕 늘 씨름밖에 안해요. ─뭐, 술 취해 마누라를 괴롭히는 게 버릇이라나……"

미용사는 귀밑머리를 뾰족하게 만들면서 낄낄 웃었다. 모두 다 웃었다. 남편은 증권 일을 하고 마누라는 고깃집 종업원이라고 했다. 아침부터 술을 마시고, 이불을 개는 법이 없는 부부라고 했다.

하얀 종이로 머리를 장식했다. 머리하는 값 30전에 종이 장식이 2전, 35전을 지불했다.

머리 위에 과일 바구니를 올려놓은 것 같았지만 보름 만에 머리를 하니 개운했다.

「허파가 노래한다」가 반송되어왔으니 이번에는 장르를 바꿔 동화를 가지고 가야겠다.

카야 초오에서 우에노로 와 스다 초오행 전차를 탔다. 먼지가 일어 저녁노을 같은 하늘. 왠지 사는 게 귀찮아진다. 쿠로몬 초오에서 빨간 삐에로 옷을 입은 약장수 세 명이 탄다. 차 안에서 다들 키득키득 웃기 시작했다. 젊은 삐에로가 차표를 검사받는다. 파랑과 빨강의 줄무늬 공단 옷에 화장하지 않은 얼굴이 오히려 더 이상하다.

저런 모습을 하고 살아가는 사람도 있다. 일당은 얼마 정도일까…… 나는 무관심한 척 창밖을 보고 있었지만 점점 엉망진창으로 망가져도 괜찮다는 생각이 들었다. 한 사람 정도 나하고 살아줄 남자는 없을까 생각해본다.

나를 좋아한다고 한 사람들은 모두 나처럼 가난하다. 바람에 흔들리는 덧문처럼 불안정하다. 그뿐이다.

긴자로 가서 타끼야마 마찌의 『아사히 신문』사로 갔다. 나까노 히데또라는 사람을 만났다. 하나야기 하루미라는 단발한 신여성과 산다는 소문을 들어서 가슴이 두근거렸다. 세상 사람들은 좀체 남의 궁핍한 사정 따위를 알아주지 않는다. 조만간 시를 읽어봐달라고 하고는 밖으로 나왔다.

나까노 씨의 붉은 넥타이가 멋졌다.

소개장도 뭣도 없는 여자의 시 따위는 어느 신문사나 귀찮은 법이다. 긴자 대로를 걸었다.

광고에서 본 타이거라는 가게가 있었다. 옆에 나란히 마쯔까제라는 가게도 있다. 넋이 나갈 만큼 예쁜 여자가 작고 세련된 하얀 에이프런을 하고서는 내다보고 있었다. 가슴까지 올라오는 에이프런은 이제 유행이 아닌 건가?

모래가 섞인 세찬 바람이 불었다.

요리사처럼 보이는 남자가 4가에서 행인들에게 판촉용 성냥을 하나씩 나눠주고 있었다. 나도 받았다. 다시 돌아가 두개나 더 받았다.

글을 써서 돈을 벌겠다고 생각했던 것이 마치 꿈처럼 막연한 일처럼 여겨진다. 양지의 삶은 음지의 생활과는 전혀 다른 거야. 10전짜리 소고기덮밥조차 먹을 수 없다니……

(3월 ×일)

나는 하이네가 어떤 서양인지 모른다.

그는 감미로운 시를 쓴다.

사랑 시도 쓴다. 독일 어머니의 시도 쓴다. 그리고 시가 팔린다. 이꾸따 슌게쯔[83]라는 사람은 어떤 아저씨일까…… 번역은 밥을 다

---

[83] 시인(1892~1930)으로 하이네 시집을 번역했다.

시 볶음밥으로 만드는 일일까? 하이네와 슌게쯔가 어떤 관계인지는 모르지만 책방 서가에 하이네가 있다. 우뚝 서 있다.

나는 무정부주의자다.

이런 답답한 정치 따위는 딱 질색이다. 인간과 자연이 함께 어울려 온종일 번식만 한다…… 그걸로 충분하잖아요. 고양이도 밤마다 애달프게 울며 돌아다닌다. 나도 그렇게 남자가 필요하다고 하면서 돌아다니고 싶다.

발에 차일 만큼 남자는 많다.

바라문 대사의 반게의 경에서는 '한냐하라미'[84]라고 하지 않는가……

구더기가 들끓는다. 내 몸속에 구더기가 들끓는다.

아침부터 물만 마셨다. 도둑이 되는 상상을 해본다. 여러분 모두 문단속 주의. 지금 나는 멋진 무정부주의자임을 자임한다. 엄청난 짓을 하려고 생각 중이다.

밤. 소고기덮밥을 먹고 안약을 샀다.

(5월 ×일)

밤에 우시고메에 사는 이꾸따 초오꼬오[85]라는 사람을 찾아갔다.

그가 나병에 걸렸다고들 했지만 그런 건 아무 상관도 없었다. 시인이 되고 싶다고 하면 뭔가 방법을 가르쳐줄지도 모른다.

나는 이제 70전밖에 없다.

'파란 말을 보았다'라는 제목의 시 원고를 갖고 갔다. 떠돌이 무

---

84 '반야바라밀'의 일본어 독음 '한냐하라미쯔'를 일부러 '임신'을 뜻하는 일본어 '하라미'를 넣어 '한냐하라미'로 읽은 것으로 보임.
85 평론가(1882~1936).

사가 있을 법한 낡은 집이었다. 전등불이 아주 어두웠다. 귀신이 튀어나올 것 같았다.

방구석에 다소곳이 앉아 있는데 이꾸따 씨가 불쑥 안쪽에서 나왔다. 아주 평범한 광택 있는 명주 키모노를 입었고 마른 체형이었다. 얼굴 피부가 심하게 번들거렸다.

목소리가 작고 상냥한 사람이었다.

아무런 설명 없이 먼저 원고를 읽어봐달라고 하니 지금 당장은 볼 수 없다고 한다.

나는 70전 밖에 없어서 몸이 후끈 달아올랐다.

"어떤 사람의 시를 읽어보았나요?"

"예, 하이네를 읽었습니다. 휘트먼도 읽었습니다."

고상한 시를 읽는다고 해야 될 것 같았다. 하지만 사실 하이네와 휘트먼은 모두 내 마음과는 수만리나 떨어진 사람들이다.

"뿌시낀을 좋아합니다."

서둘러 나는 사실을 얘기했다.

당신은 병 때문에 아주 비참하지만 저는 가난 때문에 아주 비참합니다. 수만가지 병과 가난보다 괴로운 것은 없다고 우리 어머니는 입버릇처럼 말했지요. 그래서 저는 살해당한 오오스기 사까에[86]를 좋아한답니다.

넓은 방, 어두운 토꼬노마[87]에는 절단면이 하얀 책들이 몇권 쌓여 있었다. 자단목 책상이 하나. 더운데도 장지문이 닫혀 있었다. 갓 없는 전등이 아주 칙칙했다.

---

86 아나키스트(1885~1923).
87 일본식 방에서 바닥을 한층 높게 만든 공간으로 꽃병이나 장식품 등을 놓아두는 곳.

멀리 떨어져 앉아서 이꾸따 씨가 아주 호리호리하게 보였다. 마흔 정도로 여겨졌다.

차라리 이꾸따 슌게쓰라는 사람을 찾아갔어야 했다는 생각이 들었다. 할머니처럼 보이는 사람이 차를 가져다줘서 나는 단숨에 마셨다.

병든 사람을 모욕해서는 안된다고 생각했다.

시 원고를 맡기고 돌아왔다.

어떻게 되겠지. 어떻게 되지 않아도 그뿐이다.

우에노히로꼬오지에 있는 맥주 광고가 어두운 하늘로 거품을 내뿜고 있었다. 호오딴의 약 광고등도 눈이 부셨다.

단팥죽 한그릇, 하는 쉰 목소리에 이끌려 5전짜리 단팥죽을 먹었다. 야시장 노점들이 떠들썩했다.

수중화水中花,[88] 나프탈렌 꽃, 멜빵, 러시아 빵, 만능 무깎이, 달걀 거품기, 헌책방에 있는 빨간 표지의 『끄로뽀뜨낀』, 파란색 표지의 『인형의 집』. 팔랑팔랑 페이지를 넘기는데 짙은 화장을 한 마쯔이 스마꼬의 무대 사진이 나왔다.

반찬 가게인 슈에쓰 앞에 산처럼 새까맣게 몰려든 인파. 인도 사람이 바나나 떨이를 하고 있었다.

주우산야라는 빗 가게 앞에서 악사가 바이올린을 켜고 있었다. 녹음이 짙은 버드나무의…… 유명한 「두견새의 노래」[89]이다. 아주 고풍스러운 노래를 부른다.

잠시 발을 멈추고 들어본다. 올림머리를 한 중년 여성이 옆에 서 있었다. 옛날 사세보에서 살 때 이 노래를 들어본 적이 있다. 노래

---

88 조화를 물에 넣은 것.
89 소설가 토꾸또미 로까의 작품 『두견새(不如歸)』의 내용을 가지고 만든 유행가.

에 이끌리듯 그리움이 느껴진다.

악사가 노래할 만큼 좋은 소설을 쓰고 싶다. 하지만 소설은 길어서 귀찮다. 루바시까를 입고 끈을 앞으로 길게 묶은 악사의 네모난 얼굴이 『문장클럽』의 사진에서 본 무로오 사이세이[90]라는 사람과 닮았다.

골목 안으로 들어서자마자 목욕탕에서 돌아온 아래층 주인아주머니를 만났다. 아주머니는 밤에 빨래를 널고 있었다.

"방세 어떻게 좀 해줘. 정말 힘드니까……"

네네, 저도 정말 힘듭니다, 사실 저 역시 계속 고생하고 있어요, 라고 말하고 싶었다.

내일은 타마노이로 몸이라도 팔러 갈까 하고 생각한다.

(5월 ×일)

땅벌레가 운다.

톡톡 소리를 내며 새순이 돋아나는 것 같다. 깊은 밤이다. 누가 유부초밥을 팔러 온다. 목소리가 가까워졌다 다시 멀어진다. 유부초밥은 맛있겠지. 새콤달콤한 유부 속에 꽉 차 있는 밥, 국물이 뚝뚝 떨어질 것 같은 박고지 묶음.

아래층에서 노름판을 벌이기 시작한다.

생선 뼈의 뼈

물살에 젖은 강가의 풀

생선 뼈의 뼈

---

90 시인이자 소설가(1889~1962).

갈색 구름 사이로 보이는 재
안녕이라는 강 하류의 인사
번민이라는 글자, 여자의 글자
번민은 허벅지 안에 있다
폴폴 냄새 나는 허벅지 안에 있는
번민이라는 글자야.

생선 뼈의 뼈
힘껏 쓴 한줄의 글
생선 뼈의 뼈
다시 돌아오는 사랑
우수라는 글자, 그 글자
세상 사람들이 말한다
창자 안에 있는
우수의 바다에 가라앉은 배야.

일체무아一切無我!

○

이 도시에는 다양한 사람들이 모여든다
배고픔 때문에 타락한 사람들
수척한 얼굴, 병든 육체의 소용돌이
하층계급의 쓰레기장
천황 폐하는 미치셨다고 한다

병든 자들만의 토오꾜오!

한층 매서운 바람이 불어온다
아아, 어디서 불어오는 바람인가!
정사情事는 만연하고 곰팡이가 생긴다
아름다운 사상
선량한 사상이라는 것은 없다
두려움에 떨며 살고 있다
모두 무언가를 두려워하고 있다.

틈새로 보이는 창백한 천사
불가사의한 무한無限………
신기하게도 폐하는 미치셨다고 한다.
빈약한 행위와 범신론자들의 냄비
계속 몰려드는 사람들
무언가를 침범하러 오는 사람들의 무리
도시의 큰 시계도 미치기 시작했다.

(5월 ×일)

비.

위고의 『레 미제라블』을 읽는다.

나뽈레옹은 워털루라는 배경을 금방 눈에 떠오르게 할 만큼 훌륭한 영웅이라고 나는 생각해왔지만, 공화제를 뒤엎고 나뽈레옹 제국을 세운 모순이 마음에 많이 걸린다. 그런 세상에서 빵 하나를 훔친 남자가 십구년간이나 감옥에 들어가 있는 것도 이상하다.

달랑 빵 하나 때문에 십구년간의 감옥생활을 견뎌낸 인간도 인간이다. 세상도 세상이구나!

구멍가게에서 1전짜리 알사탕을 다섯개 사온다.

거울을 바라본다. 사랑스럽지만 아무 쓸모도 없다.

갑자기 기름을 발라 머리를 딱 붙여본다. 열흘 동안이나 머리 손질을 하지 않아 머리 밑이 일어나 큰일이다.

다리가 퉁퉁 부어올랐다. 누르면 움푹 들어간다. 보리밥을 많이 먹으면 좋다. 많이 먹는다고 얘기하는 게 문제다. 많이 말이야……

나뽈레옹 같은 전술가가 태어나 이놈 저놈 모두 십년 이상 감옥에 집어넣는다. 인민은 주판알과 같다. 불행한 나라여. 아침부터 밤까지 먹는 일만 생각하는 것도 서러운 삶이다. 도대체 나는 누구지? 뭐지? 왜 살아 움직이는 걸까?

삶은 달걀도 어서 와.

붕어빵도 어서 와.

딸기잼 빵도 어서 와.

호라이껜의 라면도 어서 와.

아아, 메밀국숫집에서 국수 삶은 물이라도 공짜로 마시고 올까? 위고 씨를 팔기로 했다. 50전도 받기 어렵겠지……

양심에 필요한 만큼의 만족을 느끼고 식욕에 필요한 만큼의 돈을 벌며 사는 것이 힘들어 머리를 조아립니다.

나뽈레옹 제정하의 천재에 대하여.

어떤 약장수는 군대용으로 골판지 구두 밑창을 발명해 그것을 가죽이라고 속여 팔아 사십만 리브르의 수입을 올렸다고 한다. 어떤 사제는 단지 콧소리 때문에 대주교가 되었고, 행상은 돈놀이하는 여자와 결혼해 칠팔백만의 돈을 벌었다. 19세기 중반의 프랑스

수도원이 태양을 향하는 올빼미에 불과했다니…… 세번의 혁명을 거쳐 빠리에서는 또다시 희극이 되풀이되고 있다.

나는 오늘 이 위대한 위고의 『레 미제라블』과 헤어져야 한다.

천재란…… 조그만 일본에는 없지요. 미치광이가 있을 뿐. 누구도 천재를 본 적이 없다. 천재는 사치품 같은 것이다. 일본인은 미치광이만 늘 봐서 매장시키는 일밖에 하지 못한다.

가여워라. 미쳤다는 폐하도 사실은 천재일지 모른다. 칙서를 둘둘 말아 망원경으로 만들어 신하들을 보셨다는 이야기가 있지만, 불쌍한 폐하, 당신은 슬프지만 정직한 천재입니다.

종일 비가 내린다. 알사탕과 말린 다시마로 덧없는 목숨을 이어간다.

(5월 ×일)

이꾸따 씨가 「파란 말을 보았다」를 되돌려주었다. 그것을 햇볕에 말렸다. 햇볕에 말리면 종이는 금방 두툼하게 부풀어오른다.

시는 죽음과 이어진다는 것이지. '예'라는 답변이 없는 곳은 비겁과 미련만……

『소녀』라는 잡지에서 원고료 3엔을 보내왔다. 반년쯤 전에 가져간 원고 열장, 제목은 '콩을 보내는 역의 역장님'이었다. 장당 30전이나 받다니 나는 세계 제일의 부자가 된 느낌이었다. ─시집 따위는 아무도 쳐다보지 않는다.

방세로 2엔을 냈다.

아주머니는 갑자기 싱글벙글거린다. 편지가 오고 도장을 찍는다는 것은 축제처럼 중요한 일이다. 막도장의 효용. 살아 있는 것도 나쁘지는 않다.

갑자기 동화를 부지런히 써본다.

귤 상자에 신문지를 바르고 보자기를 씌워 압정으로 고정시킨다. 상자 안에 잉크와 위고 님과 질냄비와 생선이 동거 중. 노래미를 한마리 산다. 쌀을 한되 산다. 목욕탕에도 간다.

「돼지 왕」「빨간 구두」둘 다 여섯장씩. 목욕을 한 때문일까, 비누 냄새가 몸에서 폴폴 난다. 가만히 비누 냄새를 맡고 있노라니 프랑스라는 나라에 가보고 싶다는 생각이 든다.

일본보다는 살기 좋은 곳이 아닐까…… 꿈에 나타날 정도로 너무나 동경하는 곳이다. 고양이가 기차를 타고 싶어하는 것과 같다.

내 펜은 이상한 펜.

나는 지도 같은 것을 그려본다. 먼저 조선으로 건너가 거기서 하루에 30리씩 걸으면 언젠가는 빠리에 도착하겠지. 그동안 먹거나 마시지 않을 수는 없으니까 나는 일을 하면서 가야 한다.

조금 피곤해진다.

밤에 노래미를 구워 오랜만에 밥을 먹었다. 눈물이 흐른다. 평화로운 느낌이 든다.

(5월 ×일)

비릿한 바람이 분다
초록이 돋아난다
새벽녘 하얀 거리가
은빛으로 빛난다
고요한 5월의 아침.

많은 꿈이 피어난다
두개골이 웃는다
죄수도 간수도, 연인도
지옥문까지는 동행
서로 괴롭히는 게 좋다
서로 탓하는 게 좋다
자연이 인간의 생활을 결정하는 거야
저기요, 그렇죠?

꿈속에서 정체도 모르는 사람을 만난다. 여관의 하얀 요 위에 두개골인 남자가 누워 있다. 나를 보자마자 손을 잡아당긴다. 나는 조금도 두려워하지 않고 옆으로 가 눕는다. 나는 요염하기조차 하다.

눈을 뜨고 나니 기분이 나빴다.

침상에서 시를 써본다.

낫또오 파는 아주머니가 지나간다. 서둘러 이층에서 낫또오 장수를 불러세우고 아래층으로 내려가니 비가 그친 탓인지 도로가 은빛으로 환하게 빛나고 있다. 아직 잠에서 깨어난 집은 별로 없다. 참새만 부지런히 은빛 길에 내려와 놀고 있다. 어디에선가 비둘기도 날아온다. 밤꽃 냄새가 심하게 난다.

낫또오와 함께 겨자도 같이 산다.

나는 요즘 내 일만 생각한다. 가족이 있는 따뜻한 가정이라는 것은 수십만리나 떨어진 훗날의 일이다.

마음속으로 나는 남몰래 신을 증오한다. 편안히 죽고 싶다고 말하는 그런 여자가 있다. 그 사람이 바로 나다. 정말로 죽고 싶다고 생각하지는 않지만 토끼(兎)가 잠깐 낮잠을 자듯 죽고 싶다는 말을 쉽게 한다. 그러면 왠지 마음이 편안해진다. 편안해지는 것은 가장 돈이 들지 않는 즐거움이다.

죽는다고 하면 금방 슬퍼지고 그저 가슴이 먹먹해진다.

뭐든 할 수 있다는 기분이 든다. 그런 용기로 머리가 풍선처럼 부풀어오른다.

낮부터 『요로즈쪼오호오』에 간다.

아직 담당자가 나오지 않았다고 해서 신문사 앞의 작은 밀크홀에 가서 우유를 한잔 마시며 기다린다. 인력거가 지나간다. 자동차가 지나간다. 자전거가 지나간다. 점심시간이라서 붉은색 찬합도시락을 어깨에 산처럼 짊어진 메밀국수 장수가 지나간다. 강렬한 햇살이 쏟아지는 거리를 바라보고 있노라니 「허파가 노래한다」 따위의 시를 들고 찾아다니는 자신이 싫어졌다. 아무도 모르는 곳에서 혼자 발버둥 칠 필요는 없다. 우선, 엄청난 졸작이고, 요즘 허파따위에는 아무도 신경 쓰지 않는다…… 공기를 마시는 일 따위는 아무래도 좋은 것이다.

아아, 돈이 있으면 천 페이지짜리 시집을 출판하고 싶다. 친구도 없고, 돈도 없고, 그저 거북이 새끼처럼 느릿느릿 양지쪽만 찾아다닌다. 나는 거지처럼 불쌍하다. 아무도 도와주지 않는다. 쳐다보지도 않는다. 아아, 돈다발이 쏟아져내리는 그런 풍경은 없을까? 천페이지짜리 시집을 내고 말 거야! 제목은 '남자의 뼈', 더 끔찍한 제목이라도 좋다.

이름도 없는 여자의 시 따위 사주지 않아도 돼. 이제 곧 천 페이지짜리 시집을 출판하겠습니다. 불단처럼 번쩍거리는 시집! 듬뿍 색칠을 하고 아름다운 그림을 넣고 덤으로 시집용 오르골도 부착해서 말이지. 먼저 예쁜 소리가 들리고 나서 시가 튀어나오는……

그런 기상천외한 시집을 내고 싶다. 어디에 호색한인 돈 많은 신사는 없을까? 천 페이지짜리 시집을 내준다면 나는 발가벗고 물구나무를 서라고 해도 좋아.

나는 신문사에서 돌아올 때면 늘 슬퍼진다. 넓은 사막에서 헤매듯 의지할 곳이 없다. 획획 불어오는 바람 속을 나 홀로 걷고 있는 듯한 기분이 든다.

귀신이라도 좋으니 만나고 싶다. 떨리기 시작한다. 걸어가면서 운다. 눈물은 참 야릇하다. 일반적인 물, 미지근한 물, 온통 마음이 저려오는 물, 사람의 정처럼 위로해주는 물, 과장하는 물, 걸어가면서 우는 건 참으로 안성맞춤이다. 바람이 금방 닦아준다. 손수건도 필요 없다. 소맷자락도 더럽히지 않는다.

나베 초오에 있는 문방구에서 하도롱지 봉투를 사서 우체국으로 가 주소를 적고「허파가 노래한다」를『아사히 신문』으로 보낸다. 어떻게 되겠지라는 상상만의 용기로.

울면서 걸은 탓에 볼이 땅기는 듯한 느낌이 든다. 향기가 좋은 문학적 크림은 없을까? 오랫동안 크림이나 분을 발라본 적이 없다.

과일 가게는 앵두 철, 한접시에 일금 10전.

아사꾸사로 간다.

자꾸 음식점만 눈에 들어온다. 효오딴 연못 근처에서 삶은 달걀 두개를 사서 먹는다. 크누트 함순의『굶주림』이라는 소설이 떠오른다. 대낮부터 켜져 있는 전광판과 취주악대, 각양각색의 선전 깃발로 인한 번잡함. 세 관이 세트로 10전. 오페라에 영화에 나니와부시 공연까지. 이곳만은 대만원으로 성황을 이루고 있다.

나는 갑자기 배우가 되고 싶어졌다.

하얀 망또를 입은 이반 모주힌, 아주 멋진 남자다. 이반 모주힌은 호리호리하고 조금 간들거린다. 오랫동안 영화를 본 적이 없다.

달걀 트림이 나온다.

우체국에서 부친 시는 아직 도착하지 않았을 것이다. 회수하러 가고 싶어졌다. 시를 쓰는 게 인생에 무슨 도움이 될까…… 빨리 집어치워. 드릴 말씀이 없습니다. 언제까지고 환하게 밝은 하늘. 나는 밤이 좋다. 나는 밤처럼 빨리 나이를 먹고 싶다. 빨리 서른살이 되고 싶다. 장의사 마누라가 되어 선향 냄새가 나는 밥을 먹게 될지도 모른다. 아니면 가난한 젊은 외과의 학생과 동거하다 산 채로 해부를 당해도 좋다. 나는 말이야, 이 세상이 괴로워졌어. 배를 열십자로 가르고 내장을 꺼내면 구더기가 우글거리고 있을지도 몰라. 사실 저는 시궁창에서 태어났답니다. 불쌍해할 것은 없어요. 어디에나 있는 그런 여자예요. 집어먹기 좋아하고 비극을 좋아하고 잘난 척하는 인간을 너무나 싫어하는…… 하지만 잘난 척하는 인간도 여자랑 자지 않지는 않잖아요. 같은 얘기지만 의식주가 풍족해야만 비로소 품위를 찾게 되는 거야.

아사꾸사는 좋은 곳이다.

모두들 왠지 들떠 있다. 온몸에 생기가 넘친다. 전광판이 점점 또렷해진다.

누구에게나 공통된 자연스러운 마음의 안식처예요. 세모꼴의 산 모양으로 노란색으로 칠해진 5전짜리 아이스크림. 아아, 시원한 아이스크림! 그 옆이 소라구이. 어묵집에서는 접시만 한 어묵을 튀기고 있다.

성호 긋는 법은 모르지만 아아, 하느님께 기도하고 싶습니다.

몸과 마음을 다 바쳐 여호와여!

뿌시낀은 고상한 시만 썼다. 그래서 사람의 넋을 빼앗는다. 나로 말할 것 같으면 너무나 상스럽다.

모두 다 자기 자신이 사랑스러운 법이다. 누구나 자신에게 푹 빠져 있다. 남은 눈에 들어오질 않는다. 그래서 내가 아무리 먹고 싶다는 시를 쓰더라도 소용없는 법이다. 기진맥진해 지쳐버리고, 빨랫비누조차 없는 거지.

집에 돌아가고 싶지 않다.

밤새도록 아사꾸사를 걷고 싶다.

카네쯔끼도오 뒤로 작은 여관들이 쭉 늘어서 있다. "너한테는 칸이찌[91] 같은 애인 없어?" 혼자 멍하니 걷고 있는 내게 여관 지배인이 말을 건넨다.

"열일고여덟명쯤 되나 모르겠네."

나는 우스웠다. 아사꾸사에 밤이 찾아왔다. 모두들 활기차고 빛난다. 취주악대 연주소리가 계속 울려퍼진다. 바람이 무척이나 시원하고 내 젖가슴은 무게가 한관은 나갈 듯 무겁다. 감성의 미치광이. 한번 보고서는 '이 아가씨, 물건인데' 하는 표정을 짓는다. 야스기부시安来節[92]의 공연 간판에 기대어 쉰다. 너무나 밝고 엄청난 신명으로 마룻바닥을 울리는 소리, 휘파람을 불며 호응하는 무리들. 얼씨구 좋다! 하는 쏘쁘라노 합창. 일본 노래는 원시적이고 육체적이다. 신명이 나 있다. 모두, 모두가 다 신명이 나 있다.

남자아이의 날 같은 신명이다. 단정한 바지를 입는 게 싫어서 훈도시 한장 차림으로 다닌다. 본디 원시민족이었지만, 작은 염증으로 생긴 물집이 크게 부풀어진 것이다.

---

91 오자끼 코오요오(尾崎紅葉, 1868~1903)의 소설 『금색야차(金色夜叉)』의 남자 주인공. 번안소설인 『장한몽』에서는 이수일로 나온다.
92 시마네 현 야스기 지방의 민요.

간단한 물집은 말이야, 음, 연고를 바르면 나아…… 고통을 상품처럼 팔아본들 원래부터 거짓 문명. 무엇보다 전광판 빛은 무자비하다. 껍질을 벗기고 밑바닥까지 비추어내는 이상한 빛이다. 미인이 전혀 미인으로 보이지 않는다. 빛의 하늘, 숨 막히는 빛의 파도 속으로 사람들이 북적거린다. 나도 북적댄다.

정말이지 일본은 황금의 섬!

＊ ＊ ＊

(7월 ×일)

산만큼 두꺼운 노트는 없을까? 베개처럼 큰 노트는.

머릿속에 든 모든 걸 꽉 붙잡아 도망가지 못하게 하고 싶다.

어머니, 사생아는 주저앉지 않아요. 이제 성가신 일들은 생각하지 마세요. 제아무리 집안이 좋다고 해도 망해서 비실대는 귀족도 있어요. 귀족이라는 것은 문장紋章에 불과해요. 접시꽃 문장[93]이 훌륭하다지만 저는 역시 국화나 오동나무 문장을 좋아해요.

나는 부러진 연필처럼 벌렁 드러누워 잠을 잔다.

세상은 여러가지 물건으로 넘쳐난다.

주우니소오에 있는 연필 공장의 물레방아 소리가 쿵쿵 귀에 울린다. 상쾌한 바람이 부는데도 나는 타따미 위에 누워 있다. 그저 멍하니 슬플 뿐. 사실 전혀 죽고 싶지 않으면서 나는 그 사람에게 죽을지도 모른다는 편지를 쓰고 싶어졌다.

전혀 죽고 싶지 않으면서 죽고 싶다는 생각을 할 때도 있다. 상

---

93 토꾸가와(德川) 쇼오군 가의 문장.

310

상이 코끼리처럼 커져간다. 코끼리가 물집처럼 부풀어 느릿느릿 기어다닌다.

어디서 연어 굽는 냄새가 난다.

그 사람이 당장 달려올 만한 긴 편지를 쓰고 싶지만 종이도 잉크도 없다. 신주꾸의 코오슈우야 진열장 속의 만년필이 전봇대처럼 문득 눈앞에 어른거린다. 2엔 50전이었던가? 종이는 매끈한 것이 자유자재이지만 나는 빈털터리. 아아, 탐욕이 아니겠습니까.

매미가 시끄럽게 울어댄다.

방 안을 둘러본다. 곰팡이 냄새가 난다. 토꼬노마도 없고 선반도 붙박이장도 없다. 이렇게 더운데 어머니는 아직도 플란넬 옷을 입고 있다. 빛바랜 플란넬 옷을 입고 조금 전부터 삭둑삭둑 양배추를 썰고 있다. 방구석에 판자를 놓고 정말 아름다운 모습이다.

우리는 양배추만 먹는다. 쏘스를 뿌린 고기도 없이 양배추만 먹는다. 그건 뭐랄까, 그저 환상적인 요리. 꿈속에서 일어난 일. 분쇄육은 본 적도 없다. 생선은 물론이고, 생선 가게 앞은 눈을 감고 숨도 쉬지 않고 지나간다. 노래미, 도미, 고등어, 벤자리, 가다랑어 신사분들. ―가끔 밤에 우리 집으로 사는 얘기를 하러 오는 프랑세 마마이라는 풍각쟁이 할아버지가 말한 도데는 돈 걱정을 하지 않았던 소설가겠지? 방앗간 이야기[94]라고 하기엔 너무나 화려한 이야기여서 주우니소오의 더러운 물레방아와는 분위기가 상당히 다를 거야. 하이꾸를 짓고 싶은데 자꾸만 센류우[95]처럼 되어버린다. 바람만 불어도 하이꾸가 짓고 싶어진다. 매미 울음소리만 들어도 휴 한숨이 나온다.

---

94 알퐁스 도데(Alphonse Daudet, 1840~97)의 단편소설 「방앗간 소식」을 가리킨다.
95 17음보의 노래. 동일한 형식의 하이꾸가 시라면 센류우는 유행가에 해당된다.

자, 슬슬 시간이 됐어요.

카구라자까의 야시장으로 노점을 하러 나간다. 초가집 이발소에서 문짝을 빌려 붕어빵 장수 옆에 자리를 편다.

(7월 ×일)

아침부터 비.

어쩔 수 없이 어머니와 목욕하러 간다. 옷을 벗자 나는 신이 났다. 페인트로 그린 후지 산이 마치 장막을 치고 있는 것 같다. 소나무가 네다섯그루 있고 그 옆에는 카오오 비누 광고.

배가 불룩한 못생긴 아줌마 한사람이 거울 앞에서 콧노래를 부르고 있다. 왜 저렇게 배가 엄청나게 부른지 나는 모른다. 무슨 일로 인해 배가 저렇게 된 걸까? 하지만 가만히 보고 있노라면 아주 사랑스럽다. 둥그런 배에 물을 몇번씩이나 끼얹는다.

창밖으로 누군가 휘파람을 불면서 지나간다. 아버지는 홋까이도오에 가서 종무소식이다. 별 신통한 일자리가 없는 것이겠지. 나도 휘파람을 불어본다.

아아, 그 사람인가 하고 탕 속에서 흥얼거리는데, 여고시절의 일이 문득 그리워지면서 머리에 떠오른다. 타까라즈까 가극학교를 다니고 싶었던 적도 있다. 지방순회 배우가 되고 싶다고 생각한 적도 있다. 내 첫사랑은 동급생 간호사와 결혼해버렸다.

여기서 오노미찌까지는 몇천리나 된다. 정말 버러지 같은 생활이다. 토오꾜오에는 아주 좋은 일이 있을 거라 기대했건만 아무것도 없다.

발가벗고 있을 때가 제일 행복하다.

어머니는 구석에서 몸을 웅크린 채 빨래를 하고 있다. 나는 탕 속에 턱까지 집어넣고 휘파람을 분다. 아는 노래를 전부 불러본다. 마지막에는 엉터리 가락으로 부른다. 엉터리 가락이 훨씬 더 느낌이 있으면서 애절하고 쓸쓸하다. 어젯밤 읽었던 유진 오닐의 『밤으로의 긴 여로』에서의 "이븐, 이 자식, 내 딸을 만나고 싶다고 난리치더니 딸애가 오니까 뭐야, 우리 속의 돼지처럼 꽥꽥 소리만 질러대고"라는 구절이 생각났다.

이제 나는 처녀가 아니긴 하지만 그래도 풋풋한 아가씨 같은 느낌이 든다.

밤, 비가 강한 폭풍우로 바뀌었다.

전등을 아래로 당기고 조그만 주판을 튕겨본다. 아무리 주판알을 튕겨도 돈이 나오는 것은 아니다. 어머니는 연필에 침을 발라가며 장부를 정리한다. 아무리 주판알을 튕겨도 천성이 멍하고 붕 뜬 탓인지 도저히 계산에 집중을 하지 못한다. 계속 틀리기만 한다. 하지만 유일한 가족이 옆에 있다는 사실은 외롭지 않고 좋은 일이다.

하나야! 네…… 나는 목이 긴 괴물이다. 그래서 어디로든 자유자재로 목이 늘어난다. 기름도 핥아먹으러 간다. 남자도 핥아먹으러 간다.

(8월 ×일)

만세이바시 역으로 갔다.

지저분한 붉은 벽돌건물. 히로세[96] 중령의 동상이 비에 젖고 있다.

과일 가게 만소오에 있는 빨간 수박이 내 눈길을 끌었다. 나는 역 앞에서 흰 손수건을 들고 있기로 했다. 어떤 남자가 어깨를 칠

---

96 일본에서 러일전쟁의 영웅으로 추앙받는 군인.

지는 모른다. 후따바 극단의 지배인이라는 사람은 어떤 모습으로 전차에서 내릴까?

오래된 연못 개구리 뛰어드는 첨벙 물소리.[97] 나는 바로 그 개구리야. 어쩔 수가 없어서 그 오래된 연못에 첨벙 뛰어든 거야. 성가신 일 따위는 생각하지 않아. 그저 첨벙 뛰어들 뿐이야.

안경을 낀 키가 큰 남자가 내 앞을 지나쳤다가 휙 다시 돌아와 멈추었다. 자신감이 넘치는 옷차림. "광고 본 사람?" "네, 그렇습니다." 그 남자가 걷기 시작했다. 나는 강아지처럼 그 남자 뒤를 졸졸 따라갔다. 설마 내가 야시장 노점을 하는 초라한 여자라고 생각하지는 않겠지. 나는 오늘 깜짝 놀랄 정도로 하얗게 분을 바르고 나왔다. 시골 처녀가 상경한 차림새다.

빗속에서 스다 초오까지 걸어 작은 밀크홀로 들어갔다. 이 남자도 그다지 돈이 있는 것 같지는 않았다.

후따바 극단은 지방순회 연극단이라고 했다. 여배우가 적어서 지금 당장 연습을 시작하면 좋겠다고 했다.

흰 손수건이 가슴 포켓에 꽂혀 있다. 뭔가 금방 기억에서 사라질 것 같은 별로 인상적이지 않은 얼굴이다. 직감적으로 혐오감이 몰려온다. 뭐든 참을 수 있지만 이런 남자에게 속는 건 싫다. 월급은 내가 일하기에 달렸다고 했지만 나는 창밖의 비만 쳐다보았다.

5전짜리 우유를 두잔 얻어마신다. 나는 굳이 우유를 마시고 싶지는 않았다. 따끈따끈한 커틀릿이 먹고 싶었단 말이야.

내가 이력서를 건네주자 그 남자는 담뱃진으로 더러워진 손가락으로 대충 펴서 주머니 속에 집어넣었다. 이 남자는 이력서보다

---

97 마쯔오 바쇼오(松尾芭蕉, 1644~94)의 유명한 하이꾸.

내 몸이 필요한지도 모르겠다.

보일 천으로 된 유까따에 우산을 든 구질구질한 여자의 모습은 오히려 이 남자에게는 안성맞춤일 테지. 칸다의 미사끼 초오에 있는 호텔에 사무소가 있다고 해서 따라갔지만 문을 연 종업원의 얼굴은 처음 방문한 손님을 대하는 듯했다.

사무소도 엉터리 사무소였다. 아무것도 없는 방이 이상하게 불안했다.

그 남자가 거짓말만 하기에 나도 거짓말만 했다. 세상이 참 재미있지 않습니까?

연필 공장의 물레방아 소리가 쿵쿵 귀에 들려왔다. 어떤 연기를 해보고 싶으냐고 묻기에 「사라야시끼」의 키꾸[98]나 「돈도로 대사」의 오유미[99] 그리고 까쮸샤 등을 쭉 늘어놓았다. 예쁜 장막이 보였다. 관객들이 박수를 친다. 아니면 이층에서 편지를 훔쳐 읽는 오까루[100] 역할도 좋아. 여장 배우인 키꾸지로오의 아름다운 모습을 기억하고 있어서 내 공상은 자유자재이다. 이 남자는 키꾸지로오도 마쯔스께도 사단지도 전혀 알지 못했다.

같이 놀자고 했지만 나는 이미 여배우가 된 것처럼 기분이 내키지 않아 싫다고 하며 자리에서 일어났다.

갑자기 놀고 싶다니 말도 안된다고 생각하면서 급히 아래층으로 내려오는데, 종업원이 "어머, 메밀국수 가져왔는데요"라고 한다. 메밀국수가 담긴 붉은 옻칠을 한 둥근 쟁반이 겹쳐져 있었지만, 싱긋 웃고는 밖으로 나왔다. 우산을 쓰는 것도 잊어버린 채 빗속을

---

98 근세 괴담 속의 등장인물.
99 카부끼의 등장인물.
100 카부끼 「추우신구라(忠臣藏)」의 등장인물.

걸었다. 오직 덜컹대는 전차소리뿐. 사방팔방 전차의 굉음뿐이다.

이상하게도 붉은 옻칠을 한 메밀국수 쟁반이 겹쳐져 있던 장면이 눈앞에 어른거린다. 그럼 그 남자는 메밀국수를 네그릇이나 먹는단 말이야…… 메밀국수가 먹고 싶어.

거리에 비가 내리듯, 어디서 누군가가 노래를 부른다. 세찬 비. 딱 질색인 비. 불안하게 내리는 비. 윤곽이 없는 비. 공상에 빠뜨리는 비. 가난한 비. 노점을 못하게 만드는 비. 목을 비틀고 싶은 비. 술을 마시고 싶게 만드는 비. 됫병 술을 벌컥벌컥 마시고 싶게 만드는 비. 여자도 술을 마시고 싶게 만드는 비. 화나게 만드는 비. 사랑하게 만드는 비. 어머니 같은 비. 사생아 같은 비. 나는 빗속을 그저 정처 없이 걸었다.

(8월 ×일)

시름이 담긴 노래는
노래도 연기煙氣도 되지 않는다

긴 행렬 속에 서 있을 때면 여자라는 존재는 깃발처럼 바람에 자신을 맡긴다. 성급한 얘기지만 이 긴 행렬 속의 여자들도 형편만 좋다면 딱히 이렇게 줄을 서지 않아도 된다. 그저 일자리가 필요해서 구속받고 있을 뿐이다.

실업은 사람을 정조 없는 여자처럼 타락시키고 엉망진창으로 만든다. 고작 30엔의 월급도 받을 수 없다니, 도대체 이게 무슨 경우란 말인가? 5엔만 있으면 통통한 아끼따 쌀을 한말이나 살 수 있다. 갓 지은 따끈한 밥에 단무지를 곁들여서 말이죠. 그 정도 바람인데 어떻게 좀 안될까요?

행렬이 조금씩 줄어든다. 웃으며 나오는 사람, 실망해서 나오는 사람 등등. 문 앞에 서 있는 우리들은 조금씩 초조해진다.

채소 도매상에서 여사무원을 고작 두 명 모집하는데 대략 백 명 넘게 줄을 섰다. 드디어 내 차례가 되었다. 이력서와 대조하면서 대체로 인품, 용모, 능력이 어떤지로 결정한다. 잠시 구경거리가 되고 나서, 엽서로 통보한다는 답변. 이런 일은 매번 똑같아서 익숙하지만 정말 재미없다. 잘못 태어났다고 생각한다. 아주 예쁘면 그것만으로 충분하다. 그런데 내게는 아무것도 없다. 그저 튼튼한 몸만 있을 뿐.

살면서 우선 어떻게든 생활해나간다는 인간의 중요 업무에서 언제나 나는 비참하게 실패했다. 나는 타락하기 딱 좋은 레디메이드. 고용주는 날카로운 눈을 가졌다. 이런 여자 따위를 고용할 리가 없다.

하지만 만약 고용해 30엔의 월급만 준다면 나는 피를 토할 정도로 열심히 일할 텐데…… 이제는 날씨 좋은 날을 골라 야시장 노점을 나가는 일이 싫어졌다.

정말 질려버렸다. 흙먼지를 잔뜩 마시며 눈앞에 멈춰선 사람을 살짝 올려다보고 웃는 일이 지긋지긋해졌다. 비굴해진다. 나는 일단 어떻게든 넓은 러시아에 가보고 싶어. 바린, 바린.[101] 러시아는 일본보다 확실히 넓다. 여자가 적은 나라라면 얼마나 좋을까?

잉크를 사서 돌아온다.

---

101 러시아어로, '주인님' '나리'라는 뜻.

어떻게든 만나뵙고 싶습니다.

돈이 필요합니다.

단돈 10엔이라도 좋습니다.

『마농레스꼬』와 유까따와 게따를 사고 싶습니다.

라면을 한그릇 먹고 싶습니다.

카미나리몬 스께로꾸[102]를 보러 가고 싶습니다.

조선으로 만주로 일하러 가고 싶습니다.

꼭 한번 만나뵙고 싶습니다.

정말 돈이 필요합니다.

편지를 써보지만 어디에도 소용이 없다. 그 사람에게는 이미 부인이 있다. 그저 위안거리로 노래 가사를 적어볼 뿐.

밤.

잠이 오지 않아 불을 켜고 너덜너덜한 유진 오닐을 읽는다. 집주인 목수가 밤새도록 물레를 돌리며 장난감 팽이를 만들고 있다. 다들 밤낮으로 일해야만 겨우 먹고살 수 있는 세상이다. 모기가 극성이지만 모기장도 없는 형편이라 접시에 톱밥을 담아 연기를 피운다. 방 안에 연기가 가득하다. 그래도 모기가 있다. 끈질기고 성가신 모기다. 어머니께 유까따를 사드리고 싶지만 방법이 없다.

(8월 ×일)

상쾌한 날씨다. 눈부신 녹음의 주우니소오. 남자가 안장을 얹지 않은 말을 끌고 연못가를 지나간다. 말이 벨벳처럼 부드러운 땅을

---

102 만담가.

흘린다. 맴맴 매미가 울어댄다.

빙수 가게의 깃발은 전혀 움직이지 않는다.

어머니도 나도 등에 물건을 짊어지고 걷는다. 정말 덥다. 토오꾜오는 더운 곳이다.

신주꾸까지 가는 전찻삯을 아껴 나루꼬자까의 미요시노에서 경단 다섯개를 사먹는다. 녹차를 몇번이나 달라고 해서 마시니까 아아, 좀 행복하다.

오닐은 이름 없는 선원으로 방랑만 했다. 어릴 때는 엄청난 악동이었고 커서는 부에노스아이레스로 가는 범선을 타고 거친 모험으로 점철된 생활을 했다고 한다. 유명해지면 신상에 관한 이런 이야기도, 아아, 그렇구나! 하고 생각하게 된다. 나도 극본을 써볼까? 기상천외한 연극. 또는 눈물도 나오지 않는 연극. 오닐도 늘 슬펐던 것은 아니겠지.

가끔은 콧노래가 나올 정도로 기분 좋을 때도 분명 있었을 거야.

자그마한 미인이 짐을 지고서 뒤뚱뒤뚱 뜨거운 거리를 걷는다. 아무래도 좋다. 이젠 될 대로 돼버려라. 길 위에 또렷하게 드리워진 그림자가 두꺼비처럼 기어간다.

불쌍한 어머니는 왜 나를 낳았을까? 사생아라는 사실은 아무튼 괜찮다. 어머니에게는 죄가 없다. 탓할 것도 없다. 이 세상의 어느 나라 왕비라도 사생아를 낳을 수는 있다. 세상이란 그런 것이다. 여자는 아이를 낳기 위해 산다. 어려운 수순을 밟는 것 따위 생각할 필요는 없다. 남자가 좋아서 몸을 맡기는 것뿐이다.

카구라자까의 이발소에서 물을 얻어 마신다.

오늘은 축제날이어서 저녁부터 사람들이 북적댈 듯하다.

예쁜 기생이 많이 걸어간다. 약초 장수도 금붕어 장수도 나와 있다. 오늘 자리는 수중화를 파는 아주머니 옆자리로 정해졌다.

나는 자리를 펴고 우산을 꺼낸 후 멍석 위에 앉는다. 정말이지 따가운 저녁 햇살이다. 석양은 어디에서 오는 걸까? 이글이글 내리쬐는 바람 한점 없는 더위. 사람들이 엄청나게 많이 지나가긴 하지만 팬티도 양말도 잠방이도 좀체 팔릴 것 같지 않다. 어머니는 시따야까지 심부름.

벌레 장수가 바둑판무늬 종이로 지붕을 치고 철물점 앞에서 노점을 한다. 약장수가 지나간다.

유까따를 입은 남자가 깨끗하게 닦은 음식 배달통을 지고 자전거에 한쪽 발만 걸치고서 언덕을 내려간다.

번화한 거리 풍경이다. 누구 하나 우산을 쓴 채 쪼그리고 앉아 있는 여자에게 관심을 보이지 않는다.

염라대왕 혀는 열자
붉은 석양
찌는 듯한 공기 아래로

슬픔이 깃든 코
그 맞은편으로 발사되는 하나의 광채
딱히 살고 싶지는 않다
그저 폐가 되지 않을 정도의 단순한 생존

불안한 저승의 좁은 길에서
있는 듯 없는 듯 피어나는 연기, 연기
떠올릴 만한 방황도 없이

내 청춘은 썩어 재가 된다,

진실을 말해주세요
그저 그게 알고 싶을 뿐이다
인간답지 않은 사람들과 함께 같은 흙먼지 속에서
시력 나쁜 무지개 세계가
달팽이를 잔뜩 떨어뜨리고 있다
하나씩 굴러떨어져 풀잎의 이슬이 되어
저 먼 세상으로 사라진다
전혀 악의가 없는 나약한 삶
피 냄새가 나지 않는 달팽이 세상

아아, 꿈의 세계여
꿈속 세상에 사는 사치스러운 사람들을 저주한다
아무 이유도 없는 뜨거운 석양의 공포.

나는 바짝바짝 말라가는 우산 아래서 물끄러미 붉은 석양을 쳐
다본다.

* * *

(9월 ×일)

음식점에 들어가 언뜻 수저통의 더러운 젓가락을 볼 때면 내게
비루한 것만 있다는 느낌이 든다. 사람들 입에 닿아 얼룩덜룩해진
젓가락 두짝을 꺼내 그걸로 덮밥을 먹는다. 마치 개와 비슷한 형상

이다. 더럽다는 생각도 들지 않는다. 인류도 처음부터 있었던 건 아니다. 그저 굉장히 맛있다는 생각만으로 정어리구이를 베어 먹는다. 작은 접시에 담겨 있는 데쳐놓은 파란 나물의 향기.

나는 늘 불안하다. 비루하게 개처럼 기어다니는 주제에, 이젠 죽어버리고 싶다고 생각하는 주제에, 누군가를 속이려고 하는 주제에, 내게는 아무 힘도 없다. 소맷자락과 옷깃이 때가 끼어 번들거린다. 차라리 알몸으로 돌아다니고 싶을 정도이다.

식당을 나와서 도오자까에 있는 코오단샤로 갔다. 엉성한 판자 울타리 안에서 북적거리는 사람들을 보니 나는 이상하게 안으로 들어갈 수가 없었다. 코오단샤는 벼룩 소굴 같다는 생각이 들었다. 문명도 뭐도 없다. 그저 지저분하고 너덜너덜한 판자 울타리에 둘러싸여 있을 뿐이다. 어제 하룻밤 만에 완성한 「새 쫓는 여자」라는 원고가 돈이 될 수 있다고 생각하지 않게 되었다. 나미로꾸[103]처럼 쓰기에는 한참 멀었다는 얘기다.

난 말이야, 하숙비를 낼 수가 없어. 요 이삼일 눈치가 보여 가능한 한 하숙집 밥을 먹지 않고 있어. 야담 같은 걸 쓸 줄도 모르면서 나미로꾸를 모범으로 삼아 눈이 벌겋게 되면서까지 썼지만 결국 한푼도 돈이 되지 않는다. 빨간 우체국 차량이 지나간다. 아주 행복해 보인다. 저 안에는 틀림없이 엄청난 우편환이 들어 있을 거야. 어디서 누구한테 보내는 우편환인지 모르지만, 팔랑팔랑 한장 두장 떨어졌으면 좋겠다.

코이시까와에 있는 하꾸분간으로 갔다.

누구요, 하며 현관 수위가 나올 것만 같다. 도깨비가 나오는 집

---

103 무라까미 나미로꾸(村上浪六, 1865~1944). 대중적으로 인기를 끌었던 소설가.

같다. 시골 병원의 대기실 같은 타따미방 대기실로 안내받아 갔다. 아주 피곤해 보이는 사람들이 제각기 기다리고 있다. 그 사람들이 나를 힐끗 쳐다본다. 아기를 돌보는 식모아이처럼 밑단을 줄여 입은 나를 이상한 눈으로 쳐다본다. 분명 「새 쫓는 여자」라는 야담을 썼다고는 생각지 못하겠지.

나는 이찌요오라는 이름이 아주 마음에 든다. 오자끼 코오요오도 좋다. 오구리 후우요오도 좋다. 훌륭한 사람은 모두 '요오' 자가 붙기에 나도 야담을 쓰면서 이름을 고요오로 해볼까 싶다. 색 바랜 여름 하오리를 입은 키 큰 남자가 나온다. 나는 두근거린다. 오지 않았더라면 좋았을걸 하고 생각한다.

조만간 읽고 연락드리겠습니다,라는 말에 형편없는 내 원고는 생판 모르는 사람 손에 넘어가버렸다. 서둘러 하꾸분깐을 나와서 심호흡을 한다. 이래도 아직 저는 살아 있으니까 너무 괴롭히지 마세요, 하느님! 저는 사실 남자 따위는 어떻든 상관없어요. 돈이 몹시 갖고 싶어요. 고리대금업자는 도대체 어디에 사는 걸까? 식물원 안으로 들어간다.

예쁜 석양. 빠르게 저물어가는 하늘. 그것에 휩쓸려 나도 곤두박질. 우울한 공상의 불꽃. 아아, 야담이라니, 어처구니없는 걸 잘도 생각해냈구나.

나무 그늘에서 밀짚모자를 쓴 나이 든 여자가 유화를 그리고 있다. 꽤나 잘 그린다. 잠시 넋을 잃고 본다. 몹시 진한 유성물감 냄새가 난다. 이 사람은 만족스럽게 생활하고 있을까? 잔디밭에서 아이들이 놀고 있는 그림이다. 주위에 사람이라고는 없지만 그림 속에는 두 명의 아이가 쪼그리고 앉아 있다. 화가가 되고 싶다.

하얀 꽃이 핀 싸리나무 근처에 드러눕는다. 풀을 뜯어 씹어본다.

왠지 작은 행복을 느낀다. 석양이 점점 불타오른다.

행복이니 불행이니 생각조차 할 수 없는 형편이지만 이 순간만큼은 언뜻 좋다는 생각이 든다. 절박한 심정으로 풀밭에 엎드려 있노라니까 눈가에서 눈물이 흘러나온다. 아무런 의미도 없는 그저 물과 같은 눈물이지만 눈물이 나오면 이상하게 고독해진다. 이런 생활을 별로 고생이라고 생각하지는 않지만 하숙비를 못 내는 게 몹시 괴롭다. 하늘은 끝없이 펼쳐져 있는데 인간만이 아등바등 살고 있다.

석양이 불타는 하늘의 기적이 있음에도 보잘것없는 인간들의 삶에는 아무런 기적도 없다는 것이 슬프다. 문득 헤어진 남자가 생각난다. 밉다고 생각한 적도 있지만 지금은 그렇지 않다. 미워했던 걸 모두 잊어버렸다.

지금 눈앞에는 싱그러운 하얀 싸리꽃이 피어 있지만 조만간 겨울이 오면 꽃도 줄기도 바짝 말라버리고 말 것이다. 쌤통이다. 남녀 사이도 그럴 테지요. 『두견새』의 여주인공 나미꼬는 천년만년 살고 싶다고 했지만 너무나도 인간세상을 모르는 것이라고 할 수 있다. 꽃은 일년 만에 시드는데 인간은 오십년이나 산다. 아아, 정말 싫다.

나는 천황께 직접 상소하는 상상을 한다. 우연히 나를 보시고 엉뚱하게도 내가 마음에 드셔서 같이 좋은 곳으로 가자고 말씀하시는 꿈을 꾼다. 꿈은 인간에게만 주어진 자유다. 천황께 차가운 술과 튀긴 어묵을 드리면, 틀림없이 맛있다고 말씀하실 거다. 나는 왜 일본에서 태어났을까? 씨칠리아 사람이 있다. 음악을 아주 좋아한단다. 나는 씨칠리아 사람이 어떤 인종인지 본 적이 없다.

갑자기 쓰르라미가 울어댄다. 석양이 점점 묘하게 푸른빛을 띠어간다.

(9월 ×일)

날은 밝아오는데 속수무책이다.

어젯밤에는 이불을 팔기로 작정하고 편안히 잠들었는데 이렇게 쌀쌀하면 이불을 팔 수도 없다. 카사이 젠조오의 소설에서처럼 꼼짝달싹도 못하는 처지가 될 것 같다. 나는 딱히 술을 마시고 싶은 마음이 없지만 살아갈 방법이 없지 않은가?

랏꾜오와 달콤한 콩자반이 먹고 싶다. 휘발유도 사고 싶다. 아침에 돌아오는 학생이 있는지 슬리퍼 소리를 내며 이층으로 올라오는 발소리가 들린다. 여기서 요시와라까지는 별로 멀지도 않다. 요시와라에서는 여자를 얼마에 사줄까 생각해본다.

막상 아침이 되면 또다시 슬슬 활동 시작, 출발 준비. 참새가 짹짹거리며 운다. 좋은 날씨. 유리창으로 감나무 잎이 보인다. 부엌에서 노랫소리가 작게 들려온다. 나는 문득 이 하숙집의 식모는 될수 없을까 생각해본다. 손님방에서 식모방으로 전락하는 것뿐이다. 월급은 필요 없다. 그저 먹여주고 비만 피할 수 있으면 된다. 이전에 이 방에서 살았던 제국대학 영문학과 학생이 벽에 칼로 낙서를 해놓았다. '에덴동산이란? 나도 모른다.' 그 잘난 학생은 낙제해 고향으로 돌아갔다고 하는데 나는 돌아갈 고향도 없다.

다다이즘 시라는 것이 유행하고 있다. 어린애 속임수 같은 시시한 시. 말장난. 피가 흐르지 않는다. 필사적으로 솔직하게 말하지 못한다. 그저 될 대로 돼라일 뿐. 그래서 나도 한번 지어볼까 하면서 눈을 감고 「박쥐우산과 까마귀」라는 시를 지어본다. 눈을 감고 있으니 어둠속에서 팍팍 연상이 떠오른다. 우스운 것만 생각난다. 가장 먼저 냄새에 관한 추억이 찾아온다. 그리고 물 같은 눈물이 코를 울리러 온다. 악어에게 잡아먹힐 때처럼 소리도 나지 않는 비명이 나온다. 내 젖가슴이 천근 무게로 밀가루 산처럼 덮쳐온다. 손톱에 하얀 별이 나타난다. 좋은 일이 생긴다고들 하지만 믿지 않는다. 오랫동안 시트 따위를 깐 적 없는 요 위에서 나는 불편하게 잔다. 이것이 진짜 에덴동산입니다. 요는 연극 선전용 깃발로 만든, 참으로 절실한 캔버스 천 침대.

감화원 출신 누구누구
용서해주세요라는 말을 하루에도 몇번
주세요 혹은 주십시오 하며
빗속에서 구걸하는 모습
불안한 신음소리
세상 누구와도 연락이 없다.

감화원 출신 후미꼬 씨
인간이 아닌 얼음덩어리
19세기 일본어의 달콤함
눈이 어지럽네요
길이 위험하다고요?
무슨 말씀을 하시는지.

감화원은 국립
제국대학도 국립
겨우 그 정도 차이잖아.

장지문이 조금 열린다. 젊은 남자가 들여다본다. 누구? 놀라서 문을 닫는다. 여기는 우체국이 아니에요.

나랑 자고 싶으면 얼른 들어와요.

일어나자마자 얼굴도 씻지 않고 밖으로 나간다. 노란색 페인트 칠을 한 수레를 끌면서 씩씩한 우유 장수가 지나간다. 고학생치고는 꽤 청결하다. 니시까따 초오로 간다. 슬슬 뜨거운 태양이 나오기 시작한다. 운송업자 집 앞의 공동수도에서 얼굴을 씻고, 이어서 물을 벌컥벌컥 마시니 배가 불러서 황홀. 그러고는 손에 물을 발라 머리를 다듬는다. 네즈로 가서 쿄오지로오 집에 가볼까 생각했지만 세쯔에게 또 우는소리를 하게 될까봐 포기한다. 신선한 아침 공기 속에서 그저 열심히 걷는다. 대학교 앞으로 가본다. 과일 가게에는 사과를 닦는 남자가 있다. 몇년 동안 입에 대어본 적도 없는 사과의 환영이 현실 속에서는 반짝반짝 빨갛고 둥글다. 감도 포도도 무화과도 과즙이 뚝뚝 떨어질 것 같은 냄새. ──사이얀까네, 닷사, 사이얀까네에, 온다붓떼붓떼, 온다, 랏딴다리라아아오오…… 타고르의 시라고 한다. 하지만 뜻도 모르면서 나는 심심할 때 가끔 읊는다.

타까하시 신끼찌는 훌륭한 시인이구나.

오까모또 준도 멋지고 훌륭한 시인이구나.

츠보이 시게지가 검은 루바시까 차림으로 장어의 침상 같은 하숙생활을 하는데, 이 사람도 너무나 선량한 시인. 꿀벌처럼 얼룩무늬 재킷을 입은 하기와라 쿄오지로오는 프랑스풍 정열의 시인. 그리고 모두 다 아주 가난한 것은, 나와 마찬가지……

네즈 신사 안에서 쉰다.

어떤 신을 모시고 있는지 모르겠다. 그냥 영험한 것 같다. 기분이 가라앉는다. 비둘기가 있다. 지진이 났을 때 여기서 야숙하던 일이 생각난다.

네즈 신사 뒤에 가다랑어포를 파는 큰 가게가 있다. 그 집 아들이 네즈 아무개라는 영화배우라고 한다. 아직 한번도 본 적이 없지만 틀림없이 멋진 남자일 것이다. 센다기 초오로 돌아가는 모퉁이에 작은 시계방이 있다. 쿄오지로오의 집 앞을 지나 의학대학 쪽 언덕으로 올라간다. 밤이 되면 여기는 귀신이 나오는 언덕.

낮 안개, 향기로운 낮 안개
우리 어머니 어깨 위의 안개
손톱은 말하지 않고
태양도 눈부신 낮 안개여
오리무중 속을 헤엄치는
여자 오뚝이가 흐느끼는 안개.

아아, 산타마리아
안장을 얹지 않은 말을 감싸는 안개
낮 안개는 담뱃갑 은박지
스사노오노미꼬또[104]의 사랑의 안개
돈도 없는 날의 먼지 솜
물레의 푸념
낮 안개, 슬픈 낮 안개.

----
104 일본 신화에 등장하는 남신.

갑자기 사방의 초목이 이파리를 뒤집은 듯한 이상한 하늘이 되면서 안개가 낀 것처럼 보인다. 언덕 중턱의 전봇대에 기대본다. 사방에서 쉭쉭 물 끓는 듯한 소리가 들린다. 대낮의 귀신인가? 나는 배가 고파요.

갑자기 온몸이 떨린다. 어떻게 살아야 할지 화가 난다. 소리 내 울고 싶어진다.

야에가끼 초오의 채소 가게에서 옥수수 두개를 사서 하숙집으로 돌아온다. 도망치는 토끼처럼 재빨리 방으로 들어와서 옥수수 껍질을 벗긴다. 축축한 갈색 옥수수 수염 속에서 상아색 알갱이들이 나온다. 굽고 싶다. 바짝 구운 뒤 간장을 발라 먹고 싶다.

하숙집 화로에서 종이로 불을 지펴 끈기있게 옥수수를 굽는다.

(9월 ×일)
어머니한테서 10엔의 우편환이 왔다.

감사하고도 죄송하다. 모든 게 나무아미타불의 심정이다.

억수같이 내리는 비. 하숙집에 5엔을 낸다. 점심밥이 나온다. 다시마를 넣은 유부조림에 맑은장국. 작은 밥통에 수북한 밥. 비를 바라보며 혼자 조용히 식사하는 즐거움. 적이 수십만일지라도 나의 일은 지금부터라며 마음을 굳게 다진다. 식사를 마치고 조용히 엎드려 동화를 쓴다. 몇편이라도 쓸 수 있을 것 같으면서도 좀체 씌어지지 않는다.

억수같이 내리는 비는 서쪽 창문턱을 넘어 들어와 강물처럼 고인다.

저녁에도 하숙집 밥.

곤약과 크로켓에, 마와 다시마를 넣은 맑은장국. 남은 밥으로 주먹밥을 만들어놓는다. 밤늦게 노무라 요시야 씨가 옷자락을 걷어붙이고서 놀러 왔다. 흠뻑 젖어 있다. 입술이 지나치게 붉다. 『중앙공론』에 논문을 실었다고 한다. 『중앙공론』이 뭐지? 치바 카메오가 외삼촌인데 그의 소개를 받았다고 한다. 그다지 대단하다고 생각하지 않지만 존경을 표해야 할 것 같아서 감탄하는 척한다. 지나치게 담배를 많이 피우는 사람이다. 두 평 남짓한 방 안이 뿌예진다. 이층에서 만돌린 소리가 들려온다. 학생들은 부자에다 한가한 사람들뿐이다. 유곽을 찾아가는 학생도 있다. 당구장에 가는 학생도 있다. 하숙집에서 잘 대접받는 학생들은 항상 금속 대야를 가지고 목욕탕에 다닌다.

노무라 씨와 주먹밥을 나눠 먹었다. 삼각의 달인지 별인지 하는 시를 읽어주는데 도무지 알 수가 없다. 시를 쓸 때는 슬픈 것도 기쁜 것도 솔직하게 써야 한다. 가난하면서 거짓된 말을 쓸 필요까지는 없다. 내가 하꾸슈우를 좋아한다니까 노무라 씨는 웃었다. 하꾸슈우는 매혹적인 시인, 사람들에게서 좋은 평을 받는 시인이다. 참새를 좋아하는 시인. 부엉이 집을 가진 시인. 큐우슈우 땅에서 태어난 시인.

12시쯤 쿄오지로오 집에 간다면서 노무라 씨는 다시 옷자락을 걷어붙이고서 돌아간다. 방문을 가만히 열고 복도를 살피는 것이 고맙게 여겨졌다. 다리가 지나치게 하얀 사람이다.

(10월 ×일)
시부야의 핫켄다나에 있는 우롱차를 파는 찻집에서 시詩 전람회가 열렸다.

돈 잣끼라는 재미있는 사람을 만났다. 단발머리를 하고 의자 사이를 춤추며 돌아다녔다. 종이가 없어서 신문지에 시를 써 붙였다.

삼가 말씀드립니다
저는 그저 숨만 쉬는 여자
100만엔보다 50전만 아는 여자
소고기덮밥은 10전
파하고 개고기가 들어 있군요
작고, 오뚝이처럼
잘 우는 불뚱이.

아뇨 이젠 됐어요
남자 같은 건 아무래도 좋아요
서로 안고 잘 뿐인 것
15전짜리 잔술
접시 위에 올려놓지만
바닥이 엄청 두꺼운 것이 세상을 속인다
취하면 기분 좋고
천번 만번 노래 부르고 싶어져.

그 어디
내 고향은 없을까
포도 선반 아래로 다가가
다가가
한송이 파란 포도알을 먹으며

너랑 얘기할 거야, 하루 종일

하루 종일……

거기서 나온 때는 10시. 도오겐자까의 헌책방에서 이바네스의 『메이플라워호』를 산다. 40전이다. 역 근처 선술집에서 아까마쯔 겟센과 술을 마신다. 다시마말이 두장과 잔술. 아주 용감해진다.

하숙집에 돌아온 때는 12시. 조용한 현관에 큰 금고가 놓여 있다. 저 안에 뭐가 들어 있을까? 세면장에 가서 물을 마신다. 차갑다. 귀뚜라미가 운다. 갑자기 시시해진다. 하루하루가 부질없다. 앞으로 어떻게 될지 도대체 모르겠다. 시골에 한번 가보고 싶다. 하숙집에서 나갈 필요가 있다. 야반도주를 하려면 도망갈 곳을 미리 생각해두어야 한다.

누워서 『메이플라워호』를 읽는다. 부서진 배의 술집이 너무나 마음에 든다.

(10월 ×일)

시인은 함께 나눠 먹는 공산당이다. 가진 것을 평등하게 나눈다. 빚도 그것에 해당된다. 코앞의 목적은 오로지 먹는 일에만 집중하는 것. 죽기 일보 직전에 우왕좌왕할 뿐인 것. 천재는 한사람도 없다. 자기 혼자 천재라고 생각하니까. 그래서 우리는 다다이스트. 그저 뭔가를 쉽게 느끼고, 쉽게 화내고, 쉽게 신념을 입에 올린다. 아무것도 없는 주제이기에 우선 이런 것에서 시작할 수밖에 없다.

바람이 불어오니 이 남자 저 남자가 생각난다. 누구 집으로 도망가면 좋을까 생각한다. 하지만 생각만으로는 아무것도 할 수 없다. 용기뿐이다. 여하튼 상대를 놀라게 하는 전술이라서 민망하다. 또 만돌린 소리가 들려온다. 새장 속의 새가 오히려 부럽다. 아아, 미쳐버릴 것 같다.

이렇게 동화도 쓰고 야담도 쓰지만 돈이 한푼도 안되다니. 잉크는 돈이 드는데 말이야.

바람이 불긴 하지만 낮부터 일자리를 찾아다닌다.

아무것도 없다. 사람들이 넘쳐난다. 미인은 얼마든지 있다. 단지 젊다는 것만으로는 어떻게도 할 수가 없다. 칸다의 헌책방에서 이바네스의 책을 판다. 20전에 팔린다. 40전이 20전으로 하락해버렸다. 쿠단시따의 노노미야 사진관 옆에 있는 조화 도매상에서 여공을 모집하고 있다. 그런데 손재주가 없어서…… 장미도 튤립도 제대로 못 만들 것 같다. 일당 80전은 나쁘지 않다. 불안할 때는 이상하게 토기가 찾아온다. 토할 것은 없는 이상하게 불안한 상태. 영험한 야스꾸니 신사. 먼저 공손히 절을 하고 나서 히또꾸찌자까 쪽으로 걷는다.

아마떼라스[105] 시절에는 이렇게 사람들이 남아돌지 않았겠지. 미인도 우글거리지 않았겠지. 아마떼라스는 알몸으로 동굴 안에서 밖을 엿보고 계신다. 거울, 옥구슬, 신검은 어디서 구했을까 신기하다. 닭은 어디서 생겨났을까? 아아, 옛날은 틀림없이 좋았을 거야.

때가 되면 어김없이 가을바람이 분다. 유혹해 마지않는 저 생선 가게의 아름다움. 거친 폭풍우가 몰아쳐도 생선은 육지로 계속 올라온다. 노란 휘장을 단 군복 차림의 근위 기마대가 삼각 깃발을 높이 들고 바람 속을 달려간다. 말도 먹는다. 기마대의 병사들도 먹는다. 어디선가 칠현금 소리가 난다. 두부 가게에서는 큰 냄비에다

---

105 일본 신화에 등장하는 시조신으로 태양신.

기름을 가득 붓고 유부를 튀기고 있다. 인부가 비지를 양동이째 짐 수레에 가득 싣는다. 술집 앞에서는 수돗물을 틀어놓고 남자애가 뒷병을 씻고 있다. 된장 단지가 쭉 늘어서 있고, 조미료와 장아찌, 소고기 통도 쭉 늘어서서 반짝거리고 있다. 히또꾸찌자까 정거장 앞의 미요시노에는 찹쌀떡이 산처럼 쌓여 있다. 미요시노에 들어가 한접시에 10전 하는 경단과 찹쌀떡 두개를 사면서, 녹차를 가득가득 두잔이나 마시고 벽의 거울을 바라본다.

양쪽 볼이 볼록한 것이 조금도 심각함이 없다. 머리는 가발 가게 간판처럼 늘어뜨려져 있고 머리숱이 모자라 쪽이 풀리고 있다. 세기世紀가 더해질수록 사람도 대량으로 증가한다. 비극의 현장은 토오꾜오만은 아닐 거다. 시골의 여고에서 피타고라스의 정리를 배우고 「춘희의 노래」를 부르고 『상현달』을 읽던 아가씨가, 지금 이런 초라한 모습으로 살아가고 있다. 찹쌀떡 가루가 입술에 잔뜩 묻은 모습이 마치 애 보는 아이가 몰래 훔쳐 먹은 꼴이다.

밤. 다시 마음을 가다듬고 동화를 이어서 쓴다. 바람이 점점 거세진다. 술에 취한 학생이 이층 복도에서 식모를 놀리고 있다. 간간이 목소리가 잦아든다. 누군가 이층에서 뜰 아래로 소변을 누는 것 같고, 식모는 그러지 말라고 질책을 한다.

양귀비는 바람에 미친다
건초 구유 속에 맴도는 애수
턱 아래로 웃음을 내쫓고
숨을 꾹 참는 것이 인생
산 저 너머에는 구름뿐
여위고 불쌍한 말 구름을 타고

행복이 찾아온다는 생각은 착각

살면서 지옥에 떨어져버리자

지옥에 떨어져 기어다니자

양귀비가 있는 곳에만 떨어진다

선의를 종용하는 고문대

운명 속의 교섭

가시투성이 청춘

남자가 나쁜 게 아니다

모든 건 여자가 서툰 탓이다

자유 따위 괜히 있는 게 아니다

제멋대로 괴롭히는 호기심 판매소

싸구려 견본만이 진열되어 있다

밤이 깊어지자 바람도 잠잠해진다. 주변이 온통 평야 같다. 동화 속의 일본판 하넬레[106]가 조금도 진척되지 않는다. 무엇보다 나는 하넬레 같은 외톨이 소녀가 싫다. 하지만 일본판 하넬레를 쓰지 않으면 출판사는 알아주지 않는다. 한장에 30전이라는 원고료도 매력적이다. 열장을 쓰면 일단 3엔. 열흘은 배불리 먹을 수 있다.

훌륭한 동화 작가가 될 생각은 없다. 죽을 때까지 시를 쓰다가 객사하는 게 고작. 어머니 죄송합니다. 후미꼬는 이게 다예요. 이 정도로 살다 죽을 거예요. 누구의 잘못도 아니에요. 게으름을 피울 생각은 전혀 없지만, 아무래도 나 혼자 설 수 없는 운명이에요. 가난은 괜찮은데 죽는 건 아플 거예요. 목을 매는 것도 기차에 치이

---

106 게르하르트 하웁트만의 희곡 『하넬레의 승천』의 주인공.

는 것도 물에 뛰어드는 것도 전부 아플 거예요. 그런데도 죽음을 생각하고 있어요.

단 한번만이라도 좋으니 어머니께 4, 50엔 정도 보낼 수 있는 사람이 되고 싶다고 상상하면서 운 적도 있다.

이로하라는 고깃집의 종업원이라도 해볼까 합니다. 적어도 편지 속에 10엔 지폐 한장은 넣어 보내드리겠습니다.

하숙생활이 신물 난다. 수입원도 없으면서 작은 밥통의 밥이 먹고만 싶고 하숙을 하면 시간이 쏜살같이 지나간다. 시간이 금방 지나가버리니 그저 머리만 조아릴 뿐.

첫째, 뭔가를 쓴다는 것은 이상한 일입니다. 하지만 나는 소설이라는 것을 쓰고 싶습니다. 시마다 세이지로오라는 사람은 놀랄 만큼 긴 소설을 썼다고 합니다. 소설이 어렵다고 생각하지만, 말(馬)이 소리 높여 우는 그런 걸 쓰면 돼요. 열심히 숨을 헐떡이면서 말이죠.

어머니, 잘 지내시죠? 곧 주소가 바뀝니다. 다시 누군가와 함께 지내려고 합니다. 어쩔 수가 없습니다. 구두가 찢어져 물이 조금씩 들어올 때처럼 짜증스럽습니다. 소설을 쓰더라도 어쩌면 대단한 것이 아닐지도 몰라요. 전부 늘 반송되어와서 실망만 하고 있으니까요. 혼자 있으면 의욕이 없어져요.

스스로 옳다는 판단이 전혀 서질 않는다. 자신감이 없어지면 인간은 허섭스레기처럼 된다. 분명히 '이게 사랑이다'라고 여길 만한 것도 해본 적이 없다. 그저 시를 쓰고 있을 때만 꿈속 세상.

하숙생활은 인간을 관료형으로 만들어버린다. 전전긍긍 주위를 살피게 된다. 큰 인물이 될 수 없다. 월말에는 이불을 말리고 시골에서 온 우편환을 바꾸러 간다. 그것만으로도 하숙의 시간은 지나가버리지요. 제 경우가 아니에요. 여기 사는 학생들 얘기예요……

하이네형도 없고 체호프형도 없다. 그저 자기 자신을 잃어가는 훈련을 받고 있을 뿐.

동화를 완성하고 밤늦게 목욕탕에 간다.

* * *

(10월 ×일)

> 초저녁 불빛, 초저녁 조용히 잠든 섬들
> 바닷속에는 물고기 떼
> 소곤거리는 비밀 얘기
> 물고기의 속삭임 물고기의 질투.
> 저 멀리 지는 해가 보인다
> 육지에는 종이 한장 차이로 밤을 예고
> 인간은 신음하며 자고 있다
> 초저녁 섬, 초저녁 불빛
> 군인들은 고향을 떠나고
> 학생들은 고향으로 돌아온다.
> 남 일이 아니라고 수군거리며
> 사람들은 신음하며 살아간다
> 이 세상에 평화는 없어
> 강정처럼 끈적이는 느낌이지
> 인생이 뭐예요……
> 고문의 연속이야
> 인간은 고통당할 뿐.

언젠가 이 섬들도 사라질 거야

소와 닭만이 살아남아

그 두 동물이 합쳐져

날개 달린 소

벼슬 달린 소

뿔 달린 닭

꼬리 달린 닭.

영원이란 게 있을까

영원은 귓전을 스치는 바람이지

초저녁 불빛, 그저 떠 있는 섬들

유모차처럼 흔들린다

고고학자도 사라져버린다……

율법이 없으면 죄는 죽은 것이나 다름없습니다.[107] 아아, 아브라함과 다윗은 너무나도 멀리 있는 신이다. 소설을 어떻게 써야 할지 모르겠다. 그저 오로지 상상만 하는 것은 아닐 거다. 죄를 쓴다. 묘사한다. 선은 우습다고 비웃는다. 악덕만이 마음을 불태운다…… 시간이 지나면 잊히고 사라지는 죄. 가만히 들여다보면 전혀 정리도 안되고 머리만 아파온다. 내 육체는 구워지는 생선처럼 점점 흥분된다. 누군가와 부부가 되지 않으면 육신이 안정되지 않을 것이다.

하숙집은 남자들의 소굴이지만 정말 낙서에서 말한 에덴동산처럼 고요히 이 깊은 밤을 항해하고 있다.

소설을 쓰고 싶은데 모두 다 방해가 되어 아무것도 할 수 없다.

---

107 신약성서 로마서 7:8.

기러기가 운다. 나는 정말 시인일까? 인쇄 기계처럼 시는 얼마든지 쓸 수 있다. 다만 엉망으로 쓴다는 거지. 돈이 한푼도 안된다. 활자화도 안된다. 그런 주제에 뭔가를 맹렬히 쓰고 싶다. 그래서 마음이 들뜬다. 매일 불을 품고 다니는 셈이다.

문자를 나열하듯이 글을 쓴다. 형태를 갖추었는지 어떤지 의문스럽다. 이것이 시라는 것일까? ─일곱 수레의 물망초만큼이나 그리운 그대. 옛날 누까따 아무개[108]라는 여자가 부른 이 노래도 엉터리일까…… 나는 누에처럼 열심히 실을 뱉어낸다. 그저 아무런 기술도 없이 매일매일 실을 뱉어낸다. 위장이 텅 빌 때까지 실을 뱉어내다 죽는다.

돈 되지 않는 일이 불행한 것도 아니며, 운 나쁜 사람이라고 단정할 것도 아니다. 희망도 없는 항해지만 어딘가에 섬 같은 것이 보이지 않을까 하면서 그저 안달할 뿐이다.

오닐의 희곡 「고래잡이」를 읽으면서 슬퍼졌다.

책을 읽으면 책이 모든 걸 말해준다. 사람의 말은 배울 것이 없지만 책 속의 문자는 사람의 마음을 단단히 사로잡는다.

이제 곧 겨울이 온다
하늘이 그렇게 말했다
이제 곧 겨울이 온다
산의 나무가 그렇게 말했다.
이슬비가 말하러 달려왔다
우체부가 둥근 모자를 썼다고.

---

108 누까따노 오오끼미(額田王). 아스까 시대의 황족이자 시인.

밤이 말하러 왔다
이제 곧 겨울이 온다고
쥐가 말하러 왔다
천장 속에 쥐가 집을 짓기 시작했다고.
한겨울을 등에 짊어지고
사람들이 잔뜩 시골에서 올라온다.

동요를 만들어봤다. 팔릴지 어떨지는 모르겠다. 전혀 기대를 하지 않고 그저 무턱대고 쓴다. 쓰고 퇴짜 맞으면서 나는 다시 또 쓴다. 산처럼 쓴다. 바다처럼 쓴다. 내 생각은 오로지 그것뿐이다. 그런데 머리에 쓸데없는 것이 떠오른다.

그 사람이 보고 싶다. 이 사람도 보고 싶다. 나무아미타불의 부처님.

목을 매고 죽을 결심을 하면 그걸로 그만인 것이다. 그 결심 전에 소설을 하나만 쓰자. 모리따 소오헤이의 『매연』 같은 소설을 써보고 싶다.

밤늦게 야나까에 있는 묘지 쪽으로 산책을 나간다.

반짝이는 별똥별. 뭣 때문에 걷는지 모르지만 그래도 나는 걷는다. 안마사 두명이 피리를 불면서 큰 소리로 웃으며 지나간다. 인간 세상은 땅바닥 위로 안개가 자욱하고 가을이 깊어가는 것 같다.

석재상의 새로운 흰 돌이 아주 가볍게 보인다. 나는 운다. 갈 곳이 없어서 운다. 돌에 기대본다. 언젠가는 나도 묘석이 될 때가 온다. 언젠가는…… 나는 귀신이 되는 걸까…… 귀신은 아무것도 먹을 필요가 없고 하숙비에 시달릴 걱정도 없다. 육친에 대한 감정.

은혜를 갚아야 한다는 한심한 양심의 가책. 전부 연기煙氣 같다.

덧문 안에서 석재상 가족들의 목소리가 들린다. 아직은 연고가 없는, 누구의 묘석이 될지 모르는 돌들에 둘러싸인 채 석재상 주인이 평화롭게 자고 있다. 아침이 되면 또다시 망치를 휘두르며 열심히 돌을 쪼개 돈으로 바꾸겠지.

모든 장사는 마찬가지다.

돌에 앉아 있으니 엉덩이가 꽤 차갑다. 일부러 고독에 몸을 맡기니 눈물이 끊임없이 흘러내린다.

평화롭게 덧문을 닫은 집들이 골목 깊숙이까지 이어져 있다. 전차 지나가는 소리가 난다. 향기로운 꽃향기가 풍긴다. 나는 늘 배가 고프다. 돈이 조금만 있으면 오노미찌로 돌아가고 싶다.

나는 타마가와에 사는 노무라 씨와 합칠까 하고 생각해본다.

아무래도 혼자 헤쳐나갈 수가 없다.

지나가는 사람도 없는 별빛 아래 어두운 거리를 걸어 묘지 쪽으로 가본다. 일부러 무시무시한 것과 맞닥뜨리면서 만져보고 싶은 그런 자포자기의 심정이다. 우습지 않다면, 옷자락을 걷어올리고 돌길을 네발로 기어가고 싶은 정도이다. 미치광이 같다는 건 이런 기분을 말하는 것이겠지……

결국 도대체 나는 무엇을 찾고 있는가를 생각해본다. 돈을 갖고 싶다. 잠시 쉴 곳이 필요하다.

낯선 골목을 빠져나간다. 아직 자지 않고 떠들썩하게 얘기를 나누는 집도 있다. 고요히 자는 집도 있다.

(10월 ×일)

단고자까에 있는 토모야 시즈에 씨의 하숙집으로 갔다. 『두사람』이라는 동인지를 내자는 이야기를 나눈다. 10엔도 못 마련하는 형편에 잡지를 내는 게 불안했지만 토모야 씨가 틀림없이 어떻게 해줄 거다. 풍족한 삶을 영위하는 사람의 생활은 이루 말할 수 없을 만큼 신기하다.

토모야 씨의 권유로 둘이 목욕탕에 간다. 두사람의 작은 알몸이 아침나절의 거울에 비친다. 마욜의 조각상 같은 우리 둘의 모습은 두마리 고양이가 놀고 있는 것 같다. 이유도 없이 나는 외국에 가고 싶어졌다. 바나나를 머리에 잔뜩 이고 있는 인도인이 있는 도시도 좋다. 어딘가 멀리 가고 싶다. 여자 선원이 될 수는 없을까? 외국 선박의 간호사 같은 직업은 없을까?

시를 써봤자 평생 출세도 못하고 무엇보다 굶어죽을 뿐이다. 내가 쿠리시마 스미꼬[109] 정도의 미인이라면 훨씬 더 행복한 삶의 방식도 있겠지…… 토모야 씨는 예쁜 여성이다. 이 사람은 온몸에 자신감이 넘친다. 조금 까맣지만 피부에서 야생 과일의 향기가 난다. 내 몸은 달마를 쏙 빼닮았다. 그저 뒤룩뒤룩 살만 쪘다. 엉덩이가 큰 것은 천박하다는 증거다. 맛있는 것을 먹는 것도 아닌데 살은 잘도 찐다. 뒤룩뒤룩 잘도 찐다.

토모야 씨가 고운 분을 목에 바른다. 까만 피부가 구름처럼 옅어져 사라져버린다. 오랫동안 분을 발라보지 않은 나는 사내아이처럼 거울 앞에 서서 체조를 한다. 문득 이대로 전찻길까지 뛰어가면 우습겠지라는 생각을 한다.

알몸으로 여행할 수 있을까…… 어느 노래에선가 나왔지만, 사랑한다고 아무도 말해주지 않으면 그 남자 앞에서 알몸으로 울어

---

[109] 여배우(1902~87).

볼까 하고 생각한다……

목욕탕에서 돌아오는 길에 토모야 씨랑 단고자카에 있는 메밀국숫집 키꾸에 들렀다. 메밀국수 위에 뿌린 김 냄새가 좋다. 하늘도 활짝 개어 좋은 날씨다. 정원에 있는 꽃송이가 큰 흰 국화가 실국수처럼 피어 하얀 종이받침에 싸여 있다. 불구자 같은 흰 국화꽃. ―막 삶은 메밀국수를 먹는 건 최고의 행복. 500부 정도라면 『두 사람』을 18엔으로 만들 수 있다고 한다. 8페이지에 종이도 아주 좋은 것을 사용하겠다고 한다. 나는 메이센 하오리를 전당포에 맡길 작정이다. 4, 5엔은 분명 줄 거야.

쓴다. 오로지 그것뿐. 몸을 던져 쓰는 거다. 서양 시인인 척하면 어떨까? 척은 그만. 먹고 싶을 때는 먹고 싶다고 쓰고 반했을 때는 반했습니다라고 쓴다. 그걸로 충분하지 않나요?

하늘이 아름답다 혹은 접시가 예쁘다 혹은 '아아'라는 감탄사로 속이면 안돼. 이제 본격적인 다다이즘 시를 써보자.

돌아오는 언덕길에서 이소리 코오따로오 씨를 만난다. 이렇게 시원한 날씨에도 옷자락을 걷어올리고 있다. 써지 키모노에 폭이 좁은 오비 차림. 나는 하숙집에 돌아가고 싶지 않아서 도오자까로 가서 센다기 초오 방면으로 걷는다. 시원한 거리를 취주악대가 지나간다. 아이조메에서 제일고등학교 쪽으로 빠져나가본다. 제국대학의 은행나무가 금빛을 띠고 있다. 엔라꾸껜 옆으로 돌아 키꾸후지 호텔을 찾아본다. 우노 코오지라는 사람이 오랫동안 묵고 있다고 한다. 소설가는 시인 같지 않아서 조금 무섭다. 귀신 얘기 같은 걸 하면 오히려 이쪽이 무서워진다. 그래도 왠지 만나보고 싶다.

소설을 누워서 쓰는 사람이라고 한다. 병자일까? 누워서 쓰는 건 어려운 일이다. 호텔은 곧바로 찾을 수 있었다. 무서워 떨면서 들어가니 식모가 친절하게 안내해준다. 우노 씨는 푸르스름한 이불에 누워 있었다. 과연 누워서 쓰는 사람임이 틀림없다. 스페인 사람처럼 구레나룻이 길었다. 소설 쓰는 사람은 방까지도 뭔가 충만한 듯한 느낌이 든다. "말하듯이 쓰면 됩니다"라고 한다. 좀처럼 그렇게 안돼요,라고 나는 속으로 대답한다. 어지러운 방. 누가 찾아왔다는 말에 나는 벌떡 자리에서 일어난다. 아아, 우노 코오지 수준까지 가려면 아직 한참 멀었다. 우노 코오지는 참 좋은 이름이다. 누워서 쓴다는 건 참 대단하다는 생각이 든다. 말하듯이 쓰는 것이 문제다. 저기, 난 말이지,라고 써본들 아무 소용도 없다.

작가의 방은 뭔가 무시무시하고 으스스하다. 걸어가면서 미술 전공 여학생의 보랏빛 하까마에서 그윽한 향기가 난다고 생각했다. 소설은 시시한 것일지 모른다. 사람들은 씩씩하게 걷고, 말하고, 살아간다. 거리를 걸어가는 게 소설보다 더 재미있다.

저녁에 하숙집으로 돌아왔다.

노무라 씨, 일요일에 놀러 오세요,라고 쓴 메모가 있다. 텅 빈 방에 앉아본다. 불안하다. 누워 있던 우노 코오지의 흉내라도 내볼까 했지만 뚱뚱해서 금방 두 다리가 저릴 게 틀림없다. 하숙집의 저녁 식사 시간은 떠들썩했다. 모두들 하숙비를 내고 있으니까, 조림반찬 냄새까지도 부럽다.

* * *

(12월 ×일)

아침부터 계속 내리는 눈 속으로 나는 아기를 업은 요시와 함께 나갔다. 쌓일 것처럼 보이더니 함박눈은 의외로 녹아버렸다. 칸에

이지자까 언덕 중턱에서 쿄오지로오 씨를 만났다. 친구 집에서 자고 오는 길이라고 하면서 모르는 두 남자와 함께 나란히 추운 아이조메 쪽으로 내려갔다.

쿄오지로오 씨는 좋은 남자다. 저 사람은 거짓말을 하지 않는다. 하지만 쿄오지로오 씨의 시는 도저히 모르겠다. 쿄오지로오 씨를 보면 나는 언제나 오까모또 씨가 떠오른다. 나는 오까모또 씨가 좋다. 토모야 씨 남편이라는 사실이 너무나 속상하다. 하지만 남자들은 나 같은 여자는 눈에 들어오지 않는다.

몹시 추워서 언덕 중턱의 절 앞에 있는 붕어빵집에서 붕어빵을 10전어치 산다. 요시와 함께 걸어가면서 먹는다. 우리는 나머지 두 개를 하나씩 나눠 품속에 넣고는 온기가 살에 바로 닿도록 해본다.

"앗, 뜨거워."

요시가 웃는다. 나는 붕어빵을 배 근처에 대어본다. 후끈 살이 달아오르는 느낌이다. 손난로를 품고 있는 것 같다. 참을 수 없는 외로움이 배 속으로 들어와 따라다니는 것 같다. 눈이 내리는 칸에 이지자까. 끝까지 올라가니 우구이스다니 역과 연결되는 육교. 육교를 건너 캇빠바시로 가서 미리 부탁해놓은 소개소로 향한다. 이나게에 있는 여관이나 아사꾸사의 고깃집 종업원 자리가 내게 제일 잘 어울린다.

요시가 아기를 데리고 이나게로 가겠다고 해서 나는 아사꾸사로 가기로 정했다. 굳이 먼 이나게의 여관 종업원을 할 것까지는 없는데 요시는 아주 마음에 들어한다. 아기가 소아천식이라 해변에서 일하는 편이 아기를 위해 좋다는 것이다. 아기는 사생아로, 아버지가 국회의원이라고 하지만 사실인지 어떤지는 알 수 없다. 못생긴 요시에게 그런 남자가 있을 것 같지는 않고 또 사실이라면 이나게까지 갈 일도 없을 것이다.

나는 수수료로 3엔을 지불하자 손해 보는 느낌이 들었다. 보증인이 필요 없다는 것이 무엇보다 좋았다.

아사꾸사의 헌책방에서 『문장클럽』 지난 호를 발견하고 산다. 노란색 페이지의 광고란에 '19세의 천재, 시마다 세이지로오의 『지상』'이라는 광고가 눈에 띄었다. 19세라는 나이는 천재라는 것에 상응하는 나이일지도 모른다. ─나도 언제나 천재를 꿈꾸지만 이 천재는 굶주린 채 먹는 것에만 정신이 팔려 범재로 끝나버릴 것 같다.

도대체 어디에 가면 평화롭게 밥을 먹을 수 있는가. 배가 고프면 뭔가를 사랑할 기분이 나지 않는다. 게다가 이렇게 추우면 모든 게 움츠러든다. 홑옷을 겹쳐 입고 그 위에 꼬질꼬질하니 더러운 모슬린 하오리 차림으로는 괜찮은 일자리를 구할 수 없다.

아사꾸사로 간다. 공원에서 우동을 한그릇씩 먹고 배에서 차갑게 식은 붕어빵도 꺼내 먹는다. 우동집 천막 틈새로 차가운 눈바람이 들어온다. 두 풍로에서 불똥이 심하게 일어난다. 엄청난 화력이다. 따뜻한 차를 몇잔이나 얻어 마신다. 요시는 포대기를 풀어 아기에게 젖을 먹이고 기저귀를 갈아주는데 흠뻑 젖은 기저귀 냄새가 왠지 아주 싫었다. 여자들만 불리한 제비를 뽑는 것 같다. 평생 아기는 갖고 싶지 않다. 아기는 몇번 귀엽게 재채기를 한다.

8전을 주고 산 양말에 구멍이 났다. 나는 젊지만 피부가 꺼칠꺼칠하니 건조하다. 나는 땅딸막하다. 이마도今戸 질그릇의 너구리 모양이다. 어차피 그런 거지 뭐. 저기, 관음보살님, 저는 당신께 기도할 생각이 없어요. 더 괴롭히세요. 영험은 부자들한테나 주세요.

우동 트림이 나온다. 너무 흉하다. 우동에 무슨 철학이 있겠어. 천재는 까스뗄라를 먹고 있겠죠? 우동 인생. 그런 주제에 나는 고상함이나 문학이나 음악이나 그림에 무관심한 채 지낼 수가 없다. ——
『뽈과 비르지니』도 깜찍한 소설이잖아—— 오블로모프[110]도 이 세상
엔 있어요. 오네긴 씨, 어머나 이만 실례해요. 한번만이라도 좋으니
나랑 사랑을 논할 사람은 없을까…… 내일부터 고깃집 종업원이라
니 슬프다. 도살꾼들이 잔뜩 찾아온다. 지옥의 냄비를 부글부글 끓
이는 역할은 분명 처녀귀신. 아아, 한심한 인생입니다.

나는 배우가 되고 싶다.

아사꾸사는 사람의 물결, 정처 없는 방랑자들의 거리라네.

(12월 ×일)

코마가따의 추어탕집 부근, 홀리니스 교회 옆의 옆에 있는 치모
또라는 가게. 우선 가게 앞을 두세번 왔다 갔다 하면서 동정을 살
핀다. 어젯밤 놓아둔 소금 무더기가 흐트러져 조금만 남아 있다. 엷
은 햇살이 비치는 판자 울타리. 타인의 집은 무섭다. 소〔牛〕라는 글
자가 갑자기 눈에 다가와서는 북적거리다〔犇〕라는 글자로 보인다.
아아, 나에게 절호의 기회라는 것은 없다. 나는 젊다. 젊으니까 기
회를 삽아보고 싶다.

치모또의 뒷문으로 들어간다. 주방의 젊은 남자가 피식 웃는다.
머리카락을 치켜올려 큰 귀를 덮은 서양식 머리가 우스웠는지도
모른다. 내게 유행은 전혀 어울리지 않지만 그래도 유행을 흉내 내
보고는 싶다.

종업원 방에서 엿보고 있는 얼굴. 원숭이처럼 주름투성이인 여
주인이 무표정한 얼굴로 "일단 해봐" 하고 아주 쉽게 말한다.

---

110 러시아 작가 이반 곤차로프(Ivan Goncharov, 1812~91)의 장편소설 『오블로모
프』의 주인공으로 교양과 재능은 있지만 무기력한 삶을 사는 청년 귀족.

가진 건 보따리 하나. 우선 아침식사로 수북한 밥에 유부조림 한 접시. 아아, 나는 기뻐서 무릎을 꿇다시피 하며 어쩔 줄 모른다.

사랑은 뻔한 것
멀어지는 마음 참으로 쉽고
밥 한그릇에 무너지는 거지의 쾌락
콧물을 훌쩍이며 마음을 비우네
이 맛있는 밥의 평안
이것도 내 육신 진정한 내 육신
슬프다 모든 걸 잊게 만드는 굶주림의 길
꼬리를 흔들며 먹는 오늘의 밥.
무숙자가 도달하는 길
온통 광야로 변한 도시의 바람
아아, 무정한 바람을 탓하는 나.

기름이 둥둥 떠 있고 걸쭉하니 간이 밴 소고기 냄새, 토할 것 같다. 종업원들은 모두 여덟명이라지만 다섯은 통근을 하고 여기서 더부살이하는 사람이 셋. 모두 다 별 볼 일 없는 얼굴이다. 귀를 덮은 머리 모양이 우스꽝스럽다면서 나를 먼저 미장원으로 데리고 간다. 올림머리로 해야 한다고 한다. 나는 아직 갈래올림머리가 어울리는 나이지만 올림머리여야 한다고 해서 실망스러웠다.

고운 분도 사야 한다. 그런데 목욕탕에 가서 목에만 하얗게 바른다는 불가사의함. 함께 목욕하러 간 스미가 고엔 백분白粉이 제일 좋다고 알려줬지만 올림머리를 하는 데 돈을 몽땅 써버려 분을 이삼일 빌려쓰기로 했다.

저녁부터 종업원 방은 아주 떠들썩했다.

아기에게 젖을 물리는 여자도 있었다. 다들 스물대여섯은 되어 보이는 여자들뿐. 나는 단을 접어올린 옷을 입고 있어서 키득키득 웃음거리가 되었다. 요시가 빌려준 기모노가 길어서 그랬다고 설명하려다 귀찮아 그만뒀다. 서로 고만고만한 도토리 키 재기 처지인데, 동료들의 심술에 화가 났다.

아침에 나를 보고 피식 웃던 요리사는 요시쯔네라고 했다. 주방에 통 들고 숯불을 가지러 가니까 "너는 서양식 머리보다 이게 훨씬 잘 어울려"라고 한다. 그리고 "이봐, 귤 먹어" 하면서 작은 귤 두 개를 던져준다.

요시쯔네는 사다꾸로오[111]와 비슷한 느낌으로, 요이찌베에[112]를 죽일 것 같은 무서운 얼굴을 하고 있다.

이삼일 동안은 객실에 나가지 않고 심부름만 했다. 숯불을 나른다. 신발도 정리한다. 맥주와 술도 나른다. 12시에 폐점. 다리가 뻣뻣할 정도로 녹초가 되어버린다. 마른 억새소리와 새장의 새 울음소리가 시끄럽다. 아아, 이러면 내 앞날도 소(牛)의 북적거림(犇)과 별반 다르지 않겠다.

일행 시一行詩 한편 쓸 기력도 없을 것 같다. 그렇게 밥을 먹고 싶어했으면서…… 저녁은 고봉밥에 오징어조림. 감사히 먹으면서도 빵이 전부가 아니라는 생각이 든다.

누구 한사람 나라는 존재에 관심이 없어서 편안한 생활이다. 요시쯔네는 아주 친절하다.

"너, 이런 일 처음 하니?"

111 카부끼 「카나데본 추우신구라(仮名手本忠臣藏)」에 나오는 악인.
112 사다꾸로오가 죽인 상대 인물.

"예……"

"남편은 있어?"

"아뇨."

"태어난 곳은 어디야?"

"단바의 산골이에요."

"음, 단바가 어딘데?"

글쎄 나도 몰라. 말없이 주방을 나온다. 아마 기껏해야 한달쯤 버틸 만한 곳이다.

밤에 종업원 방으로 들어간 때는 2시가 지나서였다. 나는 멍해졌다. 더러운 베개를 주기에 덜 마른 수건을 대고 벴다. 여자들은 누워서 야단스럽게 설날 돈 얘기를 한다.

이 남자한테선 이렇게, 저 남자한테서는 저렇게 돈을 얻어서…… 아아, 이런 사람들에게도 남자가 있다니 이상한 느낌이 든다. 요시는 오늘 아기를 데리고 이나게로 갔을까…… 나는 여기서 적당히 지내다 나중에 타마가와의 노무라 씨에게 시집이나 갈까 하고 생각해보았다. 아무리 생각해도 거기밖에 갈 곳이 없다.

(12월 ×일)

요시쯔네가 할 말이 있다고 한다. 무슨 얘기인가 싶어서 요시쯔네를 따라 아침나절의 거리를 걸었다.

파헤쳐 진창이 된 코마가따 거리에서 어슬렁어슬렁 공원 쪽으로 갔다. 롯꾸의 중심지에는 깃발의 행렬. 일용 노동자가 우글거리는 효오딴 연못까지 오자 요시쯔네는 종이로 싼 껍질이 얇은 만주 우 빵을 세개나 준다.

"너, 몇살이니?"

"스무살……"

"어, 어려 보이네. 난 열일고여덟인가 했는데."

내가 웃으니까 요시쯔네도 머리를 긁적이며 웃는다. 민소매 작업복에 더러운 게따를 신고 있어서 타이쇼오 시대의 사다꾸로오 같다.

할 말이 있다면서 좀체 말이 없다. 아아, 그렇구나 싶다. 딱히 기쁘지 않은 건 아니지만 그다지 좋아할 만한 사람도 아니라는 느낌이 들었다. 아침이라서 그런지 쌀쌀했고 연못 주위는 더러웠다. 요시쯔네가 삶은 달걀 네개를 산다. 소금이 굳어서 달라붙은 달걀 하나에 5전. 연못을 보면서 이가 시릴 만큼 찬 달걀을 먹는다. 시든 등나무 아래서 누더기 옷을 입은 아이 둘이 숨바꼭질을 하며 놀고 있다.

"나는 몇살로 보여?"

키가 큰 요시쯔네가 큰 입으로 달걀을 먹으며 물었다.

"스물다섯쯤?"

"장난치지 마. 아직 징병검사도 안 받았는데……"

아, 그런가 하고 깜짝 놀랐다. 남자 나이는 정말 모르겠다. 아, 그렇게 어린 사람인가 하고는 갑자기 편안한 마음으로,

"네 고향은 어디니?"

하고 물어보았다.

"요꼬하마."

음, 바다가 보이는 곳이구나, 생각했다.

"왜 저런 고깃집에 있어?"

"불경기라 어디에도 좋은 자리가 없어. 징병검사 받고 나면 앞일을 생각해볼 작정이야."

더러운 연못 위로 던진 달걀 껍질이 반짝반짝 빛을 반사한다. 딱히 할 얘기도 없다. 우울한 취주악대 소리가 들려온다. 돌길은 어제 내린 눈으로 질척거렸다. 춥다. 관음보살님께 기도드린 뒤 절 앞 상점가로 갔다. 요시쯔네가 갑자기 나지막한 목소리로,

"우리 집에 오지 않을래?"

라고 한다.

"어디?"

"마쯔바 초오, 어머니하고 이층에 세 들어 살아. 어머니는 남의 집에 일하러 가서 지금 없어."

나는 요시쯔네가 너무 어려서 가고 싶은 마음이 들지 않았다. 어린 주제에 아주 우스웠다. "어때?" 하고 물어서 나는 "싫어" 하고 대답했다. 요시쯔네가 다시 걷기 시작한다. 나도 걷는다. 너무 추워서 견딜 수가 없다. 걷는 건 괜찮지만, 사랑을 한다면 역시 마음이 무거워질 듯한 그런 남자가 좋다. 요시쯔네의 이층 셋방에 들어갈 생각은 추호도 없었다.

절 앞 상점에서 요시쯔네가 자그마한 수공예 비녀 하나를 사줬다. 나는 한발 먼저 가게로 돌아왔다.

아직 통근하는 사람들은 나오지 않았다. 작은 비녀가 무척 예뻤다. 머리에 꽂고 스미의 거울을 빌려서 본다. 별 볼 일 없는 얼굴이지만 목이 하얀 것이 뭔가 애잔하게 보인다. 왠지 유곽의 여자가 된 것처럼 으스스한 느낌도 들었지만 한편으로는 자신감이 샘솟기도 한다.

말이 비녀를 꽂았다
비틀거리면서 짐을 끄는 말

땀을 한되나 흘리며
그저 숙명을 따라가는 말

고삐에 끌려가는 말
가끔 하얀 한숨을 쉰다
아무도 보는 이가 없다
가끔 엄청난 기세로 잘난 척해서
엉덩이에 채찍을 맞는다
언덕을 올라가는 짐말

도대체 어디까지 가는 거지
무의미하게 걸어간다
아무것도 생각할 수 없다.

심심해서 연필에 침을 발라가며 시를 써본다. 여자들은 이러쿵
저러쿵 살림살이 얘기를 한다. 누군가 내 비녀를 보고,
"어머, 예쁜 거 샀네."
라고 한다. 나는 모두에게 여봐란듯이 자랑하고 있는 것 같은 느낌
이 들었다.
『문장클럽』을 읽는다. '이꾸따 슌게쯔 선選'이라는 난에 투고한
시가 많이 실려 있다.
밤. 요시쯔네가 귤을 주었다. 이 집도 12월 한달 동안은 꽤 분주
할 것 같다. 조림 담당 요리사는 요시쯔네가 귤을 주는 것을 보고
나를 놀린다.
떠돌아다니지만 꿈이 많다. 외로울 때는 외로운 것. 요시쯔네는

한자로 '義經'[113]라고 쓴다고 한다.

요시쯔네는 선량하게 보이지만 아무래도 말이 통할 것 같지는 않다. 내가 이 사람의 이층 셋방으로 가서 잔다 한들 내 인생이 크게 달라질 것 같지도 않다. 이 사람과 같이 산다 한들 금방 헤어질 게 틀림없다. 요시쯔네는 평화로운 사람이다.

(12월 ×일)

연말 매출이 아주 대단하다. ──드디어 나도 손님 앞에 나가게 됐다. 팁은 꽤 받지만 가끔 여자들의 심술에 의해 빼앗길 때도 있다. 요시쯔네가 말했다.

"너 되게 책 읽는 거 좋아하네. 지나치면 근시 된다."

나는 아주 우스웠다. 이미 오래전에 근시가 됐는데 뭘. 이나게에 있는 요시가 보낸 편지. 생각보다 사정이 좋지 않아 설밑에 다시 토오꾜오로 돌아오고 싶다는 내용. 아기는 내내 감기를 앓다가 지독한 백일해에 걸렸고 요시는 목수와 부부가 된다고 한다. 도무지 살아갈 방도가 없고 애가 있어도 좋다고 해서 목수와 결혼하는 것이며, 내가 공부를 하겠다고 하면 방 한칸 정도 빌려주겠다는 기분 좋은 이야기다.

나는 정월에 노무라 씨가 사는 곳으로 가고 싶다. 노무라 씨는 빨리 결혼하자고 한다. 그 사람도 가난한 시인.

여기서 처음 보라색 메이센 옷감을 두필 산다. 일금 5엔. 연말까지 밑단과 하오리 안감도 살 수 있을 것 같다.

오늘 미장원에서 돌아오는 길에 요시쯔네를 만났다. 또 할 이야

---

113 12세기의 무장이면서 쇼오군의 동생으로 일본인들에게 인기있는 미나모또노 요시쯔네(源義經)와 같은 이름이다.

기가 있다고 한다. 요시쯔네는 갑자기 "이건 플라토닉 러브야"라고 한다. 나는 우스워서 킥킥 웃었다.

"플라토닉 러브가 뭐니?"

"반했다는 거잖아……"

나는 뭐라 할 말도 없었고, 뭐 노무라 씨가 아니어도 좋다는 생각이 들었다. 요시쯔네와 같이 살아도 괜찮을 것 같은 느낌이 들었다. 추워서 밀크홀로 들어갔다.

큰 컵에 우유를 철철 넘치게 준다. 요시쯔네는 홍차가 좋다고 한다. 오늘은 내가 사기로 한다. 겨자씨가 붙어 있는 단팥빵도 먹는다. 보랏빛 팥소가 부드럽고 아주 맛있다. 일금 20전을 낸다.

요시쯔네는 한달에 5, 60엔 정도 받는다고 한다. 아이가 생겨도 문제없을 거라고 한다. 나는 요시의 지저분한 아기를 떠올리면서 움찔했다.

"나는 시집갈 생각이 없어. 공부하고 싶어. 요시쯔네는 좀더 어린 열일고여덟 먹은 신부가 좋아……"

요시쯔네는 가만히 있었다. 잠시 뒤 "무슨 공부?" 하고 묻는다.

무슨 공부냐고 물어서 나는 난처했다.

"나 여고 선생님이 되고 싶어."

요시쯔네는 묘한 표정을 지었다. 나도 묘한 느낌이 들었다. 뭔가 죄를 짓고 있는 듯한 꺼림칙한 느낌이 들었다.

저녁부터 비. 요시쯔네는 아주 예의가 바르다. 플라토닉 러브야, 라고 하던 때의 얼굴이 갑자기 중학생처럼 느껴진다.

스미의 손님한테 불려나가 술을 꽤 많이 마셨다. 조금도 취하지 않는다. 손님은 제국대학 학생들뿐. 요시쯔네와 비슷한 연배지만 아주 어려 보인다.

"얘는 책만 읽어요" 하고 스미가 말을 뱉었다.

"어떤 책을 읽어?"

땅딸막한 작은 학생이 내게 술잔을 내밀며 물었다. 나는 "사루또비 사스께[114]요" 하고 큰 소리로 대답했다. 모두 와하고 웃었다. 닌자 사스께가 왜 우스운지 나는 모르겠다. 취한 김에 「염색집 타까오」[115]를 읊어 보았다. 모두 놀란다.

학생이란 그런 존재다. 심하게 취해서 종업원 방으로 돌아오니 힘들어서 토할 것 같다. 요시쯔네가 마침 들여다보러 와서 세숫대야를 가져와달라고 했다. 시큼한 것이 전부 나왔다. 모두 다 토했다.

"요시쯔네!"

"왜……?"

"거기에 서 있지만 말고 소금물 좀 가져다줘."

요시쯔네는 곧바로 소금물을 만들어 가져왔다. 오비를 풀자 50전 짜리 동전이 데구루루 타따미 위로 떨어진다.

"무리해서 마실 필요는 없잖아."

"응, 플라토닉 러브라서 마신 거야. 네가 그렇게 말했잖아……"

요시쯔네가 갑자기 웅크리고 앉아 언제까지고 내 등을 쓸어주었다.

* * *

(12월 ×일)

불을 피우고 싶어서 빈 숯섬, 낙엽을 그러모은 달집을 태운다.

---

114 여러 인기있는 소설이나 게임 등에 닌자(忍者)로 등장하는 주인공 인물.
115 일본 전통 만담의 하나.

나는 이런 조건에서 살 기운이 없다. 조금도 없다. 소중한 것을 찾아내 태워버리고 싶다. 방에 들어가 소중한 것을 찾아본다. 노무라 씨의 시 원고를 세장 정도 가지고 나와 불 위에 갖다대본다. 타버리면 이 시는 재가 된다고 생각하니 밉긴 하지만 왠지 마음이 약해진다. 해서는 안되는 일이라 생각해 다시 제자리에 갖다놓는다.

나는 아무것도 할 수가 없다. 용기 없는 여자로 추락해버렸다. 오늘 아침 우리는 사생결단을 하고 싸웠다. 그리고 남자는 제멋대로 때려부수고 밖으로 나가버렸다. 뒤처리를 하는 건 항상 나다. 장지문이 부서졌고, 커튼이 찢어졌으며, 그릇과 접시도 멀쩡한 게 없다. 가난이라는 것이 이렇게 우리의 몸과 마음을 황폐하게 만들어버린다. 잔혹할 정도로 적나라해진다. 나는 남자를 이렇게 미워한 적이 없다. 발에 걸어차여 부엌 바닥의 찬광으로 밀려 들어갈 때는 이 사람이 정말 나를 죽일지도 모르겠다는 생각이 들었다. 나는 어린애처럼 소리 내 울었다. 여러번 차여 아팠다기보다는 배려 없는 남자의 마음이 미웠던 것이다.

매일같이 나는 남자의 원고를 잡지사로 가져갔다. 전혀 팔리지 않는 원고였다. 더이상 가고 싶지 않다고 농담한 것이 그렇게 화나는 일이었을까…… 나는 앞으로 아무리 힘들어도 생글생글 웃는 짓 따위는 하지 않겠다고 결심한다. 정말이지 가기 싫을 때도 가끔 있다. 알지도 못하는 곳에 심부름 간다는 건 견딜 수가 없다. 본인이 가면 된다. 나는 이제 그런 힘든 심부름이 지긋지긋하다.

밥벌이도 못하면서 잘난 척하지 말라며 화를 냈다. 나는 밥벌이를 못한다고 해서 거지처럼 느껴지진 않는다.

불을 지피면서 이번에는 정말 헤어져야겠다고 생각한다. 그런데도 무일푼으로 집을 나간 남자를 생각하며 그저 눈물만 흘린다. 어떻게 지내는지 안쓰럽다.

길 아래에 있는 잉어 연못이 은빛으로 빛난다. 부잣집 식모로 보이는 사람이 「억새의 노래」를 부르며 오솔길을 걸어간다. 집주인은 미야따께 가이꼬쯔[116]라는 사람이란다. 우리 집에서 꽤 떨어진 언덕 위에 저택이 있는데 나는 그곳에 사는 사람들을 만나본 적이 없다. 우리 집은 세평짜리 방 한칸과 벽장과 부엌. 흙벽도 없는 판잣집으로 예전에 창고였는지도 모른다. 나는 여기로 이사 와서 벽에 신문지를 이중으로 발랐다. 이불은 노무라 씨 것만으로 충분하다고 해서 내 이불은 팔아 하숙비를 내고 3엔 정도 남은 것으로 커튼과 쌀을 사가지고 시집왔다…… 불을 지피면서 나는 이런저런 생각을 해본다. 이게 내 인생의 마지막일지 모른다. 나는 죽고 싶은 마음이다. 이젠 이런 생활이 귀찮다. 혼자 사는 것도 외롭지만 둘이 살면 더 힘들다고 생각되니까 세상살이가 너무나 덧없어진다.

밤에 찢어진 커튼을 기우며 이런저런 상상을 해본다. 온기가 전혀 없는 얼어붙은 밤중. 발소리가 들릴 때마다 귀를 기울인다. 멀리서 타마가와 전차가 덜컹거리는 소리가 들린다. 너무나 조용해서 귀가 왱 울린다. 결말이 어떻게 날지 짐작할 수가 없다. 어떻게 되겠지 하고 생각하기도 한다. 아침부터 밥을 먹지 않아서 온몸이 예민해진다. 호랑이처럼 어슬렁어슬렁 돌아다니고 싶은 강한 욕구가 생긴다.

방 안을 깨끗이 정리하고 이불을 편다. 여기도 역시 시트가 없는 잠자리다. 잠옷이 없어서 나는 알몸으로 잔다. 물속으로 뛰어든 것 같은 냉기. 신발과 옷을 이불 위에 놓아둔다. 옷 냄새가 난다. 가끔

---

116 저널리스트(1867~1955).

머리맡에서 잉어가 뛰어오르는 소리가 난다. 한밤의 거리에서 트럭이 땅을 울리며 언덕을 내려가고 있다.

　　모독을 삼가주세요
　　나에겐 불평도 푸념도 없다
　　아아, 백방으로 손을 써도
　　이 꼬락서니
　　하느님도 웃고 계셔
　　시기도 시기이니
　　나는 또 순례를 떠납니다

　　때가 되어 하느님의 나라가 가까워졌노라
　　너희, 참회하고 복음을 믿어라
　　아아, 여자 사루또비 사스께 모양으로
　　하늘을 날고 불구덩이를 뛰어넘고
　　피를 튀기며 나는 싸운다
　　복음은 천둥소리이나이까
　　잠시 여쭙고 싶습니다

　　나는 도저히 공복을 참을 수 없어서 차가운 옷을 입고 풍로에 불을 지폈다. 물을 끓여 대나무 껍질에 달라붙어 있는 된장 한점을 타서 마신다. 라면이 너무나 먹고 싶다. 10전이 없다는 건 나락에 떨어진 것이나 마찬가지다. 판자 지붕에 돌멩이 같은 게 톡톡 떨어진다. 여기는 언덕 위의 외딴집. 귀신이 나올지도 모른다. 쿄오까의 소설에서처럼 연못의 잉어가 기세 좋게 뛰어오른다. 된장물을 홀짝이는 내 머리에는 틀림없이 큰 귀가 달려 있을 것이다…… 미칠 것 같다. 불가능하다고 생각하면서도 그 사람이 단팥빵을 한아름 안고 이 밤길에 돌아와줄 것만 같다. 희미하게 발소리가 나자 나는 맨발로 밖으로 나가 살펴본다. 눈이 내리는 것처럼 주위는 달빛으로 환하다. 관절이 아플 정도로 시리다. 두사람이 대문에서 딱 만나면 얼마나 좋을까……

발소리는 멀리 어디론가 사라져버렸다. 유리문을 닫고 다시 풍로 옆에 앉는다. 앉아 있어도 춥지만 눕고 싶은 마음이 들지 않는다. 뭔가를 쓰려고 책상 앞에 앉아보지만 무릎이 깨질 듯 시려서 아무것도 할 수가 없다. 조금 쓰다가 그만둔다. 박고지라도 좋으니 먹고 싶다.

(12월 ×일)

아침. 뜻하지 않게 어머니가 상기된 얼굴로 찾아왔다. 물어물어 왔다며 조그만 보따리를 앞뒤로 짊어지고 유리문 밖에 서 있었다. 나는 와하고 소리를 질렀다. 아아, 이게 어쩐 일입니까? 하마마쯔에서 샀다는 먹다 남은 열차 도시락이 하나. 삶은 달걀이 일곱개. 오렌지가 두개. 정말정말 이거야말로 하느님 나라의 복음처럼 여겨졌다. 나한테 줄 새 플란넬 속치마로 둘둘 만 뱅어포. 그리고 어머니가 갈아입을 옷과 두발 도구. 나는 얼굴도 씻지 않고 나무 냄새가 풀풀 나는 도시락을 먹었다. 얇게 썬 주홍빛 어묵, 매실장아찌, 우엉조림, 실곤약과 고기조림, 우걱우걱 정신없이 먹었다.

시골도 별반 사정이 좋지 않다고 한다. 경기가 안 좋아 바닥을 치고 있다며 어머니는 한숨을 쉰다. 얼마 갖고 계신지 물어보니까 60전 정도라고 한다. 어쩔 생각이냐며 질책해본다. 사오일 재워주면 아버지가 팔 물건을 가지고 온다고 한다.

서리가 내린 아침이지만 따뜻한 햇볕이 방에 가득 들어왔다. 재워드리고 싶어도 이불이 없다고 말씀드리긴 했지만 이대로 어머니를 어디로 내쫓을 수 있겠는가…… 방석 세장을 이어붙이고 큰 이불을 셋으로 나누어 어떻게든 잘 수 있도록 할 수밖에 없다.

햇볕이 드는 쪽에 이불을 가지고 와서 어머니가 누울 수 있도록 했다. 어머니는 방 꼴을 보고 내가 가난하게 사는 것을 알았는지 아무 말 없이 콧물을 훌쩍이며 하오리를 벗고 이불 속으로 들어간다. 나는 조그만 화로에 어제 달집 태운 재를 넣고 불을 피운다. 드디어 물이 펄펄 끓는다. 찻잎도 없어서 도시락의 매실장아찌를 넣어 따뜻한 물을 드시게 했다.

아버지는 싸구려 와지마 칠기를 떼와서 토오꾜오에서 팔 생각이라고 한다. 토오꾜오에는 백화점이라는 편리한 곳이 있다는 사실을 모르고 있는 것이다. 야시장 노점에서 늘어놓고 팔더라도 팔릴 만한 물건이 아니다. 나는 곤혹스러웠다. 삶은 달걀 하나를 껍질을 벗기고 먹는다. 나머지는 그 남자에게 먹이고 싶다.

"토오꾜오도 불경기가?"

"아주 불경기예요."

"어디고 똑같네 마……"

매실장아찌를 우물거리면서 어머니가 걱정스러운 표정을 짓는다. 이번 남자는 어떤 성품에 어떤 장사를 하는지 어머니는 묻지 않는다. 정말 다행이다. 물어본들 속수무책. 어머니는 빈 차통에 수건을 대고 잠시 잠을 잔다. 입을 벌리고 기분 좋게 잔다. 점심때가 지나서 노무라 씨가 돌아왔다.

어머니를 소개하려는데 책상 앞에 앉아 책을 읽기 시작한다. 어머니와 나는 부엌 툇마루에 방석을 깔고 앉았다. 물을 끓여서 달걀 네개와 오렌지 두개를 책상 옆으로 가지고 가서 어머니가 가져왔다고 했지만 먹고 싶지 않다며 쌀쌀맞게 말하고는 쳐다보지도 않는다. 나는 화가 나서 달걀을 남자 얼굴에 집어던지고 싶었다. 정말 너무나 비뚤어진 사람이라 참을 수가 없었다. 아직도 이 사람은 화가 나 있는 걸까…… 이 옹고집과 완고함이 나를 불안하게 만든다. 쓰다 만 내 시 원고가 꾸깃꾸깃 구겨져 방구석에서 나뒹굴고 있다. 나는 그걸 주워 주름을 펴다가 너무나 가슴이 아파 소리 죽여 울었다. 어떻게 하면 좋을지 알 수가 없다. 어머니는 숨을 죽인 채 부엌 풍로 옆에 쭈그리고 앉아 있다. 울고 싶은 만큼 실컷 울고 나니까 금방 기분이 개운해지고, 나는 될 대로 되라는 생각으로 마음이 가벼워졌다. 어머니가 풀이 죽은 표정으로 나를 쳐다보기에 나는 혀를 살짝 쏙 내밀어 보였다. 눈물을 흘리지 않으려고 혀를 내미니까 관자놀이와 콧속이 찌릿찌릿 아파온다.

부엌 바닥으로 내려가 툇마루 밑에 숨겨둔 보따리 속에다 주름을 편 원고를 넣는다. 남이 보면 곤란한 것만 들어 있다. 오랫동안 쓴 형편없는 것뿐이지만 왠지 버리기 싫어서 가지고 다니는 내 시. 이것이야말로 한푼도 안되는 것이다. 몇번이나 태워버리려 했지만 십년 뒤에, 예전에 이런 일도 있었지, 저런 일도 있었지 하는 것도 나쁘지 않다고 생각했다.

도저히 견딜 수가 없어서 나갈 채비를 한다. 어디 갈 곳도 없지만 일단 어머니를 모시고 나가 잘 얘기해야 한다. 나는 숯가루를 화로에 넣고 불을 조금 약하게 한 뒤 주전자를 올렸다. 두개 남은 달걀을 껍질을 벗겨 어머니께 드렸다. 어머니는 소리도 내지 않고 달걀을 삼키듯이 들었다.

"저, 잠깐 어머니랑 나갔다 올게요."

하고 책상 옆으로 가보았지만 남자는 여전히 쳐다보지도 않는다. 둘이 밖으로 나오니 가슴 저 밑바닥에서부터 한숨이 나왔다. 나는 몇번이고 심호흡을 했다. 내가 그렇게 보기 싫은 여자인가 하는 생각을 해본다. 정말 자신이 없어져버린다. 내가 휴지처럼 여겨진다. 단지 나는 어릴 뿐이다. 아무것도 모른다. 하지만 나쁜 의도가 전혀 없었다고 변명하고 싶은 생각도 든다.

가끔 돈이 좀 들어오면 5전으로 두부를 사고 3전으로 정어리를 사고 또 3전으로 단무지를 사서 삼색의 진수성찬을 차렸다고 하면 남자는 시시한 걸 자랑한다고 불평한다. 가끔 목욕탕에 갔다가 다른 여자들처럼 목에 분을 바르고 오면 네 목은 자라목이라 굵어서 보기 싫다고 한다. 어떻게 하면 좋을지 모르겠다. 이 남자와 평생 같이 산다면 강철처럼 단단해져 울지도 웃지도 않는 그런 여자가 될 것 같다.

나는 품에 넣어온 달걀을 껍질을 벗기고 하나 더 드시라며 어머니 입가로 가져갔다. 더 먹고 싶지 않다는 말이 오히려 짜증스러워 무리하게 드시게 했다.

나는 걷다가 문득 예전에 헤어진 남자한테 가서 10엔 정도 빌려볼까 생각했다. 연극하는 사람이라 순회공연을 떠나고 없으면 낭패라고 생각하면서도, 운명을 하늘에 맡긴 채 시부야로 갔다. 거기서 시영전차를 타고 칸다로 갔다. 거리는 북적거렸고 어디서나 대매출 중이었다. 밝은 전등불이 밤하늘을 수놓고 있다. 정거장 옆에는 작은 북을 치면서 지나가는 사람들도 있다. 기성복 양복집이 처마를 나란히 하고 줄지어 있다. 어머니는 한벌에 15엔 하는 갈색 코르덴 옷을 집어들고는 아버지에게 딱 맞겠다며 잠시 살펴본다.

돈만 있으면 뭐든지 살 수 있다. 돈만 있으면.

　나는 양복을 쳐다보기도 했다가 번잡한 진보오 초오 거리를 쳐다보기도 했다가, 좀체 생각이 정리되지 않았다. 드디어 결심을 하고 어머니를 길에서 기다리게 하고는 그 사람 집으로 갔다. 골목으로 접어드는데 생선 굽는 냄새가 났다. 부엌 쪽에서 집 안을 들여다보니 그 사람의 모친이 깜짝 놀라 나를 쳐다본다. 모친은 당황한 모습으로 쭈뼛거리다가, 그는 목욕탕에 갔다고 했다. 획 포기의 바람이 나에게로 불어왔다. 될 대로 되라는 생각이 들었다. 서둘러 인사를 하고 골목을 나오는데 그 사람이 수건을 들고 돌아오고 있었다. 만나자마자 나는 10엔을 빌려달라고 했다. 안개가 짙게 깔린 골목 안에서 남자는 당혹스러운 얼굴로 집으로 들어갔다. 그리고 뭔가 말하고서 5엔 지폐를 가지고 나와 이것밖에 없다며 내 손에 쥐여준다. 나는 숨을 쉴 수 없을 만큼 몸이 경직되었다. 죄를 짓는 듯한 느낌이 들었다. 당신의 평화를 깨뜨리러 온 건 아니에요. 예쁜 부인과 사이좋게 살라고 말해주고 싶었다. 나 자신이 불량배처럼 느껴졌다. 연극에 나오는 도둑처럼 너무나 싫었다. 골목을 달려서 나오니 양복점 앞에서 어머니가 맥없이 나를 기다리고 있었다. 나를 보자마자 어머니는 "어디 변소 없냐? 우야노? 추워서 다리가 저려 꼼짝도 못하겠다 마"라고 한다. 나는 작심하고서 어머니를 업고 근처 식당으로 갔다. 문을 여니 김이 가득할 정도로 석탄난로가 활활 타고 있는 따뜻한 식당이었다. 나는 어머니를 의자에도 앉히지 않고 곧장 화장실로 데려갔다. 허리를 굽힐 수 없다고 해 남자 변소에서 뒤에서 몸을 받쳐주었다. 이유도 없이 눈물이 흘러 주체할 수가 없었다. 눈물이 그치지 않았다. 남자들의 잔혹함이 뼈에 사무치는 듯했다. 딱히 누가 나쁜 건 아니지만 이런 운명을 지닌 내 처지가 너무나 서럽고 비참해 견딜 수가 없었다.

오늘부터 나는 글 쓰는 남자 따위 좋아하지 않겠다고 마음먹는다. 인력거꾼이나 목수라도 좋다. 그런 사람과 함께 살 것이다. 나도 이제 오늘부터 시 쓰는 일 따위 집어치우겠다고 결심한다. 내 시를 재밌고도 우습게 읽는 것을 참을 수가 없다. 다다이즘 시라고 사람들은 말한다. 내 시가 다다이즘 시라니 말도 안된다. 나는 나라는 인간에게서 나온 연기를 내뿜고 있는 것이다. 이즘으로 문학이 가능하단 말인가! 그저 인간의 연기를 뿜어내는 거야. 나는 연기를 머리 꼭대기에서 내뿜고 있는 거야.

어머니를 난로 옆의 의자에 앉힌다. 방석을 빌려서 허리를 높게 해 편하게 해드린다.

"밥하고 전골하고 술 한병 주세요."

술이 15전, 전골 2인분이 60전, 밥 한그릇에 5전. 나는 따뜻하게 데운 술을 어머니 술잔과 내 술잔에 따랐다. 술이 거품을 낸다. 술잔이 눈물 때문에 뿌옇게 보이지가 않는다. 나는 연거푸 서너잔을 마셨다. 술이 가슴을 뜨겁게 태우는 것 같다. 벽 거울 옆에서 학생 둘이 석간을 읽으며 볶음밥을 먹고 있다. 어머니가 눈을 감고 술잔을 입으로 가져간다. 두병째 술을 주문하고 또다시 혼자 마신다. 마음속이 몽롱해진다. 어머니는 접시에 담은 밥에 전골 국물을 부어 맛있게 먹는다.

공복에 술을 마신 탓인지 꽤 취한다. 나는 게따를 벗고 의자에 앉는다. 양손으로 얼굴을 감싸고 있는데 방 안이 시소처럼 흔들거린다. 아무 생각도 할 필요가 없다. 그저 흔들흔들 몸이 흔들거릴 뿐. 저는 꼴불견인 천박한 여자예요. 예예, 그래요…… 정말 그렇습니다요. 구더기가 쏟아질 것 같다.

술잔의 거품을 훅 불어본다. 펄펄 끓인 술. 무서운 술. 횡설수설하는 술. 모든 생각이 획 사라져버리는 술. 등을 두드려줬으면 하는 술. 젊은 여자가 술 마시는 걸 학생들이 이상하다는 표정으로 보고 있다. 세상 사람들이 보면 틀림없이 우스꽝스러운 모습일 거야. 몸이 충분히 데워졌는지 어머니가 의자 위에 다소곳이 앉는다. 나는 우스워서 참을 수가 없었다.

"괜찮냐?"

어머니가 돈 걱정을 하고 있는 모습. 나는 지금 오로지 이 자리만이 안주할 수 있는 장소인 것 같은 느낌이다. 어디에도 가고 싶지 않다.

합계 1엔 4전을 지불한다. 4전은 채소절임 값이라고 한다. 채소절임이라 하고서는 밍밍한 단무지 두쪽만 들어 있었다.

붉은 햇살이 비치는 산과 산. 사울은 그가 죽임을 당하는 것을 마땅히 여기더라. 그날 예루살렘의 교회들은 엄청난 박해를 받았느니라…… 아아, 오늘부터 모두 다 파묻어. 오늘부터 모두 다 파묻어야 한다.

세따로 돌아온 때는 10시. 모락모락 김이 나는 만두를 먼저 주님께 바치노라. ―노무라 씨는 벌써 이불 속에서 자고 있다. 책상 옆에 내가 두고 나온 그대로 달걀과 오렌지가 있다. 나는 방 안에 서서 공포를 느꼈다. 발아래서부터 떨려오기 시작했다. 벽을 보고 돌아누워서 꿈쩍도 하지 않는 사람을 보니 몽롱한 술기운이 싹 사라져버린다. 나는 부서진 고리짝을 꺼내 그 안에 방석을 깔고 어머니를 앉혔다. 빨리 새벽이 오면 좋겠다. 풍로에 나무토막을 태워 방을 데운다.

신문지를 접어 어머니의 하오리 밑에 넣어준다. 방석으로 무릎을 덮어주고 나는 고리짝 뚜껑에 앉는다. 마치 표류하는 배를 타고 있는 듯한 모습이다.

풍로에서 생나무가 톡톡거리며 이루 말할 수 없이 부드러운 소리를 낸다. 내년에 나는 스물한살이 된다. 재수 없는 해는 빨리 지나가버려! 하느님, 얼마든지 제게 고통을 주십시오. 더 때려서 다시는 못 일어나게 해주십시오. 더, 더, 더…… 나는 손이 시려 안으로 접어넣은 하오리 소매 단을 뜯어서 손을 덮었다. 피를 토하고 죽을 때까지 하느님, 때려주십시오.

내일은 까페 일자리라도 찾아 어머니를 싸구려 여인숙에라도 모셔야겠다고 생각한다. 따끈한 만두를 보자기로 싸서 어머니 아랫배에 넣어준다. 너무나 추워서 나는 나무토막을 찾아내 태웠다. 눈물이 나올 만큼 아주 매울 때도 있다. 역 대합실이라고 생각하면 별것도 아니다. 자고 있는 사람은 죽은 사람처럼 움직이지 않는다. 온몸이 깨어 있어 저 사람도 틀림없이 괴로우리라 생각한다. 괴로워서 오히려 움직일 수 없는 것이다.

(12월 ×일)

저녁놀처럼 붉은 새벽. 숯이 없어서 나는 아래에 있는 잉어 가게 정원에서 나무토막을 훔쳐왔다. 풍로에 주전자를 올려놓고 물을 끓였다. 책상 옆에 있는 오렌지를 하나 가져와 즙을 낸 뒤 따뜻한 물을 부어 어머니에게 마시도록 드렸다.

자, 드디어 나도 승천해야 한다. 역 근처 잡화상에 쌀을 한되 사러 간다. 덧문이 아직 한짝만 열려 있다. 어두운 가게 안으로 들어가니 부엌에서 시끄럽게 아이들 떠드는 소리가 나고 된장국 냄새가 난다. 사람들의 단란함이란 이렇게 따뜻하고 즐거운 것인가 싶어 부러웠다. 남자를 위해 담배를 두갑 산다. 장아찌를 반근 산다.

돌아오니 어머니는 아침 햇살이 들어오는 젖은 마루에서 손거울을 세워놓고 머리를 만지고 있었다. 남자는 기름기가 번들거리는 나쁜 안색으로 입을 벌린 채 자고 있다.

* * *

(1월 ×일)

모욕侮辱 고문도…… 모두 다. 말없이 웃고 있는 내 얼굴. 얼굴은 웃고 있다. 내다 버릴 쓰레기처럼 매사에 아둔한 나지만 마음속으로는 무시무시한 걸 생각한다. 그 사람을 죽여버리고 싶다는 생각을 한다. 나의 작은 명예도 여기까지 오면 회복할 여지가 없다.

기괴하고 기절초풍할 만한 생활! 그리고 돈은 한푼도 없다.

모질고 무서운 생각이 가슴속에서 소용돌이친다. 오늘밤의 눈처럼. 눈아, 내려라. 내린 눈이 이 도시를 뒤덮어 질식시켜버릴 만큼 그렇게 내려다오. 오늘밤, 이 눈 내리는 밤에도 어디에선가 아이를 낳는 여자가 분명히 있을 것이다.

눈이란 것은 참 밉살스럽다. 그리고 애잔하고 슬프다. 움푹 파인 진흙탕길 옆 싸구려 하숙집 지붕에도 눈은 내린다. 사납게 눈알을 때굴때굴 굴리며 소리치고 싶은 무서운 심정이다.

단지 남자에게서 도망친 일만은 박수. 도대체 하느님, 저보고 어쩌라는 말씀입니까? 죽으면 되나요? 살면서 별수 없게 내모는 것은 너무 매정하지 않나요! 내몰린 곳은 세평짜리 어두운 방. 맨 먼저 쓰레기통 냄새가 난다. 해골처럼 쇠약한 늙은 할아버지 한명에 여자 네명. 나만 옷단을 접어올려서 입을 정도로 젊다. 단지 젊다는 건 말뿐. 여자로서의 가치는 전혀 없지만…… 술을 한되 마시고 취해 눈 덮인 거리를 발가벗고 돌아다니고 싶다…… 예예, 술을 사주신다면 한되고 두되고 마셔드리지요.

나는 조용히 탁자 위 꼬마전구에 의지해 내가 쓴 시를 읽어본다.

모두 다 정말 속을 뒤집어 보이듯 쓴 것이지만 돈은 한푼도 되지 않는다. 어떤 걸 써야 돈이 될까? 정말 나를 때리지 않는 다정한 사람은 없는 걸까? 서툰 글씨로 뭐가 어떻다 하고 써본들 한사람도, 아아, 그래, 하고 말해주는 이가 없다.

상한 고등어를 먹고 토한 것과 같다…… 어머니는 나를 안고 편안히 자고 있다. 때때로 눈보라가 유리문을 때린다. 라면집의 나팔 소리가 희미하게 들린다. 글을 쓴다는 것은 너무나 신기한 일. 너 같은 멍청이가 뭘 할 수 있겠니.

내일은 변두리 까페에라도 들어가 더부살이하면서 우선 배불리 먹어야겠다. 우선 먹어야 한다. 그리고 얼마간의 돈을 벌기. 고문! 고문! 나에게도 그 정도 살아갈 권리는 있잖아……

모두 다 잘난 척하며 살아가고 있다.

할아버지가 일어나서 곰방대를 피우기 시작한다. 추워서 편히 못 잤다며 불평을 늘어놓는다. 할아버지의 혼자 얘기. 이틀 전까지는 요쯔야의 키요시라는 만담장에서 신발 정리를 했다고 한다. 마음씨가 나빠서 자식은 한명도 없다고 한다. 가끔은 양로원에 들어갈 일도 생각하지만 역시 사바세계의 재미를 버릴 수 없단다. 하루 이틀 굶어도 사바세계의 고생은 재미있다고 할아버지는 즐겁게 얘기한다. 벌써 예순다섯이라고 한다. 내 반생은 암검살暗劍殺[117]이 있

---

[117] 역학의 하나인 구성학에서 가장 조심해야 하는 방위라고 일컫는 것.

어서 싹도 못 틔운 채 시들어버렸다고 하면서 웃는다. 암검살이 뭔지 모르겠다. 비겁한 삶과는 다른 것 같다. 여하튼 우리한테 계속 손재수가 있다는 뜻이겠지. 매일 마음속으로, 도와줘, 도와줘 하고 노래만 부른다. 독한 브랜디를 마시는 듯한 신음소리처럼.

"할아버지, 타마노이 유곽이라고 아세요?"

"그럼 알지."

"가불해주나요?"

"그거야 해주겠지."

"저 같은 여자한테도 해줄까요?"

"그럼 해주고말고…… 가볼 생각이냐?"

"가는 것도 괜찮을 것 같아요. 죽는 것보단 낫잖아요?"

할아버지는 벗어진 머리를 양손으로 감싸듯이 문지르면서 침묵했다.

(1월 ×일)

화창하고 맑은 날씨. 현기증이 날 만큼 반짝이는 설경. 사십대로 보이는 올림머리 여자가 이불 속에서 담배를 맛있게 피운다. 시트도 없는 목면 요에 찌든 때가 번들거린다. 신문지를 바른 벽. 싸구려 황갈색 타따미. 천장은 얼룩투성이. 홈통을 지나가는 눈석임물. 가만히 귀를 기울여 들으면 눈석임물 소리는 똑, 똑똑 하는 이나리 신사의 제삿날 북소리 같다. 모두 일어나 제각각 나그네의 몸치장. 나는 창문을 열고 지붕의 눈을 집어서 얼굴을 씻는다. 크림을 바르고 연지를 볼에 동그랗게 칠한다. 만주우 모양의 귀마개처럼 머리를 묶어서 올림머리를 한다. 귀가 가려워서 느낌이 안 좋다.

까마귀가 운다. 전차 지나가는 소리가 쿵쿵 울린다. 아침나절의 아사히 마찌는 진창같이 질편한 거리다. 그래도 모두 살면서 여행길을 생각하는 가난한 거리.

내 옆에서 잠을 잔 삼십대 여자는 은시계를 차고 있다. 예전엔 잘살았다고 어젯밤에도 몇번이나 말했지만 보라색 벨벳 양말은 진흙투성이다.

우리는 아무짝에도 쓸모없는 보따리를 세개나 갖고 있다. 특별히 갈 곳도 없이 타마가와에서 도망쳐 나왔고, 이 싸구려 여인숙만이 낙원의 빨레르모[118]이다.

수만리 드넓은 광명. 애매모호한 것은 하나도 없다. 그저 눈 녹은 진창길을 걸어가야 한다는 게 조금 마음에 걸릴 뿐이다. 홀쭉한 십자가 전봇대가 햇살을 받아 빛나고 있다. 타락하기엔 안성맞춤인 길동무뿐이다. 헐벗은 생활에 질렸다. 귀족의 자동차라도 치여 '이리 가까이 오너라' 하는 상황이 됐으면 좋겠다. 젊다는 건 외로운 일이다. 젊다는 게 대단한 것도 아닌데 뭘…… 내 손은 만주우처럼 부풀어올라 있다. 새끼손가락 아랫마디에 보조개가 있다. 여고시절 선생님이 딤플 핸드^{dimple hand}라고 했다. 웃는 손. 내 손은 지금도 웃고 있다.

시골뜨기 식모 같은 모습으로는 아무도 상대해주지 않을 거다. 유곽에서 가불하기란 분명 힘들 거다.

일단 어머니를 숙소에 남겨두고 츠노하즈를 시작으로 이 까페에서 저 까페로 아침나절에 진창길을 돌아다녀본다. 아침의 까페 뒷문은 지저분해서 서글프다. 용기를 내자, 용기를 내자 하고 되뇌어도 아무 소용이 없다. 금성이라는 가게에서 일하기로 했다. 금성

---

118 이딸리아 씨칠리아에 있는 항구도시.

은 이름뿐이고 지옥별이라 부르고 싶을 정도로 허름한 가게다. 먼저 여기서 불꽃을 탕 쏘아올리기로 했다. 기생집이 잇달아 늘어서 있어서 손님은 꽤 있다고 한다. 부엌에서 여자애가 전병을 하나 가져다준다. 갑자기 눈물이 날 것 같다. 호떼이야에서 15전짜리 양말을 하나 산다.

숙박비는 한사람에 35전. 당분간 두명에 70전 선불로써 이 방이 안식처. 혼고오의 바에서 굴튀김과 쌀밥을 1인분 사와 어머니와 함께 점심으로 먹는다.

저녁에 금성으로 출근. 여자는 나를 포함해 세명. 내가 가장 젊다. 네흘류도프[119]를 만날 수는 없을까 하고 생각한다. 걱정 없는 표정으로 "네"라고만 해야 한다면, 조금 통통한 얼굴이지만 상당한 짓궂음으로 팁을 벌어야 한다. 아아, 팁이 뭐지? 거지와 마찬가지다. 전심전력으로 "네"라고 해야만 하는 장사. 글을 써서 생계를 꾸려나가는 것은, 아아, 한참 멀다. 이제 눈이 잘 안 보여서 냄새나는 변소에서 혀를 내밀어본다. 글을 쓴다는 희망 따윈 없다. 아무것도 할 수 없다. 시를 쓴다는 건 어리석음의 극치다. 보들레르가 뭐라고? 하이네의 풍성한 넥타이는 장식이야. 정말이지 그 사람들은 어떻게 먹고산 거지……

누자봉 부자베. 빠르동 므슈. 저, 미안합니다,라는 뜻이라네요.

주인아주머니에게 하오리를 담보로 2엔을 빌린다. 1엔 50전을 어머니에게 드리고 전찻길 옆 목욕탕으로 간다. 큰 거울에 비친 모습은 대체로 우량아. 전혀 어른스럽지 않고 그저 둥글둥글한 분홍빛 몸. 목부터 위로는 솥을 뒤집어쓴 꼴. 여급들이 우르르 들어온

---

119 똘스또이 소설 『부활』의 주인공.

다. 수다를 떤다. 때밀이가 분주하게 여자들 어깨를 탁탁 두드린다. 폭포를 그린 페인트 그림. 분이랑 조산원 광고가 눈에 들어온다. 며칠 만의 목욕인지 모르겠다.

눈 녹은 거리에서 어렴풋한 네온사인이 뿌옇게 보인다. 가명을 요도기미[120]라고 할까? 박쥐 야스[121]라고 할까…… 사단지의 「오동잎」 무대가 눈에 선하다. 아아, 토오꾜오에서 많은 일들이 있었다는 생각이 든다…… 힘든 일뿐이었지만, 힘든 일은 행복한 일처럼 죄다 쉽게 잊혀버린다. 카부끼 「돈도로 대사」의 등장인물인 유미를 따라 유미꼬(弓子)라고 이름을 지었다. 활(弓)은 강하니까 조금 위안이 된다. 탁 과녁을 맞혀주세요.

생면부지의 손님을 상대로 2엔의 수입을 올림. 어쨌든 최고의 기쁨. 진창길의 야시장 헌책방에서 『체호프와 똘스또이의 회상』을 50전에 사다. 1924년 3월 18일 인쇄. 아아, 언제쯤 나도 이런 책을 낼 수 있을까……

"누구라도 글을 쓸 때는 처음과 마지막을 지워버려야 한다고 생각합니다. 왜냐하면 우리 소설가들은 거짓말을 하는 경향이 있기 때문입니다. 그래서 짧게 써야 합니다. 가능한 한 짧게……"

체호프는 이렇게 말한다.

11시쯤에 잠시 손님이 없었다. 가게 구석에서 책을 읽고 있는데 카쯔미라는 커다란 여자가 "너 근시구나"라고 한다. 다른 한명은 신. 아이가 둘이나 있고 통근을 한단다. 카쯔미는 피부가 까매서 과산화수소수를 면에 묻혀 얼굴을 닦는다. 나는 분을 바르지 않기로 한다. 얼굴에 손댈 생각이 전혀 없다. 카쯔미만 더부살이를 한다.

---

120 토요또미 히데요시의 부인.
121 카부끼의 주인공으로 호색한.

아침에 전병을 준 여자애가 모슬린 민소매 옷을 입고 가게로 나왔다. 여위고 병든 아이다.

내일은 타이소오지 절에서 써커스를 한다며 같이 가자고 한다. 목이 길게 늘어나는 괴물도 나온다고 한다.

아사히 마찌로 돌아온 때가 2시. 녹초가 된다. 오늘도 똑같은 얼굴들.

왠지 조금도 졸리지 않아 꼬마전구를 머리맡에 두고 독서.

(1월 ×일)

어, 놀랍다. 똘스또이라는 작가가 백작이었단다. ─소위 똘스또이의 무정부주의라는 것은 기초적이고 중요한 우리 슬라브 민족의 반국가주의를 표현한 것으로, 그것은 진정한 국민적 특징이자 이전부터 우리 몸속에 배어 있었으며 떠돌아다니다 사라지는 우리들의 욕망이기도 합니다. ─러시아 역사의 영웅인 작가 똘스또이가 백작님이었다는 사실을 오늘 방금 전까지 나는 몰랐다. 백작님이었지만 객사를 했다고 한다.

어머니, 러시아 사람 똘스또이는 귀족이었대요. 놀라운 일이다. 나는 이상한 느낌이 들어 온몸이 오싹하니 한기를 느꼈다.

"엄청나게 공부하는구나."

은시계를 가진 아주머니가 머리를 긁으면서 웃는다.

정말 공부고말고요…… 똘스또이가 귀족이었다는 사실을 처음 알았거든요. 놀라고 말았습니다. 똘스또이의 종교적인 행동은 알고 싶지 않지만 똘스또이의 예술은 아름다움으로 내 마음을 흥분시킨다. 당신은 구석에서 남몰래 맛있는 걸 먹고 있었군요. 『안나 까레니나』『부활』, 도저히 따라갈 수 없는 위대함……

축 처져서 금성으로 출근.

헤어진 사람 따위 저 멀리 깨알만 한 추억이 되어버렸다. 나는 단돈 30엔만 있다면 긴 글을 써보고 싶다. 하늘에서 떨어지지 않을까…… 하룻밤 정도는 돼지우리에서 자도 괜찮습니다. 30엔을 주실 분은 없나요……

테이블을 닦고 의자 다리를 닦는다. 아아, 의미 없는 일이다. 물을 뿌리고 놋쇠 문고리도 닦는다. 참을 수가 없다. 손이 보랏빛으로 부어오른다. 울고 있는 딤플 핸드. 여자애가 피리를 분다. 기생들이 나란히 가게 앞을 지나간다. 모두 창백한 얼굴을 하고 목에만 분을 바른 이상한 모습. 올림머리에 수술로 장식한 머리 모양. 하오리가 길어서 촌스럽게 보인다. 어두운 겨울 불안한 하늘 아래로 기묘한 행렬이 지나간다. 아무도 관심이 없다. 이런 행렬을 이상하게 여기는 이는 한사람도 없다.

오늘은 레이스 장식이 달린 에이프런을 샀다. 종업원의 표시다. 일금 80전.

토오꾜오의 애수를 노래하기에 안성맞춤인 추운 날. 발이 시려 목욕은 관두고 의자에 앉아서 독서. 몹시 춥다. 새 에이프런의 풀 냄새가 싫다.

밤.

네댓명의 직공 모습의 남자들이 내 차례에 걸린다.

커틀릿, 굴튀김, 볶음밥, 거기에다 열몇병의 술. 토하면서 우는 사람도 있고 화를 내면서 치근대는 사람도 있다. 가만히 보고 있노라면 꽤 재미있다. 한시간쯤 뒤에 기생집으로 간단다.

아아, 세상은 참 넓은 것 같다. 어떤 여자가 이 남자들의 상대가 될지 불쌍하다. 유곽에 가지 않아 다행이라고 생각한다. 고향에서 팔려온 여자들, 오늘 본 기생들 행렬이 생각난다.

카쯔미는 벌써 많이 취해서 노래를 부르기 시작했다. 손님은 둘. 둘 다 망또를 입은 멋진 차림. 신은 가끔 레코드판을 틀면서 마른 오징어를 뺀다. 오늘밤에는 장사가 잘돼서 드디어 안쪽에서 화로가 나온다.

카쯔미의 손님이 내게도 술을 따라주었다. 아무 맛도 없다. 대여섯잔을 마신다. 조금도 취하지 않는다. 나이가 있는 안경 낀 남자가, 너 열일곱이냐,라고 묻는다. 웃고 싶지 않았지만 웃어 보인다. 그런 점이 나 자신으로서는 너무나 역겹다.

저녁을 8시쯤에 먹었다. 오징어조림을 먹으면서 그 사람은 지금쯤 뭘 먹고 있을까 생각하니 안쓰러워진다. 결점이 없는 훌륭한 사람으로 여겨지기도 한다. 서로가 느낀 불편함은 헤어지고 며칠만 지나면 없어져서 나아질 거다. 반할 만한 편지를 써서 작은 액수의 우편환이라도 넣어 보내고 싶어진다.

폐점시간인 1시가 지났는데도 손님이 있다.

카쯔미는 완전히 취해서, 나는 어디서 와서 언제 또다시 어디로 갈까 하는 이상한 노래를 부르고 있다. 좁은 가게 안은 담배 연기로 뿌예진다. 떠돌이 악사와 꽃 파는 사람이 몇번이나 들어온다. 아아 하고 미치광이처럼 소리치고 싶어진다. 카쯔미는 취해서 화로에 볶음밥을 버린다. 기름 타는 고약한 냄새가 난다.

귀가는 2시 반.

오늘밤엔 할아버지가 없는 대신 아이 딸린 부부가 자고 있다. 수입은 3엔 80전. 버선이 시커메 기분 나쁘다.

꼬마전구를 당겨 독서. 더욱더 잠이 오지 않는다.

모든 것이 단순한 그런 글을 써야 합니다. 어떻게 해서 뽀뜨르

세묘노비치가 마리 이바노브나와 결혼했을까, 그것만으로 충분합니다. 그리고 또 왜 심리적 연구, 모습, 진기함 등으로 소제목을 다는 걸까요? 전부 단순한 거짓입니다. 제목은 가능한 한 간단하게, 당신 마음에 떠오르는 대로 하는 게 좋고 다른 건 안됩니다. 괄호나 이탤릭체나 하이픈은 가능한 한 적게 사용할 것, 전부 진부합니다. ―옳지. 나도 그렇게 생각하지만 젊은 혈기로는 좀체 그렇게되지 않는 진기함에 매력을 느낍니다. 하지만 언젠가 저도 체호프라는 산에 오르겠지요. 언젠가는……

생각만 소용돌이치면서 이마 위로 흐른다. 콸콸 소리를 내며 흘러간다. 그런데 결정적으로 마지막에는 초조해서 아무것도 쓸 수가 없다. 이래서는 아무것도 할 수 없다. 그렇더라도 나이 들어서까지 까페 여급을 할 생각은 없다. 뭔가 하느님께 도움을 청하고 싶다. 노트를 꺼내 뭔가 쓰려고 연필을 쥐어보지만 전혀 단어가 떠오르지 않는다. 헤어진 사람의 일이 걱정될 뿐이다.

여기까지는 모두 꿈. 저기, 난 이런 걸 생각하고 있어, 하는 소설이라도 쓸 수 없을까……

어머니는 시골로 돌아가고 싶다고 한다. 당연하다. 나도 시골에 가서 오랜만에 맑은 공기를 마시고 싶지만 이런 하찮은 푼돈을 벌어서는 아무것도 할 수 없다.

* * *

(2월 ×일)

아침 안개는 선박보다 하얗고

멀리 눈물의 유리 돌
참혹한 땅속의 돌
겨울 꽃도 얼어요 하고
쌀쌀한 얼굴 표정은
소리치며 거리의 바람 속을
혼자 걷는다 그저 걷는다.

더러운 물 밑은 질퍽질퍽
이 위장의 쇠약을
웃을 수도 없는 사람들뿐
각자의 생각을 짊어지고
허망한 세상 아니냐고 신에게 묻는다.

인간세상은 재라고
기도하는 숨소리도 허망한
그 허망한 거품
남자가 그립다고 노래 부른다
지옥불이 소리를 내며
거친 숨소리로 이야기한다.

잠시라도 기댈 사람 없고
언제나 기다려도 소용없고
콩이 튕겨 돌아오듯 허망한 세상
허망한 것은 땅속 유리
불면 빛나는 땅속 유리.

선악과 귀천, 여러 소리 속에서 나는 조용히 살아가는 하나의 아메바다. 어머니를 시골로 보내드리고 이틀이 지남. 모든 건 여기까지로, 앞으로는 적당히 사는 방법을 택하기로 마음먹는다. 죽는 건 아무래도 싫다! 그래서 어떻게든 살아가려는 인간의 욕망. ─노무라 씨에게서 엽서가 왔다. 적힌 주소로 이사했어. 어쨌든 활기를 되찾았어. 한번 찾아왔으면 해. 지난번 편지 고마워. 돈 잘 받았어.

갑자기 마음이 급해진다. 우시고메의 사까나 마찌에서 시영전차에서 내려 우시고메 우체국 쪽으로 걸었다. 추우야 은행 옆을 돌아 아와모리 술집 앞에서 들어가는 붉은 칠을 한 작은 연립. 이층 7호실이라고 알려줘서 문을 두드린다. 아무 가구도 없는 썰렁한 방이다.

그 사람은 어디 외출하려던 참으로 모자를 쓰고 서 있었다. 나는 느닷없이 웃었다. 그 사람도 히죽 웃었다. 아주 좋은 곳으로 이사했네, 하니 시집을 하나 내서 앞으로 형편이 잘 풀릴 거라고 한다. 그렇지만 방 안은 텅 비어 있다. 노무라 씨는 지금 식당으로 밥을 먹으러 가는 길인데 50전을 빌려달라고 한다. 함께 밖으로 나갔다.

아와모리 술집 앞에 솜옷을 입은 할아버지가 취해 넘어져 있다. 가게 안에는 사람들이 북적댄다. 목욕탕처럼 성업 중이다.

이이다바시까지 걸어 쇼오찌꾸 식당이라는 곳에 들어갔다. 탁자 위에는 모래먼지. 덮밥에 재첩국, 고등어조림. 다시 사이좋은 부부로 돌아온 듯한 느낌이 든다. 이 사람과 같이 살면 심장이 오그라들 것이라고 생각하면서도 나는 기분이 다시 밝아져 응, 응 하며 긍정적인 대답만 한다. 이 사람과 같이 살면서 울기만 했던 것을 모두 잊어버린다.

요즘 시 원고료가 조금 높아졌다는 노무라 씨의 얘기. 신쪼오샤는 시 한편에 6엔이나 준다고 한다. 부러운 얘기다. 식당을 나와 다시 우시고메까지 걸었다. 우체국 앞에서 노무라 씨는 수염이 아주 짙은 땅딸막한 남자와 정중하게 인사를 나눈다. 사사끼 토시로오라는 사람으로 신쬬오샤에 있는 사람이라고 한다. 아아, 그래서 그가 그렇게 정중하게 인사했구나 싶다.

나는 마음속으로 뎅 하고 종이 울리는 듯한 쓸쓸한 느낌이 들었다. 글을 쓰는 건 비참한 일인 것 같다. 일년에 한번 6엔의 원고료를 받아서는 먹고살 수 없다고 말하자 그 사람은 화가 난 표정으로 바람 속에서 퉤퉤 침을 뱉었다.

내가 연립 앞에서, 잘 가,라고 하자 그 사람은 나를 쳐다보지도 않고 황급히 이층으로 올라갔다. 나는 어쩌면 좋을지 당황스러웠다. 아침 안개, 두사람이 함께 일어나던 부엌. 타마가와에서 살던 때 우리 두사람의 쓸쓸한 생활을 떠올리며 게따를 쥐고 그대로 이층으로 올라갔다. 문을 여니 노무라 씨는 모자를 쓴 채 책을 읽고 있었다. 나는 정말 이 사람을 좋아하는지 아닌지 스스로 알 수가 없다. 잠자코 앉아 있노라니 까페로 돌아가고 싶어졌다. "그럼 갈게요. 다시 조만간 올게요" 하고 말했다. 그 사람은 옆에 있던 나이프를 내게 던졌다. 작은 나이프가 타따미에 박힌다. 나는 마음속으로 아아 하고 한숨을 내뱉었다. 아직 이 사람은 나쁜 버릇이 없어지지 않았다. 세따의 집에서도 몇번이나 내게 나이프를 던졌다. 이대로 일어나면 노무라 씨는 틀림없이 발로 나를 찰 테니 꼼짝을 할 수 없었다. 차가운 비가 내릴 것 같은 하늘이 어렴풋이 눈에 들어왔다.

누군가 방문을 두드린다. 나는 일어나서 문을 열었다. 생면부지의 젊은 남자가 서 있다. 나는 그 사람을 구세주로 여기며, 어서 들

어오세요 하고는 조용히 게따를 쥐고 복도로 나갔다. 노무라 씨가
뭐라고 하며 복도로 나왔지만 나는 서둘러 밖으로 나갔다. 감기에
걸린 것처럼 머리가 지끈거렸다.

요꼬떼라 마찌의 좁은 길을 걸으면서 나는 아사꾸사의 요시쯔
네를 문득 떠올렸다. 플라토닉 러브야,라고 하던 요시쯔네의 마음
이 지금의 내겐 고마웠다.

혼자 있으면 난폭한 여자가 된다.

밤.

술에 취해 노래를 부르고 있는데 노무라 씨가 불쑥 들어왔다. 나
는 손님 앞에서 노래하던 입술을 슬그머니 오므리고는 침묵했다.
내 차례는 아니지만 그 사람에게 돈이 없다는 것은 잘 알고 있었
다. 가슴이 먹먹했다.

카쯔미가 꽈리를 불며 술을 들고 갔다. 나는 다리가 후들거렸다.
조용히 카쯔미를 뒷문으로 불러내 그 사람은 내가 아는 사람으로,
돈이 없다고 하니, 카쯔미가 알아듣고는 밖으로 나갔다. 나는 그대
로 유곽 쪽으로 걸어갔다. 타따미 가게의 칸 씨와 만났다. 어디 가
느냐고 물어서 담배를 사러 간다고 했다. 칸 씨는 초밥을 사주겠다
면서 포장마차로 데려갔다. 칸 씨는 신나이 가락을 잘하는 사람이
었다. 서양식 세탁소 이층에 첩을 두고 있다는 소문이 있었다.

천천히 시간을 보내고 돌아왔는데도 아직도 노무라 씨가 있었
다. 옆으로 가 이야기를 했다. 술을 마시고 볶음밥을 먹어서 편안한
표정이었다. 나는 어떤 희생이라도 감수하려고 생각했다.

10시쯤 노무라 씨가 돌아갔다.

땅속으로 꺼져버릴 것 같다. 애정이 전혀 없다는 것을 나는 깨달
았다.

(2월 ×일)

아침, 오오꾸보까지 심부름을 간다. 가겟세를 내러 가는 것이다. 얼마가 들어 있는지 모르지만 두툼한 봉투를 보면서 이 정도면 한두달은 일하지 않고 살겠다고 생각한다. 오오꾸보의 집주인은 큰 화원을 하고 있었다. 장부에 수납 도장을 받고 차를 한잔 마시고서 돌아온다.

신주꾸 거리는 텅 비어 있다. 꽃집 윈도우에 삼색제비꽃과 히아신스 그리고 장미가 피어 있다. 꽃은 아주 행복해 보였다. 전찻길에 면해 있는 무사시노깐에서는 「칼리가리 박사」[122]가 상영 중. 한동안 영화를 보지 않아서 보고 싶다. 거리를 걸으면서 졸음이 몰려오는 느낌. 편안한 기분. 조용히 잠들어 있는 유곽을 가로질러 가본다. 어떤 집 처마에는 벚꽃 조화가 피어 있다.

뒷골목 노란 하늘에
톱날 세우는 소리가 들린다
매춘 거리에 핀 벚꽃, 2월의 벚꽃
수족관 물에 떠 있는 금붕어 빛깔 여자의 사진
조방꾸니가 이불을 말리고 있다
이런저런 상념의 엷은 햇살에
이층 창문이 거울처럼 반짝인다.

매춘은 언제나 여자의 황혼

----

122 1919년도에 제작된 독일 표현주의 영화의 대표작.

고운 화장은 더욱더

희생은 아름답다고 믿는 이야기들

안장도 없는 말, 땀 흘리는 벌거숭이 말

경주 때마다 하얀 숨을 내뱉는다

아아 말 타는 이 느낌

기수는 눈을 가늘게 뜨고 허벅지로 죈다

이상한 얼굴로

열광하는 구경꾼

유곽에서 말 흉내를 낸다.

잡화상에서 대학노트 두 권을 산다. 40전이다. 칸이 작은 원고지는 보는 것만으로 몸이 오싹해진다. 그 사람이 생각나기 때문이다. 그 사람은 작은 그물눈 안에, 달은 삼각이라고 쓰고 별은 직선이라고 썼다. 살아서 피를 뿜는 그런 걸 보고 싶다. 먼저 코를 크게 벌름거리면서 숨 쉬기. 그다음에는 맛있는 걸 입이 미어지도록 먹기. 배고픔은 싫어요. 여자는 누구하고라도 같이 자기 위해 산다. 지금은 그런 느낌이 든다.

갑자기 마음이 변해 다시 우시고메로 찾아가본다. 노무라 씨는 없다. 카구라자카 거리를 하릴없이 걷는다. 헌책방에 서서 책을 읽는다. 이 정도는 쓸 수 있겠다 싶으면서 헌책방 처마를 나오는데 금방 마음이 꽁꽁 얼어붙는 듯 외로워진다. 아무것도 못하는 주제에 생각하는 것은 미치광이 같다. 다시 책방으로 들어가본다. 손에 잡히는 대로 팔랑팔랑 페이지를 넘긴다. 왠지 마음이 가벼워진다. 그래서 다시 밖으로 나왔지만 마음이 불안해진다. 걷는 것이 재미없어진다. 때를 놓쳐버린 수술처럼 죽음만 기다리는 이 불안함……

가게로 돌아오니 벌써 청소가 끝나 있었다.

의대생 셋이 홍차를 마시고 있다. 이층으로 올라가 타따미에 엎드려 데굴데굴 뒹굴어본다. 입안에서 누에고치 실처럼 끝없이 뭔가를 토해내고 싶다. 슬프지도 않은데 눈물이 나온다.

(2월 ×일)

비. 목욕탕에서 돌아오는 길에 우시고메로 가본다.

목에 분을 바른 것을 보고 노무라 씨는 정말 여급답다며 질책한다. 네, 저는 여급이라 어쩔 수 없어요,라고 했다. 여급이 뭐가 나쁜 거야? 무슨 일이라도 해야지, 다른 사람이 먹여 살려주지도 않는데…… 앞으로 내가 일하는 곳에 오지 말라고 하니, 노무라 씨가 재떨이를 집어 내 가슴팍으로 던진다. 눈과 입에 재가 들어온다. 갈비뼈가 딱 부러지는 느낌이 들었다. 방문 쪽으로 도망가는데 노무라 씨가 내 머리채를 잡아채고는 타따미 위로 나를 팽개친다. 나는 죽은 척할까 생각했다. 눈이 치켜져서 고양이에게 쫓기는 쥐 같은 기분이 들었다. 우리 둘 사이는 뭔가 잘못되었다 싶으면서도 남녀 사이의 인력이 작용한다. 배를 몇번이고 발에 걷어차인다. 더이상 돈은 한푼도 가져오지 않겠다고 결심한다.

치바 카메오 씨가 친척이라니 그 사람에게 말해볼까 싶어졌다. 나는 움직일 수 없어서 하오리를 발에 걸친 채 새우처럼 웅크리고 잤다.

저녁나절 눈을 떴다. 그 사람은 저쪽에서 책상을 향해 있다. 뭔가를 쓰고 있다. 금속 대야에서 수건을 집어드니 수건이 꽁꽁 얼어 있다. 물끄러미 알전구를 보고 있노라니 어머니한테 돌아가고 싶어졌다.

갈비뼈가 무척 아팠다. 재떨이는 깨진 채 나뒹굴고 있었다.

빨리 가게로 돌아가고 싶다는 생각도 들지 않는다. 이대로 아침까지 잠자고 싶다. 추위로 몸이 부들부들 떨려온다. 감기에 걸린 건지, 머릿속에서 심하게 지끈지끈 소리가 난다.

가만히 일어나 머리를 매만진다.

그날밤 일어날 수가 없어서 지갑을 꺼내 그 사람에게 카레우동을 두그릇 사오라고 해서 먹었다. 아무 말 없이 둘이 사이좋게 잠들었다.

(2월 ×일)

아침, 아직도 비가 내린다. 진눈깨비 같은 비. 술이라도 마시고 싶은 그런 날이다. 이불 속에서 한참 동안 이런저런 생각을 해본다. 노무라 씨는 붉은 입술을 한 채 자고 있다. 폐병에 걸린 입술이다. 폐병에는 말똥 끓인 물이 좋다고 누군가에게서 들은 적이 있다. 이 사람의 거친 성격이 폐병 탓이라 생각하니 오싹해진다. 타마가와에서 피를 한번 토한 적이 있는데, 하나밖에 없는 수건을 내가 열탕에서 소독하는 것을 보고 노무라 씨가 심하게 화를 낸 적이 있다.

이제 이것으로 끝이다. 정말 이별이지 싶다. 어디서 된장국 냄새가 난다. 사라져버린 황홀한 보랏빛, 내 꿈의 미래. 누군가의 시 구절을 문득 떠올려본다. 왠지 외국에 가보고 싶다. 인도처럼 더운 나라에 가보고 싶다. 타고르라는 시인 역시 인도 사람이라고 한다.

노무라 씨는 통근하면서 다시 같이 살면 좋겠다고 했지만 나는 마음속으로 그럴 생각이 없음을 분명히 자각하고 있다. 나는 얻어맞는 상대로 멍청한 표정을 짓는 것이 이제 지긋지긋하다. 낙천가인 척하는 것도 딱 질색. 당신이 때리지만 않으면 돌아오고 싶을 것이라고 거짓말을 한다.

가게로 돌아온 때는 점심나절. 유부조림과 찬밥. 쉴 새 없이 목구멍으로 들어간다. 근처 약국에서 고약을 사와 관자놀이에 붙인다. 갈비뼈가 아파서 가슴에도 고약을 몇장 붙인다.

가련한 히아신스
보라색 꽃잎
주홍색 꽃술
냄새를 풍긴다, 냄새를
여자 보살의 어깨.

바다에 떠 있는 시체
그루터기의 수염뿌리가 파도에 밀려
냄새를 풍긴다, 냄새를
저 멀리 파도소리
물마루는 모두 북쪽을 향한다.

엎어놓자 하하
시체 같은 각로
희미하게 냄새를 풍긴다
덧없는 세상의 염불에 지쳐
하품하는 어느날의 태양.

자유롭게 작곡할 수 있다면 이런 걸 노래하고 싶다.

(3월 ×일)

화창하고 맑은 날씨다. 요시쯔네가 생각나서 공휴일을 핑계 삼아 아사꾸사로 가본다. 반가운 법당. 1전 하는 증기차를 타보고 싶다. 은빛 스미다 강을 보니 귤 껍질과 나뭇조각 그리고 익사한 고양이가 떠내려가고 있다. 강 건너 커다란 굴뚝에서 뭉게뭉게 연기가 피어오르고 있다. 코마가따 다리 옆의 홀리니스 교회. 아아, 요시쯔네를 만나고 싶은 생각이 없어져서 그냥 지나쳐 추어탕집으로 들어가 검정색 신발보관표를 받는다. 등나무 타따미 위에 쭉 펼쳐 놓은 긴 상과 얇은 면 방석. 추어탕과 술 한병을 시킨다. 옆에 있던 헌팅캡을 쓴 지배인 차림의 남자가 깜짝 놀라는 표정을 짓는다. 젊은 여자가 대낮부터 술을 마시는 게 이상한 일인가요? 다 그럴 만한 사정이 있어요. 쿠메노헤이나이[123]는 어쩜 파혼의 신일지도 모르잖아요…… 술을 마시면서 문득 그런 생각을 해본다. 헌팅캡을 쓴 남자가 "기분 좋아 보이네요" 하며 웃는다. 나도 웃는다.

해진 좁은 오비에 꽂은 작은 만년필 뚜껑이 보인다. 그 남자도 술을 마시고 있다. 가게 앞에 자전거가 계속 늘어나면서 점점 손님이 많아진다. 마치 천장에 아지랑이가 기다리고 있는 듯 보이는 몽롱한 담배 연기. 적은 양의 술로 기분이 좋아진다. 추어탕에 메기 내장 된장무침, 나물에 밥, 그리고 술 한병이 80전. 왠지 시라도 한 수 읊고 싶을 만큼 기분이 좋아져서 나온다. 넓은 길을 휘청거리며 걷는다. 센소오지 절 쪽으로 다시 가본다. 북적북적 여전히 사람의 물결이다. 발가벗은 인형을 파는 노점 앞에서 잠시 인형을 구경한

---

123 남녀의 인연을 맺어주는 신.

다. 역시 예쁜 것부터 팔린다. 환한 대낮의 햇살을 받아 낮의 네온사인이 뿌옇게 빛난다. 종루에서부터 공원 안으로 어슬렁어슬렁 걷는다.

누구 한사람 아는 사람도 없는 산책길입니다. 조금 취한 느낌. 정말 그리운 아사꾸사의 냄새. 아와시마 신사의 조그만 연못 위에 있는 다리로 가서 잠시 휴식을 취한다. 비둘기가 떼 지어 있다. 향 가게에서 향 냄새가 난다. 아아, 어디를 둘러보나 타향 사람들뿐이다. 먼지투성이 바람이 분다. 모든 소리가 악대소리처럼 들린다.

연못의 돌 위에 등딱지가 마른 거북이 느릿느릿 걷고 있다. 이제 곧 좋은 일이 있을 거라고 말해주는 건 아닌가 싶어 목을 쑥 빼고 거북의 표정을 싫증내지도 않고 계속 바라본다. 조금은 말이지 좋은 일이 있게 내 사정도 생각해줘, 하고 거북에게 말을 걸어본다. 욕심부리면 안돼. 예, 알겠습니다. 뭘 갖고 싶어? 예, 돈을 많이 갖고 싶습니다. 매일 걱정 없이 밥을 먹을 수 있을 만큼의 돈을 갖고 싶습니다. 남자는 필요 없어? 예, 남자는 필요 없습니다. 당분간 필요 없습니다. 그거 정말이야? 예, 정말입니다. 남자는 성가십니다. 힘들어 같이 살 수가 없습니다. 저는 무엇을 하는 게 제일 좋을까요? 그건 몰라. 너무 매정한 말씀은 하지 마세요. ─거북이와 이야기하는 것도 재미있다. 혼자서 나는 거북이와 중얼중얼 이야기를 나눈다.

발밑의 돌멩이를 주워 더러운 연못에 풍덩 던져본다. 거북이 목을 움츠린다. 그 움츠리는 모습이 왠지 보기 싫다. 하하 웃고 싶어진다.

이런 번잡한 곳에서 거북이와 나는 매우 고독하다. 관음보살님이 뭐야? 하고 소리치고 싶다. 큰 법당에 맨발로 쿵쿵거리며 들어간다. 어두운 구석에 고기잡이 불처럼 전등이 흔들리면서 빛난다.

저녁에 신주꾸로 돌아왔다. 갈 곳이 없어서 가게로 돌아왔다. 이층에서 카쯔미가 큰 소리로 나니와부시를 부르고 있다. 불도 켜지 않고 어두컴컴한 곳에서 노래를 부른다. 아아, 그것이 경성지색 경국지색이요, 돈만 있으면 자유롭게 되는 것인가, 나도 역시 사람의 자식이네…… 기분 나쁜 목소리다.

피곤해 담요를 끄집어내서 눕는다.

아아, 이래서는 인생이 이대로 끝나고 만다. 속수무책이다. 엄청나게 좋은 일 없을까…… 뭔가 폭발할 만한 건 없을까요, 하느님…… 담요가 무척이나 사람 같다.

어두운 문밖에서 "이쁜이" 하고 남자가 어느 여자를 부르는 소리가 난다. 오늘은 주인 부부가 아이를 데리고 나리따 신사로 참배. 주인아주머니의 어머니가 가게를 대신 보러 왔다. 요리사인 타이라는 할아버지가 우리들에게 볶음밥을 만들어준다.

카쯔미가 아래층에서 위스키를 훔쳐왔다. 사제私製 조니 워커. 어둠속에서 둘이 위스키를 병째로 마신다. 몸이 열자 정도 늘어나는 것 같다. 문명인이 할 짓은 아니지만, 아, 이 여자들을 불쌍히 여기소서. 나는 취하면 코피를 흘릴 만큼 용기가 생긴다.

* * *

(6월 ×일)

살찐 달이 사라졌다
악마가 데려갔다

모자도 벗지 않고 모두 하늘을 봤다.
손가락을 빠는 사람.
파이프를 물고 있는 사람
소리치는 아이들
어두운 하늘에서 바람이 신음한다.

목에서 고독의 기침소리가 난다
대장장이가 불을 지핀다
달은 어딘가로 사라졌다.
숟가락만 한 우박이 떨어진다
서로 다투기 시작한다.

현상금에 달을 찾으러 간다
어느 난로에 달이 던져져 있다
사람들은 그렇게 말하며 떠들고 있다.
그렇게 해서 어느 순간엔가
인간들은 달마저 잊고 산다.

슈티르너의 『자아경』, 볼떼르의 철학, 라블레의 연애편지. 모두 인생을 얘기하는 글이다. 산다는 것은 부끄러운 일이다. 노동은 신성하다, 누군가가 부추겨서 가난한 자에게 이런 아름다운 이름을 붙여준다. 역겨우리만치 빈민을 경멸하고 무학문맹無學文盲을 업신여기려고 꼼짝달싹 못하게 여러가지 규칙을 만든다. 빈민은 태어나면서부터 사생아처럼 추락한다.

행복의 마차는 일찌감치 이런 무리들 사이를 순식간에 지나가버렸다. 모두 배웅한다. 그저 멍하니 소리친다. 달을 도둑맞은 듯한 느낌이 든다. 허공에 떠 있던 행복한 금화 같은 달의 환한 빛이 사라졌다. 달조차도 만인의 소유물이 아니다. ─나는 귀족이 딱 질색이다. 피부에 탄력도 없는 불구자다.

오늘도 난뗀도오는 주정꾼으로 넘쳐난다. 츠지 준의 대머리에 입술 자국이 있다. 아사꾸사 오페라관에서 키무라 토끼꼬[124]가 해준 입술 자국이라며 자랑. 모인 사람은 미야지마 스께오, 이소리 코오따로오, 카따오까 텟뻬이, 와따나베 와따루, 츠보이 시게지, 오까모또 준.

이소리 씨가 자기 집에 쇠로 된 찻솥이 몇개나 있다고 큰 소리로 말한다.

이유 없이 마음이 울적해서…… 와따나베가 눈을 가늘게 뜨고 노래한다. 나는 「석가모니의 시」[125]를 낭송했다. 사람이 될 대로 되라는 심정이 되는 건 정말 기분 좋은 일이다. 될 대로 되라는 심정에서는 여러가지 광채가 나온다. 검은색 루바시까를 입은 츠보이 시게지와 좁은 오비를 두른 카따오까 텟뻬이가 히죽히죽 웃는다.

츠지가 번역한 슈티르너 책이 조금 팔린다 한들 세상에는 별 변화도 없다. 일본은 그런 곳이다. 꼼짝달싹 못하는 왕국. ─돌아오는 길에 카고 초오에 있는 와까쯔끼 시란의 집에 들른다. 토오기 텟뼤끼의 연극에 대해 이야기를 나눈다.

키시 테루꼬가 검은 옷을 입고 있다. 나는 그 사람의 목소리를 좋아한다. ─배우는 어떤 존재일까…… 나는 전혀 자신도 없으면서 그저 이렇게 드나든다. 그리고 세례자 요한을 떠올리고 오필리

---

124 가수이자 배우(1896~1962).
125 57~58면의 시를 가리킴.

아를 흉내 내 낭독한다. 시인도 되고 싶고 배우도 되고 싶다. 그리고 화가도 되고 싶다.

주위의 젊은 사람들에게는 다양한 본능이 마법처럼 두려움도 없이 꿈틀댄다. 이 젊은 사람들 중에서 어떤 명배우가 탄생할지는 모르지만 이 자리에 앉아 있을 때만큼은 행복의 문 앞에 서 있는 것 같다. 시란의 집에서 밖으로 한걸음 나오면서, 왠지 내 자신의 미래에 환멸을 느낄 뿐이지만 낭독한 동안만큼은 행복했다는 느낌이 들었다.

오늘밤에는 스트린드베리의 『번개』에 대한 강의가 있다.

돌아오는 길에 보니 카고 초오의 넓은 풀밭에서 반딧불이 날아다니고 있었다. 12시 귀가. 하꾸산까지 멀리 걸어서 돌아왔다.

숯 가게 이층의 두평 남짓한 방이 지금 사는 곳. 방세는 4엔. 자취하면서 한무더기에 20전 하는 숯을 사서 연료로 쓰면 부족하지는 않다. 귤 상자로 만든 책상 앞에 앉아서 일. 동화를 얼마나 써야 제대로 쓸 수 있게 될지 모르겠다. 씬데렐라 같은 이야기, 이솝 이야기 같은 것, 그 어느 것 하나에도 전혀 반응이 없다.

사방이 잔뜩 숯 냄새. 숯 냄새 때문에 견딜 수가 없다. ─하느님, 하느님이라는 분…… 둥글둥글, 몽실몽실, 삼각으로 비쭉비쭉, 어떤 모습을 하고 계시나요, 당신은? 수염을 기르고 눈을 감고 하얀 날개를 풀고사리처럼 늘어뜨리고 있나요? 뿌연 진공 속인가요? 하느님이시여! 도대체 당신은 정말 제 옆에도 서 계시는지 말씀해주세요. 분명 저 같은 사람한테는 오시지 않는 거죠? 하느님! 정말 당신은 인간세상에 계신가요, 그런가요? 하느님이시여! 제 눈에는 안 보입니다. 그런데 저는 보이지 않는 당신을 향해 손을 모으고 있습니다. 그 누구도 보지 않기에 응석을 부리고 눈물을 흘리며 계속 당신에게 기도를 드립니다. 어떻게든 이 이솝이 내일의 식량이 될 수 있도록 기도드립니다. 그 편집자의 목을 비틀어주십시오. 파이프를 물고서 잘난 척하고, 두시간이나 어둡고 좁은 현관에서 저를 기다리게 합니다. 자기가 쓴 형편없는 동화를 권두에 싣고서 잘난 척하는 그 편집자를 혼내주십시오. 어쩌다 원고를 사주면서 수수료를 떼갑니다. 하루 종일 국사발 모양의 나이트캡을 쓰고 파이프를 물고 있는 게 하이칼라라고 생각하는 남자입니다.

무명작가의 작품은 별로 싣고 싶지 않다고 한다. 독자인 어린아이는 무명인지 유명인지 알 수 없는데도 말이다. 열심히 썼는데 안 될까요, 하면서 필사적으로 매달린다. 나를 몇시간이나 기다리게 하고 놀림감으로 만들어버린다. 한장에 30전이 아니라도 좋다, 20전이라도 좋으니 받아달라고 부탁해본다. 그러면, 특별히 해드릴게요, 한다. 요전에도 열장에 1엔 50전을 주면서 더 열심히 공부하라고 했다. 안데르센이라도 읽어보라고 한다. 네, 안데르센을 읽어볼게요. 현관을 나오자마자 땅이 꺼질 듯 한숨을 쉰다.

그 편집자 녀석, 전차에 치여 죽었으면 좋겠다. 잡지도 보내주지 않는다. 책방에 서서 읽어보면 내 동화가 어느새 그 사람 이름으로 당당히 권두를 장식하고 있다. 시작과 끝을 바꾸고 내가 묘사한 수선화와 왕자는 그대로 삽화로 나와 있다.

다음 원고를 가져갈 때 나는 그 사실을 전혀 모르는 척 방긋방긋 웃어야 한다. 또 두시간을 기다리고 웃는 것에 지쳐버린다. 아아, 짜증 나는 일이다, 하면서 한숨을 쉰다. 하느님! 이래도 악인을 그대로 내버려두실 겁니까?

동화가 싫어지면 시를 쓴다. 하지만 시는 전혀 팔리지 않는다. 나중에 읽어볼게요 하고서는 모두 안개처럼 잊어버리고 만다.

하느님, 도대체 어떻게 살아야 할지 저는 모르겠습니다. 당신은 어디에 계십니까?

(6월 ×일)

아침에 무거운 머리를 덜렁이며 혼고오 모리까와 초오에 있는 잡지사로 갔다. 전찻길에서 그 나이트캡 남자를 만났다. 웃고 싶지 않았지만 공손하게 웃으며 인사를 했다. 그 남자는 회사로 가는 길에도 시집 같은 걸 읽으면서 걸어간다.

현관의 컴컴한 토방에서 벽에 기대고 또다시 기다릴 준비를 한다. 작은 여자아이가 나오더니 불쾌한 눈으로 나를 쳐다보고는 안으로 들어간다.

나는 「빨간 구두」라는 원고를 펴놓고 계속 같은 행만 읽는다. 더 이상 고칠 곳은 없지만 언제까지고 벽만 보고 서 있을 수는 없다.

아아, 역시 연극을 해볼까 하고 생각한다.

시계가 12시를 알린다. 두시간 이상 기다렸다. 다양한 사람들이 출입하는 데 방해가 되지 않게 서 있는 자신이 한심해서 문밖으로 나온다. 저 남자는 왜 저렇게 냉혹하고 무정한지 도저히 모르겠다. 힘없는 사람을 괴롭히는 게 기분 좋아서인지도 모르겠다.

걸어서 네즈 신사 뒤에 있는 쿄오지로오의 집으로 갔다.

세쯔가 빨래를 하고 있다. 사내아이가 달려온다.

아침과 점심을 모두 먹지 않아 몸에서 공기가 빠져나간 듯 기운이 없다. 나는 사내아이가 밀치자 바로 엉덩방아를 찧고 만다. 쿄오지로오 집에도 돈이 한푼도 없다고 한다. 쿄오지로오는 마에바시로 돈을 빌리러 갔다고 한다.

긴자의 타끼야마 초오까지 걷는다. 추우야 은행 앞의 『지지 신보』사에서 발행하는 『소년소녀』라는 잡지가 비교적 좋다는 말을 듣고 가본다.

담당자가 아무도 없어서 원고를 맡기고 밖으로 나왔다. 사방에서 식욕을 돋우는 냄새가 나돈다. 키무라야의 바깥 진열장에는 갓 구운 단팥빵으로 인해 뿌옇게 김이 서려 있다. 보랏빛 팥소가 든 달콤한 빵은 도대체 어디에 있는 누구의 배를 채울까……

4가에는 순경이 몇명 삼엄하게 서 있었다. 누군가가 황족이 지나가신다고 한다. 황족은 도대체 어떤 얼굴을 하고 있을까? 평민들 얼굴보다도 훌륭할까? 천천히 걸어 까페 라이언 앞으로 가본다. 얼핏 보니 길거리 천막에 '미야꼬 신문 광고접수처'라는 현수막이 내걸려 있고 그 옆에 조그맣게 '광고접수원 모집'이라고 적혀 있다. 천막 안은 탁자 하나에 의자 하나. 가까이 다가가니 중년의 남자가 "광고하러 오셨나요?"라고 한다. 접수원 자리에 지원하고 싶다고 하니까 이력서를 내라고 한다. 이력서 용지를 살 돈이 없다고 하자 그 남자는 놀란 표정으로 "그럼 여기 간단하게 적어주세요. 내일부터 나오세요" 하며 친절하게 일러준다. 나는 거칠거칠한 용지에 연필로 이력을 적어서 건네주었다.

이 주변에는 까페 여급 모집광고가 많다고 한다. 황족이 지나가신다는 말에 거리는 물을 뿌린 듯 조용해진다. 모두 머리를 숙이고 움직이지 않는다. 순경의 칼이 울린다.

늘어선 사람들 너머로 소란스럽게 자동차가 지나간다. 자동차 안의 여자 얼굴이 가면처럼 하얗다. 그저 그 정도 인상. 다시 민중은 생기를 되찾고 걷기 시작한다. 안도한다.

내일부터 나오라고 해서 나는 갑자기 힘이 났다. 일당이 80전이라는데, 내게는 과분한 돈이다. 전차비는 따로 지급한다고 한다. 그 남자의 눈꼬리에 있는 사마귀가 호인 같다는 인상을 주었다.

"내일 일찍 나오겠습니다" 하고 나오는데 그 남자가 천막 밖으로 따라나와 아무 말 없이 10전짜리 동전 한닢을 건네준다. 인사를 하는데 눈물이 흘러나왔다. 하느님이 잠시 내 옆에 오신 듯한 따뜻한 행복이 느껴졌다. 집요한 굶주림이 항상 들러붙던 나에게 내일부터는 행복해질 것이라는 계시의 바람이 불어오는 것 같다. 오늘 아침, 쌀집에서 얻은 겨를 뜨거운 물에 타 마신 일이 우스워진다. 내 온몸으로 열심히 일하는 것 외에는 길이 없다고 생각한다. 팔리지도 않는 원고에 집요한 미련을 가지는 것은 멍청한 짓이다. 틀림없이 「빨간 구두」 원고는 다시 그대로 사라져버릴 것이다.

그 황족 부인은 어느 별에서 태어난 걸까? 가면처럼 하얀 얼굴에 눈은 아래로 뜨고 있었다. 뭘 잡숫고 어떤 생각을 하시며, 가끔 화도 내실까? 그런 고귀한 분도 아이를 낳는다. 단지 그것뿐. 인생은 그런 거야.

저녁부터 비.

우산이 없어서 내일 아침을 생각하니 우울해진다.

밤늦게까지 비. 어디선가 붓꽃[126]을 본 듯한 보랏빛 추억이 눈앞에 어른거린다.

(6월 ×일)

앞은 라이언이라는 까페, 그 옆은 한칸짜리 조그만 넥타이 가게. 넥타이가 발처럼 좁은 가게에 쭉 걸려 있다.

오늘로 나흘째다.

---

126 일본에서 '신기함'과 동음인 붓꽃은 신기한 일을 경험하게 됨을 의미한다.

세줄짜리 광고 접수처에서 바쁘게 일한다. 한줄에 50전인 광고료가 비싸게 여겨지지만 많은 사람들이 광고를 부탁하러 온다. ─ 기생 모집, 나이 15세에서 30세까지, 의복 상담, 신주꾸 주우니소오 무슨무슨 집 하는 식으로 신청자의 주문을 세줄로 줄여 접수한다. 아사꾸사 마쯔바 초오의 까페 드래곤이라는 곳에서 미인을 구한다고 해서 나는 이런저런 상상을 하면서 접수를 한다.

예쁜 여자들이 쨍쨍 햇살이 내리쬐는 거리를 걸어간다. 나는 아직도 빛바랜 플란넬을 입고 있다. 더워서 견딜 수가 없을 정도인데 조만간 유까따를 한벌 사고 싶다.

눈앞의 까페 라이언에는 눈이 번쩍 뜨일 만큼 예쁘고 화려한 모슬린 옷을 입은 여급들이 드나든다. 세상에는 참 예쁜 여자도 있구나 싶다. 꼭 인형 같다. 최고의 미인을 모집한 게 분명하다.

이런 번화한 거리는 대개 문학과는 관계가 없다. 돈만 있으면 어떤 향락도 원하는 만큼 얻을 수 있다. 그런 물결을 천막 안에서 나는 조용히 바라본다. 가끔 거지도 지나간다. 하느님 같은 사람은 지나가지 않는다. 그런데 점심시간의 쌜러리맨들은 모두 이쑤시개를 물고 산책하듯이 걷는다. 바지 주머니에 손을 살짝 집어넣고 밀짚 중절모를 살짝 뒤로 젖혀 쓰고는 이쑤시개를 껌처럼 씹는다.

나는 천막 안에서 여러가지 상상을 한다. 탁자 서랍 속에는 반짝이는 50전 은화가 쌓여간다. 이걸 가지고 도망치면 어떤 죄가 될까…… 광고주들은 모두 영수증을 갖고 있으니까 광고가 언제까지고 계속 나오지 않으면 쳐들어올지도 모른다. 이 정도 돈이면 어디든 여행할 수 있다. 외국에도 갈 수 있을지 모른다. 이만큼의 돈을 가지고 어디론가 가는 기차를 탄다. 그리고 그게 죄가 되어 손이 묶여 감옥에 간다. 상상을 하고 있으면 머리가 멍해진다. 이 돈의 절반을 어머니께 보내드리면 어떤 좋은 사람을 만난 거냐며 시골에서 놀랄지도 모른다. 어머니와 아버지를 함께 불러들일 수도 있다.

이상적인 동인지를 낼 수도 있고 자비출판으로 예쁜 시집을 낼 수도 있다. 탁자 위에 있는 열쇠를 지긋이 보노라니 심장이 두근거린다. 서랍을 열고 돈을 세어본다. 100엔 넘게 모여 있다. 엄청나다. 쌓인 은화 위로 손을 쫙 펴본다. 정신이 아찔해지는 듯한 유혹에 사로잡힌다. 여기엔 나뿐이다. 4시가 되면 눈가에 사마귀가 있는 사람이 돈을 가지러 온다.

죄인이 되는 기적.

무슨 죄에 해당하고 얼마 동안 감옥에 들어가 있을까……

하느님이 이런 마음을 준 거야, 하느님이.

『아침부터 밤까지』[127]에 나오는 은행원의 심정이 된다.

프로이센의 프레데릭은 "누구든 자신만의 방법으로 자신을 구제해야 한다"라고 말했다고 한다. 아아, 누군가가 돈을 갖고 이 천막으로 찾아온다. 나는 연필에 침을 발라가면서 주문하는 사람을 대신해 세줄의 문장을 만든다. 모두 아름다운 노예를 찾으려는 속셈이다. 그 속셈을 세줄로 만드는 것이 나의 일. 이제 내 머릿속에는 시도 동화도 아무것도 없다.

긴 소설을 쓰고 싶지만 그건 단지 생각뿐이다. 생각뿐인 한순간이 쓰윽 어디론가 사라져버린다.

성병 전문병원의 광고를 부탁하러 오는 의사도 있다. 기생 모집에 성병 전문병원이라니 정말이지 대단하다. 비웃음이 밀려온다.

---

127 독일 표현주의 극작가 게오르크 카이저(Georg Kaiser, 1878~1945)의 희곡.

모든 파우스트는 여자에게 결혼을 약속한 뒤 곧바로 여자를 버린다. 세줄 광고에도 다양한 세태가 움직이고 있다.

그 증거로 산파의 광고도 매일 들어온다. 아이를 주겠다든가, 받아준다든가, 언제나 친절하게 상담한다든가, 그런 광고를 쓰면서 나는 사생아를 낳으러 가는 여자들의 신음소리를 듣는 듯한 느낌이 들곤 한다.

그러고 나서 나는 매일 사마귀 씨한테서 80전의 일당을 받고는 터벅터벅 혼고오까지 걸어서 돌아온다.

감화원, 양로원, 정신병원, 경찰, 흥신소, 멋진 여자, 타마노이 유곽, 네즈 부근의 아마추어 매춘부집. 그 모든 세태가 도시의 배경에 존재한다.

어느 작가가 말한다. 삼만명이나 되는 작가 지망생의 꽁무니라도 좋다면 뭔가 써가지고 와보게…… 아아, 무서운 영혼이다. 나를 두시간이나 기다리게 한 그 편집자의 심보와 전혀 차이가 없다.

나는 이 길거리 천막에서 광고접수원으로 생애를 마감할 용기는 없다. 천막 안은 6월의 태양으로 찌는 듯이 덥다. 나는 먼지를 뒤집어쓴 채 고작 작은 연필을 긁적이기만 하면서 살아간다.

홋까이도오의 어느 탄광이 폭발했다고 한다. 사상자가 다수일 거라는 전망…… 긴자의 포장도로는 요염해 보이면서 더위로 흐물거린다. 태양은 종횡무진이다. 신문에 주식으로 큰 부자가 된 스즈끼 아무개 여사가 병환 중이라는 기사가 났다. 고작 주식으로 부자가 된 여자의 병이 뭔 대수라고. 범죄는 내 주위에 널려 있다.

주식이 뭔지 나는 모른다. 젖은 손으로 좁쌀을 움켜쥐는 듯한 행운이겠지. 인간은 태어날 때부터 무언가 때문에 애를 태운다.

삼만명의 꽁무니에서 소설을 쓴다 한들 대체 그게 뭐라고. 운이 따르지 않으면 꼼짝도 할 수 없는 거야.

밤에 혼자 아사꾸사로 갔다. 취주악대 소리를 들으니 기분이 좋아진다. 누군가 이곳을 일본의 몽마르트르라고 했다. 나한테 아사꾸사만큼 유쾌한 곳은 없다. 야쯔메 장어집 골목에서 큰맘 먹고 30전짜리 초밥덮밥을 먹었다. 차를 엄청 마시고 가게의 금붕어를 잠깐 바라보았다. 엽서 가게에서 야나기 사꾸꼬[128]의 브로마이드를 잠시 쳐다본다.

어느 골목에서나 습기 찬 바람이 분다.

갑자기 시를 쓰고 싶은 순간이 있다. 걸으면서 눈을 가늘게 뜨고 웃는다. 누구도 상대해주지 않는 재능, 그 편집자를 생각하면 섬뜩해진다. 태연히 남의 원고를 바꿔치기한 남자. 이 불쾌함은 평생 잊을 수 없을 것 같다. 나에게도 증오의 얼굴이 있다. 항상 웃는 것은 아니랍니다. 웃는 얼굴이면서 질식할 것 같은 기분인 것을 행복한 사람들은 알지 못한다. 나는 그런 인간 앞에서 웃고 있을 때면 마음속으로는 숨이 멎을 것 같은 질식감에 사로잡힌다.

하나의 불운이 그렇게 만드는 거야.

잔혹한 사람의 마음. 체호프의 「알비온의 딸」 같은 거야.

초밥집에서 찻잎이 두잎이나 바로 서기에[129] 눈을 감고 그 점괘를 꿀꺽 삼켜버렸다. 그래서 너는 한심하다는 거야. 아주 사소한 것에서 희망을 얻고 싶어해. 고작 광고 접수하는 여자한테 누가 뭘 해준다는 거야, 하느님 같은 사람이 속삭인다. 또 그 쌀겨. 짜증나는, 햇볕에 말린 냄새가 나는 쌀겨— 돌아올 때 캇빠바시로 빠져서 아이조메 초오로 가는 길에 츠지 준의 아내인 코지마 키요 씨를

128 여배우(1902~63).
129 찻잎이 서는 것은 길조를 의미한다.

만났다.

　아이조메의 야시장 노점에서는 러시아 사람이 기름에 튀긴 뒤 백설탕을 바른 러시아 빵을 팔고 있었다. 두개를 산다.

　현실로 돌아와보면 일당 80전은 너무나 고마운 것이다.

＊　＊　＊

(7월 ×일)

　　사년을 산 토오꾜오의 흐린 날
　　문틈으로 새어나오는
　　추억은 탁한 공기
　　오후에 그치는 비

　　촘촘한 매미 울음소리
　　심장을 멈추게 하는 피
　　니시까따의 어느 울타리 들장미
　　이리저리 부는 바람

　　작은 시인이여
　　정처 없이 떠도는 시인
　　너무나 궁핍한 무일푼의 시인
　　적막의 무게에 짓눌려
　　방황하는 여행의 꿈의 흔적
　　어디선가 칠현금 소리 들려오네

사라지는 소리, 사라지는 꿈

니시까따의 조용한 아침
금붕어 가게 이꼬오껜의
가득한 둥근 연못 물
빨간 꼬리 하늘거리는 춤

목이 마르다
새하얀 이가 물에 잠긴다
기쁨은 뚝뚝 떨어지는 비파 열매의 단물
훔쳐서 먹는 정원 모퉁이
새콤한 혀는
영어를 말하는 듯

불쾌한 성경의 가죽 표지
젖어 냄새나는 개가죽
니시까따 저택들의 냄새
비파 열매는 썩은 채
나무 사이 햇살 아래에는 고양이가
너무나 고요한 니시까따

금붕어 가게 밀짚모자가 기침을 한다
시인도 웅크린다
둥글게 비치는 물거울
구름을 떠다니는 금붕어의 합창

생사 여부는 아직 모르지만
그저 이대로 드세요

서양식 세탁소의 페인트칠한 수레
하얀 도자기 문패와 벨
시간이 멈추는 순간의 아침
여기 집들은 잘난 척하며 악을 미워한다
페인트칠한 수레는 뒤따라가는 시인
어디선가 거짓 울음소리
세상에 할 말이 전혀 없는 시인
개벽은 오늘 일이라네
어제는 이미 지나갔고
존재하는 오늘만이 지금의 현실
내일은 올까……
내일이 존재하는지 시인은 모른다

(7월 ×일)

얼룩덜룩한 얼룩
인생의 청초한 저편
무겁고 가볍게 존재하는 반점들
등불 아지랑이는
그저 뒤따르며 살아간다
홀연히 사라지는 것도 모른 채
희망찬 얼룩덜룩한 얼굴

나쁜 생각과 원한의 삶

어차피 죽는 날까지

미시낀[130] 님의 분노와 절망

하필이면 어두운 얼굴

행복한 나날의 인생 따위

그저 실없는 소리일 뿐

끈질기게 질리지도 않고

M 단추를 풀었다 끼웠다

뿜어대는 불꽃같은 숨결

얼룩의 끈질기고 두꺼운 얼굴

부화뇌동하는 얼룩

가끔은 시시한 지위와 명예

하인이 냄비 닦는 정도의 능력

가볍고 무겁게 충돌하는 얼룩

토꼬노마에는 충효忠孝

난간에는 세심洗心

벽에는 욕망의 풍류

아아 나는 하녀가 되어

매일매일 냄비를 닦는다

얼룩의 위선!

---

130 러시아 작가 도스또옙스끼(Dostoevskii, 1821~81)의 소설 『백치』의 주인공.

내가 왜 이런 곳에 있는지 모르겠다. 그저 뭔가 가정집 분위기를 동경해서 온 것 같은 애매한 느낌뿐. 5엔의 급여로는 아무것도 할 수 없다. ――이 집 남편은 대학교수라고 한다. 뭘 가르치는지 잘 모른다. 영국을 다녀온 경력이 있다고 한다. 매일 아침식사는 빵과 우유 한병. 수염을 깎고 나서 속이 파란 우산을 들고 출근한다. 대학까지는 엎어지면 코 닿을 거리지만 멋으로 우산이 필요한 것이다. 춥건 덥건 미동도 않는 성격이다. 역사를 강의한다지만 나는 한번도 들어본 적이 없다. 부인은 연상으로 벌써 쉰살은 된 것 같다. 음영이 짙은 가면 같은 얼굴, 도자기 문패 같은 피부에 짙은 화장. 부인의 조카딸이 한명. 부인은 광택이 없는 적갈색의 머리를 귀마개 모양의 올림머리로 묶고 거울만 바라본다. 이마가 아주 넓고 눈이 작은 것이 송사리를 닮았다. 서른이 넘었다는데도 목소리가 예뻤다. 이렇게 더운데도 항상 양말을 신고 있는 답답함. 나는 이 타미꼬 씨의 맨발을 본 적이 없다.

나는 기쁜 일에나 슬픈 일에나 모두 인생에 권태를 느끼기 시작했다. 우연에서 나온 체험, 그런 것에는 정말 난처해 머리를 조아릴 뿐. 남자와 같이 지내는 것도 싫다. 밤에 술집에서 일한다 해도 오래지 않아 결국 식모가 될 수밖에 없다. 하지만 이것도 내 성미에 맞지 않는다. 오늘로 사흘째지만 왠지 지내기가 불편하다. 이 집의 덧문을 열고 닫는 것이 힘든 것처럼 모든 게 어색한 것투성이다.

강하던 자신감이 없어진다. 어차피 편한 일도 아니고 꾀를 피우려는 것도 아니지만 아주 작은 여유를 갖고 싶다. 식모 주제에 밤 늦게까지 책을 읽고 있으면 틀림없이 부리기 힘들 것이다. 이쪽도 주눅이 들어 오늘밤엔 일찍 불을 끄고 자려 하지만 어둠속에서 오히려 머리가 맑아진다. 지난 일과 앞으로의 일이 어지럽게 떠오르고, 허공을 가르는 빛의 속도로 눈에서 다양한 문자가 튀어나온다.

빨리 노트에 적어놓지 않으면 이 빠른 문자는 사라져버릴 것이다.

어쩔 수 없이 불을 켜고 노트를 꺼낸다. 연필을 찾는 사이에 좀 전의 빛나던 문자는 말끔히 사라지고 하나도 생각나지 않는다. 다시 불을 끈다. 그러면 또 아기 울음소리처럼 싱그러운 문자가 눈앞에서 반짝거린다. 점점 피곤해진다. 어느새 꾸벅꾸벅 졸며 꿈을 꾼다. 천막 안에서 광고 접수를 하는 꿈, 아사꾸사의 거북이. 편한 생활은 이미 내 인생에서 끝나버렸다. 내 착각인지 이상한 광기의 연속. 그저 추락하는 무의미한 생각들. 함순의 『굶주림』에는 뭔가 의도한 희망이 있다. 자신의 삶이 무의미하다는 것을 알았을 때의 한심함이 엉터리 악보의 거친 불협화음처럼 언제까지고 내 귓전에서 울린다.

(7월 ×일)

더워서 등과 가슴에 땀띠가 났다. 오비를 꽉 매고 있으니 너무나도 덥다. 매미가 맴맴 울어댄다. 부엌에서 물을 몇잔이나 마신다. 창문을 가린 팔손이 나뭇잎이 아주 답답하고 덥다. 내일은 일단 휴가를 받아 센다기에 가봐야겠다.

이렇게 살아서는 아무것도 할 수 없다. 5엔 수입으로는 시골에 돈을 보낼 수도 없다. 마음을 담은 아름다운 세계는 그 어디에도 없다. 나 자신을 경멸할 뿐이다. 무엇보다 자만심이라는 것이 스스로를 불우하게 생각하도록 내몬다. 글을 쓰고 싶다는 생각 따위 별것 아닌데도 기발한 것만 생각해 스스로를 비웃을 뿐. 다른 사람에게 얘기할 수는 없지만 자신이 우습다. 뭣 하나 제대로 된 글을 쓰지도 못하는 주제에 문자가 항상 머릿속에 떠올랐다가 사라지는

건 이상한 거야. 고작 시골뜨기 주제에, 도대체 문학이란 무엇일까
요? 하느님, 가끔 이상한 인생이 제게는 있어요. 그리고 그것에 휩
쓸려버려요. 뭔가를 해본다. 그리고 그 뭔가가 곧바로 실패로 끝난
다. 자신이 없어진다.

실패는 사람을 기죽게 만든다. 나는 남자에게나 직업에나 항상
좌절만 해왔다. 딱히 나쁘다고 누굴 원망하지는 않지만 정말 이토
록 하느님은 나 같은 보잘것없는 여자를 괴롭히신다. 하느님이란
존재는 심술궂다. 당신은 전율을 느껴본 적이 없겠지요……

시끄러운 소리를 내면서 약장수가 골목 안으로 들어온다. 행상
하는 남자를 볼 때마다 행상하는 새아버지가 생각난다. 가끔 50엔
정도 선뜻 보내드릴 수 없을까. 이웃집 울타리에 해바라기가 높다
랗게 등을 돌린 채 피어 있다.

다음 생에는 꽃으로 태어나고 싶다는 서글픈 심정이 된다. 해바
라기의 노란색은 너그러움의 색깔. 그 노란 원 속에는 자연만이 무
한한 기쁨을 띠고 있다. 인간만이 고통받는다는 이야기는 이상하
다. ──주인아주머니가 조만간 니이가따로 귀향한단다. 빨리 이 집
에서 나가지 않으면 안된다.

저녁에 야에가끼 초오의 의상실로 주인아주머니의 여름 하오리
를 찾으러 갔다. 집 밖을 걸으면 마음이 편해진다. 어느 거리에나
물이 뿌려져 있다. 한 채소 가게 앞에서 사람들이 오늘이 아이조메
장날이라는 얘기를 하고 있었다. 바나나도 맛있어 보이고 수박도
나와 있다. 한동안 수박을 먹지 못했다.

갑자기 시골로 돌아가고 싶어진다. 붉은색 하까마를 입은 전화
교환원인 듯한 여자 서너명이 내 앞에서 떠들며 지나간다. 대정금
소리가 들린다. 계절의 정취가 물씬 풍기는 저녁 풍경이다. 돈만 있

으면 여행도 할 수 있겠지만, 이 계절의 정취가 아쉽기만 하다. 영원히 일자리를 찾아다니면서 비틀대는 스무살 내 청춘은 썩어가는지도 모른다. 떠돌이 생활도 이제는 지긋지긋하다. 나에게 맞는 안식처는 좀처럼 찾을 수가 없다.

인생은 이렇게 뭔가 복잡하게 얽혀 꼭 혼탁하고 힘들고 따분한 쪽으로 흘러간다. 그리고 사람들은 뜻하지 않게 감기에 걸린다. 어디서 걸린 것인지는 모른다. 밤에 송사리 여사가 운다. 이유는 모르지만 목 놓아 운다. 흰색 커버를 씌운 방석을 쌓아놓은 캄캄한 곳에서 운다. 서재는 조용하다.

부엌에서 혼자 식사한다. 매일매일 미지근한 된장국과 밥. 오이장아찌 하나를 꺼내 몰래 먹는다. 아아, 가끔은 잼을 바른 빵이 먹고 싶다.

주인아주머니가 나지막하게 질책하는 소리가 들린다. 은혜를 원수로 갚았다, 같은 말이 들린다. 학자 집안이라지만 별의별 일이 다 있다. ─송사리 여사의 허세는 깡그리 무너지고 말았다. 그래서 흐느끼며 운다. 여자의 울음소리가 예뻐서 마음이 흔들린다. 에잇 모르겠다, 다시 가지장아찌를 꺼내 먹는다.

새콤한 즙이 입안에 가득 퍼진다.

바람 한점 없는 더위. 가끔 풍령이 귀찮은 듯 울린다. 내일 이 집에서 나가고 싶다. 여하튼 모기가 너무 많아 견딜 수가 없다. 부엌을 정리하고 수도에서 몸을 닦다가 독한 모기에게 물렸다. 피부가 약해 금방 부풀어오른다. 유까따를 빨아 밤사이 마르게끔 널어놓는다. 아름다운 달밤이다. 사진 같은 흑백의 그림자 때문에 좁은 정원 여기저기에 하얀 사람이 서 있는 듯한 착각이 든다.

(7월 ×일)

더러운 물속을 돌아다니는 작은 물고기 눈에도 맑은 여름 하늘은 빛난다. 사실 모범적인 인간만큼 짜증나는 존재도 없다. 걸어다니는 인간 모두가 그렇다. 두 다리를 교대로 움직이며 마치 눈앞에 희망이 매달려 있는 듯이 억척스럽게 행진한다.

이 세상엔 어떤 모범이 있는 걸까? 남을 괴롭히는 비열한 거짓말쟁이에다 자신만을 귀하게 여기는 인간. 틀림없이 입으로는 인류니 인도주의니 하며 저 송사리 여사를 달콤한 말로 유혹했으리라. 그 애인은 평생 양말을 신고 생활하지 않으면 품격이 떨어진다고 교육받은 게 분명하다.

여자에게는 반항하는 태도가 없다. 금방 훌쩍훌쩍 울기 시작한다.

밤에 우에노에 있는 스즈모또 만담극장에 에이꼬와 함께 갔다.

동냥꾼 흉내, 카미나리몬 스께로꾸의 주게무[131] 이야기도 재미있다. 아아, 끔찍한 것은 남의 집 식모살이, 센다기로 돌아와 우물에서 몸을 씻는다.

빨래를 말리러 나왔다가 바람을 쐬고 있는데 별이 무척 예쁘다. 벌레가 운다. 모기도 끙끙댄다. 밤늦게까지 어디선가 목탁을 두드리는 소리가 들린다. 오랫동안 니시까따에서 살아온 것 같다. 에이꼬는 이삼일 뒤에 오오사까로 돌아간다고 한다. 그 뒷일은 다시 생각하면 된다. 단 이삼일만이라도 조용히 편안하게 자고 싶다.

(7월 ×일)

점심 가까워질 무렵, 『요미우리 신문』사에 가서 시미즈 씨를 만

---

131 장수하라고 긴 이름이 지어진 만담 속 아이의 이름 첫 부분.

났지만 결국 시를 돌려받았다. 돌아오는 길에 쿄오지로오의 집에
들렀다. 여기도 사는 형편이 만만치 않다. 세쯔와 툇마루에서 낮잠.
얼음물을 열잔이고 마시고 싶은 기분으로 눈을 뜬다. 세쯔는 아이
를 기둥에 묶어놓고 빨래.

어딜 가더라도 머물 곳 없다는 쓸쓸한 심정으로 툇마루에 앉아
발을 흔들고 있는데 골목 밖에서 취주악대가 슬픈 노래를 부르며
지나간다. 새장 속의 새도 똑똑한 새는 사람 눈을 피해 짝을 찾으
러 오네. ……왠지 그 노래가 남의 일 같지 않아 가슴이 먹먹해진
다. 정원 한편에 조그만 분홍색 나팔꽃이 잔뜩 피어 있다. 오랜만에
물끄러미 꽃이 핀 것을 본다. 쿄오지로오는 좀체 돌아오지 않는다.
지갑을 탈탈 털어서 우동 두그릇을 시켜 세쯔와 먹는다. 돈은 세상
을 떠돌아다니는 것, 언젠가는 느린 속도로 다시 돈이 들어오는 날
도 있겠지요.

아이조메 장날은
노점상으로 가득
가루투성이 하얀 조선엿
반딧불이 장수에 벌레 장수
거리 마술은 박수갈채 가득
설탕 입힌 차가운 엿
겁쟁이의 산책
카바이드 냄새가 나는 등불
바나나 장수의 머리띠
이봐요 저기 굵은 게 상했어요

고무관으로 듣는 축음기
호메로스의 시라도 되는 걸까
깊은 산의 에델바이스를 닮은 저녁
솜이 물을 빨아들여 오리새 풀 푸르다
수중화는 물컵 속에서 활짝
알프스의 고산식물처럼 피고
남자를 파는 가게는 하나도 없다
메마른 바다 주홍색 꽈리
심장이 말없이 걷는다

아아 다섯시간쯤 있으면
또 어떤 인생이 다가올까
불가능 속으로 후퇴하는 다리
조금씩 생각의 빛깔이 변해간다
참깨가 든 눈깔사탕을 빨아본다
툇마루에는 끈이 없는 보물상자.

(7월 ×일)

　에이꼬가 오오사까에 같이 가자고 한다. 오오사까에 갈 마음은 없었지만 오까야마에는 가고 싶다. 오랜만에 어머니를 만나고 싶다. 에이꼬의 남편에게 10엔을 빌린다. 오까야마까지만 가면 돌아오는 건 어떻게 되겠지. 낮에 니시까따에 짐을 가지러 갔다. 송사리 여사가 짐과 50전짜리 동전 여섯닢을 주었다. 이거 당신 책 아니죠, 하면서 『이세 이야기』를 가지고 나온다. 제 거예요,라고 대답하자, 아냐, 이건 우리 거야, 한다. 뭔가 석연치 않아서 이건 제가 야시장에서 산 것이라고 하며 계속 부엌에서 서 있었다. 송사리 여사는 확인하겠다며 안으로 들어갔다가 잠시 뒤에 "공부벌레네" 하면서 가지고 나온다. 분명히 책은 식모 따위가 읽는 것이 아니라는 생각을 한 것 같다. 안에 있었어요? 하고 물어도 송사리 여사는 대답조차 하지 않는다. 아, 정말 너무한다. 옛날에 한 남자가 살았는데……[132] 뭐 별일도 아니다.

밤에 에이꼬와 그녀의 아이랑 함께 셋이 토오꾜오 역으로 갔다. 기차를 타는 것도 오랜만이지만 왠지 토오꾜오에 미련이 남는 느낌이다. 헤어진 사람이 갑자기 그리워진다. 어머니 선물은 80전짜리 보일 천의 유까따.

플랫폼은 아주 조용했고 서양음식 냄새가 났다. 전송하는 사람은 드물었다. 플랫폼에 시원한 바람이 불고 있었다. 유창한 토오꾜오 말투와도 이별이다. 요꼬하마를 지날 무렵부터 기차 안이 조용해진다. 에이꼬가 야마끼따의 은어초밥 도시락을 산다. 반씩 나눠 먹는다. 에이꼬 남편은 목수인데 아주 좋은 사람이다.

아무 걱정 없이 언제까지고 기차여행을 하고 싶을 정도의 느긋함이다. 기차를 타고 오까야마로 돌아가리라고는 어제까지 생각지도 못했기에 너무나 기쁘다. 과거는 과거고 또 어쩌면 운명은 바뀔 수도 있다. 아직 정해지지 않은 인생이 미래에는 있다. 나는 그렇게 생각한다. 나 자신의 운명을 전혀 알 수 없지만 운명의 신은 무언가 생각하고 계신 것이 틀림없다. 무시무시한 일들도 가끔 있었지만 이렇게 기차를 탈 수 있는 행운이 아주 감사하다. 토오꾜오로 다시 돌아와서는 몸이 부서지더라도 10엔을 꼭 갚아야 한다. 니시

---

[132] 『이세 이야기』의 첫머리.

까따와는 안녕.

인생은 마음먹기 나름이다. 그렇게 잘난 척해도 운명을 이길 수
는 없다. 옛날에 한 남자가 살았는데……는 아니지만, 아아, 그런
일도 있었지, 이런 일도 있었지 하면서 캄캄한 유리창을 바라보는
데 창밖에서 전원의 등불은 점점 뒤로 사라져간다. 잠이 좀처럼 오
지 않는다. 하나의 작은 시도가 점점 용기를 북돋아준다. 뭐든 몸을
사리지 않고 일하는 게 제일이야. 이젠 더이상 시 같은 건 쓰지 않
을 테야. 지금으로서는 시를 쓰고 싶은 마음과 열정이 전혀 도움이
되지 않는다. 대시인이 된다 해도 사람들은 대단하다고 생각하지
않는다. 미치광이가 되지 않으려면 이 비참한 생활에서 벗어나야
한다. 밤하늘의 구름이 또렷하게 보인다.

＊ ＊ ＊

(8월 ×일)

오까야마의 우찌야마시따에 도착한 때는 9시경. 하시모또에서
는 다들 아직 자지 않고 더위를 피하고 있었다. 새아버지와 어머니
는 한달 전에 이미 오노미찌로 떠났다고 해서 나는 낙담했다. 하룻
밤 신세를 지고 내일 일찍 기차로 오노미찌에 가기로 했다. 하시모
또에는 새아버지의 누나 집이 있었다. 여고에 다니는 딸이 둘. 어릴
때 보고는 처음인데, 오랜만에 만난 탓이지 둘 다 키 큰 처녀가 되
어 있었다.

큰딸인 키요꼬와 목욕탕에 갔다 돌아오는 길에 은행 옆 포장마
차에서 생강을 넣은 차가운 단물을 마셨다. 돈이 없어 너무나 괴롭
다. 오노미찌까지 가는 기찻삯은 내일 아침에 얘기해야겠다.

무엇을 하고 있는지 누구 하나 물어보지 않는다. 정말 다행이다. 오까야마는 조용한 곳이었다. 바람조차 고요했다. 너무나 더워서 잠을 잘 수가 없었다. 도살 직전의 불안함이 항상 마음을 옥죈다. 100엔 정도 가지고 왔더라면 이 사람들도 이렇게 쌀쌀맞지는 않았을 거라고 생각한다.

여고 2학년인 미쯔꼬가 이층에서 밤늦게까지 영어 노래를 부른다. 트윙클 트윙클 리틀 스타 하우 아이 원더 왓 유 아. 나도 이 노래를 배운 적이 있다. 왠지 먼 옛날 일 같다. 새아버지가 학 알이라는 오까야마 특산품 과자를 사왔던 일이 생각난다.

아침에 부엌에서 밥을 먹으면서도 돈 얘기를 꺼내지 못했다. 모처럼 왔으니까 친구를 만나러 간다며 밖으로 나갔다.

학교시절의 친구를 만나더라도 딱히 반겨줄 사람은 없다. 뜨거운 도로의 복사열로 인해 땀에 흠뻑 젖는다. 번잡한 시내로 가본다. 좁은 상점가에서는 천막을 길게 쳐서 어둡고 시원한 그늘을 만들어놓았다. 모든 가게들이 안쪽 깊숙이 들어가 있는 듯한 느낌이 든다. 아무 생각도 없이 아오끼라는 서양 식기점을 찾아본다. 망해서 무일푼인 학교 친구가 찾아오는 것만큼 성가신 일도 없을 것이다.

불현듯 아오끼라는 세련된 서양 식기점을 발견했다. 잠시 진열장 앞에 서서 커피잔과 오리 모양 재떨이, 스커트 자락을 펼친 서양 인형 모양의 겨자통 등을 구경했다. 가장자리를 페인트로 칠한 진열장 안의 반짝반짝 빛나는 금색, 빨강, 코발트색의 도자기가 주는 청량감. 모슬린 키모노에 흰 에이프런을 두른 예쁜 아이가 가게 앞으로 나오기에, 나까네 케이꼬 씨 계십니까? 하고 물어보았다.

아이는 곧장 안으로 들어갔다. 나는 진열장 유리에 얼굴을 비춰보았다. 밑바닥이 검은 접시 위에 통통 부은 내 얼굴이 얹혀 있다.

머리는 귀를 덮은 서양식 올림머리. 아아, 덥다, 더워. 물레방아 소리가 들린다. 빛바랜 나루또 인견의 잔무늬 키모노. 치맛자락은 너덜너덜하고 오비는 적백색의 날염 모슬린. 빨면 보풀이 일어나 스르르 녹아버릴 것 같은 싸구려다. 양말과 게따는 에이꼬가 오오사까의 우메다 역에서 준 것이다.

나까네가 나왔다. 어머, 하고 놀란다. 오노미찌 학교를 졸업한 지 사년. 지금까지 한번도 만난 적이 없다. 감색 잔무늬 키모노를 제대로 갖추어 입은 모습. 너무나 초라한 내 모습이 수레에 눌린 다시마같이 느껴진다. 나까네는 수수하고 자루가 긴 빛바랜 양산을 가지고 나왔다. 공원으로 가자고 한다.

일본에서도 유명한 공원이라고 한다. 공원에 갈 생각이 없었지만 어쩔 수 없이 따라간다. 나까네는 말수가 적은 사람이다. 자신은 아직 시집가지 않았다고 하면서 내게 소설을 쓰고 있느냐고 묻는다. 소설은 꿈같은 얘기라서 말하지 않았다. 토오꾜오에서의 일들을 말해주면 얘는 깜짝 놀라겠지.

공원은 더웠고 별 볼 일 없는 곳이었다.

경치를 바라보는 일에 전혀 흥미가 생기지 않았다. 아직 어려서인지 불에 볶듯이 시끄러운 매미 울음소리. 고등학생들이 회색 옷에 게따를 신고 연못가를 걸어간다. 모두들 씩씩하게 보인다. 나까네가 『카인의 후예』[133]를 읽어보았느냐고 묻는다. 나는 토오꾜오에서의 생활이 힘들어 그런 조용한 것은 읽을 수가 없었다.

적송나무 그늘에 찻집이 있었다. 나까네가 거기로 들어간다. 찬물에 담아놓은 사이다 두병을 주문한다. 얼음을 갈아달라고 해서

---

133 아리시마 타께오(有島武郎, 1878~1923)의 유명한 소설.

사이다를 부어 마셨다. 혀끝이 차고 시원한 것이 별미였다. 매미를 잡으며 노는 소년들이 많다. 잠든 듯 고요한 공원 풍경.

나는 마음을 먹고 다잡다가, 포기한다. 마음이 어지러워 사이다 병의 구슬을 딸랑딸랑 흔들기만 한다. 오노미찌로 갈 여비. 2엔 50전만 있으면 양갱도 사가지고 갈 수 있다. 맞은편에 햇볕이 내리쬔다. 이쪽은 짙은 그늘이 졌다. 안경 낀 남자가 긴 평상 위에서 입을 벌린 채 낮잠을 자고 있다. 마구 흔들리는 빙수 가게 깃발의 색상. 눈에 힘주며 주위를 둘러보지만 틀림없이 이 풍경도 기차를 타면 잊히겠지. 소매 안에 지갑을 넣고 가만히 얼음과 사이다 값을 헤아린다.

나까네는 자신도 토오꾜오에 가고 싶다고 띄엄띄엄 말했지만 나는 건성으로 들으며 동전을 세어본다. 옛날에만 사이좋았을 뿐으로, 무의미하게 공원 풍경을 보고 있을 수밖에 없는 한심함에 서글퍼진다.

얼음과 사이다 값을 내니 4전이 남는다. 허영덩어리에 거짓말쟁이에 체면만 차리고, 나까네에게서 여비를 빌리는 것은 단념. ── 점심 전에 하시모또로 돌아가 용기를 내 고모에게 부탁하여 2엔 50전을 빌린다. 두 여학생이 갑자기 경멸의 눈으로 나를 쳐다본다. 이런 눈빛이 제일 싫다. 나는 마치 범죄자가 된 듯 영락한 심정으로 점심나절에 역으로 갔다.

양갱을 사지 않고 도시락을 산다. 삼등칸 대합실에서 도시락을 먹는다. 매점에서 덜 익은 바나나 두개를 산다. 5전이다.

약간의 돈이 이렇게 용기를 북돋아준다. 공원에서 느긋하게 사이다를 마시면 될 일을 돈 계산을 하면서 쭈뼛거리며 마셨던 게 화가 난다. 나까네가 그렇게 미운 애가 아닌데 속이 매슥거릴 정도로 싫어진다. 사주고서도 쭈뼛거리며 나까네에게 자신을 낮춰 말한 게 너무나 속상하다. 소설은 팔리니? 아니, 안 팔려. 어떤 걸 쓰는데? 글쎄, 동화 같은 거야. 하나하나 조심조심 대답하던 비참함이 결국에는, 아, 안돼, 안돼 하고 나까네로부터 압박을 받기에 이른 것이다. 노예근성. 항상 굽실굽실. 어떻게든 얻어낼 생각도 없으면서 웃는 얼굴로 나 자신을 낮춘 것이다.

시와 소설을 쓰는 건 회사에서 일하는 깃과는 다르다고 마음속으로 중얼중얼 핑계를 댄다.

오노미찌에 도착한 때는 밤.

거리의 후끈한 열기가 옷자락 안으로 들어온다. 쿵쾅쿵쾅 쇠를 두드리는 소리가 들린다. 비릿한 바다 냄새가 난다.

조금도 그리워하지 않은 주제에 반가운 공기를 마신다. 츠찌도오 거리에는 아는 사람들뿐이라 어두운 기차 선로를 따라 걸었다. 별이 반짝인다. 벌레가 온 사방에서 울어댄다. 망초가 선로를 따라 하얀 꽃을 활짝 피우고 있다. 진무 천황 신사 사무소 뒤편에서 초등학교의 높은 돌계단을 쳐다보았다. 오른편에는 높은 나무다리. 저 높은 다리를 건너 맨발로 학교에 다니던 일이 떠오른다. 선로 옆의 좁은 골목으로 나가니 "밤고기 사이소" 하며 생선 장수가 나지막한 함지박을 머리에 이고 소리치며 돌아다닌다. 밤낚시 물고기를 밤고기라고 하는데 어촌에서 여자들이 팔러 온다.

지꼬오지 절 돌계단 아래 어머니가 세 든 이층집을 찾아간다. 축축한 바깥변소 옆에 박꽃이 살포시 피어 있다. 어머니는 이층 빨래 건조대에서 목욕을 하고 있었다. 오노미찌는 물이 나오지 않아 져 나르는 물통 하나에 2전을 주고 물을 사야 한다.

이층으로 올라가자 어머니가 깜짝 놀란다.

천장이 낮았고 이층 차양과 거의 맞닿은 제방 위로 선로가 놓여 있었다. 누런 타따미가 뜨겁게 달아올라 있었다. 낯익은 뚜껑 달린 책 상자가 있었다. 책 상자 위에는 콘꼬오님이 모셔져 있었다. 목욕을 마치고 함지박에 빨래를 담그면서 어머니는 목이라도 매고 싶다고 한다.

새아버지는 밤놀이를 나가고 없었다. 도박에 빠져 요즘 일도 내팽개치고 빚만 늘어나 야반도주라도 해야 한다고 한다.

나는 오비를 풀고 나서 알몸으로 뜨거운 타따미 위에 엎드렸다. 상행 화물열차가 불빛을 번쩍이며 창문 앞을 지나갔다. 집이 흔들린다.

벽장도 그 무엇도 없는 더러운 방.

(8월 ×일)

사랑하는 사람들이여. 너희는 이 하나를 잊지 마라. 주 앞에서 하루는 천년과 같고 천일은 하루와 같다. 벽에 붙은 헌 신문지의 종교란에 이런 내용이 있었다. 사랑하는 사람들이여,라니. 더러움에 휩싸여 전혀 별 볼 일 없는 인생, 산산조각 난 마음이 지금 이 천장 낮은 방에서 눈을 뜬다. 밤새도록 그랬고 아침에도 기차는 계속 지나간다. '물고기 마을'이라는 소설이 쓰고 싶어졌다. 아래층 집 주인과 새아버지는 같이 나가서 오늘 아침에도 돌아오지 않는다.

아침 해가 북쪽 벽 밑자락까지 들어와 더웠다. 선로 제방 일대에는 채송화가 한창 피어 있다. 볶듯이 매미가 울어댄다.

점심 지나 황족이 탄 기차가 통과한다며 선로 옆 빈민굴의 창문은 모두 밤까지 닫아놓아야 한다는 통지가 왔다. 빨래도 안에 들여다놓아야 한다. 지저분한 것들은 치워야 한다. 어머니는 빨래건조대를 치운 뒤 짚신을 신고 지붕의 기왓장을 청소한다. 황족이 도대체 어떤 사람인지 나는 모른다. 아무것도 모르면서 존경해야 한다. 점심때부터 선로 위를 두명의 순경이 순찰한다.

문을 닫고 알몸으로 체호프의 「지루한 이야기」를 읽는다. 너무나 더워서 계단 판자에 드러누운 채 책을 읽는다. 풍금과 물고기 마을, 갑자기 이런 오노미찌 이야기를 써보고 싶다.

어머니는 청소를 마친 뒤 흰 보따리의 키다란 짐을 지고 장사를 하러 나간다.

아래층 아주머니가 겨자를 넣은 우무를 한그릇 준다. 인자 곧 황족께서 지나가신다네…… 근처 여자들이 떠들어댄다.

덜컹덜컹 지축을 흔들며 황실 열차가 지나간다. 찢어진 장지문 구멍으로 훔쳐보니 창문 앞 제방 위에서 순경이 열차를 향해 경례를 한다. 순경 어깨에 큰 잠자리가 앉아 있다. 날개가 하얗고 투명한 것이 떨면서 앉아 있다. 기차 유리창 안으로 흰색 커버가 얼핏 보이고 붉은 얼굴의 남자가 책을 읽고 있는 모습이 휙 지나간다.

현실의 필름 한장이 선로 위에서 휙 사라진다. 순경이 머리를 든다. 재빨리 장지문 구멍에서 눈을 뗀다.

인내심 강한 빈민. 힘이 빠진다. 단지 그것 때문에 아직도 장지문을 꼭 닫고 있다. 힘들지만 생글생글 웃으면서 꿇어앉아 있는다. 단지 그 정도의 삶. 순식간에 지나간 황족과 어떤 차이가 있는 걸까…… 황족은 시원한 기차에서 책을 읽고 있고 나는 더운 방에서 체호프의 「지루한 이야기」를 읽고 있을 뿐이다.

책 상자 안에는 오래된 내 노트가 있다. 학생 때의 일기다. 대단한 것은 아니다. 베르터[134]에게 빠졌던 감상. 이또오 뱌꾸렌의 사랑

---

134 괴테의 소설 『젊은 베르터의 고뇌』의 주인공.

의 도피[135]가 노라[136]의 가출과 같다고 적혀 있다.

당분간 이대로 필사적으로 소설을 써보고 싶다.

저녁부터 비. 어머니가 기름종이를 뒤집어쓰고 돌아왔다. 바구니에 툭 벌어진 무화과를 선물로 사왔다. 오노미찌에서는 무화과를 단감이라고 한다.

새아버지가 돌아오지 않는다.

경찰에게 잡힌 건 아닌지 어머니가 걱정한다. 비가 내려 시원해서 노트에 소설 같은 걸 조금 긁적여보지만 금방 짜증이 난다. 대단한 것도 아니다. 『이세 이야기』 완독.

글을 써서 생활하는 건 포기하는 편이 낫다. 도저히 잘되지 않는다. 작곡가가 귀가 없는 것을 잊고서 음색을 상상하는 것일 뿐…… 고독에 빠져 있는 것만으로는 글자 하나, 말 한마디 나오지 않는다. 바닷가 마을로 돌아왔지만 나는 아직 바다를 보지 못했다.

밤늦게 새아버지가 돌아왔다.

얇은 셔츠 위에 털실 복대를 한 모습이 너무나 보기 흉했다. 돈도 없는 주제에 시끼시마 담배를 뻐끔뻐끔 피워댔다.

토오꾜오는 경기가 어떻노? 토오꾜오는 불경기예요. 나도 이번엔 어찌 좀 해볼라는데 잘 안된다 마……

너무나 더워서 더위를 피하러 어머니와 밤늦게 해변으로 갔다. 타도쯔를 왕래하는 오오사까 상선 터미널의 돌계단에서 잠시 바람을 쐬었다. 노점에서 얼음 만주우와 찬 단물을 팔고 있었다. 더워서

---

135 1921년 10월 20일 후꾸오까의 탄광왕 이또오 덴에몬(伊藤伝右衛門)의 부인이자 시인인 서른여섯살의 야나기와라 뱌꾸렌(柳原白蓮)이 토오꾜오에서 스물아홉살의 미야자끼 류우스께(宮崎龍介)와 몰래 달아난 일.

136 입센의 희곡 『인형의 집』의 여주인공.

속곳 바람으로 물속으로 들어간다. 부풀어오른 속곳 끝자락에서 파란 인이 반짝거린다. 작심하고 깊은 물속으로 쑤욱 헤엄쳐본다. 가슴이 조여오는 것 같아 기분이 좋다.

캄캄한 물 위에 떠 있는 작은 배가 모기장을 치고 램프를 켜놓아 아주 시원스럽게 보인다. 비가 내린 탓인지 해변이 조용하다.

센꼬오지 절의 불빛이 산 위에서 나무 사이로 어른거리며 빛나고 있다.

(8월 ×일)

「풍금과 물고기 마을」이 조금 진척되었다.

소설이라는 것을 어떻게 쓰는 건지 나는 모른다. 그저 계속 별 볼 일 없는 것을 노트에 쓰면서 우는 자신이 짜증이 난다. 모기가 많아서 밤에는 도저히 쓸 수가 없다. 무엇보다도 소설을 쓸 감성이 없다. 그래서 금방 시처럼 읊어버린다. 사물을 해부해나갈 능력이 없다. 불쌍히 여기는 것은 좋다. 그저 그뿐이다. 관찰이 느슨하고 마치 동화 같다.

토오꾜오로 돌아가려면 20엔을 마련해야 한다는 사실이 머리에 떠올랐다. 사도직을 사람에게서나, 사람을 통해서 받은 것이 아니라 예수 그리스도와 그분을 죽은 자들 가운데서 다시 살리신 아버지께로부터 받은 바울로.[137] 하느님은 사람의 겉모습을 보지 않으신다. 소설을 쓰는 필자의 심금이 고조되어야 하는데 그런 재능이 내게 있는 것 같지는 않다. 쓰고 또 쓰고 퇴짜를 맞으면서도 개의치 않는 뻔뻔함. 지리멸렬한 심리의 밑바닥을 지나간다. 작은 물고기

---

137 신약성서 갈라디아서 1:1 참조.

의 그림자를 좇는 것 같다. 정말이지 빠르게 활자가 죽 늘어선다. 피를 토한 글은 읽기도 보기도 힘들다. 경찰의 눈이 빛난다. 무정부주의는 노래가 아니다. 그것을 바라는 마음이 이 세상 어딘가에 있긴 하지만…… 동화의 세계를 노리는 평화로운 짐승들의 이상적 세상. 나는 황족이 지나간다고 해서 하루 종일 문을 닫고 숨을 죽여야 하는 계급이다. 그리고 황족은 한순간에 구름 저편으로 사라지는 사람이다. 왜 그런 사람을 존경하면서 살아야 하는 걸까?

경비하는 순경도 살아 있다. 어깨에 내려앉은 잠자리도 살아 있다. 장지문 안에는 무례하게 알몸으로 체호프의 책을 든 여자가 서 있다.

오노미찌에 돌아온 것이 후회스럽다.

고향은 멀리서 그리워하는 것, 설령 타향의 거지가 된다 한들,[138] 이라고도 하는 고향은 다시 돌아올 곳이 아니라는 생각을 깊이 새긴다.

죽고 싶지도 않고 살고 싶지도 않은 무위자연의 심정으로 오늘도 노트에 「풍금과 물고기 마을」을 계속 쓴다.

어머니는 다시 한번 토오꾜오에 가서 야시장 노점을 하고 싶다고 한다. 새아버지와 헤어진다면 얼마나 좋을까 싶다. 하지만 어머니는 어쩌다 일어난 사고 같은 거니까 조금만 더 참으라고 한다. 새아버지는 또 아침부터 노름하러 나간다. 어머니만 몸을 혹사하면서 부서질 정도로 일한다.

어머니와 나는 그저 오랫동안 계속 이어온 고통에만 의지해 살고 있는 거다. 만약 내가 남자로 태어났더라면 하고 생각한다. 어머

---

138 무로오 사이세이의 시 「소경이정 2(小景異情 その二)」에 나오는 구절.

니가 일해서 번 돈은 모두 아버지 노름 밑천으로 사라져버린다.

밤에 어머니와 둘이 바닷가에 나가 노점에서 우동으로 끼니를 때운다. 집에 있으면 빚쟁이들이 성가시다고 해서 또다시 캄캄한 해수욕.

바닷물은 오염되어 끈적거렸고 장례식 냄새가 났다. 조만간에 좋은 일이 있을 기다…… 갑자기 어머니가 그렇게 말한다. 나는 부두까지 헤엄쳐간다. 도깨비불이 타오른다. 무꼬오지마 선창에서 사람들이 나를 부르는 소리가 들려온다. 이 정도로는 그 어떤 운명도 없어.「풍금과 물고기 마을」원고를 토오꾜오에 가져간다 하더라도 활짝 꽃을 피울 날이 올 것 같지는 않다. 조금만 더, 조금만 더 하면서 점점 차갑고 어두운 물속으로 헤엄쳐간다.

드디어 돌계단으로 되돌아와 알몸에 축축한 옷을 입는다. 젖은 옷을 짜고 있는데 우동 트림이 나온다. 몸이 단단해진 느낌이다. 자연스럽고 따뜻한 마음으로 아주 열렬한 사랑을 해보고 싶다. 여러 기억들 속에서 남자와의 추억이 아른거린다.

집에 돌아오니 아래층 사람들이 모두 나가고 없었다. 아래층 아주머니도 요즘 다시마말이 부업을 내팽개치고 놀러 다닌다고 한다.

폐가와 다름없는 이층. 갓 없는 전등 아래서 어머니와 나는 알몸으로 더위를 식혔다. 불빛이 환한 상행선 기차가 지나간다. 부럽다.

어떻게든 토오꾜오에 가고 싶지만 지금 당장 20엔을 마련할 수 없다며 어머니는 풀이 죽는다. 10엔이라도 생기면 좋겠다 싶다. 모깃불을 피우고 작은 상에 노트를 펼친다. 이제 뒤를 이어서 쓸 수밖에 없다. 느슨하면서도 왠지 이상한 소설이다. 환상만으로 결말을 지으려는 플롯. 더위 탓인지도 모르겠다. 배불리 먹지 못한 탓인지도 모르겠다. 머릿속에 조급함이 있어서인지도 모르겠다. '풍금과 물고기 마을'이라는 제목밖에 없다. 생활의 피로에 압도되어 오히려 환상만이 모락모락 피어나 눈앞을 흐리게 만드는 플롯.

왜, 언제까지 이런 생활을 해야 하는가 생각해본다. 어머니는 연필에 침을 발라가며 장부에 기록을 하고 있다. 별로 큰 금액이 아닌데도 장부를 적는 모습이 아주 진지하다. 발이 진흙탕에 빠져 꼼짝도 할 수 없는 그런 생활이다. ──헤어져요. 그래, 헤어질까나. 헤어지세요. 그리고 저랑 둘이서 토오꾜오로 가요. 둘이서 벌면 매일 밥은 먹을 수 있어요. 밥을 먹는 것도 중요하지만서도 느그 아부지를 버리고 갈 수는 없다 마. 헤어져요. 어머니 나이에 남자는 필요 없잖아요…… 니는 소설을 써서 그런지 말도 참 심하게 한데이…… 나는 입을 다물고 만다. 걱정도 즐거움의 하나다. 지금까지 함께 살아온 어머니와 새아버지의 인연을 내 경우에 견줘 생각해본다. 어머니는 행복한 사람이다.

나는 노트에 사소한 것들을 열심히 적는다. 이제는 의지할 사람이 전혀 없다. 자기 일은 자기 스스로 하고 영차 힘내지 않으면 살아갈 수 없어. 하지만 토오꾜오의 유명한 시인이라 할지라도 오노미찌에서는 별게 아니야. 그것으로 좋다고 생각한다. 나는 오노미찌를 좋아한다. 밤고기 사이소…… 생선 장수 목소리가 골목에서 들려온다. 방금 낚아서 팔딱팔딱한 싱싱한 생선에 소금을 쳐서 구워 먹고 싶다.

그날밤, 아버지는 아래층 주인과 함께 경찰서에 잡혀갔다. 밤늦게 어머니는 아래층 아주머니와 어딘가로 몰래 갔다.

＊　＊　＊

(11월 ×일)

지빠귀가 요란하게 해자 건너편에서 울고 있다. 요쯔야미쯔께에서 저수지로 가서 저수지 뒤편의 류우꼬오도오라는 약국 앞을 지나 토요까와 이나리 신사 앞의 전찻길로 나간다. 전찻길 선로를 건넌 뒤 장신구 파는 가게 옆을 돌아 롯뽄기로 가서 이께다야라는 건어물상 앞에서 이께다 씨를 부른다.

이께다 씨가 환한 얼굴로 나온다. 오늘은 오랜만에 뒷머리를 틀어올려서 아주 예쁘다. 가게 앞에는 명란, 연어, 북어 등 맛있어 보이는 것들이 쭉 진열되어 있다.

우리 둘은 양말 가게 골목을 돌아 사까이 자작의 고색창연한 저택 앞을 걸어갔다.

오늘은 신또미자 극장에서 스미조오[139]의 공연이 있다고 한다. 그야말로 토오꾜오 토박이다운 이께다 씨의 연극 이야기. 오늘은 스미조오가 수건을 뿌리는 날이라 어떻게 해서든 일찍 퇴근할 거라며 아주 흥분해 있다. 아까사까 연대가 가까워서 회사에 도착할 때면 항상 나팔소리가 들린다.

『쇼오가꾸 신보』사가 우리 일터. 구관 이층의 일본식 방에 책상 여덟 개를 붙여놓고 우리는 매일 열심히 주소를 쓴다. 오늘은 카고시마와 쿠마모또를 받았다. 아직 시간이 일러 창가에서 이께다 씨와 미야모또 씨와 함께 셋이서 잡담. 일급을 어떻게든 월급제로 하고 싶다고 서로 이야기한다. 일당 80전으로는 살아갈 수가 없다. 요쯔야미쯔께에서 시영전차를 타면서 전찻삯을 절약해보지만 부모랑 셋이서 도저히 먹고살 수가 없다. 이께다 씨는 부모랑 살아서 일당

139 카부끼 배우 이름.

은 모두 용돈이라고 한다. 부러운 이야기다. 8시 십분 전, 모두 모였다. 우리는 언제나처럼 가장 나쁜 어두운 자리에 앉는다. 간부인 토미따 씨가 지시한 것이어서 좀처럼 창가 자리에는 앉을 수가 없다.

초등학교 편람의 활자가 작아서 근시인 나는 시간이 두배나 걸린다. 안경을 사고 싶어도 80전 일당으로는 매일 쫓기는 형편이라 살 수가 없다.

곧 11월 첫번째 장날[140]이 다가온다.

토미따 씨는 오늘 올림머리를 하고 있다. 이 사람은 오오시마 핫까꾸[141]를 좋아해 싫증도 내지 않고 만담극장 이야기만 한다.

주소를 쓰는 것이 귀찮게 느껴진다. 멍하니 얼이 빠진다. 갑자기 옆의 모래벽에 아롱아롱 아침 햇살이 어른거린다. 환등기 같다. 이 께다 씨와 토미따 씨는 명주 하오리 차림으로 일당 80전의 여사무원으로는 보이지 않는다. 이께다 씨는 눈은 작지만 기생을 해도 될만큼 미인이다. 건어물상 딸이어서 그런지 여드름이 항상 어딘가에 생긴다.

특별한 일도 없이 부부가 헤어진다는 것은 꽤 어려운 일인가보다고 생각한다. 부부란 묘한 인연인 것 같다. 어젯밤에도 새아버지와 어머니는 그렇게 보기 흉할 정도로 부부 싸움을 했는데 오늘 아침에는 의외로 아무렇지도 않다. 새아버지와 어머니가 헤어진다면 나는 어머니와 함께 몸이 부서지도록 일할 생각인데, 나는 사실 새아버지가 싫다. 언제나 나약하고 무엇 하나 어머니의 지시 없이는 일을 하지 못하는 새아버지의 의지박약에 화가 난다. 새아버지는 어머니와 헤어지고 나이 어린 아내를 맞으면 본인이 나가서 일할

---

140 오오또리 신사의 장날.
141 야담을 중흥시킨 인물(1857~1912).

사람인데…… 어머니의 강한 아집이 밉다.

또 비파 켜는 소리가 들린다. 딱히 이 일이 싫은 것은 아니지만 오래 계속할 일은 아닌 것 같다. 여하튼 이 주변의 고즈넉한 저택들은 도대체 어떤 행운을 지닌 사람들의 집인지 궁금하다. 아침부터 비파 켜고 피아노 치는 눈에 잘 띄지 않는 계급이 있다면, 나면서부터 행운을 쥔 사람들일 것이다. ──점심때부터 신문 발송.

신문의 파란 잉크가 완전히 마르지 않아서 띠지를 두를 때 문신을 한 것처럼 손이 파래진다. 타이쇼오 천황과 황태자 사진이 일면에 나와 있다. 타이쇼오 천황은 정신이 조금 이상하다는 얘기도 있지만 이렇게 보면 사진이 훌륭하다. 가슴 가득 국화꽃 같은 훈장. 인쇄가 나빠서 천황도 황태자도 얼굴에 온통 수염을 기른 듯이 보인다.

풀을 칠하는 사람, 띠지를 두르는 사람, 현별로 묶는 사람, 문밖으로 옮기는 사람, 사방에는 먼지가 뿌옇고, 모두 소매를 걷어붙이고 머리에 수건을 뒤집어쓰고 있다. 발송에 시간이 걸려서 일을 전부 마친 때는 5시가 지나서였다. 메밀국수를 한그릇씩 줘서 먹고는 어둑어둑한 거리로 나왔다. 이께다 씨는 연극시간에 늦었다며 투덜거리며 황급히 돌아갔다.

요쯔야 역에 오니 몹시 어두워졌다. 하는 수 없이 요쯔야에서 신주꾸까지 야시장을 구경하면서 걸었다.

집으로 돌아가고 싶은 마음이 전혀 나지 않았다. 집에 가서 부부 싸움을 구경하는 건 견딜 수가 없다. 둘 다 가난하고 소심하긴 하지만 나쁜 사람이라기보다는 처신이 나쁘다는 생각이 든다. 야시장을 구경하면서 걷는다. 닭꼬치 냄새가 난다. 밤안개 속에서 신주꾸까지 이어진 야시장 불빛이 반짝반짝 춤추는 듯이 보인다. 여관,

사진관, 장어집, 접골원, 샤미센 가게, 월 할부 마루니 가구점, 이 일대는 옛날에 기생집이어서 집들이 빼곡히 늘어서 있다. 타이소오지 절에서는 써커스를 하고 있다.

가도 가도 번화한 야시장의 물결. 참 이렇게 팔 것들이 많나 하는 생각이 든다. 오늘은 히가시나까노까지 걸어서 귀가할 생각으로 한그릇에 8전 하는 소고기덮밥을 포장마차에서 먹었다. 고기로 보이는 것은 작은 토막 하나, 나머지는 양파뿐. 밥은 우쯔노미야의 천장[142] 꼴.

츠노하즈의 호떼이야 백화점은 지금 한창 건설 중이어서 밤에도 공사장엔 환하게 불이 켜져 있다. 신주꾸 역의 높은 나무다리를 건너서 담배 전매국 옆을 지나 나루꼬자까로 걸어갔다. 휙휙 밤안개가 소리를 내며 흐르는 것 같다. 난부 슈우따로오라는 소설가의 『밤안개』라는 소설이 불현듯 떠오른다.

집에 돌아온 때가 9시쯤. 새아버지는 목욕탕에 가고 없다. 부엌에서 물을 벌컥벌컥 마셨다. 어머니는 화로에서 비지를 볶고 있다. 딱히 늦었다고 하지도 않는다. 자기 일만 생각하는 사람이다. 코를 훌쩍이며 비지를 볶는다. 냄비를 들여다보니 까맣게 타고 있다. 뭘 시켜도 못하는 사람이다. 파가 갈색으로 변해버렸다. 어머니의 강한 아집이 딱하다. 방구석에 벌렁 드러누웠다. 늪으로 빠져드는 것 같은 공허한 생각뿐. 비굴해져서 사는 보람이 전혀 없는 나의 몸이 누운 곳이 이상하게 뭉게뭉게 위로 떠오른다. 몸을 새끼줄로 묶고 하늘 높이 기중기에 매달고 싶은 피로감이 찾아온다. 니 아부지하고 헤어질까, 하며 어머니가 불쑥 말을 꺼낸다. 나는 침묵한다. 어

---

142 토꾸가와 바꾸후가 폐번에 처한 사건과 관계된 관용구로, '어불성설'을 뜻함.

머니는 작은 목소리로, 이런 상황이니까, 하고 중얼거리듯 말한다. 나는 남자 따위는 아무래도 좋다. 좀더 속 편한 운명은 없을까 생각해본다. 새아버지가 사들인 와시마 칠기 밥상은 조금밖에 남아 있지 않다. 이게 다 없어지면 또다시 다른 것을 사들이겠지.

품목을 계속 바꾸고 한가지 품목을 끈기있게 팔지 못하는 것이 새아버지와 어머니를 초조하게 만든다. 처음부터 12엔의 집세를 낼 수 없었으면서 매일 얼굴을 맞대고 티격태격 싸운다. 사실 집을 빌리기보다는 시골로 돌아가 싸구려 여인숙에서 자취하며 둘이 마음 편히 사는 쪽이 낫다고 생각한다. 겨우 나 혼자의 생활이 안정되려 할 즈음에 둘이 찾아와서는 언제까지고 똑같은 일만 되풀이한다. 토오꾜오서 갈라서면 니 새아부진 그날로 당장 힘들 기다, 하며 어머니가 다시 툭 말을 던진다. 나는 너무 볶아서 타는 냄새가 나는 냄비를 부엌으로 가져갔다. 어머니는 깜짝 놀란다. 뭘 만들어도 망쳐버리는 어머니의 요리가 마음에 들지 않는다. 나는 활활 타는 화롯불에 재를 덮고서 법랑 주전자를 올린다.

"와 그라노. 니 도시락 반찬 만들어줄라 카는데……"

나는 그런 새까만 비지 반찬이 어떻게 되든 상관없었다. 말없이 누워서 옷으로 머리와 얼굴을 덮어쓰고 있는데, 어머니가 갑자기 코를 심하게 훌쩍이면서 우리가 귀찮으면 오늘밤에라도 당장 짐을 싸서 돌아가겠다고 한다. 면으로 된 안감 자락에서 가을 냄새가 난다. 오오, 이 냄새. 계절의 냄새, 위안의 냄새. 옷을 덮어쓴 채 눈을 뜨니까 무명 키모노의 잔잔한 사각무늬가 불에 비쳐 보였다. 니는 와 아부지가 싫노? 어머니가 울면서 묻는다. 나는 엄마보다 스무살이나 어린 남자를 아버지라고 부르게 하지 말라고 하면서 대들었다. 어머니는 신음을 하다가 엎드린다. 니한테도 어쩔 수 없는 사정이란 게 있을 긴데…… 남자 복이 없는 건 너도 마찬가지라고 한다.

"니는 여덟살 때부터 느그 새아부지가 키워줬다 아이가. 십이년이나 신세 지고 이제 와서 아부지가 싫다고 할 수는 없데이."

"날 키워준 건 아니잖아예."

"고등학교도 보내줬는데……"

"고등학교? 무슨 말이라예. 학교는 내가 범포 공장에 나가면서 다닌 거 몰라예. 여름방학 때는 식모살이도 하고 행상도 다니면서, 나는 내 몫을 벌었어예. 학교를 졸업하고 나서도 조금씩 돈을 보낸 거 잊었어예?"

하지 말아야 할 말을 나는 옷을 덮어쓴 채로 고래고래 큰 소리로 했다.

"니는 참말로 무서운 아다……"

"그래, 인자 이렇게 지지고 볶고 사느니 부모 자식의 연을 끊고 어무니는 새아부지하고 어디라도 가이소. 나는 내일부터 몸을 팔아서라도 내 일은 내가 알아서 해결할 거라예."

소맷자락으로 눈물이 쏟아졌다. 아버지의 게따 소리가 나서 나는 벌떡 일어나 뒷문을 통해 강가로 나가 걸었다. 하얀 우윳빛 안개가 피어오르면서 벌판 여기저기 인가의 불빛이 어른거렸다. 동네라고 하지만 토오꾜오에서 여기는 변두리 중의 변두리로 무밭의 흙냄새가 달콤하게 난다.

어딜 갈 만한 곳도 없다.

히가시나까노의 상자같이 작은 역으로 가서 낚시터 덤불길 쪽으로 걸어가본다. 역 앞 큰 술집만이 밤안개 속에서도 환한 불빛을 발하고 있다. 별이 반짝반짝 빛나고 있다. 꾹 참는다. 모든 것을 꾹 참는 거다. 여차할 경우 코오후행 기차에 치여 죽는 일마저 번거롭고 씁쓸하다는 상상. 하지만 하느님, 지금은 이대로 죽을 수는 없어요.

(11월 ×일)

호우. 지면을 쓸어버릴 정도의 폭우. 옷자락을 걷어올리고서 회사로 갔다. 이께다 씨는 벨벳 깃이 달린 감색 줄무늬 비옷을 입고 왔다. 아주 멋진 비옷이었다. 오늘은 도시락이 없었다. 점심때 빗속을 뚫고 롯뽄기까지 가서 메밀국숫집에서 메밀국수를 먹고 국수 삶은 물을 연거푸 달라고 해서 마셨다. 걸쭉한 국수 삶은 물에 고춧가루를 타서 마셨다.

롯뽄기의 헌책방에서 오오스기 사까에의 『옥중기』와 마사끼 후조뀨우가 편집한 『요쯔야 문학』 지난 호와 토오손의 『아사꾸사 편지』라는 에세이, 이 세권을 80전에 샀다. 『옥중기』는 너덜너덜했다.

토미따 씨가 아자부에 있는 에라주우라는 만담극장에 가자고 모두에게 권했지만 나는 비가 와서 거절하고 일찍 집으로 돌아왔다. 세찬 비가 하루 종일 계속 내린다. 이 비가 그치면 이제 겨울이 오겠지. 양말을 빨아서 화로에 걸쳐두고 말린다. 새아버지도 어머니도 빗소리를 들으며 멍하니 있는다.

좌우 어디로도 정하기 힘든 운명
비극은 그저 우스갯소리
대답을 기다릴 것도 없이
지금 내리는 비
그 양을 되로 측정하기는 힘들고
그저 상황을 가만히 지켜볼 뿐.

희생을 하는 건 아니다
불가능한 겨울 장미
고독과 신비를 벗 삼은 가난한 살림살이
사람은 혁명 책을 만들고
나는 하하하 웃는다
그저, 모든 게 우습다
고통을 직시하지 않는 성격.

자신의 운명을 헤쳐나가라고 하지만
운명은 식빵이 아니에요.
어디서부터 칼을 대면 좋을지
인생의 사냥은 힘껏 성대하게
코를 훌쩍이고
눈물을 삼키고
침을 삼키고
두 다리로 버틴다.

질서의 목표는 블루와, 블랙
가설假說 속에서 몰래 쥐를 먹는다
그 야릇한 맛과 향
아아 로맨스의 가설
모두에게 묵살당하고 내 피를 삼킨다
짜디짠 피를 조금씩 조금씩.

혁명은 번지르르 물컹거리는 양갱

우무, 우무, 우무의 찌꺼기

한사람이 고독하게 싸운다

다른 사람은 필요 없어요

가문이나 지방색으로는 밥을 먹을 수 없다.

야담을 쓸 생각을 하기 시작했다. 소오세끼풍의 사극. 토오손풍의 스릴리. 오오가이풍의 의협소설. 쩽그랑거리며 칼로 베는 끔찍함은 도저히 성미에 맞지 않지만, 파는 상품은 장식을 붙이고 자유자재로 변화해야 한다. 아꾸따가와의 「주마등」도 매력적이다.

오늘밤부터는 날씨가 추워서 부모 자식 셋이 한 이불 속에서 잘 수밖에 없다. 이불자락 안으로 다리를 쑥 집어넣고 싶은 기분은 들지 않았다. 아아, 이불 두장이 어디서 뚝 떨어지지는 않는 걸까. 너무나 춥다. 어머니와 아버지는 벌써 등을 돌리고 누워 코를 심하게 곤다.

전등을 아래로 끌어내린 뒤 펜에 잉크를 듬뿍 묻혀 종이 위에 뚝뚝 떨어뜨려본다. 좋은 생각이 떠오를 것 같으면서도 좀체 영감이 떠오르지 않는다.

지친 이 가난한 노부부의 잠든 모습을 옆에서 보니 가슴이 미어진다. 벽 옆으로 전등을 옮겨달고 작은 상 앞에 앉는다.

두어 페이지 쭉 시만 쓰고 야담은 한줄도 못 쓴다. 시끄럽게 함석지붕을 때리는 빗줄기 때문에 머리가 터져버릴 것 같다. 운명을 다한 워털루.

너나 나나 남자 복은 없다는 어머니 말을 떠올리며 문득 '남자복'이라는 제목의 소설을 써보고 싶기도 했지만, 그것도 씁쓸하고 바보스러워서 그만둔다.

잡초 근성의 사생아에게 남자 복이라니 입에 올리기도 민망하다. 『이세 이야기』는 아니지만, 옛날에 한 남자가 살았는데, 성질이 사나웠고, 거지를 비웃었지만 거지보다 못한 생활을 했기에 여자에게 같이 죽자고 한다. 여자는, 아니, 아니,라면서 타따미 위를 무릎으로 기어가서는 같이 자자고 한다. 그것만이 남자 마음을 흐려놓을 수 있다는 생각으로, 끈이라는 끈, 칼이라는 칼은 모두 치워버린다……

빗소리가 조금 잦아들었다.

(8월 ×일)

고가철도 아래를 지나간다. 덜컹덜컹 기차가 북쪽으로 달려가고 있다.

저 기차는 숨을 헐떡이며 어디로 가는 걸까? 이제 나는 싫다. 모든 게 싫다. 미적지근한 풀내가 섞인 바람이 불어온다. 어머니가 배가 아프다고 한다. 제방 위로 올라가 잠깐 쉬시라고 해본다. 정로환이 먹고 싶다지만 오오미야까지는 멀다.

햇볕이 쩅쩅 내리쬔다

참 어떻게 이렇게까지 햇살이 따가울까 싶다. 어디서 산비둘기가 운다. 등짐에 기대어 잠시 쉰다. 오늘밤은 오오미야에서 묵고 싶긴 하지만 참고 집에 돌아가려면 갈 수도 있다. 여하튼 물건이 잘 팔리지 않아 힘이 빠진다. 눈을 감으니 무지개가 보일 정도로 피곤하고 지끈지끈 이마에 열이 난다. 수건으로 얼굴을 덮는다. 어머니는 웅크리고 앉아서 조금 힘을 주어볼까라고 한다. 사흘이나 변을 보지 못해 왠지 머리가 쪼개질 것 같다고 한다.

"엄살 부리지 말고 저기쯤에서 편안히 힘을 좀 줘봐요."

"알았다. 종이는 없냐?"

나는 짐 속에 든 신문지를 꺼내 찢어서 어머니에게 드린다. 설상가상. 유령 같은 운명이라는 녀석에게 놀림만 당하고 있다. 두고 봐. 그 운명 따위 때려부숴버릴 거야. 너무 괴롭히지 마, 이 자식아! 나는 파란 하늘을 향해 남자처럼 욕을 내뱉었다. 나는 이런 삶이 싫다. 싱그러운 바람이 불어온다. 그것도 인색하게 조금씩 불어온다.

어머니는 옷자락을 획 걷어올리고는 수풀 속에 웅크리고 앉는다. 작아서 주먹만 하다. 죽어버려요. 뭣하러 살아 있어요. 몇년을 살아도 마찬가지예요. 너는 어때? 살고 싶어. 죽고 싶지는 않아…… 남자에게 사랑도 좀 받고 밥도 실컷 먹고 싶어요.

매미가 울어댄다. 아아, 이렇게 논밭이 드넓은데 다들 낮잠 자느라 행상 따위는 쳐다보지도 않는다. 풀밭에 드러누우니 온몸이 땅속으로 꺼져들어가는 것 같다. 제방 위로 또 화물열차가 지나간다. 석재를 싣고 지나간다. 목재도 실려 있다. 토오꾜오에서는 공사가 한창이다. 저런 돌을 싣고 가면 저 돌 위에서는 누가 살까?

누워서 휘파람을 불어본다.

"아직이에요?"

한번씩 어머니에게 말을 걸어준다. 인간이 쪼그리고 앉은 모습은 나라님이라도 쓸쓸하겠지. 황후도 저렇게 쪼그리고 앉을까. 금젓가락으로 집어 깃털이불에 싸서는 맑은 물에 풍당 떨어뜨릴지도 모르겠다.

너와 난 마른 억새, 꽃이 피지 않는 마른 억새…… 큰 소리로 노래를 불러본다. 정말 매력적인 목소리지만 듣는 사람이 없는 한낮이라 안타깝구나. 질식할 것 같다고 했지만 이렇게 공기가 많으니 기분이 좋아지지 않을 수 없다. 그저 공기만이 운명의 은혜다.

절세미인으로 낳아주지 않은 것은 어머니 잘못…… 어디에나 있을 법한 여자 따위 세상 사람들은 쳐다보지도 않는다.

"아이고, 인자 나왔다."

"많이?"

"그래, 많이."

어머니는 일어나 천천히 옷을 내린다.

"진짜 경치 좋네."

"이런 곳에 오두막이라도 짓고 살면 좋겠어요."

"근데, 밤에는 외롭겠다……"

용변을 봐 기분이 좋아졌는지 어머니는 내 옆으로 와서 이 빠진 셀룰로이드 빗으로 머리를 빗겨준다.

오오미야에 가서 목욕을 하고 싶다. 게따를 벗으니 끈 자국 말고는 코끼리 발처럼 더러운 발. 젊은 여자 발이라고 할 수가 없다. 발톱은 길고 발가락 사이에는 먼지가 잔뜩 끼어 있다. 나도 용변을 보러 간다. 가랑이 사이로 쓱 바람이 들어온다. 맨다리는 느낌이 좋다. 너무 살이 쪄서 이 넓적다리 둘만으로도 30킬로그램은 나가겠지. 눈 아래로 자전거가 지나간다. 따끈따끈한 현미빵을 파는 장수다. 내가 다리를 벌리고 있는 것도 모른 채 구슬처럼 길을 달려간다. 풀이 젖는다.

다시 등 뒤로 기차가 지나간다. 땅울림이 발바닥에 전달되어 기분이 좋지 않다.

오오미야에 도착한 때는 3시. 날이 무척 덥다. 채소 가게 앞에 있는 오이 무더기. 맛있어 보이는 것으로 두 개 사서 어머니와 베어먹는다. 소금이 있으면 더 맛있을 텐데. 둘이 길 양편으로 나뉘어

집집마다 말을 하며 지나간다.

"얇은 셔츠와 잠방이 사세요. 싸게 드릴게요."

아무도 응답하지 않는다. 어머니가 건축자재상 앞에 앉아 있다. 뭔가 팔고 있는 것 같다. 서른군데나 다녀본다. 드디어 제재소에서 물건을 보여달라고 한다.

머리에 수건을 동여맨 남자 셋이 땀을 닦으면서 다가온다. 나는 재빨리 목재 위에 짐을 펼친다. 톱밥 냄새가 싱그럽다.

"오오사까에서 사온 거라 아주 싸요. 수출하고 남은 거예요."

"언닌 살이 참 탐스럽게도 쪘네. 남편 있어?"

나는 속으로 흠 하고 웃는다. 내게 무엇이 있는지 나 자신도 제대로 알 수 없으니까요. 한벌에 3엔 50전 하는 것을 50전이나 깎아주고 세벌을 판다. 잠시 하느님께 감사드린다. 다니다보면 횡재도 하는 법. 다시 짐을 지고 길모퉁이를 돈다. 어머니의 모습은 그림자도 보이지 않는다. 어차피 오오미야 역에서 만나면 된다.

오오미야는 정말 재미없는 곳이다.

토오꾜오로 돌아온 때는 7시경. 비가 내리고 있었다.

쏴 내리는 빗속을 금붕어처럼 요리조리 피해 강가 동네로 돌아왔다. 오늘은 15일. 몽당 양초에 불을 붙인다. 개구리가 운다. 숯이 없어서 근처 숯 가게에서 20전어치 한무더기를 사와서 밥을 짓는다. 이웃 과자 가게 이층에 있는 학생이 대정금을 켜고 있다. 어디서 메밀국수의 맛국물을 끓이는 냄새가 난다. 위가 꾸르륵거려서 견딜 수가 없다. 이 세상에 기적은 없다. 황족으로 태어나지 않은 게 실수…… 나는 총리대신에게 러브레터를 보내볼까 한다. 밤에 고골의 「코」를 읽었다. 코가 외투를 입고 방황한다. 그러고는 부득이 독자에게 한심스럽게 아양을 부리고, 거짓을 담은 생각이 허공으로 사라진다.

괴로우면 괴로운 만큼 보람찬 무언가가 있다. 편안한 인생을 얻고 싶기 때문에 가끔 싫은 일도 할 수밖에 없는 것이다. 이렇게 무심하게 살아갈 수는 없다. 내게도 그런 엄청난 때가 찾아올까…… 이대로 그저 가난이 계속 이어지는 걸까? 돈만 있으면 뭐든지, 어떻게든 되는 걸까? 덧없는 세상이다. ─이런 주제에 뭘 생각하는지, 나도 나 자신을 잘 모르겠다. 정직하고 성실하고 인정이 깊고, 그게 바로 가난뱅이의 초라한 근성이다…… 아무것도 없으니까 하다못해 정직하게 벌벌 떨고, 돈 계산만 한다. 이웃집 대학생은 대정금을 켜면서 부모가 보내준 돈으로 고깃집 여자와 사랑을 나눈다. 참 좋은 팔자다.

둥근 달밤에 솎음배춧국에다 하얀 쌀밥이라니 벤께이[143]의 이상은 참 소박하다. 네, 하지만 저는 벤께이의 이상과 방식이 아주 사치스럽다고 생각해요. 저는 다른 사람과는 인연이나 연줄이 없어요. 나 혼자만의 삶. 30킬로그램이나 되는 무거운 넓적다리를 흔들며 가끔 남자 생각을 한다. 누구 좋은 사람 없을까? 단 열흘만이라도 배불리 먹여줄 사람은 없을까 생각한다. 왜냐하면 이렇게 가난하게, 벼룩에게 온몸을 물어뜯기면서 살 수는 없기에. 정말이지 난 태어나지 말았어야 하는 그런 부류의 여자니까…… 나는 말(馬)이랑 부부가 돼도 괜찮다고 생각해. 정말이지 방해만 되는 무거운 몸뚱어리는 필요 없어. 코로만 걸어다니고 싶은 심정이야. 고골도 이런 심정에서 소설을 장황하게 쓴 게 틀림없어.

---

143 역사적 인물로 힘센 장수를 대표함.

언제 잠든지도 모르게
조용히 잠들어 꿈을 꾼다
그저 먹는 꿈 남자 꿈
아주 잔혹한 우스갯소리 꿈
귓속에서 박자를 맞추려는 욕망
윙윙 활이 운다
밥공기 그리고 중국인 꿈

달려가고 내쫓기고
태연히 까마귀처럼 운다
살찐 주제에 가끔씩 울고 싶다
누구에게 상처 하나 입힌 적 없는
비실비실한 생쥐의 푸념
남자랑 자고 싶어하는 기형적인 더러운 마음
하루하루 먹고산다면
우선 학자는 논문을 쓴다
그럴 테지만

나는 진열장을 바라보면 되는 거야
모두 손에 들어 보여줄 힘이 샘솟는다

(8월 ×일)

　시따야의 네기시로 풍령을 사러 가서 둥근 모자 상자 안에 풍령을 넣고 네모난 큰 짐을 지고 걷는다. 납작한 유리구슬에 은도금을 한 것이 한 다스에 84전. 이걸 물망초에 매달고 색종이 카드를 달아서 판다니 우스운 얘기다. 땀에 흠뻑 젖어 왠지 기분이 좋지 않다. 화창하게 맑은 하늘. 무거운 코오보오 대사大師를 업어서 짓눌린 것처럼 덥다.

밤. 무일푼으로 새아버지가 상경.

히로시마와 오까야마에서도 장사는 불경기라고 한다.

나는 부모로부터 벗어나 살고 싶다. 함께 사니 완전히 지쳐버릴 것 같다. 마음속으로는 항상 우발적인 살인을 생각한다. 범인이 된 것 같은 공포에 조금씩 시달린다. 나도 죽어버리면 된다고 생각하지만, 인간은 이런 희귀한 심리 속으로 쉽게 뛰어들지 못한다. 편안히 살려면 매일 최소한의 식량이 있어야 가능하다. 자주 심리적인 딸꾹질에 시달린다. 생각의 결과는 돈이 필요하다는 것이다. 돈만 있으면 단순한 생활이 몇년은 지속된다. 앞으로 좋은 일이 있을 것 같지 않다. 충분히 만족하는 마음을 갖고 있지도 않다. 앞에 있는 짐마차 집에서 술주정뱅이의 노랫소리가 들려온다. 화약처럼 폭발하고 싶다. 그 엄청난 대지진은 한번 더 일어나지 않는 걸까? 어딜 가나 맛있는 빵이 진열되어 있다. 먹어본 적도 없는 푹신푹신한 빵. 하얀 살갗의 만질 수도 없는 빵.

밤늦게 함순의 『굶주림』을 읽는다. 아직 그 정도 굶주림은 천국이다. 생각하는 것이나 다니는 것이 자유로운 나라에 사는 사람의 소설이다. 진화와 혁명이라는 말이 나온다. 내게는 지금 그런 인내심도 없다. 끈적거리는 갈망의 소용돌이 속에서 아무 생각 없이 살아갈 뿐이다. 겨우 질식에서 벗어나 있을 뿐이다. 분하면 칼로 아무데나 낙서하고 싶은 이런 삶을 하느님은 아십니까…… 그저 이렇게 손으로 풍령을 물망초에 매단다. 아주 시원스럽게 보인다면서 사가는 사람들의 모습이 어른거린다. 이제 어떻게든 인생에 대해 생각해봐야겠다.

　밤늦게 풀이 죽은 채로 강가 마을을 걷는다. 옷자락을 걷어올리고 말없이 걷는다. 별은 눈에 들어오지도 않는다. 별 따위, 모두 내 눈에서 흘려버린다. 그뿐이다. 옷자락을 걷어올리고 걸었더니 지나가는 사람들이, 미친 여자인가보다 하며 옆으로 살짝 피해 간다. 나는 히죽히죽 웃는다. 남자가 오면 일부러 그쪽으로 터벅터벅 걸어가본다. 남자는 황새걸음으로 성큼성큼 도망간다. 마음속에는 질풍노도가 치고 있지만 살면서 세계의 다른 점을 알게 되었다. 나 이외의 사람들이 움직이고 있고 그 사람들이 모두 음울하게 보인다.

　나는 언제라도 몸을 팔 수 있다는 비열한 나 자신의 돌발적인 마음에 놀란다. 뭐 놀랄 것도 없지만 사소한 동기에서 언제든 자신을 포기하고 던져버릴 싹이 있는 것이다. 더위 때문인지 나는 점점 원시적으로 되어 하다못해 오늘밤만이라도 무난하게 보낼 수 없다면 초조해진다. 괴로움은 어디에나 굴러다니고 있다고 여기면서도 창밖의 불빛을 보면 돌을 던지고 싶은 것은 왜일까?

　작은 제한 속에서 살아가는 것뿐이야. 거기서 나올 수도 안으로 들어갈 수도 없어. 예수 그리스도의 말씀이다. 그리스도가 베들레헴 태생이라는 건 이상하다. 예수 그리스도는 정말 옛날에 살았을까? 본 사람도 없고 도움을 받은 사람도 없다. 부처님도 이상하다.

　태양과 달을 신으로 모시는 외로운 섬나라 인종이 훨씬 현실적이고 진실성이 있는 거야. 신이라는 건 고작 인간의 모습을 하고 있는 만큼의 희극. 이런 환경의 답답함을 누구 하나 의심하는 사람이 없다.

(8월 ×일)

오늘은 손 있는 날이어서 장사를 나가도 좋을 게 없다며 어머니와 새아버지는 늦잠. 맴맴맴 매미가 덥고 짜증스럽게 울어댄다. 앞쪽의 작은 외양간에서는 짐수레에 흰 비지를 산더미처럼 싣고 있는데 파리가 깨처럼 달라붙는다. 비지가 먹고 싶다. 파를 넣고 기름으로 볶으면 맛있는데.

집에 있는 게 싫어서 혼자 보따리를 지고 나온다. 딱히 좋을 게 없다지만 매일이 손 있는 날인데 오늘처럼 날씨 좋은 날을 놓치는 것도 우습다. 오오꾸보로 가서 정수장에서부터 담배 전매국을 지나 신주꾸까지 걸어간다. 푹푹 찌는 무더운 날씨다. 누께벤뗀 신사 쪽으로 가서 한집 한집 다녀보지만 얇은 잠방이 따위를 사주는 집은 없다.

요쪼오 마찌 쪽으로 가서 뜨거운 태양 아래를 어슬렁어슬렁 걷는다. 거북이처럼 기어다니는 내 그림자가 아주 우습다. 미야께 야스꼬[144] 씨 집 앞을 지나간다. 대단한 여자임에 틀림없다. 문 앞의 돌계단에 앉아 잠시 쉬어본다. 미야께 씨는 아침도 먹지 않은 여자가 자기 집 문 앞에 앉아 있다고는 생각지도 못할 것이다. 문 안쪽에서 남자애가 놀고 있다. 머리통이 큰 아이다.

와까마쯔 초오로 와서 다시 정처 없이 좁은 골목 안을 돌아다녀본다. 배가 고파 도저히 걸을 수 없다는 막연한 생각에 사로잡힌다. 우선 더워서 정신이 혼미해지는 것 같다. 우무라도 먹고 싶다.

등이 온통 땀에 젖고 다리로 땀방울이 흘러내린다. 하숙집에도 들어가보지만 학생들은 모두 고향에 돌아가고 아주 한산하다.

---

144 작가이자 평론가(1890~1932). 1923년 잡지 『우먼 커런트』를 창간했다.

뭣 때문에 이런 곳까지 왔는지 도무지 모르겠다. 진실을 말하자면 장사보다 그저 나의 감상적인 기분에 이끌려 걸으려는 속셈 때문이었는지도 모르겠다. 걸어도 좋은 일이 없다는 사실이 나를 슬프고 힘들게 만들어서 나는 심약하게 게따를 질질 끌며 걷는다. 집에서 부모의 얼굴을 마주하고 싶지 않다는 그런 이유도 있다. 한 이불 속에서 계속 껴안고 자는 부모의 얼굴이 보기 싫었다. 고상해지고 싶어도 그럴 수가 없다. 부모가 성가셔 견딜 수가 없다. 어디 혼자 가서 혼자 살고 싶다. 아아, 그런 생각을 하면서 걸으니 또 눈물이 뚝뚝 흐른다. 짠 눈물을 혀로 핥다가 금방 태연하게 다시 등짐을 흔들거리며 걷는다. 달팽이처럼 땅딸막한 내 그림자. 목욕탕에 가서 개운하게 머리를 감는 몽상. 목에서 가슴까지 우둘투둘한 땀띠 딱지로는 아무것도 할 수 없다.

코이시까와에 있는 하꾸분깐에 언젠가 한번 소설을 가지고 갔지만 소설 현상공모는 현재 하고 있지 않다면서 거절당한 적이 있다. 그러나 시마다 세이지로오는 정말 머리 회전이 빠르다…… 장사도 안되고 글도 안 써지면 유곽에서 몸을 팔 수밖에 없다. 미요시노에서 세모난 콩떡 한접시를 사서 먹는다. 미지근한 찻물이 꿀꺽꿀꺽 목구멍으로 넘어간다.

변함없는 천박한 취미. 겁쟁이에다 소심한 주제에 무슨 은혜를 기다리는 이 정신상태. 은혜를 받으려는 일념으로 사는 것이다. 저기요, 나는 '저기요'라는 소설을 쓰고 싶다. 베르터의 슬픔과 조금도 다르지 않는 그런 것. 쾌적한 리듬으로 베르터의 글은 흘러간다. 너무나 달콤하고 매혹적인 글이다. 나는 더욱 증오심을 가지고 남자를 생각한다. 거짓말투성이에서 문학이 태어난다. 보여주기 위한 뻔뻔스러움으로 작가는 이야기한다. 음탕하고 인자한 스타일로

풋내기 독자들을 속인다. 짜증스럽지 않나요?

차라리 칸다의 직업소개서로 가서 다시 그 분홍색 카드의 여자
가 되어볼까 하고 생각한다. 한달에 30엔만 있으면 조용히 글을 쓸
수 있다. 타따미에 엎드려 스무장에 8전 하는 원고지를 몽땅 써버
리는 쾌락. 가끔 독한 브랜디도 한잔 기울이면서 야숙의 꿈을 이루
는 디오게네스의 현실. 재미도 없는 이 일상에서 제대로 벗어나고
싶다.

증기를 칙칙 내뿜으면서 살아야 해…… 해님! 왜 이렇게 쨍쨍 뜨
겁게 내리쬐어 괴롭히시나요? 덥다. 정말이지 더워서 죽을 것 같
다. 어디 큰 물웅덩이는 없을까? 고래처럼 바닷물을 내뿜고 싶다.

한푼도 벌지 못하고 저녁에 귀가.

양배추에 쏘스를 뿌려 보리밥을 먹는다. 새아버지는 고사리 장
사를 나가고 없다. 어머니는 속곳 바람으로 빨래. 나는 알몸이 되어
우물물을 뒤집어쓴다.

『소녀화보』에서 원고가 반송되어왔다.

혀를 쏙 내밀며 봉투를 뜯어본다.

'기적의 숲'이라는 허풍스러운 제목을 붙여도 원고가 의외로 되
돌아온다. 정말 기적은 있을 수 없다. 신앙심이 깊은 가난한 소녀가
팔레스타인 땅을 지배한다는 이야기 따위는 개한테나 주는 편이
낫지, 잘난 척 세계 제일의 글이라 생각한 것도 한순간. 아아, 이 자
긍심도 나비처럼 비에 젖고 말았군요.

우물물을 뒤집어쓰고 활활 불타는 몸으로 타따미에 엎드려 조
금이나마 앞으로의 일을 생각해본다. 불빛을 쫓아서 모기와 딱정
벌레가 날아든다. 무엇보다 시끄러운 건 모기 군단의 습격.

오래된 『문장클럽』을 꺼내 읽는다. 소오마 타이조오의 신주꾸

유곽 이야기가 재미있다. 부인은 토리꼬라고 하는데 문장으로는 미인인 것 같다.

아아, 세상은 넓다. 매일 뭔가 맛있는 것을 먹고 부부끼리 느긋하게 야시장 구경을 다니는 세계도 있다.

이것도 저것도 쓰고 싶다. 산처럼 쓰고 싶지만 내가 쓴 건 한장도 팔리지 않는다. 그뿐이다. 이름 없는 여자의 비뚤어진 한마디. 어떤 길을 가야 카따이[145]가 되고 슌게쯔가 되는가? 사진 같은 소설[146]이 좋다고 한다. 있는 것을 있는 그대로, 우스꽝스러운 세상이다. 가끔 무지개가 보인다는 소설과 시는 필요 없는지도 모른다. 굶어서 무지개가 보인 것이다. 아무것도 없으니까 천황님의 마차에 가까이 가고 싶은 거다. 진열장에 갓 구운 빵이 있다. 누구 배 속으로 들어갈까?

알몸으로 뒹굴면 기분이 좋아진다. 모기한테 물려도 괜찮다. 나는 꾸벅꾸벅 졸며 이십년 뒤의 일을 상상한다. 그런데 아무것도 이루지 못한 채 계속 행상을 한다. 아이를 대여섯명이나 낳는데, 남편은 어떤 남자일까? 성실하면서 어쨌든 밥을 굶기지 않는 사람이라면 좋겠다.

모기한테 심하게 많이 물려서 다시 땀 냄새 나는 인견 옷을 입고 타따미 위에 새우등을 하고는 글을 쓴다. 아무것도 쓸 것이 없지만 갖가지 문자들이 머리에 떠오른다. '2전짜리 동전'이라는 제목의 시를 쓴다.

　　파란 곰팡이가 낀 2진짜리 동전아

---

145 타야마 카따이(田山花袋, 1872~1930). 소설가.
146 리얼리즘 기법의 자연주의 소설을 가리킴.

외양간 앞에서 주운 2전짜리 동전
크고 무겁고 핥으면 달고
뱀이 구불거리는 무늬
1901년 출생의 각인
먼 옛날이네
나는 아직 태어나지도 않았다.

아아, 너무나 행복한 감촉
무엇이든 살 수 있는 감촉
겉이 얇은 만주우도 살 수 있고
큰 알사탕이 네개야
재로 닦아 반짝반짝 광을 내고
역사의 때를 씻어내고
가만히 내 손에 올려놓고 바라본다

마치 금화 같다
반짝반짝 빛나는 2전짜리 동전
문진文鎭으로도 써보고
알몸 배꼽에도 올려보고
사이좋게 놀아주는 2전짜리 동전아.

작품해설

서민의, 서민에 의한, 서민을 위한 문학

1

『방랑기』는 하야시 후미꼬의 출세작이자 대표작이다. 고등여학
교 졸업 후 연인을 따라 상경한 무렵부터 평생의 반려자인 테즈까
마사하루(手塚綠敏, 1902~89)와 결혼한 23세까지 약 5년 동안 기록
한 노트 약 여섯권 분량의 「노래일기(歌日記)」가 그 원본이다.

사적인 일기에서 베스트셀러로 탈바꿈한 데는 후미꼬의 재능을
간파한 대중소설가 미까미 오또끼찌(三上於菟吉, 1891~1944)의 공
이 컸다. 미까미는 아내이자 작가인 하세가와 시구레(長谷川時雨,
1879~1941)가 주재하던 잡지 『여인예술(女人芸術)』에 일기를 게재
하도록 권했고, '방랑기'라는 제목도 직접 붙였다고 한다. 그리하
여 일기에서 임의로 발췌한 글을 1928년 10월부터 20회에 걸쳐 연
재하게 되었다.

1930년 7월 카이조오샤(改造社)는 신예문학총서를 내면서『여인예술』에 연재된 원고를 모아 단행본『방랑기』를 출간했다. 첫번째『방랑기』는 나오자마자 절찬리에 팔려나갔다. 그런 여세를 몰아 단행본 발간 이후『여인예술』에 연재된 내용에 새로 집필한 부분을 더한『속 방랑기』가 같은 해 11월에 카이조오샤에서 간행되었다. 이것이 이른바 '초판'으로 도합 60만부가 팔린 엄청난 베스트셀러가 되었다.

1939년 신쪼오샤(新潮社)에서 낸『방랑기 결정판』은 말 그대로 '결정판'을 내걸고 나온 '개정판'이며 이때 후미꼬는 대폭적인 개고를 했다. 초판에는 자연스럽게 야성미가 풍겨났다면 개정판은 구성의 측면에서 훨씬 정연한 형태를 띤다고 얘기된다. 그리고 1947년 5월부터 문예지『일본소설(日本小説)』에『방랑기』제3부의 연재가 시작되어 1948년 10월까지 이어졌다. 후미꼬 자신이 발매금지를 두려워하여 스스로 삭제했던 부분이 중심이었으며, 이는 1949년에 이르러 단행본『방랑기 제3부』(留女書店)로 간행된다.

후미꼬의 사후에 출판된 대부분의『방랑기』는 개고 후, 즉 개정판의 1, 2부와 함께 전후에 나온 3부를 합친 것이다. 특히 1979년 신쪼오샤가 낸『신판 방랑기』는 3부를 합친 첫 정본으로 자리매김을 하게 된다. 물론 15종의 판본 중에는 카이조오샤에서 나온 초판을 저본으로 삼는 경우도 적지 않으며, 2012년에 나온『하야시 후미꼬 방랑기 복원판』(論創社)의 경우는 치밀한 교정을 거쳐 전쟁과 검열에 의한 복자를 복원함과 동시에 4부(미완) 체제로 구성되어 있는 것이 특징이다.

그러나『방랑기』는 현재와 같이 3부 구성을 갖추고 있는 경우가 대부분이다. 그런데 출간 경위와 시차로 인해 3부라는 체제 자체는

실질적으로 그다지 의미가 없다. 평론가 오다기리 히데오(小田切秀雄, 1916~2000)가 적확하게 지적했듯이 각각의 부는 "내용상으로 완전히 같은 시기의 생활과 내면성의 표현을 지니고 있어 5년 동안 쓴 것을 이른바 기계적으로 3등분한 형태"가 되고 만 것이다. 더구나 원본 격인 「노래일기」는 발표되지 않은 부분을 남긴 채 후미꼬 자신이 폐기한 것으로 보이는데, 확인된 바는 없다.

2

"나는 숙명적인 방랑자다. 내게는 고향이 없다"란 말이 첫 페이지에 등장하는 『방랑기』는 출간과 더불어 처음부터 굉장한 대중적 인기를 누렸으나 문단의 평가는 그리 높지 않았다. 그러나 1980년대 후반 들어 페미니즘에 입각한 분석이 이루어지면서 비로소 문학적 가치를 인정받기 시작했다. '가족'이나 '집'에 결박되는 '나'를 거부한 채 오로지 예술에 의한 자아실현을 추구해나가는 삶은 한 여성 작가의 선 굵은 '자기형성의 여정'과 겹쳐진다. 여성에게는 어울리지 않을 듯한 방랑의 삶과 파격적인 감성, 누구에게나 거리낌 없는 자유로운 창작이라는 장, 먹고살기 위해서 무엇이든 해내는 절박하고 튼튼한 생활력. 여성은 '가족'과 '집' 안에 들어앉아 있는 존재라 여겨지던 1920년대의 사회를 향해 던지는 통렬한 자기주장이 『방랑기』이다.

후지 산은 일본의 상징이다
스핑크스다

꿈 많은 노스탤지어다
악마가 사는 대비전이다.

　(…)

후지 산이여!
너에게 머리를 숙이지 않는 여자가 홀로 여기 서 있다
너를 비웃는 여자가 여기 있다. (141~42면)

"일본의 상징"인 후지 산에게 당당하게 "머리를 숙이지 않고" "비웃는 여자가 여기 있다"라고 외치는 장면을 상상하는 것만으로도 후미꼬의 면모를 엿보기에 충분하다. 여성이자 방랑자로서 이중으로 멸시되는 존재임을 자각하고 동시에 이를 단호히 박차고 나아가려는 강력한 자의식과 기개가 읽힌다. 총 3부에 걸쳐 쉼 없이 생을 향한 불굴의 투지를 발산하는 『방랑기』이기에 근 100년 동안 일본 독자들을 사로잡을 수 있었을 것이다.

『방랑기』는 또한 20세기 초부터 1920년대까지 일본 사회의 실상을 있는 그대로 보여주는 역사의 보고이기도 한데, 후미꼬 자신이 전전했던 도시 하층민의 고단한 삶이 오롯이 녹아 있다. 그리고 찢어지게 가난한 삶과 문학을 향한 왕성한 열정이 어우러지는 기이함을 느껴볼 수도 있다.

저녁에 금성으로 출근. 여자는 나를 포함해 세 명. 내가 가장 젊다. 네흘류도프를 만날 수는 없을까 하고 생각한다. 걱정 없는 표정으로 "네"라고만 해야 한다면, 조금 통통한 얼굴이지만 상당한 짓궂음으로 팁을 벌어야 한다. 아아, 팁이 뭐지? 거지와 마찬가지다.

(…) 생면부지의 손님을 상대로 2엔의 수입을 올림. 어쨌든 최고의

기쁨. 진창길의 야시장 헌책방에서 『체호프와 똘스또이의 회상』을 50
전에 사다. 1924년 3월 18일 인쇄. 아아, 언제쯤 나도 이런 책을 낼 수
있을까⋯⋯ (372~73면)

그 시절 후미꼬는 금성이라는 까페에서 웃음을 팔아 팁을 얻는
여급이었다. "거지와 마찬가지"로 팁을 벌어야 하는 힘겨운 현실
속에서도 끊임없이 내면에서는 문학을 향한 사투를 벌여나갔다.
드디어 팁으로 손에 넣은 2엔 중 사분의 일에 해당하는 50전을 '투
자'하여 『체호프와 똘스또이의 회상』을 사는 "최고의 기쁨"을 누
린다. 하루 숙박비 35전보다 비쌌지만 "아아, 언제쯤 나도 이런 책
을 낼 수 있을까"라는 기대감을 은근히 품으며 말이다.
  하지만 배고픔은 잊을 수도 도리질할 수도 없는 가차없는 현실
이었다. 후미꼬다운 문학은 그런 냉엄함 속에서 조금씩 자리를 잡
아나갔다.

  나는 아침부터 아무것도 먹지 못했다. 동화와 시를 서너편 팔아본
들 쌀밥을 한달 동안 먹을 수 있는 것도 아니다. 배가 고픔과 동시에
머리가 몽롱해져 내 사상에도 곰팡이가 슬어버린다. 아아, 내 머릿속
에는 프롤레타리아도 부르주아도 없다. 그저 흰쌀밥으로 만든 한줌의
주먹밥이 먹고 싶다.
  "밥을 먹게 해주세요." (95면)

가혹한 현실을 극복하는 성공담이 아니라 절망에 버무려진 희
망을 있는 그대로 직시하는 작품이라서 당대 독자들은 『방랑기』에
매료되었을 것이다. "밥을 먹게 해주세요"라는 외침은 지금도 그

리 생경하지는 않을 것이다.

한편 후미꼬의 방랑은 식민지배에 신음하다가 신천지 일본으로 건너간 조선인과도 만나게 된다. 후꾸오까 현 북부의 치꾸호오는 유수의 탄광지대로 일찍부터 조선인 광부가 많이 있던 곳이다.

그리고 나팔집이라 불리는, 열 가족이 한집에 사는 조선인 판잣집도 있었다. 거적으로 된 타따미 위에 마치 양파를 벗겨놓은 것처럼 벌거벗은 아이들이 뒤엉켜 놀고 있었다. (15면)

막장의 중노동은 누구에게나 힘겹다. 조선인들도 예외가 아니었고, 그런 조선인과의 만남은 보다 직접적이며 강렬했다. 동시에 느낄 수 있는 것은 일본 사회의 밑바닥에 놓여 있는 조선인에 대한 아무런 차별의식 없는 평온한 눈빛이다.

그때 뒤에서 "아재!" 하고 부르는 소리가 들려왔다. 떠돌이 광부 같았다. 아버지는 수레를 멈추고 "와요?" 하고 대답했다. 광부 두명이 기듯이 다가왔다. 이틀이나 굶었다고 했다. 도망친 거냐고 아버지가 물었다. 둘 다 조선인이었다. 오리오까지 가야 한다며 돈을 빌려달라고 몇번이나 머리를 조아렸다. 아버지는 말없이 50전 은화 두닢을 꺼내서 하나씩 쥐여주었다. 제방 위로 찬바람이 불고 있었다. 텁수룩한 두 조선인의 머리 위로 별이 빛나고 있었고, 이상하게 우리는 오들오들 떨고 있었다. 1엔을 받은 두사람은 우리 수레를 밀어주면서 마을까지 조용히 한참을 따라왔다. (18면)

일본 최하층에 속하던 조선인은 후미꼬의 작품에서 방랑자인 작가 자신 및 그녀가 방랑하면서 접한 일본 서민과 자연스럽게 연결된다. 그것이 후미꼬 문학의 매력 중 하나이다.

그리고 토오꾜오에 온 뒤 겪은 칸또오 대지진의 참상에서도 조선인이 잠깐이긴 하지만 등장한다. 교통편이 끊어진 거리를 걷다가 만난 대학생이 후미꼬에게 "교외에서는 조선인들이 큰일이라고 하던데요"라는(175면) 말을 하며, 후미꼬의 아버지는 "어젯밤에 조선인으로 오해받아 가까스로 혼고오까지 온 일"을(179면) 말하기도 한다.

3부는 전후에 간행된 만큼 정치적으로 사상적으로 '불온한 내용'을 많이 담고 있는데, 천황제에 관한 서술이 대표적이다. 작품에서 작가는 두번에 걸쳐 황실에 대해 언급한다. 먼저 토오꾜오의 긴자에서 황족이 지나갈 때이다.

4가에는 순경이 몇명 삼엄하게 서 있었다. 누군가가 황족이 지나가신다고 한다. 황족은 도대체 어떤 얼굴을 하고 있을까? 평민들 얼굴보다도 훌륭할까?

(…) 그 황족 부인은 어느 별에서 태어난 걸까? 가면처럼 하얀 얼굴에 눈은 아래로 뜨고 있었다. 뭘 잡숫고 어떤 생각을 하시며, 가끔은 화도 내실까? 그런 고귀한 분도 아이를 낳는다. 단지 그것뿐. 인생은 그런 거야. (395~96면)

두번째는 히로시마 현 오노미찌 시에 살 때 집에서 황족이 탄 기차를 보게 된 경우이다.

점심 지나 황족이 탄 기차가 통과한다며 선로 옆 빈민굴의 창문은 모두 밤까지 닫아놓아야 한다는 통지가 왔다. (…) 황족이 도대체 어떤 사람인지 나는 모른다. 아무것도 모르면서 존경해야 한다. (418~19면)

후미꼬는 황족이 누군지 모르기에 존경해야 한다는 당위에 물음표를 다는 한편 무정부주의와 황족을 같이 떠올리기도 한다.

무정부주의는 노래가 아니다. 그것을 바라는 마음이 이 세상 어딘가에 있긴 하지만…… 동화의 세계를 노리는 평화로운 짐승들의 이상적 세상. 나는 황족이 지나간다고 해서 하루 종일 문을 닫고 숨을 죽여야 하는 계급이다. 그리고 황족은 한순간에 구름 저편으로 사라지는 사람이다. 왜 그런 사람을 존경하면서 살아야 하는 걸까? (422면)

그런데 후미꼬의 무정부주의는 그리 과격하지도 위험하지도 않다. 3부 앞부분에서 "나는 무정부주의자다"라고(296면) 선언한 뒤 다음과 같이 쓰고 있다.

이런 답답한 정치 따위는 딱 질색이다. 인간과 자연은 함께 어울려 온종일 번식만 한다…… 그걸로 충분하잖아요. 고양이도 밤마다 애달프게 울며 돌아다닌다. 나도 그렇게 남자가 필요하다고 하면서 돌아다니고 싶다.

발에 차일 만큼 남자는 많다.

(…) 아침부터 물만 마셨다. 도둑이 되는 상상을 해본다. 여러분 모두 문단속 주의. 지금 나는 멋진 무정부주의자임을 자임한다. 엄청난 짓을 하려고 생각 중이다. (296면)

반면에 "멋진 무정부주의자" 후미꼬는 천황을 향해 '정치' 대신에 '인간'이라는 잣대를 아주 주저 없이 들이댄다.

> 이 도시에는 다양한 사람들이 모여든다
> 배고픔 때문에 타락한 사람들
> 수척한 얼굴, 병든 육체의 소용돌이
> 하층계급의 쓰레기장
> 천황 폐하는 미치셨다고 한다
> 병든 자들만의 토오꾜오! (300~01면)

"천황 폐하는 미치셨다"는 구절은 '임금님 귀는 당나귀 귀'라는 우화를 연상시킨다. 후미꼬의 이 시는 병치레가 잦았던 타이쇼오 천황과 제국의 수도라 불리던 토오꾜오를 향해 던진 가장 통렬한 비판이자 부정인지도 모른다.

천황제에 대한 후미꼬의 냉소적인 관찰은 당당한 자의식과 상통하는 동시에, 자기중심적인 무정부주의와의 조우와 교류로 이어지는 듯하다. 20세 전후라는 나이도 곁들여져서 왕성하게 무정부주의 작가들과 어울렸으며, 작품에서 보듯 시인 이꾸따 초오꼬오(生田長江, 1882~1936)를 만나 "저는 살해당한 오오스기 사까에를 좋아한답니다"라고(297면) 말하기도 했다. 하지만 어떤 사상이나 주의도 방랑자 후미꼬를 사로잡지는 못했으며, 작품이나 삶에서 이 이상은 찾기 어렵다. 어떤 면에서는 중일전쟁 발발 이후 후미꼬가 전쟁 수행에 협력했던 것도 이 연장선에서 나온 것이 아닌가 싶다.

3

전쟁이 끝나고 출판 상황이 회복된 1946년 벽두부터 후미꼬는 왕성한 문필활동을 재개해 『눈보라(吹雪)』『비(雨)』『목가(牧歌)』 등을 연재하기 시작했다. 세 작품 모두 농촌을 무대로 전쟁의 참상을 다루었으며 전쟁으로 인해 망가지고 파괴된 불행한 서민 군상과 그들의 삶을 그려내고 있다. 그 작품들에는 반전(反戰)이라는 메시지가 강하게 배어 있는데, 1938년 중국 한커우 공략전에 어느 문학자보다 앞장서서 종군했던 사실은 어디로 간 것일까?

사실 후미꼬는 자의식을 곰곰이 반추하는 유형의 작가와는 무관한 편이다. 이는 "내 머릿속에는 프롤레타리아도 부르주아도 없다. 그저 흰쌀밥으로 만든 한줌의 주먹밥이 먹고 싶다"라는 절규에서도 짐작할 수 있다. 당시의 감정에 충실하게 반응하고 행동하는 것이야말로 후미꼬다움이라고나 할까.

그래서 패전 후가 되면 전쟁에 협력했던 자신의 과거 모습과는 정반대로 반전파로 돌아서서 정력적으로 소설 집필에 매달릴 수 있었던 것이다. 전쟁 중에 이미 식민지배와 침략전쟁의 모순을 감지했다고도 할 수 있다. 경위야 어떻든 패전 후 후미꼬는 전쟁 때문에 손발을 다치거나 가족과 집과 재산을 잃은 사람들 문제에 매달렸고, 제대병·전쟁고아·과부 등의 일상을 바탕에 두고 전후의 새로운 얘기를 그려내고자 했다. 그런 작가의 고뇌가 스며든 작품들은 재차 서민들의 마음을 사로잡게 되었고, 전후에도 변함없이 후미꼬는 인기있는 대중작가의 한사람으로 남게 되었다.

패전 후 일본 문단에서는 시류에 편승하여 전후 민주주의의 기수로 표변해서는 평화와 자유를 부르짖는 경박한 작가도 적지 않았다. 어떤 작가는 전쟁에 협력했던 사실을 은폐한 채 슬그머니 '전후파'로 자칭하기도 했다. 그러나 후미꼬는 달랐다. 문단의 중심 내지 주류와는 결이 다른 치열한 행보와 작가정신은 전전이나 전후에도 변함이 없었던 것이다. 서민파 작가 후미꼬의 진가는 여기서 발휘되었다.

후미꼬의 문학적 향기를 음미하려면 응당 책을 읽어야 하겠지만, 그녀의 일상이 녹아 있는 장소를 찾아가는 것도 멋진 선택이다. 작가를 쫓아 방랑하듯이 말이다.

십대의 대부분을 살았던 히로시마 현 오노미찌 시에는 작가가 다닌 오노미찌히가시 고등학교와 문학비, 센꼬오지 절 등이 있지만, 역시 작가에게는 토오꾜오가 가장 핵심적인 공간이다. 그중에서 한곳만 꼽으라면 단연 무정부주의자의 아지트인 난뗀도오이다. 1920년에 1층은 서점, 2층은 까페 겸 레스또랑으로 개업한 곳이다.

오늘도 난뗀도오는 주정꾼으로 넘쳐난다. 츠지 준의 대머리에 입술 지국이 있다. 이시꾸시 오페라관에서 키무라 토끼꼬가 해준 입술 자국이라며 자랑. 모인 사람은 미야지마 스께오, 이소리 코오따로오, 카따오까 텟뻬이, 와따나베 와따루, 츠보이 시게지, 오까모또 준. (391면)

무정부주의자의 대부 오오스기 사까에 역시 작가인 그의 연인 이또오 노에(伊藤野枝, 1895~1923)와 함께 이곳의 단골이었다. 지금 그곳 1층에는 난뗀도오쇼보오(南天堂書房)라는 서점이 자리하고 있다. 토오꾜오 대학이 지척이다.

후미꼬를 기리는 기념관은 두곳이 있다. 먼저 소개하고 싶은 곳은 토오꾜오 신주꾸에 있는 신주꾸 구립 하야시 후미꼬 기념관이다. 1941년 8월부터 생을 마감할 때까지 후미꼬가 살았던 집을 개조한 것으로, 작품을 집필하던 서재 등이 당시 그대로 깔끔하게 보존되어 있다. 남편이 썼던 화실은 현재 전시실로 활용되고 있다. 그리고 후미꼬의 마니아라면 토오꾜오에서 일직선으로 150킬로미터 떨어진 하야시 후미꼬 문학관도 찾게 될 것이다. 후미꼬는 전쟁을 피해 1944년 8월부터 1945년 10월까지 나가노 현의 카꾸마 온천의 민가 2층에 머물렀다. 1층은 전시관으로 꾸며져 약 400점의 유품을 볼 수 있으며, 2층은 남편과 어머니, 양아들과 함께 살았던 당시 분위기를 유지하고 있다. 온천여관 관계자를 중심으로 조직된 '하야시 후미꼬의 문학을 사랑하는 모임'이 관리, 운영한다는 점이 눈길을 끈다.

『방랑기』의 유명세와 인기는 후미꼬의 생전인 1935년 영화 제작으로 이어졌다. 후일 일본 굴지의 영화사로 군림하게 되는 토오호오의 전신인 PCL영화제작소에서 감독 키무라 소또지(木村荘十二, 1903~88)의 연출, 청순파 여배우 나쯔까와 시즈에(夏川静江, 1909~99) 주연으로 스크린에 올려졌다. 후미꼬의 사후인 1954년에는 영화사 토오에이가, 그리고 1962년에는 타까라즈까 영화제작소가 후미꼬의 소설과 키꾸따 카즈오(菊田一夫, 1908~73)의 각색 희곡『방랑기』를 바탕으로 영화를 제작했다.

특히 1962년에 제작된 영화에서는 명감독 나루세 미끼오(成瀬巳喜男, 1905~69)가 메가폰을 잡았다. 나루세는 1951년의 「밥(めし)」을 시작으로 「방랑기」까지 후미꼬의 소설로 여섯편의 영화를 만들었다. 대표작은 1955년에 상영된 「뜬구름(浮雲)」이다. 소설『뜬구름』도 후미꼬 문학을 집대성한 것이라 평가된다.

한편 키꾸따가 각색한 희곡 『방랑기』는 1961년 완성되었으며, 10월 연극 무대에 올려져 큰 호평을 받았다. 주연 모리 미쯔꼬(森光子, 1920~2012)는 2009년까지 무려 2017회에 걸쳐 후미꼬 역을 맡았다. TV 드라마로도 1961년, 1974년, 1997년 세차례에 걸쳐 제작되었다.

한편 전쟁 찬미에서 전쟁 반대로 바뀌는 극적인 후미꼬의 생애에 초점을 맞춘 희곡작품도 있다. 진보적인 극작가 이노우에 히사시(井上ひさし, 1934~2010)가 쓴 『북 치고 피리 불며(太鼓たたいて笛ふいて)』가 그것이다. 이노우에는 패전 후 일벌레처럼 글을 써야 했던 후미꼬의 심경을 다음과 같이 묘사하고 있다.

책임질 수도 없다는 걸 알았지만, 다른 사람 집에 쳐들어가서 자기 마음대로 하려는 걸 북 치며 응원했던 나, 자신들이 세계지도를 제멋대로 그리려고 하는 걸 피리로 장단 맞춘 하야시 후미꼬, (…) 그 피리와 북으로 인해 과부가 나왔고, 제대병이 나왔으며, 전쟁고아가 나왔다. 그래서 써야 하는 거야, 손가락이 부러질 때까지, 심장이 끊어질 때까지. 그 사람들의 원통함을, 그 사람들에게 조금이나마 사죄하기 위해서. (井上ひさし 『太鼓たたいて笛ふいて』, 新潮社 2002, 149면)

연극무대를 휘감는 피아노의 애절한 선율은 재일한국인 피아니스트 박승철(朴勝哲)의 손끝으로 빚어진다.

1951년 작가로서의 절정기인 48세의 나이에 후미꼬는 과로로 인한 심장마비로 쓰러진 뒤 다시는 일어나지 못했다. 패전 후 자신의 전쟁 협력을 속죄하려는 듯 필사적으로 글쓰기에 몰두했던 것이 그 원인이었다. 특히 1949년부터 1951년 사이에 아홉편이나 되는 중편과 장편을 잇따라 신문과 잡지에 연재했던 피로는 지병인 심장판막증을 극도로 악화시키고 말았다. 어려서도 그랬듯이 베스트셀러 작가의 반열에 오른 뒤에도 1년의 반 이상은 여행을 떠나곤 했던 '숙명의 방랑자'의 삶은 그렇게 막이 내려졌다.

자택에서 열린 장례식에는 무려 2천명이 넘는 '서민'이 모였다고 한다. 후미꼬는 생전 "나의 소설은 쌀을 됫박으로밖에 살 수 없는 사람들에게 마음의 양식이 되는 소설이다"라고 했다는데, 유작이 된 소설이 공교롭게도 『밥』이었다. 인생의 밑바닥에서 꿋꿋하게 일궈낸 문학이었기에 보통 사람의 마음을 울릴 수 있었으며, 일상 속의 작가는 이웃들과 거리낌 없이 어울리는 서민이기도 했다. 그런 서민파 작가 후미꼬의 묘소는 토오꾜오 나까노 구에 있는 사찰 반쇼오인 코오운지에 있다.

일본에서 격동의 20세기 전반을 거침없이 자유분방하게 누볐던 후미꼬는 살아서도 죽어서도 크나큰 사랑을 받았다. 특히 2015년 가을부터는 새롭게 단장한 연극 「방랑기」가 무대에 올려질 것이라고 한다. 근대 일본에서 배양된 '서민 문학'은 세기를 넘어서도 감동을 불러일으킬 것이다.

이애숙(한국방송통신대 일본학과 교수)

작가연보

1903년　12월 31일 야마구찌 현 시모노세끼에서 출생. 그러나 작가 본인
　　　　은 1904년 5월 5일에 태어났다고 쓴 바 있으며, 후꾸오까 현의 모
　　　　지 출생이라는 설도 있음. 생부는 시꼬꾸 에히메 출신의 행상 미
　　　　야따 아사따로오(宮田麻太郎)로, 작가의 생모인 열네살 연상의
　　　　하야시 기꾸(林キク)를 카고시마의 후루사또 온천에서 민남. 그리
　　　　나 생부는 자신의 호적에 작가를 넣기를 거부하여 작가는 하야시
　　　　후미꼬(林フミ子)란 이름으로 외숙부의 호적에 들어감. 이후 생부
　　　　는 시모노세끼에서 포목 도매를 함.

1907년　키따뀨우슈우 시의 와까마쯔로 이사.

1910년　불륜을 거듭하던 생부가 모녀를 내쫓음. 이후 행상을 하는 양부와
　　　　생모를 따라 큐우슈우 북부를 전전.

1914년　양친을 따라 효오고 현에서 야마구찌 현까지 산인(山陰) 지방을
　　　　옮겨다님.

1916년	히로시마 현 오노미찌 시에 정착함.
1917년	시립 오노미찌 소학교(현 오노미찌 시립 츠찌도오 소학교)를 2년 늦게 졸업함.
1918년	문재를 높이 산 교사의 권유로 오노미찌 시립 고등여학교, 현재의 히로시마 현립 오노미찌히가시 고등학교에 진학함. 입학 후 도서관에 있는 책에 푹 빠졌으며, 밤과 휴일엔 생계를 위해 일을 함.
1921년	아끼누마 요오꼬(秋沼陽子)라는 필명으로 지역 신문 두곳에 시와 탄까(短歌)를 투고함.
1922년	고등여학교 졸업 후 연인을 의지하여 토오꾜오로 가서 목욕탕 잡일꾼, 여공, 사무원, 여급 등으로 생계를 유지했으며, 양부와 생모가 토오꾜오에 온 뒤로는 노점상 일을 도움.
1923년	연인과 헤어졌으며 9월의 칸또오 대지진으로 인해 세 가족이 토오꾜오에서 벗어나 피난함. 이 무렵부터 후미꼬(芙美子)라는 필명으로 일기를 써 『방랑기』의 원형이 됨.
1924년	홀로 토오꾜오로 돌아왔으며, 여러 문인들과 교류하며 시 동인지 『두사람(二人)』을 3호까지 간행함. 12월부터 시인 노무라 요시야(野村吉哉)와 동거함.
1926년	1월 폭력이 잦은 노무라와 헤어지고 작품활동에 전념함. 12월에 화가 지망생 테즈까 마사하루(手塚綠敏)와 결혼하여 안정을 찾음.
1928년	2월 하세가와 시구레(長谷川時雨)가 주관하던 『여인예술(女人芸術)』에 시 「수수밭(黍畑)」을 발표. 10월 『방랑기』 연재를 시작하여 1930년 10월까지 총 20회에 걸쳐 작품을 연재함.
1929년	6월 친구의 도움을 받아 첫 시집 『파란 말을 보았다(蒼馬を見たり)』를 자비로 출간함.
1930년	카이조오샤(改造社) '신예문학총서'의 제3편으로 7월에 『방랑기』

가, 제17편으로 11월에 『속 방랑기』가 출간되어 쇼오와 공황의 와중에도 60만부가 팔리는 베스트셀러가 됨. 인세로 혼자서 2개월 동안 중국을 여행했으며 국내 강연여행도 자주 다님.

1931년   9월 18일 만주사변 발발. 11월 조선과 시베리아를 거쳐 빠리까지 혼자서 여행함. 런던에 거주하며 기행문을 잡지사에 송고했으며, 1932년 6월에 귀국.

1935년   사소설 작풍에서 벗어난 본격적인 소설로 평가되는 소설집 『굴(牡蠣)』 출간.

1937년   7월 7일 중일전쟁 전면화됨. 12월 난징 전투에 즈음하여 『마이니찌 신문』사의 특파원으로 현지를 찾음.

1938년   6월부터 10월까지 벌어진 우한 작전에 내각정보부의 '펜 부대' 홍일점으로 종군. 종군기 『북안부대(北岸部隊)』를 이듬해 출간.

1940년   만주와 조선 방문.

1941년   8월 만년을 보낸 토오꾜오 신주꾸 시모오찌아이의 자택이 완성(현 하야시 후미꼬 기념관). 『방랑기』 『울보(泣虫小僧)』 『여우기(女優記)』가 판매금지 처분을 당함.

1942년   11월 육군 보도부의 징용으로 동남아 지역에 종군.

1943년   5월 싱가포르, 자바, 보르네오에 머물다가 귀국.

1944년   4월 남편의 고향에서 가까운 나가노 현의 온천지대로 대피. 그때 머물던 민가가 1999년에 '하야시 후미꼬 문학관'으로 조성됨.

1945년   8월 15일 일본의 패전. 10월 토오꾜오로 돌아온 뒤부터 왕성하게 집필활동을 함.

1948년   11월 「만국(晩菊)」 발표. 이 작품으로 제3회 여류문학자상 수상.

1951년   『뜬구름(浮雲)』 출간. 3월 『아사히 신문』에 『밥(めし)』 연재를 시작함. 6월 27일 진한 커피와 담배를 즐기며 건강을 돌보지 않

다가 심장마비로 급서. 7월 1일 자택에서 고별식을 진행함. 장의 위원장은 카와바따 야스나리(川端康成).

고전의 새로운 기준, 창비세계문학

오늘날 우리는 인간의 존엄과 개성이 매몰되어가는 시대를 살고 있다. 물질만능과 승자독식을 강요하는 자본주의가 전지구적으로 확산되면서 현대사회는 더 황폐해지고 삶의 질은 크게 훼손되었다. 경제성장만이 최고의 선으로 인정되고 상업주의에 물든 문화소비가 삶을 지배할수록 문학은 점점 더 변방으로 밀려나고 있다. 삶의 본질을 성찰하는 문학의 자리가 위축되는 세계에서는 가진 자와 못 가진 자 할 것 없이 모두가 불행할 수밖에 없다.

이 시대야말로 인간답게 산다는 것의 의미가 무엇인지 근본적인 화두를 다시 던지고 사유의 모험을 떠나야 할 때다. 우리는 그 여정에 반드시 필요한 벗과 스승이 다름 아닌 세계문학의 고전이라는 점을 강조한다. 고전에는 다양한 전통과 문화를 쌓아올린 공동체의 경험이 녹아들어 있고, 세계와 존재에 대한 탁월한 개인들의 치열한 탐색이 기록되어 있으며, 새로운 세상을 꿈꾸는 아름다운 도전과 눈물이 아로새겨 있기 때문이다. 이 무궁무진한 상상력의 보고이자 살아 있는 문화유산을 되새길 때만 개인의 일상에서 참다운 인간적 가치를 실현하고 근대적 삶의 의미와 한계를 성찰하는 지혜를 얻을 수 있을 것이다.

'창비세계문학'은 이러한 문제의식에서 출발한다. 세계문학의 참의미를 되새겨 '지금 여기'의 관점으로 우리의 정전을 재구성해야 할 필요성이 그 어느 때보다 절실하다. '정전'이란 본디 고정된 목록으로 존재하는 것이 아니라 그때그때 주어진 처소에서 새롭게 재구성됨으로써 생명을 이어가는 것이다. 우리는 먼저 전세계 문학들의 다양성과 차이를 존중하면서 국가와 민족, 언어의 경계를 넘어 보편적 가치에 기여할 수 있는 가능성에 주목하고자 한다. 근대를 깊이 성찰한 서양문학뿐 아니라 아시아와 라틴아메리카, 중동과 아프리카 등 비서구권 문학의 성취를 발굴하고 재평가하는 것 역시 세계문학의 지형도를 다시 그리려는 창비의 필수적인 작업이 될 것이다.

여러 전집들이 나와 있는 세계문학 시장에서 '창비세계문학'은 세계문학 독서의 새로운 기준이 되고자 한다. 참신하고 폭넓으면서도 엄정한 기획, 원작의 의도와 문체를 살려내는 적확하고 충실한 번역, 그리고 완성도 높은 책의 품질이 그 기초이다. 독서시장을 왜곡하는 값싼 유행과 상업주의에 맞서 문학정신을 굳건히 세우며, 안팎의 조언과 비판에 귀 기울이고 독자들과 꾸준히 소통하면서 진정 이 시대가 요구하는 세계문학이 무엇인지 되묻고 갱신해 나갈 것이다.

1966년 계간 『창작과비평』을 창간한 이래 한국문학을 풍성하게 하고 민족문학과 세계문학 담론을 주도해온 창비가 오직 좋은 책으로 독자와 함께해왔듯, '창비세계문학' 역시 그러한 항심을 지켜나갈 것이다. '창비세계문학'이 다른 시공간에서 우리와 닮은 삶을 만나게 해주고, 가보지 못한 길을 걷게 하며, 그 길 끝에서 새로운 길을 열어주기를 소망한다. 또한 무한경쟁에 내몰린 젊은이와 청소년 들에게 삶의 소중함과 기쁨을 일깨워주기를 바란다. 목록을 쌓아갈수록 '창비세계문학'이 독자들의 사랑으로 무르익고 그 감동이 세대를 넘나들며 이어진다면 더없는 보람이겠다.

2012년 가을
창비세계문학 기획위원회
김현균 서은혜 석영중 이욱연 임홍배 정혜용 한기욱

창비세계문학 41

방랑기

초판 1쇄 발행 / 2015년 3월 23일
초판 3쇄 발행 / 2023년 4월 3일

지은이 / 하야시 후미꼬
옮긴이 / 이애숙
펴낸이 / 강일우
책임편집 / 권은경·김성은
펴낸곳 / (주)창비
등록 / 1986년 8월 5일 제85호
주소 / 10881 경기도 파주시 회동길 184
전화 / 031-955-3333
팩시밀리 / 영업 031-955-3399 편집 031-955-3400
홈페이지 / www.changbi.com
전자우편 / lit@changbi.com

한국어판 ⓒ (주)창비 2015
ISBN 978-89-364-6441-7 03830